# À MOI

Saga Les liens du sang

A.K ROSE

ATLAS ROSE

# Chapitre Un

## RYTH

Les flammes s'étendaient si haut qu'elles caressaient la nuit, dévorant la pièce de l'étage de notre maison avec voracité. Cette chambre qui était la mienne quelques minutes auparavant. Je clignais des yeux pour libérer mes larmes ; je tremblais.

— *Y'a quelqu'un à l'intérieur ?* cria un pompier en courant vers la maison, suivi par d'autres.

Mais ma mère ne répondait pas, elle regardait fixement et sans émotion ce qu'il restait de notre vie qui disparaissait dans les flammes. Je me mis à tousser et à crachoter en tombant sur le pompier qui ouvrait la porte d'entrée. Je voulais lui dire que ça ne servait plus à rien... qu'il n'y avait plus rien à sauver... *plus maintenant.*

Nos objets étaient déjà dévorés par les flammes. Nos voitures, la télé, et même mon ordinateur portable avec toutes mes rédactions pour les cours. Tout avait disparu, avant même que la première flamme les atteigne.

Tout avait été saisi par la police pour "preuve". Preuve de quoi, je n'en savais rien.

Je regardais les quelques vêtements que je tenais dans les bras, c'était tout ce qu'il me restait. Je n'avais même pas eu le temps de prendre mon téléphone qui était en train de charger sur ma commode. Je n'avais eu le temps d'attraper que ça en sortant à toute vitesse de la douche, j'avais enfilé un jean et un t-shirt, pris quelques vêtements qui se trouvaient sur mon lit avant de partir à la course. Deux t-shirts et un jean troué, que je serrais dans mes bras, avec une culotte, mais pas de soutien-gorge. Les larmes me montèrent aux yeux. *Comment allais-je faire sans soutien-gorge ?*

Mon regard fut attiré par un mouvement dans la rue derrière moi. Une berline noire avec des vitres teintées passa devant la maison. Les gyrophares rouge et bleu des véhicules de police projetaient leur lumière sur la carrosserie rutilante. J'avais déjà vu ce genre de voiture, je savais qui les conduisait.

*Les Rossi...*

— Maman ?

Je regardais la berline noire s'éloigner, les feux rouges arrière s'éclairaient alors qu'elle descendait la rue.

Ses yeux écarquillés brillaient d'angoisse. Elle ne m'avait pas adressé la parole, pas un seul mot, même quand les flics avaient passé les menottes à mon père pour l'embarquer.

— Il s'est passé quoi bordel ?

Elle sursauta quand je m'approchai et lui touchai le bras.

— Est-ce que... *c'est les Rossi qui ont fait ça ?*

Elle retint son souffle et ferma les yeux. C'était une réponse suffisante. *Putain.* Je passais mes bras autour de moi. D'abord ils étaient venus pour lui, maintenant ils avaient pris notre maison et nous n'avions plus rien.

— Elle, s'écria une voix derrière nous.

Les lueurs bleues et rouges s'élançaient dans la pénombre, illuminant le visage de Stacey Cromwell alors qu'elle sautait la haie qui séparait nos maisons et s'approchait. Elle était en pyjama, une sorte de chemise de nuit en satin qui la couvrait à peine. Elle était là par curiosité, sans aucun doute, elle tendit à ma mère un sac plastique noir.

— Pour vos vêtements, ma belle.

— Va-t-'en.

Ma mère fixait notre maison qui s'écroulait sans même se tourner vers elle.

Mais Madame Cromwell ne bougeait pas, elle continuait de regarder ma mère jusqu'à ce que celle-ci se tourne vers notre voisine et crie :

— *DEGAGE BORDEL* !

Elle sursauta et fit un pas un arrière, laissant tomber le sac plastique avant de s'éclipser aussi vite que possible.

— Tu étais pas obligée, dis-je au moment où son téléphone s'éclaira par un message entrant.

Le premier pompier qui était entré chez nous en courant sortait maintenant en toussant et crachotant. Le son perçant des sirènes emplissait l'air alors que deux camions de pompier se garaient devant chez nous. Mais l'homme enleva son masque à oxygène et secoua la tête en regardant ma mère.

— C'est... *c'est trop tard*. Il n'y a plus rien. Tout...

*Boum* ! Quelque chose venait d'exploser à l'intérieur. Je reculai brusquement, laissant tomber mes vêtements et je saisis le bras de ma mère pour la faire reculer alors que je voyais l'étage de notre maison s'écrouler. Mais ma mère ne bougeait pas d'un centimètre, elle regardait son écran illuminé.

— C'est qui ? demandai-je en ramassant le sac plastique pour fourrer nos vêtements dedans.

*Pitié, pourvu que ce ne soit pas papa.*

— Faut qu'on parte, déclara-t-elle.

— Partir où ? dis-je en me redressant avant d'avancer vers notre maison en feu qui crachait une épaisse fumée noire. On n'a nulle part où aller.

Des éclairs lumineux traversèrent les vitres du salon lorsqu'elles éclatèrent. En tournant la tête je vis un taxi se garer dans notre allée, je fixai ma mère qui s'avançait vers lui.

— Maman, qu'est-ce qui se passe bordel ? dis-je en la suivant, de grosses larmes coulaient sur mes joues.

— Monte dans le taxi, Ryth, cria ma mère en ouvrant la portière arrière avant de monter.

Je vis mon reflet dans la vitre arrière du taxi, mes cheveux encore humides, mon t-shirt qui me collait à la peau. Je passai une main tremblante sur la blessure que je voyais sur ma joue. J'étais en train de prendre une douche après avoir rangé le bazar que les fédéraux avaient laissé dans notre maison quand ma mère était entrée en trombe dans la salle de bains en me criant que la maison était en feu.

*C'est lui !* avait-elle crié alors que je sautais hors de la douche avant d'enfiler à la va-vite des vêtements puis de dévaler les escaliers derrière elle. *Il sait ce que ton père a fait !*

*Crac !* Quelque chose dans la maison s'effondra et projeta des braises dans le ciel. Je regardais un instant le reflet de l'embrasement dans la vitre du taxi avant de monter. Il n'y avait plus rien... *rien du tout.* Les larmes se rassemblaient dans mes yeux et floutaient l'intérieur du taxi alors que je claquais la portière derrière moi.

On avait cette odeur âcre collée à la peau, elle entachait l'air déjà nauséabond. Le chauffeur baissa sa vitre avant de faire marche arrière pour sortir de l'allée.

— On va où ? dis-je en regardant ma mère.

— Quelque part où on sera en sécurité, marmonna-t-elle en regardant dehors.

— En sécurité ? demandai-je alors que la berline noire des Rossi me revenait à l'esprit, où est-ce qu'on sera en sécurité ?

On n'avait nulle part où aller, tous nos amis étaient des amis de mon père et à présent ils étaient... *un danger pour nous.*

Cette pensée résonnait dans ma tête alors que nous laissions notre monde derrière nous en partant vers la ville.

— Est-ce qu'ils vont lui faire du mal ?

— Non, répondit-elle à voix basse. Ils ont besoin de lui.

Ils avaient peut-être besoin de lui, mais ça ne voulait pas dire qu'ils avaient besoin de nous.

— Mais ça ne les empêchera de nous poursuivre, *nous*, si ?

Silence.

C'était justement la réponse qui me terrifiait.

Je m'adossais au siège. *Punaise, papa. Qu'est-ce que t'as fait ?* Les deux derniers jours étaient flous. Il y avait d'abord eu la dispute, puis le cri des engueulades fréquentes de mes parents, et ensuite le chaos... puis les flics.

La douleur dans le fond de ma gorge avait la taille d'un poing. Je ravalais ma salive en regardant les lumières des lampadaires au loin avant qu'on prenne la bretelle de sortie pour se diriger vers l'Est, où des maisons valant des millions de dollars bordaient les rues et où les gosses de riches conduisaient des voitures de sport pour s'amuser… et on ne connaissait personne là-bas.

Des grillages de trois mètres de haut et des caméras furent tout ce que je vis alors que le chauffeur bifurqua dans une allée où le portail noir était déjà ouvert.

— Merci, dit ma mère en lui tendant un billet de cinquante dollars qu'elle sortit d'un sac à main que je n'avais pas remarqué jusqu'ici.

— Maman ? demandai-je dans un murmure alors qu'elle s'adossait au siège, on est où ?

Elle ne répondit pas, se contenta d'ouvrir la porte et de descendre.

Je la suivis et découvris une maison à trois étages un peu cachée de la rue. Une Shelby Mustang bleu nuit était garée devant, à côté d'une Lamborghini bleu marine, et il y avait une place vide à côté. Qui conduisait des voitures comme ça ?

Je m'arrêtai de marcher.

— C'est seulement pour quelques jours, chérie, dit ma mère sans me regarder. Le temps que je trouve une solution.

Un homme sortit sur le palier, grand et impressionnant, le regard fixé sur ma mère.

— Elle, dit-il en s'approchant avant de la prendre dans ses bras. *Punaise*, j'étais tellement inquiet, dit-il avant de me regarder et de faire un sourire forcé. Dieu merci vous allez bien toutes les deux.

— Désolée, Creed, dit ma mère en détournant le regard, essuyant discrètement ses larmes. Je n'avais personne d'autre à appeler.

— Désolée ? dit-il, semblant confus. Tu n'as pas à être désolée, Elle. C'est fait pour ça les amis. Allez entrer, vous tremblez comme des feuilles.

Il glissa un bras autour de la taille de ma mère, l'attirant vers la porte d'entrée. Mais c'était la place de parking vide qui m'inquiétait, assez pour que je jette un œil par-dessus mon épaule avant de les suivre.

Des pas feutrés provenaient de l'étage avant qu'une porte se ferme en claquant. Je sursautai et regardai vers le plafond.

— Ne t'en fais pas, dit Creed en me regardant, on entend rien ici, c'est du double vitrage.

Comme tout le monde, son regard se porta à la blessure sur ma joue. Cette cicatrice rouge et hideuse que je détestais. Je me sentis rougir alors que je ramenais une mèche de cheveux sur mon visage pour la cacher.

— C'est juste pour une nuit, dit ma mère. Le temps que je puisse réfléchir.

— Vous pouvez rester autant que vous le souhaitez, répondit-il. Venez, je parie que vous êtes épuisées.

Je portais le sac plastique contenant nos vêtements, bien consciente que j'entrai chez un inconnu avec seulement un t-shirt mouillé et un jean sale.

— Installe-toi tranquillement, dit-il en me regardant en montant les escaliers. Ensuite ta mère et moi on pourra boire un verre et essayer de trouver une solution à tout ça.

— Comment vous connaissez mon père ? demandai-je en le suivant.

Son pas ralentit un instant alors qu'il me regardait par-dessus son épaule.

— Ton père ? Je ne le connais pas, pas vraiment, dit-il en jetant un œil à ma mère. J'ai rencontré ta mère à la fac.

Je jetai un œil derrière moi en montant les escaliers. Elle avait l'air dans ses pensées, complètement perdue. Je le suivis jusqu'au troisième étage et entendis le brouhaha d'une télé provenant d'une chambre le long du couloir.

— Vous avez un fils ?

— Des fils... dit-il avec un sourire. Les trois me donnent du fil à retordre, malheureusement, mais ne t'en fais pas, il y en a deux qui vont pas tarder à partir, dit-il en passant devant moi. Dieu sait qu'un peu de répit pour mon portefeuille sera le bienvenu. Ils mangent comme des ogres.

Il ouvrit la porte d'une chambre et alluma la lumière.

— La chambre est un peu encombrée, désolé. On s'en sert surtout de débarras, mais les draps sont propres.

Au premier coup d'œil, il m'avait paru plus jeune avec les lumières extérieures, mais là, sous la lumière vive, je percevais des stries grises dans ses cheveux noirs. Il soutenait mon regard et je sentis des frissons le long de mon bras.

— J'espère que tu te plairas ici, murmura-t-il alors que j'entrais dans la chambre en disant machinalement "merci" puis il ferma la porte.

Le son de ses pas lourds résonnait alors qu'il s'éloignait. *Me plaire ici ?* m'étonnai-je. Pour une nuit, oui.

Mais dès le lendemain matin, on aurait un plan. Ma mère, les avocats et moi... nous trouverons une solution pour faire libérer mon père.

Le bruit discret d'un moteur attira mon attention vers la fenêtre. Je fis le tour du lit et me faufilai entre une espèce de machine couverte d'un drap pour regarder par la fenêtre : une Jeep

Cherokee noire passait le portail et se gara sur la place de parking restante.

*Des fils...* ces mots résonnaient dans mon esprit. *Des fils... plus âgés que moi, visiblement.* Je me penchai un peu plus contre le carreau pour tenter de l'apercevoir alors qu'il descendait et fermait la portière. Mais je ne voyais rien, je ne voyais que son ombre et elle disparut aussitôt.

En bas, la porte d'entrée se ferma brusquement. Je jetai un œil vers le palier puis repassai devant la machine en me cognant l'orteil dans mon élan.

— *Merde !* criai-je en donnant un coup à la machine.

Le drap glissa, révélant une machine en acier inoxydable... une machine... ou plutôt un respirateur.

J'avais déjà vu ce genre de machines... oui, *un respirateur.* C'est bien ça.

— Comme quoi ça sert de regarder Grey's Anatomy en boucle, marmonnai-je.

Mais qu'est-ce que ça faisait là ?

J'ai tiré sur les différents draps, révélant à chaque fois des équipements médicaux. Neufs, en plus. Il y avait un nom étiqueté sur la façade d'une machine. Je ne pus m'empêcher de jeter un œil et de me pencher sur le nom.

— Naomi Banks.

J'ai jeté un œil à la porte et fait le tour du lit, découvrant une pile de cartes de condoléances entassées et glissées sous un tas de papiers administratifs.

Un élan de tristesse s'empara de moi alors que je me penchai pour les regarder. Je savais que je n'étais pas censée fouiller de la sorte. Ce n'était pas mon genre, je n'étais pas intrusive.

Mais je ne pus m'empêcher de lire en ouvrant la première carte...

*Creed,*

*Toutes mes condoléances. Naomi était une femme extraordinaire, belle et pleine de vie, surtout quand elle parlait de toi et des garçons. Elle manquera à tout le monde. N'hésite pas à m'appeler si tu as besoin de quoi que ce soit.*

*Aulla Goldsmith.*

— Aulla Goldsmith ? murmurai-je. Je connais ce nom.

Puis je compris. Le sénateur Aulla Goldsmith avait fait la une des journaux télévisés et des réseaux sociaux pour promouvoir sa campagne électorale pour les prochaines élections ; il avait créé une vague de moquerie en s'affichant devant le Popeye's alors qu'il engloutissait un bout de poulet, comme s'il faisait partie de la communauté. *Aulla le béluga !* c'était ce que les gens criaient. C'était un nom que personne n'allait oublier de sitôt.

— Un sénateur ? dis-je en ouvrant une autre carte pour la lire. Il y en avait une de Sting... ouais, ce *Sting-là.*

— Punaise, marmonnai-je en regardant à nouveau la porte. Ce mec connaît du monde.

Mais il n'y avait que ça, des cartes de gens très connus... datées d'un mois et qui faisaient toutes l'éloge de sa femme, qu'elle était appréciée et qu'elle manquerait à tous.

Et voilà que je fouinais dans la vie du mec qui essayait de nous aider.

— Bien joué, Ry, marmonnai-je en m'adossant contre le bord du lit.

Un bruit de pas lourds s'arrêta dans le couloir.

Mon cœur se mit à battre la chamade, envoyant une décharge électrique dans ma poitrine, jusqu'à ce que les pas reprirent de nouveau, mais pour se rapprocher. Je remis vite les cartes en place en formant un tas que je repoussais sous les papiers où elles étaient cachées.

Pas besoin d'être un génie pour comprendre.

Ce n'était pas seulement une chambre, ni un débarras d'ailleurs, peu importe à quel point Creed Banks voulait s'en convaincre. Cette pièce était un purgatoire de chagrin. Les derniers souvenirs d'une femme, me dis-je en regardant à nouveau la porte... et d'une mère.

# Chapitre Deux

## TOBIAS

L'ODEUR ÂCRE DE LA FUMÉE RESTAIT DANS LES ESCALIERS et devenait plus forte près de la chambre où nous gardions les affaires de ma mère. Je m'éloignais de la porte fermée pour aller vers la chambre de Caleb, puis j'ouvris la porte avant d'entrer.

— C'est qui cette nana ?

— Ça dépend, marmonna-t-il. Il jouait à Call Of Duty, faisant une grimace alors qu'il se faisait tuer, puis me jeta un coup d'œil. Tu parles de la mère qui flirte avec papa en bas ou de la gamine dans la chambre ?

— Une gamine ?

Il se contenta de hausser les épaules en faisant des mimiques stupides alors qu'il se débattait dans son jeu.

— Pour moi c'est une gamine, ouais.

— Et elles font quoi chez nous au juste ?

— Qu'est-ce que j'en sais ! Maintenant bouge, faut que je termine ma mission.

Je sortis de sa chambre en passant devant son bureau, trébuchant sur une cannette de bière à moitié pleine sur le chemin.

— *Connard !* s'écria mon frère en bondissant vers la bière qui s'écoulait sur sa console flambant neuve.

Je n'aimais pas ça, leur présence chez nous. Je n'aimais pas que des femmes soient là. On venait juste d'enterrer notre mère, bordel, et lui il était là, à divertir les invités.

*Enfin, pas des invités... des femmes.*

Je pris une inspiration de l'odeur âcre de fumée puis retournai dans ma chambre. J'enlevai mon t-shirt, déboutonnai mon jean et les jetai au sol avant de grimper sur mon lit. Mais je ne parvenais pas à dormir, j'étais encore nerveux de mon escapade en ville. Peu importe combien d'heures je passais là-bas, je n'arrivais pas à éclipser l'image de ma mère de mon esprit. Son visage décharné et ses yeux sans vie, qui ne ressemblaient pas à celle qu'elle était. J'ai levé un bras pour y poser ma tête et contempler le plafond.

*Promets-moi...* ses derniers mots tournaient en boucle dans mon esprit. Ils n'étaient rien d'autre qu'un murmure... un murmure plaintif. *Promets-moi que tu n'oublieras pas.*

Comme si je pouvais oublier.

Un éclat de rire retentit depuis l'étage du dessous. Le rire de mon père. Je devrais descendre, sans m'habiller, et voir s'il continue de rire. Je tournais dans le lit alors qu'une angoisse s'emparait de moi.

Il n'avait pas vu l'état de ma mère. Il ne venait plus la voir vers la fin... *personne d'ailleurs.*

Non, ils avaient choisi la facilité en rôdant simplement dans le couloir devant la chambre qui faisait office d'hôpital à l'étage d'en dessous. Elle avait passé ses derniers jours de vie à côtoyer l'équipe médicale qu'il avait embauchée pour lui tenir compagnie...et moi.

Je n'avais pas pu la laisser.

Je lui avais tenu la main et la caressais lentement en regardant le cancer l'emporter.

Le rire grave et séducteur d'une femme retentit. Je grimaçais sous la douleur qui devenait glaçante, jusqu'à ce que je ne la ressente même plus, et lorsque je fermais les yeux et priais pour que le sommeil vienne, je lui répondis :

— Oui, maman, je ferai en sorte que personne n'oublie.

---

— QU'EST-CE QU'ELLE fait encore là, putain ? s'exclama Caleb en entrant dans la chambre.

Je restais dans le couloir, observant ses affaires éparpillées sur le lit. Des boîtes, des vêtements, dont certains portaient encore les étiquettes.

— Tu crois que j'ai la réponse ?

— Il veut vraiment qu'on descende tout ça au garage ? demanda Caleb en retirant les draps, révélant l'équipement médical de ma mère.

— Apparemment.

La colère me rongeait, elle serpentait dans mon cœur lorsque je m'approchais davantage et que je me penchais pour mettre de côté son nouveau jean et sa coque d'iPhone. Deux jours. Pas un de plus. Je jetai un œil au MacBook flambant neuf posé sur l'oreiller, puis vers le tissu de coton blanc bordé de dentelle qui dépassait légèrement sous le drap.

Ce n'était pas un vêtement neuf.

Caleb souleva le bord de la machine et la traîna jusqu'à ce qu'il me fonce dedans.

— Tu m'aides ou tu vas juste rester là à rien faire ? grogna-t-il.

Je pris la petite culotte. *Sa... petite culotte.* Puis je jetai un œil au sac plastique noir qui se trouvait encore sur le bord du lit.

— Je pense que tu peux te débrouiller tout seul.

— Qu'est-ce que vous foutez bordel ? s'écria Nick derrière moi depuis le couloir.

— Papa veut qu'on déménage les affaires de maman, grogna Caleb en passant à côté de moi, m'obligeant à me pencher sur le lit.

— Et pour les mettre où ?

Douce. Usée.

— Dans le garage, dit Caleb distraitement.

Si petite dans ma main.

— Ryth Castlemaine, dis-je en soulevant sa culotte. On dirait que papa a l'intention de les faire rester ici.

— Tobias, m'appela Nick avec agacement.

J'avais essayé de chasser le son de leur rire de mon esprit la nuit dernière, de dormir un peu, même si je ne pensais qu'à ma mère. Mais je n'avais pas pu dormir... pas en sachant qu'une femme était en bas, et quand j'étais parti hier pour parcourir les rues de la ville, tentant de trouver mon chemin vers un lieu dont j'ignorais l'existence même, j'étais revenu en me sentant encore plus prisonnier que jamais, comme un ressort compressé prêt à bondir. J'avais les mains qui tremblaient, comme maintenant.

En revenant hier soir, je l'avais senti... *le changement*. Le son de sa mère dans le salon, *sa présence* à l'étage. La fille que j'avais vu passer devant ma chambre alors qu'elle se précipitait vers la salle de bains qu'on partageait à présent.

— Je veux qu'elles s'en aillent, dis-je en serrant la culotte avant de la porter à mon nez. Je vais tout faire pour.

— Arrête, Tobias. C'est juste une gamine.

— Elle a dix-huit ans, répondis-je alors que la haine glissait à nouveau en moi. Elle n'a qu'un an de moins que moi.

Son souvenir me revint brutalement, ses yeux écarquillés un bref instant quand j'étais sorti de ma chambre et que j'avais failli lui rentrer dedans... elle avait immédiatement baissé les yeux au sol, me cachant son visage. *Une gamine ?* J'avais parcouru son corps du regard. Petite, maigrichonne. Petits seins perceptibles sous l'un des t-shirts de Caleb.

J'en avais rien à faire des raisons de mon père.

Je regardais la pièce, remplie de l'équipement médical qui avait maintenu ma mère en vie pendant un peu plus longtemps, me laissant quelques secondes de plus avec elle. Cette fille n'a rien à faire ici... elle n'a rien à faire ici, ni dans cette chambre... ni chez nous.

Peu importe que sa maison ait pris feu, elle n'avait pas à rester ici. Pas tant que je serais sous ce toit.

Une gamine, mon cul.... Je vais lui donner envie de se barrer au plus vite.

J'ai jeté sa culotte sur le lit puis j'ai jeté un œil à la jolie robe vert sauge au bout du lit avant de sortir de la chambre.

# Chapitre Trois

## RYTH

— Papa, dis-je en me levant lorsqu'il apparut.

Mais il ne me regarda pas tout de suite, il regarda vers moi, puis baissa les yeux alors qu'il avançait péniblement vers la barre.

Il était blessé, amoché. Ses yeux gonflés, sa lèvre saignante. Ce fut violent pour moi.

— Punaise.

Il s'efforça de sourire en s'asseyant.

— C'est rien, Ry, dit-il en faisant un signe de tête vers la chaise pour que je m'assois.

— C'est eux qui t'ont fait ça ? murmurai-je en ne parvenant pas à quitter son visage des yeux.

Ce beau visage meurtri.

— Je m'en tire bien va, dit-il alors que les larmes se rassemblaient dans mes yeux. *Hé*, dit-il en se rapprochant de la vitre. Regarde-moi.

À travers le scintillement de mes larmes, je le regardai.

—Je vais bien. Il faut que tu tiennes le coup toi aussi.

Ma voix tremblait et j'essayais de me contenir.

—Ils... ils t'ont dit ? Pour la maison ?

Il hocha la tête et passa la langue sur ses lèvres avant de croiser mon regard.

— Ta mère va faire de son mieux pour te garder en sécurité jusqu'à ce que je sorte d'ici et qu'on trouve une solution.

*En sécurité ?* La peur m'envahit, alors c'était bien *eux... les Rossi.* Merde, c'était pire que ce que je pensais.

—Quand ça, papa ? Quand ?

— Je sais pas, princesse, dit-il en passant la langue sur sa lèvre blessée, me regardant avec un air de désespoir. Mais il faut que tu saches que je ne ferais *jamais* rien qui puisse vous mettre en danger toi et ta mère. Il baissa les yeux alors que la douleur ternissait son regard. Jamais de la vie.

— C'était qui ? demandai-je en serrant les poings. Dis-le-moi, dis-le-moi et je...

Il me vit alors, moi et mon corps tremblant, secoué par la haine et la colère, et il me fit un petit sourire, malgré sa lèvre enflée.

— Quoi ? Tu vas aller leur rendre visite, ma petite lionne ? T'as toujours eu mon tempérament plus que celui de ta mère.

Puis l'instant d'après, son sourire se dissipa et la tristesse s'empara de la lueur de son regard alors que le garde derrière lui l'appela.

—C'est fini, Castlemaine.

Il fit un signe de tête puis se leva. Je fis de même, me tenant debout avant d'apercevoir le reflet de mon visage dans la vitre, puis j'ai détaché mes cheveux.

— Fais attention à toi, princesse, me dit mon père, son regard balayant la tache de naissance sur mon visage. Sois forte, je serai vite sorti.

— *Castle !* s'écria le garde.

Je regardais l'homme puis lui lançais un regard noir.

Mais peu importe ce que je voulais, ici mon père n'existait pas, il n'était personne, un simple détenu, un homme qui doit obéir aux règles.

— Embrasse ta mère pour moi, princesse. Dis-lui que je pense à elle, dit mon père avant de se retourner et de s'éloigner, puis il disparut derrière la porte et je me retrouvais seule.

Je frappais du poing sur la vitre, attirant le regard noir et sauvage d'un garde, puis j'ai tourné les talons avant de courir vers la porte qui menait dans le hall. Le soleil était aveuglant et je ne vis rien pendant un instant, puis je vis la Mercedes étincelante qui m'attendait sur le parking. Creed Banks était un homme bien, pour un avocat. Il nous avait hébergées et nous avait offert un toit depuis deux jours ; il nous avait même emmenées faire quelques emplettes de vêtements et autres. Mais je ne voulais pas rester chez lui, pas avec ses trois fils que j'épiais depuis le couloir de la chambre où je dormais.

Pas juste une chambre... *un débarras, tu te souviens ?*

Cette petite voix dans ma tête perdurait alors que je traversais le parking. J'ouvris la portière et montai dans la voiture, je fus instantanément frappée par l'air froid du climatiseur.

— Papa m'a demandé comment tu allais, dis-je en lançant un regard noir vers le siège passager mais je n'eus pas de réponse.

Ma mère se contentait de regarder droit devant elle, même lorsque Creed la regarda, puis il jeta un œil par-dessus son épaule pour me regarder.

— Je suis content que tu aies pu voir ton père. Je suis sûr que ça lui a fait du bien.

— Mais il aurait aussi voulu voir sa femme.

Elle ne dit rien, baissa la tête et se mit à pleurer. Elle n'était plus la même depuis l'arrestation de mon père, elle était mutique, brisée.

— Maman, pardon, dis-je en grimaçant.

— C'est rien, dit-elle en tendant la main pour trouver la mienne. La prochaine fois, d'accord ?

— D'accord, dis-je en serrant sa main dans la mienne.

— C'est bien, dit Creed en me faisant un clin d'œil avant d'allumer le moteur et de sortir du parking.

Il y avait plus d'une heure de route pour retourner en ville. Une heure à rester assise sur la banquette arrière à me remémorer les mots de mon père.

*Je vais sortir de là, princesse... Je vais sortir.*

Il fallait qu'il sorte. Notre famille en dépendait. En attendant, on allait simplement l'attendre, ma mère et moi, mais pas dans notre maison.

— Tu as trouvé un nouveau logement ?

— Non, dit-elle en secouant la tête.

— Il y a un petit problème, ajouta Creed.

— Quoi ? demandai-je en tournant les yeux vers lui, puis vers ma mère.

Ma mère baissa la tête et me dit, d'une voix pleine de désespoir :

— Nos comptes en banque sont gelés, on n'a plus rien.

*Rien ?* Mais on venait de s'acheter de nouveaux vêtements... et moi un MacBook pour les cours... je pris mon nouvel iPhone dans ma main. Si nous n'avions plus d'argent, alors...

Je posai les yeux sur l'homme au volant. Cet homme qui était un inconnu il y a quelques jours. Cet homme qui venait de dépenser une petite fortune pour nous acheter des vêtements et des objets.

— Alors je vais trouver un boulot, dis-je. Je ferai tout ce qu'il faut.

— Non, Ry, tu dois aller en cours.

— On s'en fout des cours, ça passe après.

— Ta mère a raison.

Je regardais Creed, me mordant la lèvre pour ne pas lui répondre. Cela ne le regardait pas. Mais au moment où ma colère surgit, elle se dissipa aussitôt. Cet homme venait de dépenser beaucoup d'argent pour nous, et il n'avait absolument rien dit.

Pourquoi ?

Est-ce qu'il pensait qu'on n'allait pas s'en rendre compte ? Est-ce qu'il voulait me cacher le fait qu'on était à sec ? Je me sentis honteuse de la colère que je ressentais. Je l'observais conduire alors qu'il nous ramenait à la maison... Cet homme avait tout fait pour nous aider... *moi surtout.*

Il m'avait emmené voir mon père.

Il m'avait acheté ce dont j'avais besoin...*et certaines choses qui me faisaient juste plaisir, pour être honnête.*

Mes parents n'auraient jamais dépensé autant d'argent pour un ordinateur portable. Mais lui n'avait même pas bronché. Ma mère m'avait dit *"Choisis un ordi pour les cours, celui que tu veux."*

Alors c'est ce que j'avais fait... déambulant dans les rayons d'ordinateurs puis dans le rayon Apple, où j'avais trouvé Creed en train de regarder les tout nouveaux MacBook. Rapides, légers... *et si classes.*

Il savait.

Il savait déjà qu'on n'avait plus d'argent, et il voulait malgré tout que j'aie quelque chose de spécial qui me ferait vraiment plaisir. Je ravalai ma salive, me détestant pour la colère que j'avais ressenti un instant plus tôt.

— D'accord, je vais continuer d'aller en cours.

— On va s'en sortir, princesse, d'accord ? dit ma mère d'une voix faiblarde.

Lorsque nous sommes arrivés à la maison, la nuit tombait. Les places de parking devant la maison étaient vides et étrangement, je ressentis une vague de soulagement. Ce n'était pas que je n'aimais pas ses fils, je ne les connaissais même pas vraiment, ils étaient toujours fourrés dans leur chambre. Des bruits de coups de feu et des cris provenaient de temps en temps de la chambre qui se trouvait au même étage que moi.

Il n'y avait qu'un fils qui m'avait vue.

Mon pouls accéléra alors que je me souvenais de cette rencontre. Son regard sombre, maussade et mystérieux que j'avais croisé lorsqu'il était sorti de sa chambre en sweat gris trop grand. Ses yeux furent pleins de colère en me voyant. J'avais baissé les yeux et m'étais dépêchée de passer mon chemin, en priant pour qu'il ne m'ait pas vue...

Je passai la main sur la cicatrice de ma joue, espérant qu'il ne l'ait pas vue non plus.

Il finirait par la voir, de toute façon...

Je fermais les yeux, sachant qu'il poufferait de rire, et je me préparais mentalement à entendre ses moqueries.

Tout le monde se moquait.

*On dirait que tu viens de prendre une claque, Castlemaine, mais peut-être pas assez fort.*

J'étais la risée. De tout le monde. Je ravalai ma salive en pressant mes doigts contre ma joue, regrettant pour la millième fois de ne pas être comme les autres. *Pourquoi ne pouvais-je pas être normale ?*

— Nous voilà à la maison, murmura Creed alors que je regardais la voiture monter dans l'allée.

Je levai les yeux vers la maison somptueuse, la panique s'emparant de moi.

— Pour l'instant, marmonnai-je en détachant ma ceinture alors qu'il manœuvrait dans le garage.

Creed enclencha le frein à main puis coupa le moteur.

— Je mangerais bien une pizza ce soir.

— Ah ? s'étonna ma mère en le regardant, un soupçon de sourire sur les lèvres, puis elle se tourna vers moi. C'est le plat préféré de Ry.

— Ah oui ? dit-il en me regardant pendant qu'il fermait sa portière. C'est vrai ça ?

— Ouais. J'aime bien.

Je détestais que mon estomac se crispe de la sorte.

— Juste bien, hein ? Je connais une pizzeria qui fait la *meilleure* pizza au poulet et bacon grillés. Et le fromage... *aïe aïe aïe.* Fondant, délicieux, et onctueux en bouche.

J'en avais l'eau à la bouche. Je passai ma langue sur mes lèvres.

— Ouais, pizza ça me va.

Il sourit puis fit un clin d'œil malicieux à ma mère.

— Tu peux aller te préparer dans ta chambre et je passe commande pour dans une heure ?

En une heure j'aurais le temps de mettre en route mon nouveau MacBook et cette idée m'enthousiasmait.

— Oui, c'est parfait.

Il se dirigea vers la porte et l'ouvrit pour m'inviter à passer.

— Alors c'est plié. Ce sera sympa de dîner tous les trois, d'habitude je ne fais jamais ça alors que j'adore la pizza, dit-il avant de baisser les yeux et de tapoter son ventre. Même si c'est pas très bon pour la ligne.

Je haussais les épaules en passant devant lui.

— Vous êtes plutôt en forme... pour un vieux.

— *Vieux ?* grogna-t-il alors que j'accélérais le pas, me retenant de sourire. Espèce de petite... roucoula-t-il en faisant mine de vouloir m'attraper.

Et ainsi, la douleur de la visite en prison s'effaça.

Je montais les escaliers pour rejoindre ma chambre. La maison aussi semblait changée. C'était plus léger, plus vide. Un peu comme... chez moi.

*Chez moi.*

Je déglutis, mon faible sourire s'estompa. C'était comme une trahison. Comme si je voulais oublier tout le passé, les disputes incessantes... l'inquiétude permanente et la quantité de mensonges. J'avais tout entendu depuis la porte entrouverte de ma chambre.

Je ravalai ma salive et ouvris la porte de ma nouvelle chambre, puis je m'arrêtai. Elle était vide... j'observais l'espace vacant qui se trouvait maintenant au bout du lit. Les machines avaient disparu.

— Quoi ?

J'entrai à l'intérieur et fermai la porte derrière moi avant d'avancer dans la pièce. On voyait encore les marques sur le tapis. Mais en dehors du lit et de la commode, la pièce était vide.

Je jetai un œil par-dessus mon épaule. C'est eux qui ont fait ça ? Ils sont venus et ont enlevé les affaires de leur mère ?

Je ne savais pas quoi penser. J'étais triste et à la fois contente de pouvoir au moins rejoindre l'autre côté du lit sans me cogner un orteil. Je regardai à l'angle de la pièce où j'avais trouvé la pile de papiers et le tas de cartes de condoléances, tout était parti. Comme si ça n'avait jamais été là.

Il y avait quelque chose de changé, aussi. J'observais le lit, me remémorant la place de chaque chose. J'ai d'abord posé les yeux sur le MacBook sur mon oreiller, puis sur mes vêtements... et je me suis figée en voyant ma petite culotte en boule. La peur me traversa. Je m'approchai pour la saisir et la dérouler dans ma main.

Le tissu était froissé.

Qu'est-ce qui leur avait pris de toucher à ma culotte ?

Peut-être qu'elle était tombée, qu'ils avaient bousculé le lit en déplaçant l'équipement et qu'ils l'avaient ramassée puis jetée sur le lit. Je regardais l'endroit où j'étais sûre de l'avoir glissée, sous la pile de vêtements neufs que j'attrapais, puis je chassais cette idée de ma tête.

Peu importe. Je la laissais de côté et me mis sur le lit pour allumer mon nouvel ordinateur. Je le sortis de la boîte, le branchai pour le charger et choisis les différents paramètres avant de télécharger une jolie photo d'un papillon violet comme fond d'écran, lorsque j'entendis des pas feutrés.

Mon pouls s'accéléra, les pas s'arrêtèrent juste devant ma porte. J'ai posé le Mac et me suis levée, mais j'entendis ensuite un *bip* de téléphone et les pas lourds s'éloignèrent vers les escaliers.

Je me suis approchée davantage et j'entendis une porte se fermer.

— *Le dîner est là, Ryth !* s'écria Creed.

J'ouvris la porte pour regarder dans le couloir vers leurs chambres. Les portes étaient fermées, il n'y avait aucun son de coup de feu. Le calme complet. Je descendis les marches alors que la délicieuse odeur de fromage me montait aux narines.

— Oh mon Dieu, comme ça sent bon... dis-je en entrant dans la salle à manger, puis je me suis figée.

Ils étaient là... tous les *trois*.

Les trois grands fils, avec Creed... et ma mère, ils me regardaient.

— Sublime, dit le fils mystérieux dans un grognement sourd en me regardant fixement.

— Quoi ? m'exclamai-je en le regardant.

Mais il ne répondit pas, se contentait de me fixer avec ses yeux noirs scintillants.

— La pizza, dit l'un des frères en passant un bras sur les épaules du frère mystérieux. C'est ce que Tobey préfère. Il retira son bras et s'avança vers moi. Je m'appelle Caleb, et voilà Nick. Il fit un signe de tête vers le dernier frère, qui était adossé au mur et nous regardait, les bras croisés. Et tu as déjà rencontré le mal luné, Tobias.

Je passai ma langue sur mes lèvres en rencontrant chacun de leur regard perçant puis je fis un signe de tête lorsque le regard de Caleb se posa sur ma joue.

*Non !*

La panique grandit en moi et je levai brusquement ma main pour passer mes cheveux devant et me retournai.

— Bon, murmura Creed, et si on s'asseyait ?

— Je reste debout, déclara Tobias.

Je sentis son regard sur moi alors que je m'éloignais d'eux pour m'asseoir à l'autre bout de la table, tout au bout, mais assez proche pour pouvoir me servir.

— Ryth, ma chérie, dit ma mère en se penchant vers les cartons de pizzas ouverts, la montagne de pain à l'ail, de coleslaw et de dips en attrapant une assiette. Rapproche-toi.

Les deux autres frères s'assirent, sans même me regarder. Mais je ne pouvais pas bouger, mes joues brûlaient de honte.

On entendit quelques gémissements alors que chacun découpait sa pizza, mangeait un morceau et que la conversation remplissait le vide. Ils parlaient même à ma mère pour se renseigner sur l'incendie.

Je levai les yeux et pris une assiette quand ma mère la tendit à Caleb et me la proposa. Il me sourit et me fit un clin d'œil en faisant passer l'assiette et pour la première fois depuis que j'étais entrée dans cette salle à manger, je pus respirer.

Ils n'étaient pas si horribles que ça.

Je jetai un œil à Nick, qui me regarda et il me fit un sourire forcé. Je fis de même avant de prendre une autre part de pizza et de croquer dedans.

— C'est... tellement... bon, grogna Creed depuis l'autre bout de la table en me faisant un grand sourire. Ça te plaît, Rye ?

*Rye ?*

— Oui, c'est bon, dis-je en continuant de mâcher avant de prendre une autre bouchée, sentant depuis le coin de mon œil le mouvement de Tobias qui s'avança vers la table avant de tirer la chaise à côté de moi et de s'asseoir.

Tout le monde essayait de ne pas le regarder, ma mère souriait aux autres et se resservait des parts comme jamais.

Soudainement, tout semblait normal. Une pizza, des amis... en dehors du connard qui me fixait et dont le regard passait de mes seins à mes yeux alors qu'il mangeait voracement sa pizza.

# Chapitre Quatre

## TOBIAS

Elle ne savait rien, absolument rien. Je la regardais manger, les yeux baissés, j'observais cette vilaine tache de naissance sur sa joue, jusqu'à ce que Nick me donne un coup de pied sous la table. Je lançai à ce con un regard noir et il secoua légèrement la tête.

Juste une gamine, hein ? Je jetai un œil à ses tétons qui pointaient. Non, ce n'était pas une gamine. Ma queue se raidit à mesure que ma colère amplifiait. La détester avait un sens. Mais de la voir comme ça, si petite et faible, prenant de petites bouchées de sa pizza comme une petite souris réveillait en moi quelque chose de dangereux.

*Coui-coui*, petite souris.

— Tobias.

Mon nom sur ses lèvres me fit sursauter. Je levai les yeux vers la femme assise à côté de mon père.

— Ouais ?

— Je demandais juste si tu te plais à Clarence. Tu étudies le commerce, c'est ça ? demanda-t-elle comme si on avait l'habitude de discuter.

— Non, en fait, répondis-je. J'ai abandonné il y a deux mois.

— Quoi ? s'exclama mon père, une trace de fromage gras sur la lèvre alors qu'il me réprimandait. Depuis quand tu as pris cette décision ?

— Quand je me suis dit que les derniers jours que je pouvais passer avec ma mère avaient plus d'importance.

Il y eut un silence.

Caleb et Nick se figèrent puis me regardèrent lentement avant de regarder mon père alors que ce connard avait le culot de prendre un air choqué.

— Tu sais, continuai-je en soutenant son regard. *Juste avant qu'elle meure.*

— Tobey, commença Nick.

— J'ai plus faim bizarrement, dis-je en me levant puis sortis de table en croisant le regard de la petite salope en partant.

Mais ce n'était pas un soupçon d'empathie que je vis dans ses yeux. Non, c'était quelque chose qui ressemblait davantage à de la tristesse... un peu comme si *elle comprenait ma douleur.* Ce qui était un véritable mensonge. Elle ne connaissait absolument rien de moi.

Je sortis de la salle à manger, laissant un vide derrière moi. J'avais privé mon père de ce moment de joie et de la nouvelle amitié que cette pute voulait instaurer avec nous, puis je pris les escaliers deux par deux pour m'éloigner d'eux.

— Je suis désolé... murmura mon père, ses mots déjà loin.

— C'est pas grave, répondit Elle Castlemaine. Pas grave du tout.

Je marchais d'un pas lourd jusqu'à mon étage avant de jeter un œil à la porte de sa chambre. *Sa putain de chambre.* J'ai regardé par-dessus mon épaule avant d'aller vers la porte pour l'ouvrir. Bordel, l'odeur n'était plus la même. Ça ne sentait plus l'odeur piquante de l'antiseptique des hôpitaux, ni l'odeur proche de la mort que je ne parvenais pas à oublier, peu importe à quel point je soupirais.

Maintenant, ça sentait la vanille.

*La vanille, putain.*

J'ai vu le petit flacon de parfum sur la commode. *Pure*, indiquait l'étiquette. Je déglutis alors qu'une chaleur fit gonfler ma queue. *Pure ?* J'avais envie de sentir cette odeur... j'avais envie de fouiller son lit pour trouver sa petite culotte et l'asperger de parfum. Je m'approchais, tâtant la masse de ses vêtements, ceux dont elle avait enlevé les étiquettes et j'ai trouvé sa culotte cachée sous un jean noir troué.

J'ai traversé la pièce, pris le flacon de parfum avant de le porter à mon nez. La colère me fit vaporiser du parfum sur la petite culotte puis je reposai le flacon avant de mettre la culotte en boule dans ma main puis de la fourrer dans ma poche. Je sortis ensuite en vitesse.

La porte se ferma rapidement derrière moi, gardant le parfum entêtant dans la pièce. Je ne savais pas pourquoi j'avais fait ça, pourquoi je la détestais. Sa petite culotte en coton blanc et le parfum *Pure* me brûlaient l'esprit. Mais j'ai gardé la culotte... *je l'ai prise car elle m'a aussi pris quelque chose.*

— Dégage de chez moi, marmonnai-je en entrant dans ma chambre avant de fermer la porte.

La pénombre m'envahit. Les volets occultants étaient baissés, les murs peints d'un acier gris sombre. Je ne voulais pas qu'il y ait de lumière dans mon monde. Je sortis la culotte de ma poche. Je ne voulais pas de femmes, ni de vanille... et surtout pas d'elle.

Je fermais les yeux en la portant à mon nez avant de prendre une longue inspiration.

L'odeur me remplit.

Dans mon esprit, je la voyais nue, ses petits seins pointés et dressés. Je ravalais ma salive, sentant que je bandais. J'avais envie de passer la langue dessus, d'écarter ses jambes et de voir à quel point elle était pure. Elle ne pouvait pas être si pure que ça, une fille de dix-huit ans ne reste pas vierge bien longtemps.

Mais cette vilaine cicatrice sur sa joue m'indiquait qu'elle l'était peut-être. J'étais sûr qu'elle en avait honte et qu'elle se cachait dès qu'un mec la regardait. J'étais sûr qu'à cause de ça, personne ne l'avait jamais embrassée... ni touchée.

*Putain.*

Je déboutonnai mon jean et sortis ma queue. Je sentis une contraction de plaisir alors que je pris ma queue en main et baissai les yeux. Mon gland était rouge, pulsant, affamé. Je n'avais pas autant bandé depuis...

*Toujours.*

Je serrai ma queue et pressai la culotte en coton blanc contre mon visage, elle se tortillait sous mon emprise.

*T'es une putain de souris ?* lui criai-je.

Dans mon fantasme, ses minuscules seins rebondissaient et tremblaient alors qu'elle se cambrait sous mon corps. Ses tétons roses se dressaient, elle se débattait.

*T'es une putain de souris, dans ma maison, salope ?*

*Lâche-moi !* cria-t-elle, ce regard gris délavé me regardant avec inquiétude, tristesse. *Tristesse et désespoir.* C'était ce que j'avais vu en bas. C'était de cette manière-là qu'elle me regardait, comme si elle compatissait. Comme si ça *comptait* !

Je poussai un grognement rauque et sourd alors que je jouis dans ma main. Ma queue était secouée de spasmes, la veine du dessous pulsait alors que je retenais mon souffle avant de m'exclamer :

— Putain, c'était quoi ça ?

Je retirai la culotte de mes narines alors qu'une vague de dégoût s'empara de moi.

Qu'est-ce que je foutais ? Je remis ma queue dans mon pantalon et traversai la pièce en jetant sa culotte sur le lit puis je pris un mouchoir. Ce n'était pas normal. C'était juste une gamine. Je me tournais vers mon bureau, mis mon casque avant de lancer un jeu-vidéo, essayant de porter mon attention sur autre chose.

Mais mon regard se porta sur la petite boule de coton blanc posée sur mon oreiller. L'odeur était suspendue dans l'air, me remplissait, comblait cet espace que l'odeur d'antiseptique remplissait auparavant. Je ne savais pas laquelle était la pire.

On frappa à ma porte avant de l'ouvrir. Je baissai mon casque et vis Caleb entrer avec une assiette de pizza et de pain à l'ail.

— Je me suis dit que tu finirais par avoir faim.

— Merci, dis-je en continuant de fixer l'écran, me souvenant à peine du jeu que je venais de lancer.

Il ferma la porte et posa l'assiette devant moi, sur mon bureau, puis s'assit au bout de mon lit.

— Qu'est-ce qu'elles foutent là, bordel ?

Je haussais simplement les épaules, pour faire comme si cela n'avait pas d'importance.

— Papa souriait.

Je grimaçais en entendant ça.

— Je ne l'avais pas vu sourire depuis...

Je lui ai lancé un regard noir alors que mon cœur battait dans mon crâne. *Dis-le... dis-le et je te fous mon poing dans la gueule.*

Mais Caleb sursauta comme s'il avait deviné mes pensées.

— Bref, voilà ta bouffe, gros, et arrête un peu avec papa, ok ? Il essaye juste d'être sympa avec une amie, rien de plus.

Je regardais à nouveau mon jeu.

— Depuis quand c'est un mec sympa ?

— C'est du passé, T. Tu penses pas qu'il est temps de tourner la page ?

— C'est pas toi qu'il a donné en pâture aux chiens, si ? marmonnai-je.

Il s'avança et donna un coup dans le pied de ma chaise.

— C'est toi l'enfoiré qui est allé à la poursuite de Lazarus Rossi, alors arrête un peu, ok ?

La colère rugit en moi et brûlait en cet instant autant qu'il y a un an.

— Il a bousillé ma voiture puis il a envoyé ses sbires me retrouver à la fac, tu voulais que je fasse quoi ?

Caleb secoua la tête.

— Tu as essayé de séduire sa nana. Je pense que sa réaction était justifiée, non ?

— C'était même pas sa nana, il ne l'aimait pas, il la regardait à peine. C'était légitime.

— Tu ne l'aimais pas non plus, T. T'étais juste un enfoiré qui venait d'apprendre que sa mère avait un cancer. Tu jouais juste les imbéciles, ça peut se comprendre. Tout ce que je dis c'est que tu devrais tourner la page, non ? Papa est plutôt sympa d'aider ces filles en leur offrant un toit et en essayant de trouver un moyen pour que le père de la gamine sorte de prison.

Ma lèvre se retroussa et je fixais mon frère comme s'il était un étranger. Car à cet instant-là, c'était tout comme.

Il ne voyait pas mon père comme je le voyais. Il ne voyait pas que ce n'était pas pour être "sympa" qu'il faisait ça mais parce que les hommes comme mon père ne changent pas.

C'était un requin qui zonait dans les profondeurs, bondissant sur une proie puis une autre, toujours affamé... et si froid.

— Merci pour la pizza, marmonnai-je en retournant à mon jeu.

— J'ai bien vu comme tu la regardes, murmura Caleb avec prudence sans y aller par quatre chemins.

Son regard se posa de l'autre côté du lit et là je sus qu'il venait de la voir... sa petite culotte blanche. Il fronça les sourcils pendant un instant avant de comprendre. Mais il ne dit rien, il continua de parler.

— Et Nick a remarqué aussi. Laisse-la tranquille, Tobias. Elle est... gentille.

Ma lèvre tressaillit. *Gentille.*

— Enfin, ne t'approche pas d'elle... et fais gaffe à ton comportement.

— Dégage, Caleb, grognai-je en regardant mon écran.

Il resta un instant de plus avant de partir. J'avais envie de lui lancer cette putain d'assiette... j'avais envie de frapper mon père et cette petite pute en bas, juste pour avoir raison. Au lieu de ça, je me dirigeai vers ma porte, pris mes clés sur la commode et claquai la porte derrière moi.

Je l'emmerde...

Et elle aussi...

Et les Rossi aussi.

Je me suis dépêché de descendre les escaliers pour rejoindre la porte d'entrée, le visage en feu alors que je m'éloignais d'eux. Je savais par avance que mon père allait inventer une excuse bidon.

*Ne m'oublie pas...*

Les mots de ma mère résonnaient dans mon esprit alors que j'appuyai sur la télécommande avant de monter dans ma voiture. Je reculai dans l'allée l'instant d'après, donnant un coup de frein une fois dans la rue, puis appuyai violemment sur l'accélérateur de ma Jeep.

Les pneus crissèrent avant de s'élancer à toute vitesse. Je parcourais les mêmes rues depuis des semaines, depuis que Caleb et Nick étaient revenus vivre à la maison. Ils étaient revenus en prétextant vouloir former une famille unie, mais en vérité, notre lien était plus rompu que jamais.

Ils ne m'avaient jamais apporté à manger avant aujourd'hui. Ils me parlaient à peine, se contentaient de rester dans leur chambre et attendaient qu'on s'occupe de tout à leur place. Aucun d'eux ne m'avait parlé de ma mère, et évidemment ils ne s'approchaient pas de sa chambre...

*T'approche pas d'elle.* L'avertissement de Caleb retentissait dans mon esprit alors que mes phares scintillaient dans la nuit. Des phares derrière ma voiture m'aveuglaient, je serrais le poing autour du volant en allant vers la ville.

Et comme toujours, mes pensées revenaient vers elle.

Cette douleur comblait ma poitrine, prenait la place de mon cœur. Je ne pouvais pas respirer, ni reprendre ma...

Je donnai un coup brusque de volant et serrai le frein à main en me garant sur le côté. Mon cœur battait la chamade. *C'était quoi mon problème ?*

Je perdais les pédales.

Je devenais le raté que mon père avait toujours su que j'étais.

Et la seule personne qui avait cru en moi était partie...

*Ne m'oublie pas...* murmurait-elle alors que la douleur dans ma poitrine forma une boule qui me monta dans la gorge. *N'oublie pas...*

Je me forçais à ouvrir les yeux en soupirant, forçant la douleur à redescendre dans les profondeurs de mes entrailles, là où était sa place. Je ne voulais pas la laisser sortir, je ne voulais pas qu'ils me voient dans cet état. Je pris de grandes inspirations jusqu'à ce que la douleur se calme puis je jetai un œil dans le rétroviseur avant de reprendre la route.

Je parcourais les rues, me dirigeant vers le point de vue en haut de la ville, puis je me suis garé. Des lumières vives scintillaient et brillaient comme des diamants sous mes yeux. J'essayais de penser à autre chose qu'à l'abysse de chagrin qui me rongeait et lentement, mes pensées se dirigèrent vers elle...

La gamine qui n'en était pas une.

*Ryth Castlemaine.*

Je sortis mon téléphone pour chercher son nom. Sur les réseaux sociaux, Facebook, TikTok et Instagram, que je n'avais pas ouverts depuis des mois. Je regardais son profil et parcourais ses photos.

— Un peu trop confiante, non, Ryth ?

Toutes ses photos étaient là, visibles par tout le monde.

Soudainement, le souvenir de sa culotte me revint brutalement, ainsi que son odeur.

— Pure, hein ?

Je détestais la manière dont je pensais à elle. Je n'étais pas ce genre de mec, je n'étais pas *méchant* envers les femmes. Je m'arrêtai sur une image d'elle, où elle était à la plage avec ses parents... c'était une vidéo. J'appuyai sur play et son rire surgit.

— On vient à la plage et voilà, je me retrouve toute seule. Où sont mes parents putain ?

Je me suis penché vers l'écran, regardant le sourire se dissiper sur son visage.

La caméra recula et deux silhouettes apparurent au bord de la plage. La manière dont elles se faisaient face, les mains en l'air... c'était pas difficile de comprendre la scène : ils se disputaient. Elle recentra la caméra sur elle.

— Visiblement ils sont occupés, souffla-t-elle rapidement avec une voix paniquée.

— Mais ouais, c'est la plage Castlemaine, qui porte le même nom que ma famille, plutôt cool, hein ?

— Cool, marmonnai-je alors que la vidéo s'arrêtait, se figeant sur son visage.

Cette vilaine tache de naissance en plein centre de l'image.

J'étais sûr qu'on l'avait charriée avec ça à l'école et que tout le monde s'était moqué d'elle. Quelque chose en moi se crispa à cette idée. Ma respiration devint plus profonde et mon corps reprit vie. Il y avait quelque chose en elle qui réveillait une sensation en moi. Quelque chose dans l'éparpillement de ses taches de rousseur sur son nez, dans ses yeux gris délavés. C'était quoi ça comme couleur au juste ?

Je passai la langue sur mes lèvres en me souvenant du regard qu'elle m'avait lancé quand j'étais parti en trombe de la salle à manger, comme si elle voulait m'apprécier... comme si elle avait besoin d'un ami.

Je n'étais pas son ami, bordel.

J'étais *tout sauf son ami.*

Surtout pour elle.

Je parcourais ses photos et je perdis la notion du temps jusqu'au moment où j'ai regardé l'heure.

Merde. Ça faisait des heures que j'étais là, des heures que j'épiais son profil. Je me penchai en avant pour démarrer le moteur avant de rejoindre la route pour rentrer chez moi.

En entrant dans l'allée, je vis que la maison était plongée dans la pénombre. J'ai regardé l'heure en éteignant le moteur. Il était presque vingt-trois heures... encore assez tôt. Le double-vitrage m'empêchait d'entendre quoi que ce soit. Ils ne m'avaient sûrement même pas entendu. Je vis un mouvement à l'étage alors que je descendis de voiture et claquai la portière.

Je levai les yeux vers l'ombre derrière la fenêtre au troisième étage. Cette pièce qui abritait autrefois l'équipement médical de ma mère, et qu'elle occupait maintenant.

Je me figeai alors que je la regardais me fixer. Elle avait dû me voir, savait que je l'avais vue aussi.

Peut-être qu'elle s'en fichait... peut-être que la petite Ryth Castlemaine n'était pas une petite souris en fin de compte. Cette idée me donna la chair de poule. Mon pouls se mit à battre plus fort. Je déglutis et avançai en regardant depuis le coin de mon œil le volet se remettre en place.

J'ai enfoncé la clé dans la serrure avant d'entrer dans la maison sans un bruit. Je fus accueilli par un silence et quelques grincements alors que je refermais la porte derrière moi, avant d'activer le système d'alarme en remettant la chaîne de la porte. Mes pas étaient muets alors que je montais les escaliers jusqu'au troisième étage, puis je me suis arrêté dans le couloir devant sa porte.

J'avais envie d'entrer, de la voir recroquevillée dans son lit, voir ses yeux encore une fois... jusqu'à ce qu'un bruit surgit dans la pénombre.

Un gémissement.

Rauque... plein de désir... provenant du deuxième étage.

Je jetai un œil par-dessus mon épaule en l'entendant à nouveau.

Sauf que cette fois, c'était un gémissement de femme.

*Et il venait de la chambre de mon père.*

# Chapitre Cinq

### RYTH

Je serrai la mâchoire, priant pour que la douleur de ma vessie s'atténue tandis que je tournais sans arrêt dans mon lit, luttant contre les draps. J'avais passé trop de temps à essayer de me dire que je n'avais pas besoin d'y aller et maintenant je ne pensais qu'à ça. Ça et le bruit de ses pas lorsqu'ils s'arrêtèrent devant ma chambre.

Pas ma chambre.

*La leur.*

Ce n'était pas ma maison. Ce n'était pas ma famille. Ce n'était rien d'autre qu'un endroit où rester le temps de trouver une solution. Je tournais la tête, et essayais d'écouter s'il y avait du mouvement. Était-il déjà allé se coucher ? Avais-je manqué le bruit sourd de la porte de sa chambre ? Il fallait que j'aille faire pipi.

La pression dans mon ventre augmenta, provoquant une douleur intense au fond de moi. Je grimaçai en serrant mes genoux contre ma poitrine. *Ne pense pas à ça...ne pense pas...à faire pipi.* Je n'aurais pas dû prendre ce deuxième coca, même si

Nick m'avait incitée à le prendre. Mais je voulais m'intégrer... je voulais qu'ils m'aiment. Et voilà où ça m'avait menée.

À la douleur.

Mes entrailles se contractèrent, se resserrant autour de la tension dans mon ventre. Je ne pouvais pas attendre, pas plus longtemps, ou j'allais me faire dessus. J'ouvris les yeux et me levai du lit, grimaçant à cause de la douleur tandis que je faisais un pas vers la porte pour tendre l'oreille.

Silence.

Aucun bruit. Il devait être parti. Je saisis la poignée et poussai la porte avant d'attendre à nouveau. Mais il n'était pas là, ni debout à l'entrée de l'escalier à me regarder, ni en train de me lancer un regard furieux depuis la porte de sa chambre. J'ouvris donc la porte plus grand et me dirigeai sur la pointe des pieds vers la salle de bain juste après sa chambre. Mon pouls accélérait, tambourinant contre mon crâne alors que je fermais la porte de la salle de bain et me dépêchais de faire pipi.

Le soulagement me fit frissonner lorsque je pus enfin vider ma vessie. Je me suis essuyée puis levée, la panique m'envahissant au moment où je me suis retournée. Devais-je tirer la chasse et risquer qu'ils entendent ? Je ne pouvais pas laisser ça toute la nuit. Pas question. Ils sauraient que c'était moi. Je refermais le battant sans bruit, priant pour que le son ne soit pas trop fort, puis j'ai appuyé sur la chasse, grimaçant lorsque l'eau se mit à jaillir.

Mais ce n'était pas fort, juste un grondement sourd qui disparut en une seconde.

— Dieu merci.

Je me dirigeais vers l'évier, me lavais les mains avant de les sécher sur ma serviette et de sortir.

Une partie de moi s'attendait à ce qu'il m'attende dehors. Mais il n'était pas là. Il n'était nulle part. Je souris en passant devant sa chambre, plus lentement cette fois. Il était sans doute au lit, ou en train de bouder, l'ouïe assourdie par ce casque de jeu que j'avais vu hier en passant devant la porte ouverte de sa chambre.

Tobias était un connard, contrairement à ses frères, qui avaient fait des efforts au dîner pour être gentils avec moi. Ils avaient compris que ce n'était que temporaire. Demain, ou après-demain, ma mère pourrait de nouveau accéder à ses comptes et nous pourrions partir d'ici. Je léchai mes lèvres sèches en jetant un coup d'œil vers la porte ouverte de ma chambre, mon corps souffrant encore un peu de l'envie de faire pipi. Après un verre de lait, je pourrais me calmer. Cela avait toujours fonctionné chez moi.

Je descendis doucement les escaliers, jusqu'à ce qu'un son étouffé me rende immobile. Mais il disparut aussitôt. Probablement rien... jusqu'à ce que ça vienne à nouveau... un son rauque... de supplice.

— Putain, t'es bonne, grogna une voix masculine. Je jetai un œil à la porte fermée en comprenant que c'était la chambre de Creed.

La chaleur me monta aux joues. Je rebroussais lentement chemin, jusqu'à ce que la voix d'une femme retentisse.

— Plus fort, Creed... putain, baise-moi plus fort.

Je jetai un coup d'œil à la porte alors qu'une onde de choc glaciale me frappait, ponctuée par le bruit de la chair contre de la chair.

— *Creed...* gémissait ma mère.

Je sursautai et mon regard se porta sur le mouvement qui sortait de l'ombre. Je suis restée figée lorsque Tobias sortit de l'ombre dans le couloir devant de leur chambre, ses yeux sombres et inébranlables trouvant les miens.

Il était là... à écouter.

À les écouter.

— *Elle*, grogna Creed depuis la chambre.

Et ma mère cria. Le son fut étouffé aussi vite. Mais je savais... je savais ce qu'ils faisaient, et Tobias le savait aussi.

Le dégoût me frappa comme une gifle en plein visage. Les larmes me montaient aux yeux et je trébuchais en arrière. Tobias me regarda partir en courant, mes pieds glissant presque sur les marches alors que je me précipitais vers ma chambre, fermant la porte avec un léger bruit derrière moi.

*Non...*

*NON !*

Je serrai les poings alors que la rage affluait à la surface.

Le bruit lent et méthodique de ses pas se rapprochait tandis que Tobias montait les escaliers.

Je me retournais, fixant la porte fermée de ma chambre.

J'allais le frapper s'il l'ouvrait.

Je crierais et me jetterais sur lui, lui arracherais les yeux et lui frapperais la tête contre le mur. Je lui ferais mal, par tous les moyens possibles. Un gémissement sortit de mes lèvres alors que le son des gémissements de ma mère envahissait mon esprit. Les larmes qui menaçaient de couler brouillèrent la porte devant moi avant que je me retourne pour me jeter sur le lit, m'enfonçant dans le matelas mou et les draps en pagaille.

*Non... Maman. Non.*

Ces sons me hantaient alors que je fermais les yeux. Un cri resta coincé dans le fond de ma gorge. Je plaquai ma main sur ma bouche avant d'enfoncer mon visage dans l'oreiller. *Elle... elle a baisé avec lui.*

*Elle a baisé un étranger dans sa propre maison pendant que ses fils dormaient.*

Non.

Ils ne dormaient pas.

Pas tous, en tout cas.

Et ce n'était pas un inconnu.

*J'ai rencontré ta mère à l'université.* Je fermais les yeux alors que les mots de Creed me revenaient en mémoire. Ils se connaissaient. Bien sûr qu'ils se connaissaient. Ils étaient amants. Je serrais les poings alors que ce cri de rage suffocant s'enfonçait dans ma gorge.

Je ne pouvais pas respirer... je ne pouvais pas... je pressais mon visage plus fort contre l'oreiller.

Les yeux sombres de Tobias me hantaient, lui se tenant devant la chambre de son père, à les écouter. Le dégoût me saisit, arrachant finalement ce son sauvage de ma poitrine. Je devais partir d'ici... et il fallait que j'emmène ma mère avec moi.

# Chapitre Six

## TOBIAS

J'ÉCOUTAIS SES PETITS GÉMISSEMENTS LAMENTABLES ALORS qu'elle pleurait et chouinait, je détestais qu'une partie de moi soit dans le même état. Mais on était différents. Très différents. Je retournai dans ma chambre et fermai la porte.

La haine s'empara de moi lorsque je jetai mes clés sur la commode et que je retirai mes bottes d'un coup de pied. C'était la dernière trahison que j'attendais. J'étais surpris que ça ait pris autant de temps. Je parie qu'il avait eu hâte que ma mère meure, qu'il avait eu hâte de tourner la page et de baiser d'autres nanas, sans avoir à se cacher en tout cas. Je savais très bien qu'il n'en avait rien à faire lorsqu'elle était encore là. Mais pourquoi avec cette femme-là ?

Pourquoi la mère de cette petite salope ?

J'ai enlevé mon t-shirt en entendant ses sanglots, je serrais les poings et regardais la porte d'un œil noir.

— Ferme-la ou je vais te donner une bonne raison de pleurnicher, marmonnai-je.

Les sons devinrent plus silencieux et j'allais vers mon lit. Je déboutonnai mon jean et l'enlevai avant de me faufiler sous les draps. Mais je ne fermais pas les yeux. Au lieu de ça, je fixais le plafond dans la pénombre, leurs grognements et gémissements remplissant le vide de mon esprit.

Mais c'était surtout ses yeux choqués qui brûlaient au milieu des gémissements.

Le blanc de ses yeux perçant la pénombre.

La manière dont elle m'avait regardé alors que j'étais apparu devant elle. Je ne savais pas pourquoi j'avais voulu qu'elle me voie, pourquoi je voulais qu'elle se sente aussi trahie que moi. Pourquoi j'avais voulu qu'on partage ce moment, ce moment atroce. Je fermais les yeux et me tournais sur le côté alors qu'une vague de parfum me fouetta le visage.

*Vanille.*

J'ouvris les yeux et vis le tissu pâle dans le noir. Sa culotte. Douce, usée, une culotte en coton que seule une gentille fille pouvait porter. Je passai ma langue sur mes lèvres alors que la panique s'empara de moi lorsque je la pressais contre moi. Dans mon esprit, les sons de nos parents étaient les nôtres.

Ma toute petite souris.

Bordel, le fantasme me fit bander.

Mais elle n'était pas docile... non, dans mon esprit elle se tordait et se crispait, se débattait pour ne pas perdre sa virginité. Je serrais la culotte entre mes doigts, sentant mes boules se crisper et durcir. Il y avait quelque chose en elle qui me rendait comme ça...

Elle était comme un phare dans ma nuit...

Et j'étais la nuit... *qui n'attendait que de la dévorer.*

Mais je n'allais pas me branler cette fois-ci. Au lieu de ça, je laissais le fantasme se dérouler dans mon esprit et plus il devenait intense, plus je réalisais que je la voulais. Je voulais cette petite souris. Je voulais la voir se tordre, ses joues rougir. Regarder le reflet de ma propre douleur dans ses yeux.

Je voulais qu'elle se sente comme moi : blessée, abandonnée... trahie. Je voulais qu'elle pleure et qu'elle se débatte, qu'elle soit humiliée. Une pointe d'adrénaline traversa mon cœur à cette idée barbare. Je fermais les yeux en prenant une grande inspiration, laissant son déclin défiler dans mon esprit... puis je m'endormis.

MES YEUX BRÛLAIENT lorsque je me suis réveillé, mon cœur tambourinait et un vent de panique me fit ouvrir brusquement les yeux et je me redressai. En jetant un œil dans la pièce sombre, je ne vis rien d'autre qu'une pénombre inquiétante. *C'est quoi ça ?* Ma main saisit quelque chose et je baissai les yeux.

*Blanc.*

Je clignai des yeux pour clarifier ma vision et regardai à nouveau.

Une *culotte* blanche...

Soudain, tout était clair... la nuit dernière... les gémissements qui provenaient de la chambre de mon père. Le poids dans mon estomac se retourna alors que le dégoût m'envahit puis se transforma... devint plus intense, plus froid... Je jetai un œil vers la porte puis vers mes mains. Ce dégoût devenait quelque chose à la fois terrifiant et excitant.

Je repoussai les draps et me levai pour sortir de ma chambre et me diriger vers la salle de bains pour me soulager. Puis je sortis pour aller vers la chambre de Nick, et entrai en donnant un coup de pied dans une petite culotte en dentelle noire. Il dormait encore, un bras autour de Natalie... nue et étendue à côté de lui.

Ses gros seins tombaient sur le côté, ses mamelons sombres doux et lisses. Je fis un pas dans la chambre, détournant mon regard de sa poitrine vers son ventre rond et son mont de Vénus rasé. Et pourtant je ne ressentis rien, pas une once de désir, pas même un spasme de queue. Elle aurait aussi bien pu être un mec.

— Hé, dis-je en regardant mon frère. Debout bordel.

— Dégage, marmonna-t-il sans même ouvrir les yeux.

J'ai donné un coup de pied dans le lit et la copine de mon frère gémit.

— Faut qu'on parle.

— Nick, marmonna-t-elle en se tournant. Dis au vilain garçon de partir.

*Le vilain garçon ?* me dis-je en la regardant d'un œil noir quand Nick ouvrit les yeux.

— Quoi putain ?

Je me contentais de regarder la salope à ses côtés puis je vis son œil noir à nouveau.

— Ok... dit-il en grognant et en lui donnant un petit coup. Nat... faut y aller.

— Bordel, *sérieusement ?* s'exclama-t-elle puis poussa un long soupir en ouvrant les yeux, me poignardant de son regard mauvais alors qu'elle se levait du lit. Tu sais t'es vraiment une plaie pour ce monde.

— Ravi de te voir moi aussi, Natalie, marmonnai-je. Passe le bonjour à Derek.

Un oreiller vola jusqu'à moi et me frappa au ventre. Natalie se contenta de rouspéter en ramassant ses vêtements au sol avant de les enfiler à la va-vite. Je me fichais d'elle. Je regardais fixement mon frère, qui la regardait fadement jusqu'à ce qu'elle ouvre violemment la porte de la chambre et qu'elle sorte en furie.

— Bien joué, marmonna Nick. Maintenant elle va m'en vouloir pour le reste de la semaine parce que t'as joué les connards.

— Qu'est-ce qu'elle foutait là d'abord ? Elle t'a trompé...

— C'était une erreur, dit-il en détournant les yeux.

— Quelle fois ?

Des étincelles de haine brillaient dans son regard.

— Ta gueule, Tobias.

Le problème, c'était qu'il s'en prenait à la mauvaise personne. J'avais entendu comme elle l'avait supplié de se remettre avec elle en lui disant que tout ça était un malentendu... enfin au début, jusqu'à ce que la vérité éclate au grand jour. Puis il y avait eu les larmes. Et comme la bonne poire qu'il était, Nick avait accepté de se remettre avec elle.

Mais c'était seulement une question de temps avant qu'elle recommence. Si ce n'était pas avec Derek Carmichael, ce serait un tocard quelconque. La porte d'entrée fut claquée violemment.

— Tu mérites mieux.

— Et toi tu peux la fermer, cria-t-il en sortant du lit. Tu connais quoi à l'amour, de toute façon ?

— Tu l'aimes, t'es sérieux ?

Il retroussa les lèvres et me fit un doigt d'honneur en cherchant son caleçon.

— Et qu'est-ce qu'il y a de si important pour que tu interrompes mon sommeil ?

— Papa se tape une gonzesse.

Il se figea puis me lança un regard noir et surpris.

— Quoi ? *Qui* ?

— A ton avis, tête de nœud ?

Il prit un instant avant de réaliser.

— La femme en bas ?

Je hochai la tête.

— N'importe quoi, dit-il en enfilant son caleçon avant de passer une main dans ses cheveux. Tu mens.

— Je les ai entendus hier soir.

Il déglutit et fouilla mes yeux pour y trouver la vérité, puis il eut un mouvement de recul.

— Putain... *elle* ?

— Elle, répondis-je. Et j'étais pas le seul à les entendre, d'ailleurs.

— Caleb aussi ?

— Non, pas Caleb, dis-je en secouant la tête.

Puis il comprit, je vis le lien se faire dans son esprit, ce tressautement juste avant le choc, puis lorsqu'il prit la parole à nouveau, sa voix était rauque.

— Elle a entendu sa mère et notre père ?

Je hochai la tête.

Il essaya de la combattre, l'image qui lui venait, de moi, et d'elle... à entendre nos parents baiser.

— Comment elle a réagi ? demanda-t-il en posant lentement les yeux sur moi.

— Cette petite conne ne savait pas ce que c'était au début. J'ai entendu les gémissements en allant dans ma chambre... puis je l'ai entendue descendre pour aller à la salle de bains. Elle s'est arrêtée quand elle a entendu sa mère dire à papa de la baiser plus fort.

— Putain, dit-il en passant sa langue sur ses lèvres. Elle a entendu ça ?

— Oui...

Une montée d'adrénaline surgit en moi, tambourinante, tremblante. Il n'avait pas besoin de me regarder pour deviner que ça me plaisait, et lorsque je le vis déglutir et retenir son souffle, je sus que ça lui plaisait aussi.

— C'est juste une gamine.

— Elle a dix-huit ans.

— Une gamine.

— Je parie qu'elle a jamais baisé.

Il ferma les yeux.

— Tobias, arrête, espèce de tordu, grogna-t-il.

— Je l'ai vue porter un des t-shirts de Caleb, avec ses petits tétons durs et dressés.

Il baissa la tête en la secouant.

— Non.

— Sa mère se tape notre père alors que ça fait même pas un mois que maman est partie, dis-je. Tu penses qu'il va lui dire de s'en aller maintenant ?

— C'est un mec bien, grogna mon frère en levant la tête pour croiser mon regard.

— Tu arrêtes pas de dire ça, un jour tu vas finir par le croire, dis-je en m'approchant. Une petite chatte fraîche et innocente, dis-je. Je suis sûr que personne ne l'a jamais léchée. Je suis sûr qu'elle a un goût... *parfait.*

Qu'elle est plus pure de Natalie...et j'avais occupé la chambre adjacente à celle de mon frère assez longtemps pour savoir qu'il aimait non seulement baiser, mais aussi brouter.

— Tu l'as touchée ? demanda-t-il. Mais cette fois, il n'y avait aucun dégoût, cette fois, je vis une excitation surgir dans son regard.

— Pas encore, répondis-je alors que le désir et la haine se confondait. Mais un jour...

— Si papa le sait, il te mettra à la porte.

— Ce serait pas la première fois, hein ? dis-je en croisant son regard. Et puis, je ferai rien s'il les fait partir. Si elles partent, alors je poserai plus jamais les yeux sur Ryth.

— Mais si elles partent pas ?

— Alors j'imagine que je vais devoir passer ma colère sur ce jeune et joli corps, non ?

— T'es taré, marmonna-t-il.

— Et ça t'excite autant que moi. La seule différence c'est que toi tu es trop peureux pour faire quoi que ce soit. Tu vas te contenter de baiser la même salope qui te trompe et faire croire que c'est de l'amour.

— Dégage Tobias, m'avertit mon frère. Avant que j'oublie que t'es mon frère et que je te tabasse.

Il le ferait... Je l'avais déjà vu en colère.

Je l'avais vu défoncer un pare-brise avec le poing.

Et je l'avais vu partir sans se retourner.

Mais je ne l'avais jamais vu aussi tourmenté que maintenant alors qu'il passait sa langue sur ses lèvres en regardant vers la porte. Il y pensait. *Oh oui, il y pensait.* Son corps désirait ardemment ce que son esprit savait être immoral. C'était seulement une question de temps avant que l'un de nous deux gagne... la question était, *qui de nous deux ?*

# Chapitre Sept



— Je pensais que ton ordinateur pourrait s'avérer utile.

Je regardais le beurre se répandre dans l'assiette.

— Ryth ?

Je la détestais. Je détestais qu'elle soit devant moi, que je ne puisse pas supprimer *ces* gémissements de mon esprit.

— *Ryth ?*

— *Quoi ?* dis-je en levant les yeux.

Ma mère sursauta comme si je lui avais donné une claque.

— Qu'est-ce que t'as aujourd'hui ?

*C'est plutôt qu'est-ce que TOI tu as ?* avais-je envie de crier. *Oh, c'est vrai... t'as été baisée !* Je posai le regard sur Creed, assis à l'autre bout de la table, ses lunettes de lecture dans une main et son iPad dans l'autre, me regardant avec un air interloqué.

Mais ils ne devraient pas être surpris. Ils devraient plutôt avoir *honte*.

Elle m'avait fait un sourire lorsque j'avais réussi à rassembler assez de courage pour descendre les escaliers et lui faire face. Elle faisait comme si tout était normal, dans la maison d'un inconnu, et pendant un instant, j'aurais pu y croire. J'aurais pu croire que la nuit dernière était seulement un mauvais rêve... Jusqu'au moment où Creed était descendu et que ma mère lui avait souri, le genre de sourire qu'elle n'avait jamais fait à mon père... mon père qui était maintenant derrière les barreaux.

Il n'était plus possible de se tromper désormais. Je les avais entendus la nuit dernière. *Tous les deux.* Elle n'avait même pas la politesse de paraître gênée.

— Qu'est-ce que t'as ce matin ?

— Je pourrais te demander la même chose, dis-je lentement, le cœur battant.

J'avais envie de lui dire que je savais pour eux, mais les mots étaient prisonniers de ma gorge, formaient une boule serrée que je ne parvenais pas à déloger. Je ne pouvais pas leur dire. Je ne pouvais pas prononcer les mots parce qu'une fois que ce serait fait, tout changerait.

Un bruit de pas lourds surgit derrière moi. Les poils sur mes bras se dressèrent lorsque Tobias arriva dans la cuisine, torse nu, les cheveux encore humides de sa douche, il dégageait une odeur masculine qui me frappa lorsqu'il passa à côté de moi.

— Salut papa, dit-il en prenant une tasse dans le placard du haut avant de la glisser sous la machine à café avant de l'allumer et de se retourner. Salut, Elle, dit-il à ma mère.

— Salut Tobias, dit-elle doucement, son attention détournée de moi.

— Désolé pour hier soir.

Elle se raidit puis lança un regard à Creed, qui leva un sourcil étonné.

— Pour m'être énervé, ajouta Tobias en passant lentement à côté de moi.

— C'est pas grave, dit-elle doucement alors qu'en sentiment de soulagement se lisait sur son visage. Je comprends.

Il se contenta de me regarder de son regard sombre.

— Ça n'excuse pas que je me sois emporté comme ça. Je sais que papa essaye juste de vous aider à retrouver un toit. Alors j'essaierai de me contenir un peu la prochaine fois.

Mais il y avait quelque chose dans son regard noir, une sorte de danger que j'étais la seule à voir.

— M-merci, répondit-elle, inconsciente du fait qu'il se moquait d'elle, puis elle passa une langue sur ses lèvres, impatiente que la conversation reprenne.

— Tu devrais demander à Tobey de te parler de Duke, suggéra Creed. Il a terminé là-bas il y a quelques années.

*Duke ? L'établissement de Duke ?*

— Oh, tu as envie d'aller là-bas ? demanda-t-il prudemment en se tournant vers moi.

— Quoi ? La panique m'envahit alors que je détournais les yeux vers ma mère.

— C'est ce que j'ai essayé de te dire, dit-elle en lançant un regard à Creed. On pensait que tu pourrais changer d'établissement ?

*On ? Depuis quand c'était devenu "on" ?*

Depuis hier soir. Une douleur me déchira le cœur. Je secouai la tête.

— Je suis en terminale.

— Ce sera très simple comme transfert, dit-elle en me souriant, sachant très bien ce qu'elle faisait. Tu auras juste quelque cours, puis tu passeras tes exams et c'est tout.

*Ils en avaient parlé ? Tous les deux ?* Je sentis mes joues rougir.

— Non, maman.

— Si c'est le trajet qui t'embête... commença Creed. Je suis sûr que Tobias sera ravi de t'emmener en voiture.

Une colère surgit dans le regard de Tobias alors que son café coulait.

— Tu vois, dit ma mère avec un grand sourire. Tobias sera content de t'amener, ma chérie.

Mais il n'avait pas l'air ravi du tout. Les muscles de sa mâchoire étaient crispés, puis il prit la tasse de café et la porta à ses lèvres, sans détourner son regard de moi.

Elle ne le voyait pas, cette haine brute qui sommeillait en lui. Le genre de haine qui me foutait les jetons.

— Bien sûr, dit-il. Si tu veux que je t'amène.

— Je pensais qu'on allait rentrer à la maison, dis-je doucement en regardant ma mère. *S'il te plaît, maman, non...*

— Ryth, l'incendie a tout détruit. On n'a plus de maison, dit-elle en se levant pour s'approcher de moi. Enfin, dès que j'aurai récupéré mes comptes, je m'étais dit qu'on pourrait habiter quelque part dans le coin.

Elle veut toujours qu'on parte d'ici, c'est déjà ça. Peut-être que cet épisode avec Creed était juste une *erreur*. Elle était sûrement bourrée. Peut-être même tous les deux. La culpabilité m'envahit.

— Ça peut prendre un bout de temps, ajouta Creed. Ces putains de flics avaient l'air très intéressés par ta mère. Mais d'ici-là, sachez que vous êtes ici chez vous. Tu peux faire ce que tu veux de la chambre. On peut même t'acheter un bureau et une chaise, peut-être aussi une petite bibliothèque. Qu'est-ce que t'en dis ? dit-il en me faisant un clin d'œil.

Tobias se figea avant même d'avaler sa gorgée de café. Je vis un tressautement dans le coin de son œil, les muscles de sa gorge se tendirent avant qu'il avale son café. Les muscles de sa mâchoire étaient serrés alors que dans ses yeux, les étincelles devenaient plus froides... puis elles me firent penser à des éclats.

Des éclats de verre...

Soudain, j'eus l'impression que le terrain de jeu était défini. Ce regard glacial me clouait sur place, et ma mère... ma mère se contentait de *sourire*, elle ne voyait pas que cet enfoiré me fixait. Je voulais lever la main pour cacher ma joue. Je voulais m'éloigner lentement jusqu'à trouver les escaliers puis me mettre à courir.

J'avais envie de me barrer de cette maison et de partir loin de ce regard glaçant que ce con me lançait, et je voulais que cette adrénaline de panique qui tourbillonnait en moi s'arrête. Je voulais que tout ça s'arrête. Lui. Eux.

Mais je n'avais nulle part où m'enfuir, pas de solution pour aller en cours à l'autre bout de la ville pour aller rejoindre les amis qui me protégeaient des moqueries des autres. *Regardez son visage. Bordel, il faudrait lui mettre un sac en papier sur la tête ! Est-ce que quelqu'un aurait un sac en papier pour Ryth Castlemaine ?*

Ces railleries me revenaient à l'esprit. Et je savais qu'elles reviendraient. Dans un nouvel établissement, je serais seule... et vulnérable. Dans un nouvel établissement, on pourrait se moquer de moi. *Pitié, ne faites pas...*

— C'est réglé alors, dit ma mère avec un grand sourire, en regardant Creed, qui se leva de son tabouret pour aller vers elle.

— On doit discuter de deux trois trucs alors on vous laisse tous les deux, dit-il en faisant un clin d'œil à Tobias en partant, nous laissant seuls.

— Ils veulent qu'on soit amis, dis-je en ravalant ma salive.

Il posa son café sur le bord de la table et fit un pas vers moi.

— J'en doute pas.

Je déglutis en repensant à hier soir. Le regard qu'il me lançait à présent était le même qu'hier. Froid. Sauvage. La haine s'échappait de lui alors qu'il baissa les yeux vers mes seins.

Je sursautai, courbant mes épaules comme si je voulais éviter son regard puis je jetai un œil vers les escaliers. Le bruit des pas de ma mère s'étaient maintenant estompés.

— Tu veux que je t'accompagne au lycée, Ryth ?

Mon nom sur ses lèvres sonnait... *faux*. Je sursautai en posant à nouveau le regard sur lui.

— Arrête de me regarder comme ça, dis-je en croisant les bras sur ma poitrine.

— Comme quoi ? dit-il en avançant, m'obligeant à reculer.

— C-comme *ça*.

Il y eut un tressautement sur le coin de sa bouche. Ses lèvres parfaites, rondes et ourlées.

— Je vois pas du tout de quoi tu parles.

Mais je vis à nouveau ce regard noir. Le même que j'avais vu hier soir quand il était devant la chambre de son père.

— Tu veux que je sois ton chauffeur ? dit-il doucement, son regard parcourant mon corps une fois de plus.

Je déglutis, fis à nouveau un pas en arrière puis il avança jusqu'à je butte contre le comptoir à l'autre bout de la pièce. *Arrête... arrête...* Je jetai un œil vers l'entrée de la cuisine.

— Tu as besoin que quelqu'un vienne te sauver ? dit-il en levant une main avant de la poser sur le placard derrière moi.

Je sursautai à nouveau.

— Non.

— Non ?

— *Non*, dis-je à nouveau mais au fond de moi je paniquais.

— Je vais t'emmener, Ryth, dit-il en s'agrippant à la poignée du placard. Sur le bout de mon gland.

Mes joues se mirent à rougir. J'étais choquée.

— Qu'est-ce... qu'est-ce que t'as dit ?

J'avais mal entendu. J'avais *très très mal entendu.*

— T'as très bien compris, dit-il en posant l'autre main sur le comptoir, m'emprisonnant. Après tout, c'est ce que tu veux, non ? Toi... et ta putain de mère. Tu veux te faire baiser, petite souris ? Je suis sûr que t'as jamais eu une queue entre tes jambes, hein ? Je vais t'enlever ta virginité. Mais je ne vais pas être tendre... je serai même un connard.

Ma virginité ? Il sait que je suis vierge ? Un sentiment de peur s'empara de moi. Je jetai un œil vers l'entrée de la cuisine, priant pour que quelqu'un entre.

— Personne ne viendra te sauver.

Je levai les yeux vers lui.

— Je vais crier.

Il sourit simplement.

— C'est ce que j'espérais.

Il allait me faire du mal, m'arracher mes vêtements, me tripoter le corps. Il me pilonnerait et ne serait pas tendre. Il me baiserait comme dans les pornos. Une chaleur surgit en moi à cette idée et je ravalai ma salive.

*Bouge !* me criait la peur en moi. Je fis un pas sur le côté, mais il se déplaça aussi, me bloquant le passage. La panique me fit sursauter lorsqu'il repoussa quelques mèches de mes cheveux sur le côté. Son regard s'attardait sur cette vilaine marque sur ma joue, puis il baissa la main et la posa sur ma poitrine.

— *Non !* criai-je en le repoussant, mais il saisit mon poignet en le maintenant derrière moi. *Lâche-moi !*

Mais il ne bougea pas. Il avança son corps contre le mien, se frotta contre mes seins, ses doigts puissants me pincèrent jusqu'à ce que la peur me remplit.

— Personne ne t'aidera, Ryth, parce que tu es à moi. J'ai le droit de jouer avec toi, je te possède si je veux. Tu emménages chez moi, tu dors dans la chambre où il y avait toutes les affaires de ma mère... pendant que *ta mère* baise mon père. *Voilà* ce que tu récoltes quand tu essayes de briser ma famille.

Son visage devint flou sous les larmes qui me montaient aux yeux.

— Je n'ai rien voulu briser. Je ne veux pas être ici autant que tu ne veux pas que je sois là, dis-je à travers mes larmes qui brouillaient son visage de colère.

— Tu vas pleurer, petite souris ? dit-il en me poussant contre le comptoir.

Une douleur surgit lorsqu'il se pencha, son souffle chaud sur ma joue alors qu'il regardait ma tache de naissance.

— Tu es ma possession maintenant et je fais ce que je veux de toi.

*Tu es une battante, Ryth.* Les mots de mon père me revinrent à l'esprit alors que je le repoussais violemment.

— *Dégage !* criai-je en me dégageant de son emprise, trébuchant sur le côté puis vers l'arrière, souhaitant m'enfuir. Si tu oses encore m'approcher, je...

— Tu quoi ? dit-il avec un sourire franc.

*Ce putain de sourire.*

— Je ferai en sorte que tu le regrettes, murmurai-je.

— C'est ce qu'on verra, répondit-il avant que je me tourne et me mette à courir vers les escaliers.

Un mouvement flou provint de la porte d'entrée alors que j'arrivais en haut des escaliers. Je fonçai dans un mur... auquel je me rattrapai avant de manquer de tomber en arrière.

— *Waouh,* dit Nicholas en me rattrapant alors que l'inquiétude emplissait ses yeux lorsqu'il regarda derrière moi avant de me regarder à nouveau. Qu'est-ce qu'il s'est passé ?

*Il... il m'a touchée !* Les mots étaient un cri dans mon esprit jusqu'à ce que ce dégoût s'empare de moi à nouveau. Cette sensation qui montait en même temps que la douleur. La chaleur. La home. Je levai les yeux vers Nick au moment où je compris. *Ce n'était pas simplement de la peur que j'avais ressenti quand il m'avait touchée.* Ce n'était pas seulement du dégoût qui gisait au fond du puits noir qu'était mon estomac lorsque je l'avais vu devant la chambre de son père la veille... *quand il les écoutait.*

— Qu'est-ce qu'il a fait ? demanda Nick d'une voix rauque.

La chaleur me monta aux joues alors que je secouais la tête. Je ne pouvais pas lui dire, je n'arrivais pas à prononcer les mots.

La honte s'empara de moi alors que je l'esquivai pour courir dans ma chambre, puis je fermai la porte en la claquant.

Non... non, ça ne peut pas être ça.

*Je vais t'emmener, Ryth. Sur le bout de mon gland.*

Ces mots résonnaient dans ma tête alors que le dégoût et la honte me remplissaient. Je fermai les yeux et appuyai la tête contre le mur en bois.

— *Ryth,* cria Nicholas depuis l'autre côté de la porte.

Je fermais les yeux alors que le tonnerre dans mon cœur fit place à une brûlure.

— Va-t'en.

Il y eut un silence. Je ravalai la boule dans le fond de ma gorge en portant ma main sur mon cœur. Mon téton était dur, pointé contre la paume de ma main. La douleur me traversa et me déchira jusqu'entre mes cuisses alors que je fis glisser mes doigts sur le téton.

*J'ai le droit de jouer avec toi, de te posséder si je le veux.*

Il n'avait pas voulu dire ça. Il voulait juste me faire peur... me faire trembler. Je serrais les cuisses en roulant mon téton entre mes doigts, je caressais les flammes. J'avais vu des mecs comme lui sur les sites, j'avais vu comme ils maltraitaient les femmes... comme les imbéciles de mon lycée. La chaleur me monta aux joues et attira mon attention sur la marque de ma joue.

Comme les gamins de mon lycée.

Mais ce n'était pas le lycée ici...

C'était là où j'habitais.

*Pour le moment.*

J'attendis jusqu'à ce que le son feutré des pas de Nick s'éloignent avant d'oser ouvrir la porte. Le couloir était silencieux... *un peu trop silencieux.* Je sortis et courus vers la salle de bains avant de verrouiller la porte derrière moi. Des respirations haletantes s'échappaient de mon torse et je me suis penchée au-dessus du lavabo avant d'ouvrir le robinet.

C'était un moqueur... Il voulait juste se moquer.

Comme les mecs du lycée.

Je rassemblais de l'eau pour m'en asperger le visage.

Mais lui c'était pas ça... *il était pire.*

Il fallait que je me barre d'ici, loin de cette maison et de ces gens. Si ma mère ne voulait pas m'aider, alors je partirais seule. Je fermai le robinet, me séchai le visage et sortis de la salle de bains pour descendre au deuxième étage. Mon regard se porta sur la porte de la chambre de Creed et une vague de dégoût m'envahit.

J'essayais de repousser le souvenir de la nuit dernière puis je frappai à la porte de son bureau.

— Creed, dis-je avant d'attendre.

Mais il n'y eut pas de réponse. Je frappai à nouveau, un peu plus fort cette fois et j'ouvris la porte.

— Creed ?

Le bureau était vide, il n'y avait personne. Où étaient-ils ? Curieuse, j'entrai. La pièce était belle, il y avait des étagères noires remplies de bouquins qui avaient l'air cher et qui couvraient tout le pan de mur. Je m'approchai de livres bordeaux avec des gravures dorées. *Justice criminelle pour les coupables.*

— Les coupables ? murmurai-je en passant mes doigts sur les bords avant de porter mon attention sur le bureau.

C'était qui ce mec, après tout ?

Un avocat, oui. Quelqu'un qui avait rencontré ma mère il y a des années. Des papiers étaient éparpillés sur le bureau. Je jetai un œil par-dessus mon épaule vers la porte et je m'approchais plus près en parcourant ce que je n'aurais pas dû voir. Mais à ce moment-là, je m'en fichais. Je voulais me barrer d'ici, loin de son enfoiré de fils...

*Banque de Phoenix...*

Je pris l'un des papiers et le lus.

*Comptes gelés,* de l'IRS.

— Quoi ?

Alors ils disaient juste. Mais il y avait autre chose. Tous nos comptes en banque étaient gelés, et tout notre argent était... *parti.* Il voulait vraiment nous aider.

— Ryth ?

Je me tournai, le papier toujours en main et je regardais Creed me scruter. Il parcourut la pièce du regard puis me regarda à nouveau.

— Tout va bien ?

Ma mère le suivit, elle avait les yeux brillants comme si elle venait de pleurer. J'avais l'impression que le sol s'ouvrait pour m'avaler. Il avait vraiment voulu nous aider. Il m'avait acheté des choses avec son propre argent, *des choses chères.*

Des choses qu'il n'avait pas besoin d'acheter.

Il avait fait tout son possible pour nous aider, en nous offrant son toit. J'étais stupide d'être entrée là pour demander... quoi ? Qu'on s'en aille ? Je voyais enfin la vérité et jetai un regard à ma mère, comprenant enfin. *On avait réellement nulle part où aller.*

— Ryth... je.... commença ma mère.

— Je m'en vais, l'interrompis-je alors que je croisai le regard de Creed. J'irai à Duke si vous voulez.

Les yeux de ma mère s'agrandirent de surprise, alors qu'une impression de soulagement se lisait sur son visage.

Mais Creed sourit et traversa la pièce en prenant le papier que je tenais, puis il me prit dans ses bras.

— Je savais que tu réfléchirais. Merci, Ryth, ça compte beaucoup pour ta mère et moi.

Je le laissais m'enlacer avant de m'éloigner doucement.

— Mais à une condition. Je veux que ce soit Nick qui m'emmène.

Creed acquiesça et son sourire devint plus grand.

— Entendu.

# Chapitre Huit

## RYTH

— Tu veux que je t'accompagne à l'intérieur ? demanda Nick en regardant l'entrée du lycée. Ou je peux te laisser là ?

Mon cœur battait à tout rompre, la panique m'envahissait. Mais je déglutis en serrant mon MacBook contre moi, puis j'ouvris la portière.

— Merci, ça va aller.

J'avais le feu aux joues ; je baissais les yeux en plaçant une mèche de cheveux devant ma joue d'un geste nerveux. *Ne me regarde pas... pitié, ne me regarde pas.* On était devant un groupe de filles agglutinées sur le trottoir. Mais elles ne se moquèrent pas de moi... elles ne m'avaient même pas vue.

— Putain, c'est pas Nick Banks ? marmonna l'une d'elle en le fixant.

La Mustang bleu nuit vrombissait, grondait et attirait tous les regards de femmes. Évidemment tout le monde le connaissait, surtout les nanas. Enfin, comment ne pas le reconnaître ? Mystérieux, dangereux... *et hyper canon.*

Moi aussi je l'aurais remarqué… si je ne vivais pas sous le même toit. J'aurais remarqué et puis… j'aurais *paniqué*. Tobias apparut dans mon esprit, son geste de me pincer le téton, la manière dont il m'avait coincée dans la cuisine, et ce regard sauvage. *Tu veux que je t'emmène, Ryth ?* Je serrais l'ordinateur contre moi en chassant ce souvenir jusqu'à ce que j'entende la Mustang vrombir.

Je m'attendais presque à ce que Nick passe à toute vitesse devant le lycée comme le faisaient les beaux gosses riches. Mais non, il roula lentement, quelques mètres derrière moi.

— *Hé, Ryth !* cria-t-il en baissant la vitre côté passager.

Le feu s'intensifia en moi alors que je jetai un œil par-dessus mon épaule.

Je vis une sorte d'inquiétude dans son regard alors qu'il fit un signe de tête vers l'endroit où il m'avait déposée.

— Je te récupère tout à l'heure, ok ?

Je me contentais de hocher la tête, puis j'avançais à grands pas, sentant le poids de l'attention alors que je me dirigeais vers le bâtiment administratif. Ça faisait plusieurs jours que j'avais accepté de venir dans cet établissement. Juste assez de temps pour essayer d'oublier ce que cet enfoiré de Tobias m'avait fait dans la cuisine, et juste assez pour que le sentiment de panique s'intensifie à l'idée de fréquenter un nouvel établissement en plein milieu de ma dernière année.

Creed Banks avait appelé en avance et évidemment tout le monde m'accueillait avec bienveillance. Pourquoi ne serait-ce pas le cas ? Il est riche et puissant. Ce qu'il veut, il l'obtient. Je voulais seulement que mon père sorte de prison et qu'on forme à nouveau une famille. Je passais les portes, mes baskets grinçaient sur le sol en lino alors que je scrutais le hall d'entrée, vis un panneau puis me dirigeais vers l'accueil.

Quand je poussai la porte, je n'entendis aucun bruit. Quelques élèves plus jeunes étaient assis sur un banc et l'un d'eux se tenait debout à côté d'un distributeur de journaux.

— Besoin d'aide ? me dit une femme de l'autre côté du comptoir.

Je passai la langue sur mes lèvres en rabattant mes cheveux sur mon visage, gardant ma main sur ma joue, puis je m'approchai.

— Je suis Ryth Castlemaine, la nouvelle élève.

— Oh, Ryth. On t'attendait, dit-elle en souriant puis fit un signe de la main qui s'adressait à quelqu'un derrière moi.

Je regardai furtivement par-dessus mon épaule le mec qui se trouvait près du distributeur à journaux, puis je détournai le regard. Il était canon, avec des yeux bruns, des fossettes et quand il se tourna vers moi, il me sourit. La panique s'empara de moi lorsque je fis à nouveau face à la femme.

— Qu'est-ce... qu'est-ce que vous faites ?

Elle me sourit gentiment puis fronça les sourcils.

— Tu vas te faire accompagner. Gio s'est porté volontaire pour t'amener à ton premier cours.

— C'est pas nécessaire, marmonnai-je en entendant le son de ses pas qui se rapprochaient. J'ai juste besoin de l'emploi du temps et d'un plan.

— Mais non, dit-elle en croisant le regard de Gio avant de lui sourire. C'est important de se faire des amis, surtout le premier jour.

Je ne voulais pas que ce soit mon premier jour.

Je ne voulais pas me faire des amis.

Je voulais juste mon emploi du temps. Pourquoi elle ne pouvait pas juste me donner mon emploi du temps ?

Elle tendit la main sur le côté et attrapa quelque chose avant de me le tendre.

— Bienvenue à Duke, Ryth. J'espère que tu te plairas ici.

Je me suis forcée à sourire et pris le papier avant de tourner les talons en ayant envie que le sol ou le mur m'avale.

— Enchanté, dit-il avec un sourire nerveux avant de détourner le regard avec un léger haussement d'épaules. Je m'appelle Giovani, mais on m'appelle Gio.

— Moi c'est Ryth, marmonnai-je.

— Ouais, j'avais compris, dit-il en souriant avant de faire un hochement de tête en regardant le sol.

J'avais envie de partir à la course, et quand je dis ça, je veux dire courir sans m'arrêter. J'attendis qu'il me montre le chemin alors qu'on empruntait un couloir. Je me sentis rougir, une vague glissant de mon cou jusqu'à mon visage. Je m'attendais à sa grimace lorsqu'il poserait les yeux sur la cicatrice de ma joue, puis il me poserait des questions... avant de se moquer quand il retrouverait ses amis.

— V-voilà, bégaya-t-il avant de s'arrêter. Ton c-cours.

Il bégayait.

Il bégayait vraiment.

Il regardait mon visage choqué puis détourna les yeux.

— Généralement ça-ça va, mais c'est juste quand je-je suis nerveux.

— Tu bégayes quand tu es nerveux ?

Il passa sa langue sur ses lèvres et hocha la tête.

— Ouais.

— Mais pourquoi tu es nerveux avec moi ?

Ses joues se mirent à rougir et il baissa les yeux. Oh merde... d'accord. Ce besoin de m'enfuir à la course se figea alors que je le regardais. Il était grand, musclé, et de toute évidence populaire.

*Vraiment ? Est-ce qu'un mec populaire accompagnerait une nouvelle élève lors de son premier jour ? Quelqu'un qu'il ne connaissait même pas ?*

— Alors, on dirait que tu as cours avec Harkins avec moi pour commencer, dit-il en changeant de sujet. Elle est parfois pénible, surtout si on est en retard, alors on ferait mieux d'y aller.

Je le suivis, sentant l'orage qui grondait en moi se dissiper. Peut-être que ça n'allait pas être si horrible après tout. Peut-être que j'allais pouvoir faire les six derniers mois de mon année un peu... *normalement, comme tout le monde ?* Cette idée me donnait de l'espoir.

Je le suivis dans la classe et m'installai derrière lui. Les autres me jetaient des regards mais tournaient vite leur attention vers la prof à l'approche des exams, sans me prêter attention plus que ça.

A la moitié de la journée, je me rendis compte que j'étais quasi invisible... mais je me sentis mal à l'aise quand la sonnerie sonna l'heure de la pause déjeuner. Je jetai un œil à Gio puis vers le brouhaha qui surgit dans le couloir en un instant.

— Merci de m'avoir montré le chemin, dis-je en souriant en laissant passer une fille qui passa devant moi à toute vitesse.

Je regardais dans sa direction comme si j'attendais qu'il passe devant moi. Après tout, il avait d'autres amis avec qui manger, non ?

— Tu as faim ? demanda-t-il en me regardant et en m'indiquant le chemin de la cantine.

Manger au milieu d'une cantine pleine de gens qui pourraient se moquer de moi ? Je ne crois pas, non. Je secouai la tête.

— Merci, mais je vais me débrouiller.

— Ok. Je vais prendre un truc au distributeur et manger dehors, tu veux venir ?

— Oui, dis-je soulagée, merci.

Il me fit un petit sourire puis se dirigea vers une rangée de distributeurs contre le mur. Je pris ma carte qui était glissée dans l'étui de mon téléphone et la pressai contre le lecteur. Il me regarda en levant un sourcil.

— Quoi, tu vas me payer mon repas, Ryth ?

Je haussais les épaules.

— C'est la moindre des choses...

Son sourire s'agrandit, dévoilant ses dents, puis il se tourna en faisant craquer ses articulations.

— Bon, alors dans ce cas...

J'ai laissé échapper un rire et il sourit en me regardant. Il prit un sandwich et un coca puis fit un pas sur le côté en attendant que je fasse mon choix. Puis j'attendis avec lui et je pris notre repas avant de sortir du bâtiment.

C'était agréable de sortir au grand air. On trouva une table en retrait puis on s'y installa et pendant qu'on parlait des cours et de ce qu'on allait faire après le lycée, je me sentais... *heureuse.*

— Alors tu as emménagé chez les Banks, hein ? demanda-t-il en prenant une gorgée de coca.

Mon bonheur s'estompa et je hochai la tête.

— C'est temporaire.

— Ces mecs peuvent être de vrais cons, marmonna-t-il en me lançant un regard méfiant. Il faut se méfier d'eux.

*Se méfier ?*

Tobias me revint à l'esprit. *T'es à moi, Ryth.*

— Ouais, marmonnai-je en me forçant à penser à Caleb et Nick. Mais je te l'ai dit, c'est temporaire, le temps qu'on trouve une solution.

Il me regarda et je sentis qu'il avait envie d'en dire plus. Mais au lieu de ça, il termina son coca lorsque la sonnerie se mit à retentir.

— Bon, la fête est terminée. D'ailleurs en parlant de ça, Hanna Kresler fait une fête chez elle ce week-end. Ses fêtes ont plutôt bonne réputation, si ça te tente ?

Mon estomac fit un bond.

— C'est un genre de rencard ?

Il haussa les épaules et se leva de la table.

— Rencard ou pas, je m'en fiche.

*Rencard ou pas ?* Ce serait mon premier. Mon cœur s'accéléra, j'avais envie de demander *pourquoi moi ?* Ou même de me regarder dans le miroir pour voir si cette cicatrice hideuse que je ne parvenais pas à cacher avec du fond de teint avait disparu comme par magie. Mais je savais que ce n'était pas le cas. Même avec son bégaiement, les filles devaient lui courir après, alors pourquoi moi ?

*Tu vas pleurer, petite souris ?* Tobias revenait constamment dans mon esprit. Je n'arrivais pas à le chasser... ni ses mots, ni la sensation de ses mains sur moi.

— D'accord, dis-je en le regardant. Pourquoi pas !

— Vraiment ? dit-il d'un air choqué puis sourit lentement. Super !

Je ne savais même pas comment j'allais m'y rendre et même si j'avais le permis depuis plusieurs mois, j'imaginais qu'emprunter la Mercedes de Creed était hors de question. Je me sentis plus forte lorsque j'entrai en cours aux côtés de Gio. Je pourrais peut-être emprunter la Jeep de Tobias... voler ses clés dans sa chambre pendant qu'il se douche. Je serais partie avant qu'il s'en rende compte. *Qu'il voie à quel point je suis une petite souris...*

Je m'attardais sur cette pensée pendant tous les cours de l'après-midi et lorsque la sonnerie du dernier cours retentit, j'étais presque triste de devoir partir. On avançait au milieu de la ruée d'élèves en direction de la sortie avant de trouver un ciel bleu et un air frais.

— Même heure demain ? me dit Gio en me regardant alors qu'on se dirigeait vers le parking.

Le vrombissement sourd de la Mustang atténuait tous les autres et attira mon regard... et celui de Gio. Il fronça les sourcils en voyant la voiture et j'étais quasiment sûre d'avoir vu une lueur d'agacement dans son regard. Mais lorsqu'il me regarda, cette lueur n'était plus là et il me sourit à nouveau.

Peut-être que j'avais *enfin* un vrai ami.

— Ça marche.

Il me fit un clin d'œil qui me fit frissonner le cœur et il s'éloigna. Je l'ai regardé pendant un instant avant de me retourner vers le tombeur. Nick me fit signe derrière le volant pour attirer mon attention. Comme si je pouvais le louper. Je me fichais que les autres nous regardent au moment où je montais sur le siège passager.

— Tu souris, dit Nick alors que je fermai la portière. C'est un peu bizarre pour un premier jour.

Ma lèvre tressauta. Il ne démarrait pas le moteur.

— Ce mec avec qui tu étais, c'était qui ?

Je haussais les épaules, agacée.

— Personne.

Un instinct de possession m'envahit. Pourquoi avait-il besoin de savoir ? Je ne pouvais pas garder certaines choses pour moi ?

— Je me souviens plus de son nom.

— Fais juste attention à toi, Ry, ok ? marmonna-t-il avant de démarrer le moteur, le faisant vrombir en s'élançant sur la route... pour attirer les regards.

Mon cœur se mit à accélérer alors que je saisis l'accoudoir et il tourna violemment avant d'accélérer à nouveau. *Ry ?* Je jetai un œil à Nick qui regardait la route, son t-shirt noir moulant son corps ferme, son jean noir troué, puis l'avertissement de Gio me revint à l'esprit. *Ces mecs peuvent être de vrais cons. Il faut se méfier d'eux.*

Je ne vivais chez eux que depuis une semaine. Une semaine à vivre sous le même toit. Il était évident que Tobias était un connard et un emmerdeur. Mais Nick... Nick était sympa et Caleb aussi, quand je l'avais croisé.

Nick a dû sentir que je réfléchissais et il me regarda.

— Quoi ?

— Rien, dis-je en sentant mes joues rougir.

Il ne s'était pas moqué de moi, il n'avait même pas regardé une seule fois ma joue. Ce regard intense rivé sur moi qui ressemblait étrangement à celui de Tobias, puis il détourna les yeux.

— Ça te dit un milkshake ? Je connais un endroit sympa.

— Un milkshake ? Tu sais que je suis plus une gamine ?

Il gloussa, marmonna quelque chose et tourna le volant brutalement vers la droite pour filer dans la rue.

— Ouais, je sais, dit-il avec un grand sourire avant de me chatouiller les côtes.

Je me mis à rire. C'était vraiment un mec sympa.

Il me conduit à un petit café et se gara dans une allée, nous plongeant dans une faible luminosité avant de me dire :

— Attends-moi là.

Puis il descendit.

Il m'avait donné un ordre.

*Comme s'il avait le droit de me dire quoi faire.*

Ça devrait me mettre en colère et je devrais faire le contraire de ce qu'il demande. Je regardais la poignée, me visualisant presque en train d'appuyer dessus pour faire ce qui me plaisait. *Défier son autorité.*

J'eus du mal à respirer alors que je regardais Nick s'éloigner dans le rétroviseur. C'est ce que je voulais. Le défier. Défier ma mère... et *Tobias.*

Quelque chose de dangereux déchirait mes entrailles et me fit me tordre sur le siège pour trouver un peu d'apaisement. Je passai un doigt sur mes seins comme pour mettre mes cheveux en place. Mais mes tétons étaient durs... dressés, *excités.*

Je risquai un regard dans le rétroviseur alors qu'une bouffée de honte m'envahissait. Mon cœur battait la chamade, là dans la voiture de Nick, avec sa voix qui résonnait encore dans mes oreilles, attendant qu'il revienne à tout moment. Et pourtant, cette chaleur persistait, indésirable et inutile, attirant mon attention. Je regardais dans le rétroviseur une fois de plus en glissant une main entre mes cuisses.

Un t-shirt noir moulant.

Un jean déchiré.

Ce regard sombre et sauvage.

*Tu veux que je t'emmène, Ryth ?* Mes doigts glissèrent sur ma fente et j'inspirais profondément l'odeur agréable du cuir. Je ne comprenais pas ce... ce désir. Il s'intensifiait... je mouillais déjà. Normalement, je ne faisais pas ça, pas à l'extérieur, seulement en privé, sous la lueur de l'écran de l'ordinateur portable, dans l'obscurité.

*Sombre... malsain.* Le désir me consumait comme un fantasme.

*Je vais t'emmener sur le bout de mon gland...*

Je fermais les yeux et commençais à me branler, appuyant plus fort. Ma respiration devint saccadée, déchirant ma poitrine alors que ce désir grondait... presque... presque... pres...

Le bruit de la poignée de porte m'arracha à ce moment. Je sortis ma main d'entre mes jambes, mes joues brûlantes alors que la porte s'ouvrait et que Nick s'installait derrière le volant, les mains chargées de deux énormes milkshakes et d'un sac en papier brun dont le fond était couvert de graisse, qu'il tenait entre ses dents.

*Mon dieu... m'avait-il vu ?*

Il me tendit le milkshake, puis retira le sac de sa bouche.

— J'espère que tu as faim, marmonna-t-il d'une voix profonde et rauque.

Il ne croisa pas mon regard quand il posa le sac entre nous. Il regarda juste droit devant lui et fronça les sourcils avant de se pencher en avant, démarrant la voiture avant d'enclencher la marche arrière.

— Merci, murmurai-je quand il freina pour s'arrêter au bout de la ruelle, avant de regarder à droite et à gauche avant de continuer.

Le silence envahit la voiture pendant que je buvais une gorgée. Je jetais des coups d'œil furtifs, essayant d'avoir une idée de son état d'esprit alors que mon cœur battait la chamade. *Il ne m'a pas vue...* il n'aurait pas pu, pas avec le sac dans sa bouche. Je bus encore un peu de mon milkshake chocolat bien épais en jetant à nouveau coup d'œil dans sa direction.

— Arrête de me fixer, Ryth, murmura-t-il, le regard rivé sur la route.

Je m'attendais à ce qu'on aille quelque part, une sorte de parc, ou de belvédère, quelque part où on pourrait profiter de la nourriture et des boissons. Mais non. On se dirigeait vers la maison... leur maison.

Quand nous sommes arrivés dans l'allée, il y avait une Lexus dorée qui paraissait onéreuse garée juste devant le portail clos.

— On a de la visite ?

Je n'ai pas pu m'empêcher de demander.

— Papa, pas nous.

Il s'arrêta devant le portail et baissa la vitre, puis il tapa le code sur le boîtier avant de faire entrer la voiture.

— Les avocats ont été une réunion avec lui et ta mère toute la journée.

— Ah ?

Je levai un sourcil en regardant la voiture, l'excitation parcourant mes veines.

C'était le premier signe d'avancement. Je sentis un peu d'espoir alors qu'on se garait à côté de la Jeep noire. Je ne pensais même plus à Tobias ou à ce qui s'était passé dans la voiture de Nick lorsque je saisis la poignée de la portière pour sortir.

— *Ryth !* cria Nick derrière moi. *Tu oublies tes frites !*

La nourriture était la dernière chose à laquelle je pensais. Je pris mon milkshake et mon ordinateur portable en fonçant vers la porte avant de l'ouvrir en grand. La maison était calme. C'était toujours calme. J'ai levé les yeux vers le bureau du deuxième étage avant de monter les escaliers.

Le bruit sourd de la porte d'entrée retentit avant que les pas lourds de Nick ne se fassent entendre derrière moi.

— Je vais les manger si t'en veux pas.

— Vas-y, dis-je par-dessus mon épaule alors que je captais le son d'une voix provenant du bureau.

Je m'arrêtai devant la porte fermée du bureau, le cœur battant la chamade.

— Je n'irais pas là-dedans si j'étais toi, dit Nick en s'arrêtant derrière moi. Les discussions d'avocats sont ennuyeuses de toute façon. Allez, viens dans ma chambre et on pourra discuter de ta première journée à Duke.

Je me léchai les lèvres, écoutant leurs mots étouffés qui passaient à travers la porte. Je voulais traverser le couloir et aller voir, je voulais savoir ce qui se passait. Allaient-ils enfin faire sortir mon père ? Était-ce la raison pour laquelle les avocats avaient été là toute la journée ?

— Ryth, insista Nick.

Je m'éloignais pour le suivre, même si mon esprit s'emballait. Ce qui s'était passé entre ma mère et Creed était réel, mais ce n'était pas forcément un motif de rupture... les mariages survivent souvent même si l'un des deux a été infidèle. Ma mère et mon père n'avaient pas été heureux depuis longtemps, mais cela pourrait être notre nouveau départ, un moyen d'améliorer les choses... *De devenir meilleur.*

Je suivis Nick, l'esprit fixé sur l'image d'une grande famille réunie et heureuse, puis j'entrai dans sa chambre.

# Chapitre Neuf

TOBIAS

*Nick : Je mange ses frites. Elle arrête pas de dire que sa mère et son père vont se remettre ensemble.*

Je regardais le texto sur l'écran du téléphone et je me mis à serrer les dents, je recevais des sms de mon frère de la chambre d'à côté.

*Nick : T'aurais dû la voir dans la voiture putain. Yeux fermés, tête en arrière, en train de se caresser le minou. J'ai eu envie de jouir sur elle et son putain de milkshake. De monter dans la voiture et de...*

— *Connard*, marmonnai-je puis je détournai le regard avant de lancer mon téléphone sur le lit.

Le son lointain de leurs voix passait à travers le mur. Je serrais les poings en entendant un nouveau *bip*.

Je ne voulais plus lire ses messages... je ne voulais pas regarder. Mais je n'arrêtais pas de penser à elle, à la manière dont sa cicatrice rouge sur la joue s'était empourprée quand je l'avais coincée dans la cuisine. La manière dont elle avait retenu son souffle quand je lui avais dit ce que je lui ferais.

*Putain, j'avais vraiment envie de lui faire ça.*

Sa mère et les avocats avaient été dans le bureau de mon père toute la journée. Ils y étaient déjà quand j'étais rentré du sport et ils n'étaient toujours pas sortis.

*Bip.*

Ne regarde pas...

Ne regarde pas putain.

*Bip.*

— Fais chier, dis-je en tendant le bras pour attraper le téléphone.

*Nick : Elle vient de recevoir un message de sa mère. Apparemment il y a un dîner spécial ce soir. Elle parle de porter une robe, mon Dieu !*

Un dîner spécial ?

Quelque chose de sauvage se déplaçait en moi. Mon esprit s'emballait, cherchant toutes les solutions possibles. Peut-être qu'elles allaient déménager ? Peut-être que Nick avait raison et que c'était simplement un coup de main pour les aider... et notre vie allait reprendre son cours normal.

Mais moi je détestais mon père.

Et Nick et Caleb avaient le cul entre deux chaises.

Ils ne restaient ici que parce qu'ils avaient peur que je le tue après ce qu'il avait fait... ils avaient l'intelligence de rester. Il y avait beaucoup de non-dits entre nous. Le genre de conneries qui s'attarde... le genre de conneries que j'avais envie de lui enfoncer dans la gorge.

*Je suis juste un intermédiaire.* Les derniers mots de Lazarus Rossi me hantaient toujours.

Les mots qu'il avait dits juste avant que je le jette au sol et le tabasse. Il n'y avait personne pour l'aider, non, c'était juste lui et moi.

*Parce qu'il me faisait confiance.*

Je grimaçai à ce souvenir. C'était mon ami bordel... le mec que je considérais comme mon frère. Et maintenant c'était mon pire ennemi... tout ça à cause de mon père.

*Bip.*

Je regardais mon écran.

*Nick : Elle est hyper enjouée, mec. Si tu la voyais... elle m'a même enlacé, pressant ses petits nénés contre moi.*

Ma queue se raidit et je pris une grande inspiration, sentant la haine et le désir fusionner. Tant mieux si elles partaient... si elles quittaient cette maison pleine de haine avec un parfum de mort.

*Cours, petite souris. Cours aussi loin et aussi vite que tu peux.*

Je ne savais pas ce qu'il allait se passer si elles ne partaient pas. Je passai la langue sur mes lèvres alors que j'imaginais Ryth dans la chambre de Nick. Elle pensait qu'elle avait un ami, elle pensait que lui c'était le *"mec sympa"*. Mais ce n'était pas le cas. Il était tout aussi excité que moi à l'idée qu'elle vive sous notre toit. Il avait juste besoin... *qu'on le pousse un peu.*

*Nick : Elle va prendre une douche et se préparer. Je me demande si elle a besoin de compagnie ?*

Ma joue trembla alors que je jetai un œil au mur qui séparait nos chambres.

Il n'oserait pas.

*Si ?*

Je pris mon téléphone et écrivis une réponse : *Si tu la touches, je te tue*, puis j'appuyai sur envoyer.

Elle était *à moi*, elle serait ma possession si sa mère ne se barrait pas d'ici.

Elle trottait dans mon esprit alors que je me hissais du lit. Il fallait que j'aille courir, pour essayer de l'oublier. Ce désir en moi était malsain. J'enfilai mes baskets et pris un t-shirt avant de sortir de ma chambre. Je me dépêchai de descendre les escaliers, j'entendis mon père rire. J'étais presque en bas lorsque la porte du bureau s'ouvrit et qu'il en sortit.

Nos regards se croisèrent et il eut l'air surpris.

— Tobias.

— Je vais courir, marmonnai-je en croisant le regard d'Elle Castlemaine qui souriait en posant une main sur le bras de mon père.

En me voyant, ses yeux devinrent ronds et sa main glissa du bras de mon père et elle se força à me sourire. Je n'attendis pas plus longtemps et descendis les escaliers en les laissant. J'avais la tête en feu, j'ouvris la porte d'entrée et sortis à toute vitesse. Je courais devant ma voiture jusqu'au portail.

*Le geste qu'elle a eu envers lui... sa manière de sourire.*

Il ne souriait pas comme ça avec ma mère. J'entrai le code sur le boîtier et me glissai dans le portail qui s'ouvrait. Quand je fus dans la rue, j'accélérai le pas jusqu'à courir. J'avais déjà fait trois heures de musculation ce matin, mais ce n'était pas suffisant.

Je n'arrêtais pas de penser à elle, à son petit sein dans ma main, à son téton dressé quand je l'avais pincé. Je me mis à courir de plus en plus vite alors que le fantasme revenait. Ce n'était pas mes doigts qui désiraient ardemment sa chair.

C'était ma langue. Mes dents aussi.

*Pure...*

Le parfum de vanille m'envahit à chaque respiration. Je me concentrai sur la route et les maisons, les gamins sur les balançoires alors que je passais devant eux en courant, le soleil se couchant au loin. Je me concentrais sur tout ce qui n'était pas elle et au moment où j'arrivais dans ma rue, puis je ralentis en atteignant le portail, j'étais rincé.

Une respiration haletante et hachée me consumait. Mon t-shirt était trempé et me collait à la peau. J'entrai le code sur le boîtier de mes doigts tremblants et j'enlevai mon t-shirt.

Quand j'eus passé la porte d'entrée, je les entendis. De la musique sortait des haut-parleurs, une vieille musique... *joyeuse.*

— Encore une bouteille de champagne, s'écria Elle Castlemaine alors que je me dirigeai vers les escaliers. Depuis le coin de mon œil, je vis mon père rigoler en allant vers la cuisine. Cette fois, il ne m'avait pas vu. Mais il y avait quelque chose de changé en lui, quelque chose qui ne me plaisait pas du tout. Il semblait trop heureux pour qu'Elle Castlemaine et sa fille déménagent. *Bien trop heureux.*

Mes lèvres se retroussèrent alors que je montais les escaliers pour rejoindre la salle de bains. L'odeur de vanille me frappa comme un poing dans le ventre alors que je m'approchais de la porte. *Mon Dieu.* Je fermais les yeux en m'agrippant au lavabo.

Mon corps tremblait mais mon esprit était toujours affamé, affamé d'un désir intense.

J'enlevai mes vêtements et les mis dans la panière avant d'entrer dans la douche et d'ouvrir l'eau. L'eau chaude s'écoula le long de ma nuque et de mes épaules. Sous l'eau qui brouillait ma vue, je vis ses affaires, son shampoing et son après-shampoing. Je pris son gel douche et ouvris le bouchon.

*Ylang Ylang.*

Punaise, ça sentait super bon. J'en pris un peu avant de frotter mes mains l'une contre l'autre puis je les fis glisser sur mon corps. Je bandais déjà à mort. Peu importe combien de fois je me branlais en respirant sa petite culotte et son parfum, j'en avais jamais assez.

Je voulais son corps.

Son âme.

Je me lavais et me rinçais avant de prendre mon propre shampoing puis de sortir et de prendre une serviette. J'entendis un bruit sourd de l'autre côté de la porte puis elle s'ouvrit. Nick entra, habillé d'un jean propre et d'une chemise blanche à col ouvert, manches relevées.

— Papa veut que tu descendes, apparemment il y a un dîner spécial.

— Tant mieux pour lui, amusez-vous bien.

— Tobey.

— Dégage, Nick.

Il fronça les sourcils, ses yeux couleur noisette s'assombrirent.

— Qu'est-ce que t'as bordel ?

Je serrais les dents en enroulant la serviette autour de moi puis je lui donnai un coup d'épaule en sortant de la salle de bains.

— J'sais pas, à ton avis ?

Il se figea pendant un instant puis me suivit.

— T'es vraiment en colère pour ça ?

Je tournai la poignée de ma porte et entrai dans ma chambre.

— Lâche-moi, dis-je près de son visage avant de lui claquer la porte au nez.

J'attendais presque qu'il vienne dans ma chambre. S'il le faisait, je n'allais pas pouvoir le regarder dans les yeux sans lui en coller une. *Est-ce qu'il l'avait touchée ?* me demandai-je. *Est-ce qu'il l'avait pressée contre lui quand elle était dans ses bras ?* Est-ce qu'il avait senti ses cheveux et presser sa bite contre elle ?

— Viens en bas, on t'attend, dit Nick depuis l'autre côté de la porte.

Je lançai un regard noir vers la porte et retirai la serviette alors que je l'entendais s'éloigner.

*Aller en bas... pourquoi, pour les voir se bourrer la gueule et être heureux ?*

La chambre me revint à l'esprit, cette chambre où il y avait eu l'équipement de ma mère. L'équipement qu'il nous avait fait descendre dans ce garage sombre. En levant les yeux vers la porte, j'entendis leurs voix. *Aller en bas ?*

Pourquoi... pour voir leur bonheur ?

Pour voir Ryth dans sa jolie robe verte ?

Cette robe que je voulais lui arracher...

Dans un grognement, je me dirigeai vers ma commode et ouvris le tiroir pour sortir un caleçon, un jean et un t-shirt. J'allais aller à leur putain de dîner pour voir ce qu'ils avaient à dire. Je poserais un ultimatum à Elle et mon père, partez de chez nous et laissez-nous tranquille, sinon...

Mais ils ne le savaient pas encore. Alors j'espérais qu'ils avaient une bonne nouvelle à annoncer.

Parce que la virginité de sa fille était en jeu.

# Chapitre Dix

## RYTH

Elle avait l'air heureuse... vraiment heureuse. Je ne sais pas ce que les avocats avaient dit mais c'était une femme nouvelle, une femme qui basculait la tête en arrière en riant d'un son guttural lorsque Creed lui disait quelque chose... une sorte de rire contagieux.

— Assieds-toi... *assieds-toi*, gloussa-t-elle en revenant à la réalité comme si elle se souvenait qu'ils n'étaient pas seuls, se dirigeant vers la grande table.

Je ne levais pas les yeux, je tirai une chaise avant de m'asseoir, lissant ma robe sous mes fesses avant de prendre place.

— Qu'est-ce qu'il y a ? demanda Nick en regardant son père qui souriait de toutes ses dents en levant un verre à moitié rempli de Scotch.

— On a une nouvelle importante à annoncer, déclara Creed qui souriait toujours.

C'était à propos de l'argent... et de mon père. Il allait sortir de prison, il allait *rentrer à la maison*. Mon esprit s'emballait, imaginant la nouvelle vie qui s'offrait à nous. Je m'en fichais des flics ou des tribunaux. Je voulais juste qu'il rentre avec nous à la maison.

Nick prit une chaise et s'assit à ma gauche, regardant la scène d'un air confus. La table était belle, les plats en argent scintillaient contre la longue nappe noire qui frôlait mes genoux. C'était d'autant plus excitant. Je voyais à peine ma mère dans la lumière tamisée de la bougie lorsqu'elle se pencha, tremblante, pour allumer la troisième bougie au centre de la table.

Caleb s'assit au bout et les regarda en fronçant les sourcils comme s'il trouvait ça bizarre.

— Vous allez nous dire ce qu'il y a ?

Ma poitrine se serrait d'impatience, ma respiration presque figée alors que Creed regardait chacun de nous. Il cherchait Tobias, pensait sans doute qu'il se joindrait à nous. Je passai ma langue sur mes lèvres, retenant mes mots. J'avais envie de lui dire qu'on se fichait de Tobias. Qu'on avait pas besoin de lui. J'étais impatiente de savoir.

*Que mon père allait être libéré.*

Je ne pensais qu'à ça et ça me hantait. Je vis à peine le mouvement, et ce fut trop tard, Tobias tira la chaise à ma droite et s'assit à côté de moi. Je regardais vers lui, le cœur battant mais il ne me regarda pas, il jetait un œil noir à son père de son air mystérieux.

Je l'avais vu sortir plus tôt, depuis la fenêtre de la chambre de Nick. J'avais mal au ventre à cause des frites grasses et du milkshake au chocolat froid que j'avais engloutis.

Pauvre Nick.

Je regardais vers lui et il me lança un petit sourire puis regarda à nouveau son père alors qu'il s'éclaircissait la gorge, à côté de ma mère. Nick avait été sympa avec moi, il m'avait emmenée au lycée, il m'avait acheté à manger. Mes joues se mirent à rougir au souvenir de ce que j'avais fait dans sa voiture mais je repoussai rapidement cette pensée. J'étais presque triste à l'idée de ne plus lui parler.

— Donc on a eu une belle avancée aujourd'hui, commença Creed.

Les yeux de ma mère brillaient, me clouaient sur ma chaise.

— On voulait que vous soyez les premiers au courant, dit Creed en regardant ma mère avant de nous regarder à nouveau, Elle et moi...

— On va se marier, dit ma mère en souriant, les yeux rivés sur moi.

Mon estomac fit un bond. Mes oreilles se remplirent de sang et je n'entendais plus leurs voix.

— Quoi ? s'exclama Caleb.

Creed souriait.

— Je sais que c'est sûrement un choc pour vous, dit-il en finissant son verre.

— Tu peux pas, dis-je en regardant ma mère. T'es déjà mariée.

La lueur dans ses yeux s'intensifia.

— Non, plus maintenant. Ton père a signé les papiers du divorce aujourd'hui, dit-elle en ravalant sa salive. On essaye toujours de le faire sortir, Ry, mais on voulait que tu aies un foyer stable... et tes nouveaux frères aussi.

*Mes nouveaux frères ?*

Non... *non, non non...* Je fermai les yeux, essayant de comprendre.

— Tu vas l'épouser ? grogna Nick en regardant ma mère d'un œil mauvais. Même pas deux mois après le décès de maman ?! On vient à peine de l'enterrer !

— Tu penses toujours que c'est un type bien, frérot ? murmura Tobias.

Je fermais les yeux plus fort. Ça ne pouvait pas arriver... *non*. La nappe caressa mes genoux et je sentis une main sur ma cuisse.

Pendant un instant, je ne comprenais pas ce qui se passait. Mon esprit était flou et perdu et à la fois je ressentais une sorte de cri étouffé qui me rongeait, en sentant cette main qui s'accrochait à moi et montait...

J'ouvris les yeux, le cri que je renfermais grondait plus fort. Tobias fixait Creed et ma mère, je vis la lueur de verre brisé dans ses yeux.

— Mariés...

Une panique m'envahit alors qu'il remonta ma robe et pressa ses doigts contre mon sexe.

*Quoi... mais arrête !* Je sursautai et regardai ma mère.

— On veut que vous soyez heureux, dit ma mère d'une voix rauque alors que la lueur dans ses yeux se couvrit de larmes. On sait que c'est assez soudain...

Ses doigts glissaient contre ma chatte, puis s'enfonçaient. Ce cri prisonnier dans ma tête n'avait nulle part où aller... il hurlait et s'intensifiait dans le vide. *Arrête... arrête ça tout de suite !*

— Ryth, ce sera une bonne chose que tu aies des demi-frères, ajouta ma mère en souriant.

— Et avoir une petite demi-sœur sera une bonne chose pour vous trois aussi, dit Creed en regardant Tobias.

Mais ils ne voyaient pas ce qu'il était en train de faire... ils ne voyaient pas ses doigts contre ma fente, s'attardant lorsqu'il trouva mon clitoris en disant d'une voix étrange :

— Oui, je suis d'accord.

Les yeux de ma mère brillaient encore de ses larmes, son sourire s'agrandit lorsqu'elle se tourna vers Creed.

— Je savais que c'était une bonne idée.

Tobias repoussa l'élastique de ma petite culotte. Je serrai les poings et me redressai un peu... jusqu'à ce que je fus arrêtée par le bras de Nick.

Nick me regarda, je vis dans ses yeux sombres le même regard de pierre.

— *Quoi ?* murmurai-je. Non.

— Nous sommes amoureux, déclara ma mère, les yeux plongés dans ceux de Creed.

J'essayais de m'éloigner de la table mais Nick maintenait mon bras fermement, me retenant prisonnière.

— Demi-sœur, grogna-t-il alors que les doigts de Tobias glissaient sur mon clitoris, dessinaient des cercles, attisaient cette chaleur en moi.

Une chaleur étranglée de dégoût.

Enveloppée de honte.

— Nick... *s'il te plaît*, murmurai-je en secouant la tête.

Je n'avais pas besoin de lever la tête pour voir que ma mère et Creed s'embrassaient, inconscients de ce que Tobias me faisait. La chaleur augmenta alors qu'il glissa ses doigts plus profondément en moi. Nick me serra le bras. Depuis l'autre côté de la table, on pourrait croire à un geste affectueux, mais en fait... c'était tout sauf ça.

Mes entrailles se crispèrent, les frites grasses brûlaient le fond de mon estomac lorsque Nick enleva ma main de la table et souleva la nappe.

Je ne comprenais pas... jusqu'à ce qu'il baisse les yeux.

Ses yeux affamés fixèrent le mouvement entre mes cuisses. Il voulait voir... voir ce que son frère me faisait. Nick remonta ma robe en la calant au-dessus de ma hanche jusqu'à ce qu'il voie les doigts luisants de son frère entrer et sortir de moi.

— On sait que c'est un peu tôt, roucoula ma mère en regardant Creed. Mais c'est le bon moment.

— C'est vrai, s'exclama Tobias. C'est le bon moment.

Je fermais les yeux, détestant que sous la couche de honte, un désir naissait en moi. Mon corps se frottait contre son intrusion, se balançait, en voulait plus. Je savais que j'étais trempée. J'allais jouir... là, devant tout le monde... *sous les caresses de mon presque demi-frère.*

Cette pensée fit rugir un vent de panique.

— *Non* ! dis-je en poussant ma chaise en arrière, rompant le contact avec la main de Tobias dans ma culotte et je me relevai, me libérant de l'emprise de Nick.

Mon visage était en feu, cette chaleur me consumait alors que les larmes montaient.

Ma mère me regardait alors que ma robe glissa sur mes cuisses.

— Ryth, dit-elle d'une voix pleine de douleur.

— Espèce de *salope*, criai-je, envahie par la haine. *Espèce de salope !*

— *Ryth !* s'exclama Creed, son bonheur assombrit par la colère. Parle pas comme ça à ta mère !

Mais je m'en fichais. *Je m'en fichais royalement.*

Je lançai un regard à Tobias, puis à Nick. Ils me regardaient tous deux avec un désir impitoyable. J'étais seulement un jeu pour eux, un putain de jeu malsain. Je n'étais pas en sécurité dans cette maison... *j'étais une proie.*

Je me retournais pour courir hors de la salle à manger, en direction des escaliers. Mes jambes avaient du mal à avancer, mes genoux se dérobaient lorsque j'atteignis la première volée de marches. Je saisis la rambarde et m'y accrochais en montant les escaliers.

Les marches se brouillaient à travers mes larmes. J'arrivai en quelques secondes au troisième étage et partis vers ma chambre avant de claquer la porte derrière moi et de me jeter sur mon lit.

*Elle l'avait trahi...*

*Elle l'avait trahi...*

*Elle avait trahi mon père.*

Les larmes me vinrent brutalement et violemment, inondant l'oreiller. Je serrai les draps entre mes poings en criant : *JE TE DETESTE !*

Les mots étaient une brûlure qui s'échappait du centre de mon cœur. Mais alors que leur chaleur me brûlait le visage, je savais que ce n'était pas vrai. Je ne la détestais pas. Je ne *pouvais pas* la détester, et c'était bien ça le plus dur.

J'entendis le son de pas feutrés.

— Ryth, dit ma mère depuis le couloir.

— *Va-t'en !*

— Ryth, ma chérie, je sais que c'est difficile à entendre pour toi.

Elle ne voulait pas partir. Peu importe à quel point je serrai les poings et que cette fournaise me rongeait de l'intérieur, elle ne partirait pas. Puis je l'entendis sangloter derrière la porte.

— Tu penses que c'était facile pour moi ? Ça fait très longtemps que ça ne va plus avec ton père. Mais je suis restée... *je suis restée pour toi.*

Je secouai la tête. Je ne voulais pas entendre ça.

— Ton père n'est pas un homme bien, Ryth. Il a fait des choses horribles... *dangereuses.* Il nous a mises en danger... c'est à cause de lui l'incendie de notre maison.

Je levai les yeux, la respiration saccadée et incontrôlable.

— On est *toujours* en danger, murmura-t-elle près de la porte. Et c'est pour ça que je fais ça, je fais ça pour nous protéger.

Je me levai du lit pour aller vers la porte. Je l'ouvris en grand et vis ma mère, le visage en larmes avec une expression de douleur. En me voyant, elle sanglota à nouveau et se jeta dans mes bras.

— Oh, Ryth, j'avais envie de te le dire depuis si longtemps. J'avais *besoin* de te le dire. Mais tu étais si petite et innocente.

*Innocente.*

*Comme je l'étais hier soir ?*

Mon corps se raidit, sentant encore la réalité des doigts de Tobias. Je ravalai ma salive et la serrai dans mes bras, passant mes bras autour d'elle avant d'enfouir ma tête dans son cou. Elle avait toujours son odeur de maman, une douce chaleur, parfaite.

— Maman... dis-je en pleurant.

— Je suis heureuse, Ryth, dit-elle en arrêtant de pleurer et se retira pour me regarder dans les yeux. Pour la première fois depuis longtemps, je suis vraiment heureuse. Il faut que tu sois contente pour moi.

Mais comment le pourrais-je ?

En sachant que quelques heures plus tôt... elle était mariée à mon père.

*Malheureuse...*

Des larmes chaudes coulaient le long de mes joues. Mon esprit était en pleine contradiction. Je savais qu'ils se disputaient toujours, que mon père n'était jamais là. Je savais que les hommes pour qui mon père travaillait étaient dangereux. Le souvenir de la berline noire des Rossi qui passait devant notre maison en feu me revint à l'esprit.

Mon cœur battait la chamade, elle caressait mes cheveux.

— Je fais ça pour nous deux. J'ai besoin de toi, Ry... je ne peux pas faire ça toute seule.

Le désespoir formait un trou en moi, je croisai son regard plein de larmes.

— Est-ce que tu peux faire ça ? murmura-t-elle. Essayer au moins ?

Essayer alors que j'avais l'empreinte des doigts de Tobias en moi.

*Pas de Tobias. De mon demi-frère,* me dis-je avec effroi.

Un grondement surgit en moi alors que ma mère attendait une réponse. Je voulais lui dire ce qui s'était passé, mais le désespoir dans ses yeux effaça mes mots.

— Je vais essayer maman, répondis-je. Je vais essayer.

Elle fondit en larmes à nouveau, de soulagement cette fois, et elle me serra fort contre elle.

— Je savais que tu essayerais... je le savais. Je t'aime tant, ma chérie.

— Je t'aime aussi, maman, dis-je d'un ton fade en regardant la porte ouverte sur le couloir lorsque j'entendis Tobias monter les escaliers, il me lança un regard en montant en tournant à l'angle, un sourire cruel figé sur le visage.

Elle me serra plus fort puis fit un pas en arrière.

— Je sais que ça fait beaucoup... et que c'est trop tôt. Mais je me demandais si tu voudrais bien être mon témoin ?

Je sursautai en croisant son regard enjoué.

— On s'est dit qu'on voudrait faire quelque chose d'intime, avec seulement la famille, tu en penses quoi ?

Je déglutis...

Ses mots résonnaient dans mon esprit alors que j'acquiesçais.

*Avec seulement la famille...*

Si seulement elle savait.

# Chapitre Onze

## RYTH

Tout me semblait être un mauvais rêve lorsque je me suis réveillée le lendemain matin. J'avais la migraine et mes yeux étaient comme irrités par du sable, me rappelant que ce qui s'était passé la veille était bien réel. Ma mère et Creed allaient se marier et elle voulait que je sois son témoin...

Mais ce n'était pas la seule chose qui me tourmentait.

Le souvenir de ce que Tobias m'avait fait surgit en moi comme un orage, destructeur et menaçant. Je fermai les yeux, le cœur battant au souvenir de sa main sur ma cuisse, écartant mes jambes.

Mon Dieu, ses doigts...

*Plongés en moi.*

J'ai glissé ma main sous les draps, entre mes jambes. J'étais déjà mouillée... rien qu'en pensant à lui. Ces yeux sombres et mystérieux, cette moue boudeuse. *Tu veux que je t'emmène, Ryth ? Je vais t'emmener... sur le bout de mon gland.*

*Mon Dieu...*

Je plongeai un doigt en moi, puis le fis glisser sur mon clitoris, roulant sur cette peau humide.

— Ryth, chérie, dit ma mère depuis l'autre côté de la porte, m'arrachant à ce moment.

— Quoi ? dis-je en gardant les yeux fermés, continuant de me doigter.

— Tu vas pas en cours aujourd'hui ?

J'ouvris brusquement les yeux en me souvenant. Tobias... *et Nick...*

Nick, que je *pensais* être un ami. Mais pas du tout, il était tout aussi dangereux que son frère.

— Non, j'y vais pas.

— Ah... chérie, il faudrait peut-être prévenir Nick. Il est en bas en train de t'attendre.

Une chaleur se répandit en moi. Je me redressai et sortis du lit.

— Quoi ?

— Il attend pour t'emmener au lycée, chérie, murmura ma mère. Il est vraiment adorable.

Mes entrailles se crispèrent, le désir pulsant entre mes cuisses. Il ne peut pas... je me dirigeai vers la fenêtre pour jeter un œil dehors. Il était adossé à sa Mustang, en t-shirt, ses bras musclés croisés sur son torse.

Comme s'il devinait que je le regardais, il leva lentement les yeux vers ma fenêtre. Ce regard sombre et intense me défiant...

*Non.* C'était pas possible. Je ne pouvais pas descendre, monter dans sa voiture et faire comme s'il ne s'était rien passé. *Hors. De. Question.*

— Je pense pas que ce soit une bonne idée que tu rates les cours dès le deuxième jour. En plus tu avais dit que tu t'étais fait un ami, non ?

*Gio...*

Son visage remonta à la surface. Il allait m'attendre... devant la salle de classe. Je poussai un gémissement et fermai les yeux.

— Allez ma chérie, dit ma mère à travers la porte. Je vais dire à Nick que tu arrives.

Je déglutis en écoutant ses pas s'éloigner. Je ne comprenais pas ce monde, ce champ de bataille dans lequel je me trouvais. Je ne comprenais rien.

Mais il le fallait... car c'était maintenant ma vie.

Une vie à vivre sous ce toit, avec les trois frères.

*Mes nouveaux demi-frères.*

Je suis allée vers ma commode. Mes doigts effleurèrent la chemise blanche formelle de l'uniforme de Duke puis je la posai sur le lit. Suivi de ma culotte, puis de la jupe midi bleu marine. Ils auraient pu m'envoyer n'importe où, mais il avait fallu que ce soit un lycée où on porte un uniforme.

Je pris mes vêtements et me précipitai vers la salle de bains en lançant un regard vers la chambre de Tobias sur mon chemin. Je me dépêchai puis verrouillai la porte derrière moi. Il fallait que je fasse preuve d'intelligence maintenant, que je sois plus prudente. Je fermai les yeux, repensant au regard rempli de désir de Nick alors qu'il regardait ce que Tobias me faisait la nuit dernière.

Puis j'ouvris les yeux, me déshabillai et pris une douche. Quand je fus propre et habillée, j'entendis Nick rouspéter. Je sortis en courant, serrant mon ordinateur contre moi comme un bouclier.

— Tu veux me faire attendre, Ryth ? demanda Nick en me lançant un regard agacé avant de monter dans la voiture en me faisant signe de monter.

— Monte et ne fais pas l'idiote, ta mère nous regarde.

Je jetai un œil par-dessus mon épaule et vis ma mère sur le palier. Elle me fit un sourire tendre et un signe de la main, debout dans sa robe de chambre noire et sa chemise en satin assortie. Je lui fis un signe, sentant la colère me rougir les joues puis je montai dans la voiture.

Nick se pencha en avant et démarra le moteur. J'avais envie de l'engueuler, de libérer cette tirade qui hurlait dans mon esprit alors que je me cramponnais autant que possible à la portière. Mais il ne dit rien, il fit marche arrière en attrapant le dos de mon siège avant d'appuyer sur l'accélérateur.

Je ravalai ma salive, essayant de ne pas laisser mon attention s'attarder sur le fait que son bras était presque autour de moi. Mais mes yeux se posèrent sur ses biceps saillants, qui se tendaient sous mon regard. Il était fort... et *musclé*. Ses abdos se dessinaient sous mes yeux.

On passa le portail avant de sortir sur la rue et de s'éloigner de la maison.

Ce tonnerre dans ma tête grondait à mesure que la tension montait entre nous. Je me forçais à regarder le tableau de bord puis j'ai regardé ses mains... me souvenant qu'il m'avait empoignée hier soir pour me tenir en place alors que Tobias me caressait.

Je déglutis, me balançant un peu alors que la voiture filait à toute vitesse entre les rues. Je regardais l'horizon et ne reconnaissais pas les rues.

— On est où ?

Il ne répondit pas, me regarda simplement avec un regard noir et mystérieux, sa mâchoire se crispant avant qu'il regarde la route à nouveau.

— *Nick !*

Je fus secouée de panique lorsque les arbres firent place à des bâtiments et à l'entrée d'un parc.

Il freina puis gara la Mustang sur une place devant les arbres. Je parcourais les alentours du regard, il n'y avait personne, aucun gamin sur les jeux, personne qui promenait son chien. Nick coupa le moteur avant de se tourner vers moi.

— Tu veux bien me regarder, Ryth ?

Le feu me lacérait les joues alors que je regardais droit devant moi.

Il s'avança, attrapa l'arrière de mon siège et se pencha vers moi, envahissant mon espace.

— Tu veux qu'on parle d'hier soir ?

Je secouai la tête alors que la panique s'intensifiait.

Puis je sentis ses yeux glisser sur mon corps, sur ma chemise blanche et ma jupe bleu marine à carreaux.

— Punaise, marmonna-t-il en détournant les yeux.

Il était en colère. Je ne savais pas si c'était envers lui ou moi.

— Je pensais que tu étais mon ami, dis-je soudainement.

Je m'en voulais d'avoir dit ça et j'aurais voulu pouvoir ravaler ces mots, mais c'était trop tard. Ils étaient sortis, suspendus entre nous. Il prit une inspiration profonde puis me regarda.

— Tu veux que je sois ton ami, Ryth ?

Je ne savais pas quoi dire.

— Au moins un allié.

— Un *allié* ? grogna-t-il avant de poser les yeux sur mes cuisses. Mon corps réagit en pulsant de chaleur.

Je ne comprenais pas pourquoi il me faisait autant d'effet, pourquoi j'avais l'impression qu'il atteignait cette zone sombre et douloureuse en moi. Il tendit le bras, caressa mes cuisses du bout des doigts, remontant ma jupe.

— Je suis pas ton ami... on est de la même famille maintenant, murmura-t-il, les yeux rivés sur mes cuisses alors qu'il dévoilait davantage de peau.

Je saisis ma jupe en tirant le bord vers le bas.

— Je t'ai vue, tu sais ?

Ma main se figea, formant un poing contre ma cuisse.

Il leva les yeux vers moi.

— Hier, dans la voiture.

La chaleur me monta aux joues en même temps que la honte.

— Je... Je remettais mon jean en place.

— Menteuse.

Ses yeux dorés s'assombrissaient.

Ma respiration s'accéléra alors que je retenais l'envie de me passer la langue sur les lèvres.

— Tu te branlais, dit-il alors que mon corps pulsait, il cherchait mon regard. T'es notre petite sœur maintenant.

— Demi-sœur, dis-je. *Et pas encore de toute façon.*

Il haussa les épaules.

— Tôt ou tard. Mon père est différent avec Elle. Il l'aime... beaucoup.

Je secouai la tête en regardant le parc, espérant trouver un moyen de m'échapper. Mais c'était impossible...

— Et puisque tu es notre demi-sœur, je veux m'assurer que tu sois bien, dit Nick en remontant à nouveau ma jupe, forçant le tissu à s'échapper de ma main. On veut être sûrs que tu te sentes bien.

*Boum...*

Mon corps me trahissait. Je fermai les yeux.

— Nick, s'il te plaît...

— *Je* veux être sûr que tu te sentes bien.

Je sursautai en le regardant. Il n'était pas mon ami. Aucun d'entre eux. Ils étaient... je ne le savais même pas.

Il passa la langue sur ses lèvres et regarda mes cuisses à nouveau.

— Alors je veux que tu me montres.

— Tu *quoi* ?

— Montre-moi...

*Boum...*

J'eus le souffle coupé par la peur et l'excitation. Je n'arrivais plus à respirer, ni à supporter le tonnerre qui grondait dans ma tête.

— T'es vierge, hein ?

Je fus submergée par la honte. Je ne pouvais pas répondre, ni réfléchir. Je regardais dehors.

— Personne ne viendra, m'assura-t-il. On est que tous les deux... comme hier. Tu peux même faire comme si j'étais pas là.

Je serrais les dents, sentant la chaleur monter.

— *Est-ce que t'es... vierge ?*

— Oui.

Il retint son souffle avant que son visage soit traversé d'une sensation de douleur. Lorsqu'il ouvrit la bouche, sa voix était rauque.

— Alors montre-moi, montre-moi comment tu te donnes du plaisir.

Il n'allait pas me laisser partir. Il n'allait pas *abandonner*. Pas avant que je lui donne ce qu'il voulait.

La guerre du bien et du mal s'érigeait en moi. Tout avait changé en une nuit. Ma mère allait bientôt épouser Creed et ces mecs seraient presque mes frères.

Mais ils n'étaient pas mes frères, ils n'avaient pas mon sang.

Et leur regard sur moi...

*Boum...*

Je me mordais la lèvre en écartant les jambes, glissant lentement ma main entre mes cuisses.

— Voilà, dit-il. Je veux être sûr que ma petite sœur soit bien.

Je fis glisser ma main sur ma culotte, fermai les yeux de gêne puis retirai ma main.

— Je peux pas.

— Si, tu peux, dit-il en faisant remonter ma jupe. On est que tous les deux, il y a personne d'autre. Je vais même pas te toucher... sauf si tu en as envie.

Un éclair surgit en moi. J'ouvris les yeux brutalement et croisai son regard.

— Tourne ton corps vers moi, Ryth, ordonna-t-il.

Mes muscles tremblaient lorsque je levai mon genou et me tournai vers lui. Je maintenais son regard alors que mon propre désir montait à la surface, puis je glissai à nouveau ma main entre mes cuisses.

— C'est une culotte Hello Kitty ?

Je déglutis en hochant la tête. Blanche avec des petits cœurs roses. Ma main glissait sur mon sexe et je gémissais.

Il se figea, retenant sa respiration, absorbé par le mouvement de ma main, puis il murmura :

— Lève la jambe plus haut.

Je m'exécutai, pressant mon dos contre l'accoudoir de la portière, écartant un peu plus mes jambes, lui permettant de tout voir. J'avais juste à me caresser un peu en gémissant. Puis il penserait que j'avais joui... et ce serait terminé.

J'essayais de me concentrer, je respirais plus profondément, cette fois avec les yeux ouverts. Mon Dieu, si quelqu'un nous voyait, si quelqu'un me voyait. Je glissai un doigt en moi, sondant le vide. Ma culotte était déjà chaude et humide.

— Putain, Ryth.

Ma main tremblait alors que je luttais contre le désir de mon corps, ma respiration devint saccadée, je laissai échapper un gémissement puis fermai les yeux en figeant ma main, baissant un peu ma jupe.

Il bondit sur ma main.

— Qu'est-ce que tu fais putain ?

J'ouvris les yeux, je sentis la cicatrice sur ma joue brûler.

— Comment ça ? Je l'ai fait.

Sa colère me frappa au plus profond.

— Arrête tes conneries.

Il savait... en un seul regard, je sus qu'il savait. Je baissai les yeux et vis la bosse de sa queue contre le jean, puis je vis à nouveau ce regard sauvage.

— Recommence, m'ordonna-t-il. Correctement cette fois.

Je me mis à secouer la tête mais il retroussa ses lèvres.

— On bouge pas d'ici tant que tu le fais pas, Ryth.

Le ton dur de sa voix était la vérité. Il ne bougerait pas... jusqu'à ce que je lui donne ce qu'il voulait. Alors je fis glisser ma main lentement, mes doigts trouvant la chaleur entre mes cuisses. Puis je me mis à me caresser, à faire des cercles.

— Va moins vite.

Je ralentis, glissant ma main jusqu'à trouver ma culotte trempée.

— Je veux te voir, dit-il en croisant mon regard. Écarte ta culotte.

Mon ventre tremblait mais je fis ce qu'il demandait, passant mes doigts sous l'élastique pour écarter ma culotte.

— *Putain de bordel...*

Ma chatte se contractait et mon clitoris pulsait alors que je faisais glisser mes doigts sur la chair sensible.

— Plus profond.

J'enfonçai deux doigts en moi, ils ressortirent trempés.

— T'es si belle putain, dit-il en se léchant les lèvres et ce geste me frappa.

Ses lèvres, sa bouche...

Sa bouche qui glissait en moi.

Je poussai un gémissement en sentant le monde s'écrouler et la gêne avec lui. L'orgasme approchait alors que mon corps convulsait, cherchant le contact de ma propre main. J'enfonçais mes doigts plus profond, puis je me caressais le clito avant de les replonger.

Je sentis ma chatte battre, se resserrer autour de mes doigts.

Dans mon esprit, c'était les siens.

Ceux de Nick... de Caleb... de *Tobias*...

La vague s'écrasa sur moi, je me débattais, tremblante... *puis je relâchai la tension.*

Je basculai la tête en arrière en criant.

Le néant... noircissant les bords de ma vision.

Ma chatte tremblait contre mes doigts alors que je les sortais avant de m'apprêter à les essuyer sur ma jupe.

— Non.

Je sursautai, ayant oublié pendant un instant qu'il était là, puis j'ouvris les yeux. Nick me saisit la main, ses yeux bruns brillant d'une lueur étrange, dangereuse, puis il porta ma main à sa bouche avant de sucer mes doigts.

Une chaleur m'envahit alors qu'il les suçait, glissant la langue entre eux, léchant tout ce qu'il pouvait.

Quand il eut fini, il lâcha ma main puis se tourna vers le volant, il démarra le moteur et sortit du parking.

Il ne dit rien d'autre, il se contenta de conduire alors que je me redressai en ajustant ma jupe.

La honte de ce que je venais de faire s'empara de moi. Je ne savais pas quoi dire quand il se gara sur le parking du lycée.

— Je viens te chercher plus tard. Il avait l'air terriblement agacé. Et parle pas aux mecs cette fois.

— Je parle pas aux mecs, répondis-je.

— Ah ? dit-il en me regardant d'un air noir, animal. Crois-moi, Ryth. Ils te parlent seulement pour une chose... alors si, *ce sont des mecs*.

*Et toi, alors ?* avais-je envie de répondre. Mais je ne pouvais pas, je pus seulement appuyer sur la poignée et descendre de sa voiture avant de claquer la portière et de m'éloigner à pas rapides.

# Chapitre Douze

## NICK

Je la regardais s'éloigner, réprimant l'envie d'ouvrir la portière pour la ramener dans la voiture. Mais au moment où je coupai le moteur pour sortir de la voiture, j'entendis un *bip* de mon téléphone.

*Natalie : Tu me manques bébé, on se revoit quand ?*

Mon œil tressauta. Au moment où je pensais à elle, les mots de Tobias me revinrent en tête. *Tu peux trouver mieux.* Je levai les yeux vers Ryth alors qu'elle entrait dans le bâtiment du lycée. Trouver mieux ? Ouais, parce qu'au fond je savais qu'elle se foutait de ma gueule. Je savais qu'elle couchait avec d'autres mecs. Je le savais et je continuais à lui dire oui quand elle revenait vers moi.

Je pris mon téléphone et ouvris l'application de géolocalisation, attendant que sa position s'affiche. Les rues apparurent puis l'icône se mit à clignoter au-dessus d'une adresse que je ne connaissais pas. C'était évidemment pas la sienne.

Le tressautement revint au coin de mon œil.

*Elle est pas chez elle...*

Alors elle m'avait encore trompée.

— Quelle belle salope, grognai-je en démarrant le moteur, mais à ce moment-là, une ombre attira mon regard.

Une Audi noire passait lentement devant le parking, mais aucun ado n'en sortit pour courir vers le lycée... non, personne n'en sortit. Les poils de ma nuque se hissèrent alors que je regardais la voiture. Je la reconnaissais. *Je la connaissais putain.* Je manœuvrai avant de donner un grand coup de volant pour rattraper l'Audi, puis je ralentis.

Il y avait un mec au volant, il tourna lentement la tête et je vis ses yeux sombres, menaçants. Je le reconnus tout de suite... *Freddy Sloane.* Qu'est-ce qu'il foutait là ? Mon estomac se crispa et je songeai immédiatement au flingue dans ma boîte à gants. S'il faisait un geste...

*Putain, s'il faisait un geste, j'étais fini.*

Je le savais.

Mais il ne sortit pas de sa voiture, ne fit aucun geste. Au lieu de ça, il détourna les yeux vers le bâtiment du lycée. *Il n'était pas là pour moi...*

Il. N'était. Pas là. Pour moi.

La panique m'envahit alors que je tournai la tête pour chercher Ryth. Mais elle était déjà partie, déambulait probablement maintenant dans les couloirs du lycée. Alors pourquoi Freddy la surveillait ? Je serrai le frein à main en regardant l'Audi dans le rétroviseur.

*Tourne-toi.*

*Tourne-toi et demande des explications à ce salaud.*

Si on avait été armés, ce bulldog enragé m'aurait eu. Mais à mains nues... je passais ma langue sur mes lèvres. À mains nues, je pourrais me défendre. Mais l'Audi se lança sur la route et passa devant moi, le moteur ronflant alors qu'elle descendait la rue.

Je n'avais pas besoin de le suivre pour savoir où il allait. Chez les Rossi. Il bossait peut-être pour son père, mais il était loyal envers Lazarus, le Prince de la Mafia Stidda. Ce gamin qui avait pris en maturité ces dernières années, aux côtés de mon frère.

J'appuyai sur l'accélérateur, ralentissant au bout de la rue. L'Audi n'était plus là...

Pourquoi il surveillait cette gamine ?

Est-ce que c'était une vengeance ?

Je me garai sur le côté en jetant un œil dans le rétroviseur. Est-ce que je le suivais jusqu'en ville pour exiger de voir Laz ? Ou est-ce que je rentrais à la maison...

*Bip.*

*Tobias : T'es où putain ?*

Je fronçais les sourcils en tapant ma réponse : *J'emmenais Ryth au lycée, pourquoi ?*

*Tobias : Tu sais pourquoi. À quoi tu joues ?*

À quoi je joue ? Qu'est-ce qu'il pensait ce petit con... que Ryth lui appartenait ? Si seulement il savait. Je jetai un œil vers le siège passager, me rappelant la vue de son corps délicat tourné vers moi alors qu'elle plongeait ses doigts en elle. Ma queue se raidit.

Je passai ma main sur la bosse, la caressant. Putain, j'en voulais plus... je voulais la goûter. Je passai ma langue sur mes lèvres, à la recherche de son goût. Mais il avait disparu... me laissant sur ma faim. J'étais sûr que si je la léchais, je la ferais grimper aux rideaux.

Cette idée fit monter en moi un élan sauvage... puis ce fichu téléphone se mit à faire *bip*.

Tobias : T'approche pas d'elle, Nick.

— Ne pas m'approcher d'elle ? Il se prend pour qui ? grognai-je à voix haute, envahi de colère.

Je pris mon téléphone. *Écoute-moi bien, la petite t'appartient pas. Parce qu'elle... était à moi.*

Cette pensée surgit de nulle part, lourde et violente comme un poing de cuivre sur mon cœur. Je pris une grande inspiration pour essayer de dissiper ma haine. Mais elle ressurgissait avec T. Ce petit con pensait être le seul à souffrir du décès de notre mère.

*Mais c'était ma mère aussi.*

Ma mère, que j'aimais plus que tout... je n'avais simplement pas supporter de la voir dans cet état vers la fin. Les regrets m'attrapaient dans ce puits sombre de désespoir. J'avais essayé de chasser cette pensée, en plongeant mon visage entre les cuisses de Natalie. Mais ça n'avait fait qu'empirer les choses.

Parce que cette salope me trompait, et que je ne disais rien.

— C'est fini. J'en ai marre, marmonnai-je en tapant mon message.

Mais je ne répondais pas à Tobias. Je répondais au passé. J'aurais dû le faire il y a longtemps déjà, quand j'avais découvert qu'elle me trompait.

*Nick : Lâche-moi, c'est fini nous deux.* Envoyer.

J'aurais pu l'ignorer, elle le méritait. Non, ce qu'elle méritait c'était de me voir fourrer ma queue dans la chatte d'une autre salope. Là, on serait quasiment quittes. Mais je ne voulais pas, ce n'était pas que je ne voulais pas coucher avec quelqu'un d'autre... c'est qu'il ne s'agissait pas d'une salope.

Ryth n'était pas une salope, si ?

Plus je pensais au fait qu'elle vivait sous mon toit, à deux chambres de la mienne, plus le désir se faisait pressant. Ce petit minou rose parfait, lisse et luisant. Je voulais la lécher et l'aspirer sans même reprendre mon souffle.

Est-ce qu'elle me sucerait ?

*Putain, j'espérais que oui.*

Les spasmes dans mon caleçon devenaient violents. Je baissais les yeux, la braguette criait alors que mon jean était tendu contre mon érection. Je n'avais pas autant bandé depuis... toujours.

*À cause d'elle.*

*Ma putain de demi-sœur.*

*Ryth.*

Si seulement Tobias pouvait abandonner...

En prenant mon téléphone, je vis la réponse de Natalie. Je lus *Nick, quoi ?!? NOOON ! STP NICK ! STP...*

— Rien à foutre, dis-je en balayant l'écran pour ouvrir la discussion avec Tobias.

*Nick : Je l'ai regardée se branler ce matin dans ma voiture, sa chatte juste sous mes yeux. Je la veux. Alors écoute, T. t'approche pas d'elle.* Envoyer.

Un sourire se dessina sur ma bouche alors que je reprenais la route. Pour la première fois depuis toujours, je me sentais bien. Hyper bien.

Jusqu'à ce que le souvenir de l'Audi me revienne en tête.

Il fallait que je garde un œil sur Ryth, que je fasse en sorte d'être là au moment de la sonnerie, que je l'emmène dans notre parc spécial. Au début, je pensais que c'était une blague, cette histoire de l'emmener au lycée... maintenant, je ne pourrais plus m'en passer.

# Chapitre Treize

## RYTH

Je marchais dans le couloir avant de lever les yeux vers le mec costaud qui attendait devant le cours d'AP.

— Prends ton temps, dit Gio en me faisant un clin d'œil. Je pensais que t'allais pas venir.

Je détournais les yeux en me sentant rougir.

— Désolée, j'ai eu un imprévu.

— Ah oui ? dit-il en me suivant, prenant le siège derrière moi. Quelque chose d'intéressant ?

— Allez, installez-vous, s'écria le prof en faisant signe à tout le monde de se taire.

Pour une fois, je n'entendais pas le brouhaha, je ne remarquais rien. Ni les rires, ni les bavardages, ni la sensation de lourdeur dans ma nuque sous le poids du regard de Gio. J'étais toujours dans la voiture, excitée et honteuse à la fois. Je ne pouvais pas croire que j'avais fait ça...

*Oh bordel... qu'est-ce que j'ai fait ?*

— Hé ho.

Je revins à la réalité et tournai la tête.

— Ça va ? demanda Gio en fronça les sourcils, le regard inquiet. T'as l'air un peu a-ailleurs.

Je me forçais à sourire.

— Oui ça va.

Mais c'était un mensonge... comme le reste de ma vie. J'essayais de me concentrer sur le cours, mais j'étais toujours dans la voiture, le corps tremblant alors que je jouissais sous les yeux de Nick. Je n'avais pas voulu le faire. Je n'aurais pas dû le faire. *Ce n'était pas moi...* ce n'était pas la gentille fille que tout le monde voyait en moi. Je levais les yeux et sentis le poids du regard de Gio, puis je mis une mèche de cheveux devant mon visage pour le cacher. À l'aube du désir, la peur m'envahit.

Il fallait que j'arrête, peu importe ce que ce qu'il y avait avec les fils de Creed. Mon cœur se mit à battre plus fort. C'était *malsain.*

J'avais l'esprit brouillé, abattu par le besoin de trouver une réponse à tout ça.

Je croisai le regard de Gio, il me fit un sourire confus avant que je tourne de nouveau la tête. Ma mère avait divorcé de mon père sans que je le sache... et allait maintenant épouser un homme que je connaissais à peine et dont les fils voulaient simplement jouer avec moi et me faire souffrir. Il fallait que je m'en aille, que j'arrête tout ça avant que leur jeu ne dépasse les limites.

La sonnerie retentit, les chaises grincèrent sur le sol alors que les élèves se précipitaient vers la sortie. Je les suivis, le cœur battant... puis boum. Je les désirais. C'était pour ça que c'était si confus. Je les désirais et j'aimais ce qu'ils me faisaient... un peu trop même.

— On va en cours d'Histoire ensemble ? demanda Gio, la voix basse et tendre.

Je chassais cette pensée en le regardant.

— Bien sûr.

— Tu m'en veux pas ou quoi que-que ce soit, hein ?

Son regard trouva le mien dans le couloir alors qu'on suivait la foule.

— Non, bien sûr que non. Désolée, ma... ma mère m'a annoncé qu'elle et mon père divorçaient hier soir.

Il leva un sourcil surpris.

— Oh, mince, c'est horrible.

— Ouais, dis-je en acquiesçant.

— Pas étonnant que tu sois ailleurs. Je croyais que c'était de ma faute, je pensais que ces connards de Banks t'avaient dit quelque chose parce qu'on avait passé du temps ensemble hier.

— Non, dis-je en regrettant de ne pas être six pieds sous terre. Ils ne savent même pas.

— Ah ? Il sursauta en me regardant. Je croyais...

— Tu croyais quoi ?

— Que tu ferais ce que ces connards te disent de faire.

*Écarte les jambes, montre-moi...* les ordres de Nick me revenaient en tête. *Je veux m'assurer que ma petite sœur se sente bien.*

— Non, répondis-je. Pas tout.

— Bien. Parce que j'espérais que tu serais toujours partante pour la fête chez Hanna ce week-end.

Je contournais un groupe d'élèves en réfléchissant. Ce serait un bon moyen de leur échapper un peu. Un moyen de me faire des amis. Je regardais Gio. Peut-être plus que des amis.

Il me vit le regarder, une lueur brilla dans son regard alors qu'on se dirigeait vers le cours suivant.

— Quoi ?

— Rien, marmonnai-je.

— Tu me matais, Ryth ?

— Non, dis-je avec un mouvement de sursaut.

Ses yeux verts s'agrandirent.

— Si, tu me ma-matais. C'est pas g-grave.

Son bégaiement augmentait lorsqu'il était gêné. *Peut-être* que je le matais, peut-être que j'étais un peu désespérée, désespérée de m'éloigner de Creed et de ses fils. J'entrai dans la salle, et cette fois Gio s'assit à côté de moi.

J'entendais à peine les bavardages, j'écoutais vaguement le cours du prof pour prendre quelques notes sur l'ordinateur que Creed m'avait acheté. J'imagine qu'il fallait que je m'attende à ça maintenant... qu'il agisse comme un beau-père et tout ça.

— Alors je veux vos rédactions de trois mille mots sur mon bureau lundi prochain.

Les mots du prof me sortirent de mes pensées. Je jetai un œil vers le prof grisonnant avec ses lunettes perchées sur son nez.

— Quoi ? marmonnai-je.

— Quoi ? s'exclama Gio, puis la classe entière se mit à râler.

— Arrêtez de vous plaindre, rétorqua le prof. Vous saviez que ça allait vous tomber dessus. On a fait cours sur ça toute la semaine dernière.

— Mais j'étais pas là la semaine dernière, dis-je en regardant le visage de mes camarades.

Mais peu importe, ils ne m'entendaient pas. Personne ne m'entendait sous la cacophonie d'injures et de grognements désabusés.

— Je m'en fiche, dit le prof en secouant la tête. Trois mille mots sur la réforme sociale législative des années vingt, cria-t-il alors que la sonnerie retentit et que nous nous levions tous en reculant nos chaises.

— *Et vous avez intérêt à ce que ce soit bien documenté, ça comptera pour vingt pourcent de la note finale !*

*Vingt pourcent ?*

La classe semblait se dissoudre sous l'effet de ma panique.

— Mademoiselle Castlemaine.

Je me figeai à l'annonce de mon nom, juste avant de passer la porte, puis je me retournai. Chacun se retourna vers moi et j'aperçus des mecs ricaner, et l'instant d'après, la cicatrice sur ma joue se mit à brûler.

— Oui ?

— J'espère que vous avez pu rattraper votre retard, dit M. Davidson ou je sais plus quoi. Je ne vous ferai pas de cadeau, malgré votre situation.

— Ouais, le fait qu'elle vive avec ces connards de Banks. Cette salope, quelqu'un cria.

Je parcourais la salle du regard, cherchant ceux qui me regardaient. Mais ils me regardaient tous... jusqu'à ce que Gio intervienne.

— C'est bon, on y va, dit-il en me poussant vers l'avant.

— C'était quoi ça ? demandai-je en le regardant, incapable de comprendre ce qui venait de se passer. Qu'est-ce qu'ils disaient ?

— Rien, dit-il sans me regarder, me poussant hors de la salle.

Mais il y avait quelque chose de louche. Une sorte de changement... un changement sombre et malsain autour de moi. Je ne l'avais pas vu avant, peut-être parce que je n'avais pas prêté attention. Mais je le sentais maintenant, la colère dans leur regard. Je jetai un œil par-dessus mon épaule et vis leur œil mauvais. Au moment où je passai la porte et me trouvai dans le couloir, quelqu'un me frappa dans le dos.

— Dégage, espèce de traître.

L'impact me fit perdre mon équilibre. Je titubai sur le côté et leur lançai un regard. Mais ils étaient partis, au milieu de la foule d'élèves.

— Punaise, dit Gio en me prenant le bras. Ça va ?

— Oui, répondis-je. C'est quoi cette histoire ?

— Rien. On y va, dit-il en essayant de me pousser vers l'avant mais je me dégageai de son bras.

— Tu n'arrêtes pas de dire que c'est rien mais il y a visiblement *quelque chose*. Qu'est-ce qu'il se passe, Gio ?

Un air inquiet surgit dans son regard puis il me tira lentement pour me guider à travers la foule vers le cours suivant. Lorsqu'on arriva dans la salle, il se mit devant moi.

— Écoute, il y a dans la classe des amis des Rossi.

Les Rossi ?

Je sentis mon visage pâlir.

Mon père... *c'était ça le problème*. Mon père les avait trahis. Je secouai lentement la tête.

— Mais je n'ai rien à voir là-dedans.

— Peu importe, murmura-t-il en jetant un œil par-dessus son épaule. Eux ils s'en fichent. C'est pour ça que tu dois rester avec moi, d'accord ?

Je regardai derrière lui.

— Ils me détestent tous ?

— Pas tous, dit-il en croisant mon regard.

Je compris alors, je compris pourquoi il voulait absolument que je suive les cours avec lui et que je déjeune avec lui. Mais ce que je ne comprenais pas c'était pourquoi lui... *et pourquoi moi ?*

— Allez, on s'assoit, cria la prof.

Elle me regarda lorsque je me retournai, les doigts pressés contre la douleur lancinante sur mon front, qui ne faisait que s'accroître. Je restais assise là, à apercevoir des coups d'œil en ma direction, à avoir l'impression que le monde entier était contre moi...

Puis la sonnerie du dernier cours retentit.

— Viens, dit Gio en se levant de la chaise à côté de moi. On se barre d'ici.

Mais maintenant que j'avais vu la haine dans leur regard, je ne voyais rien d'autre. Ce n'était pas tout le monde qui me regardait, mais la plupart. Je pris mon ordinateur en prenant mon temps pour éviter la foule, puis j'allai vers la sortie du lycée.

Boum... boum... boum...

Je levai les yeux et vis la voiture bleu nuit qui m'attendait sur le trottoir. *Je viens te chercher plus tard... et ne parle pas aux mecs cette fois.* L'avertissement de Nick me revint à l'esprit.

— Je t'accompagne, proposa Gio.

Je secouai la tête, sentant le rugissement douloureux dans ma tête.

— Non, merci, ça va aller.

Je laissais Gio et me dirigeais à grandes enjambées vers la Mustang garée, sentant ma migraine s'intensifier. Nick regardait les autres voitures au moment où j'ouvris la portière et montai.

Il n'était pas très bavard, il ne donnait pas d'ordre, ne faisait pas de commentaire. Ouf. Il démarra le moteur avant même que je mette ma ceinture et l'instant d'après je fus projetée contre la portière lorsqu'il prit un virage. La peur rugissait dans mon esprit alors que je me cognais contre la portière avant de m'accrocher à la ceinture avant de la mettre en vitesse.

J'attendais les commentaires...

J'attendais ses ordres, la honte.

Je l'attendais *lui*.

Mais il resta silencieux jusqu'à la maison. Au moment de se garer dans l'allée et de couper le moteur, il se tourna vers moi.

— Ryth...

— Laisse tomber, marmonnai-je en ouvrant la portière.

Je ne pouvais pas gérer ça, rien de tout ça. Ni mon père, ni ma mère... ni mes nouveaux prédateurs, mes demi-frères et maintenant les élèves de Duke qui me détestaient. Rien ne changeait pour moi. *Rien*. Je serrais les poings, luttant contre l'envie de hurler ou de me mettre à courir, serrant mon ordinateur contre moi en avançant vers la maison.

— *Attends*, cria Nick.

Mais je n'obéis pas, je passai la porte d'entrée et pris les escaliers.

Je remarquai à peine qu'il n'y avait pas de bruit dans la maison alors que j'arrivais à l'étage.

— *Ryth* ! cria Nick en me tirant sur le bras pour que je me retourne. C'est quoi ton problème ?

La porte d'une chambre s'ouvrit au loin... le bruit de pas lourds suivit et je vis Tobias sortir.

— Qu'est-ce qu'il se passe, Nick ?

Un frisson me parcourut l'échine en voyant le regard noir que Tobias lançait à Nick.

— Frérot. Faut qu'on parle.

# Chapitre Quatorze

## TOBIAS

Elle s'éloignait de nous en courant, me regardant à peine avant de disparaître dans sa chambre. Elle avait raison. Elle devrait s'enfermer là-dedans et ne plus jamais sortir. Si elle savait ce que j'avais en tête, c'est exactement ce qu'elle ferait. Dès qu'elle fut partie, je me tournai vers lui... *mon frère*.

— Regarde-moi encore comme ça, T., et je te mets une branlée.

— Regarde-*la* encore comme ça, frérot, et je vais te mettre bien *plus* qu'une branlée.

Ses lèvres se retroussèrent.

— Tu veux qu'on fasse ça ici ?

— Je suis chez moi.

— *Moi aussi je suis chez moi, Tobias* ! Garde bien ça dans le crâne.

Caleb ouvrit la porte de sa chambre et sortit dans le couloir.

— Garder quoi dans le crâne ?

— Ce petit con a eu assez de temps pour oublier la rancœur.

— Nick, dit Caleb.

— Non, répondit mon frère en tournant son regard noir vers moi. Il est temps qu'on en finisse.

— J'ai pas envie, dis-je entre mes dents serrées.

— Bien, alors barre-toi, va te cacher dans ta chambre, tu sais faire que ça. Mais il faut que ça s'arrête, Tobias. Maman ne voudrait...

Il n'eut pas le temps de finir, je bondis sur lui et lui donnai un coup dans la mâchoire... puis nous sommes tombés au sol avec l'élan.

— *Tobias !* cria Caleb alors que j'étais à califourchon sur Nick.

Mais je ne l'entendais pas.

Elle est *À MOI*... ces mots rugissaient dans ma tête alors que je le frappais en pleine figure. Sa tête bascula sur le côté, son regard rouge de colère devint une haine froide et violente.

Je le frappais à nouveau, me défoulant sur lui jusqu'à ce que ma haine brouille ma vision. Certains coups le touchaient, d'autres le manquaient, fendant l'air à un centimètre de son nez. Peu importe qui je frappais. Il fallait que ça sorte. Que tout sorte. Toute la douleur et la peine... toute la solitude. *Bordel, maman me manquait.*

— *T., putain !*

Nick me mit un coup violent au visage, en plein dans le nez.

Des étoiles me remplirent les yeux et je me sentis partir en arrière. Ce connard prenait l'avantage, il me saisit à la gorge avec les deux mains et se dégagea de mon emprise.

— Calme-toi putain ! cria-t-il lorsque j'entendis le bruit de la voiture de mon père dans l'allée.

Le son de sa Mercedes nourrissait encore plus ma rage. *Il était là... avec une putain de femme...*

Je le frappai à nouveau, même s'il serrait ma gorge encore plus fort.

Le coup atterrit encore sur sa joue, au même endroit que le coup précédent. Sa joue était déjà rouge, ses yeux sauvages, ses babines retroussées. On entendit un éclat de rire à l'étage du dessous qui se répandit dans la maison.

— On est rentrés, les garçons ! s'écria mon père.

— *Ryth, chérie !* Cette salope appelait sa fille...

En un instant, ma haine fut absorbée par le vide et mon monde avec. Je parvins à me dégager de l'emprise de mon frère et je pris de grandes bouffées d'air.

— *T'es vraiment taré !* dit Nick en me pointant du doigt avant de se relever, la bouche en sang.

J'en avais rien à faire qu'il saigne... je me fichais de tout. Je perçus un mouvement dans le coin de mon œil. En tournant la tête, je la vis sur le pas de sa porte, les yeux écarquillés... nous regardant avec horreur. Sa manière de se tenir là, si petite... *si insignifiante*. Le rappel de tout ce que j'avais perdu.

Mon regard se posa sur la vilaine marque sur sa joue alors que j'avançai vers elle.

— *Qu'est-ce que tu regardes ?*

Elle sursauta et fit un pas en arrière, les yeux rivés sur mes frères derrière moi. Je ne pouvais pas m'en empêcher... je ne pouvais pas m'empêcher de la saisir à la gorge d'une main, le pouce caressant son pouls, presque assez fort pour lui faire mal, puis je la poussai contre le mur, pressant ma bouche contre son oreille.

— Tu penses que je sais pas ce que t'as fait ? dis-je alors que ma respiration devenait une brûlure. Tu lui montres à lui et pas à moi ? C'est ce qu'on verra, Ryth... *on verra*.

— Dégage, dit-elle à bout de souffle entre mes doigts et leva les yeux vers moi. Des larmes lui montaient aux yeux mais je vis autre chose au-delà. *La douleur*. Voilà ce que c'était.

— *On a une dégustation de gâteaux de mariage pour vous !* cria cette pute en bas.

Cette vilaine cicatrice sur la joue de Ryth devint encore plus pourpre. Je retroussais les lèvres en voyant ça avant de la lâcher. Elle reprit son souffle en toussant, portant sa main à son cou, rougi par mes soins.

— Tu pètes les plombs, T., grogna Caleb derrière moi, se rapprochant pour qu'ils n'entendent rien en bas.

— Arrête ça, *ou sinon...*

— Sinon quoi ? dis-je en le regardant dans les yeux. *Sinon* quoi, *Caleb* ?

— Les garçons ? cria notre père.

Je maintenais le regard de mon frère. J'avais envie de le frapper, lui aussi. Je voulais tous les frapper sans relâche. Je tournai à nouveau les yeux vers Ryth. *Tout le monde sauf elle. Je ne voulais pas la frapper, elle... je voulais* la posséder. Je pris une grande inspiration et ce soupçon de vanille reconnaissable entre mille plongea en moi, inondant mes narines et mes sens.

Puis je me tournai pour retourner dans ma chambre en claquant la porte derrière moi.

*Quelle putain de salope !*

J'étais debout dans ma chambre à entendre leur voix étouffée essayant de la consoler. Une porte claqua l'instant d'après. Je n'avais pas besoin d'ouvrir pour savoir de quelle porte il s'agissait. Mon torse se souleva et cette brutalité en moi s'éloigna comme un lion blessé.

*Dégage*, ses mots étouffés revinrent à mon esprit. *Dégager ?*

Cette petite conne ne savait pas à qui elle se frottait. Je serrais les dents avant de jeter un œil vers mon lit, le regard cherchant le bord de sa petite culotte en coton blanc que je vis dépasser du dessous de l'oreiller.

*Dégage.*

J'avais vu le feu dans ses yeux. *Un véritable feu.* Cette pensée glissa en moi... alors ma petite souris apprenait à mordre. Ma queue eut un spasme alors que mon visage était lancinant de douleur. Je passai une main sur ma mâchoire endolorie mais le désir continuait de monter en moi.

Cette putain de petite souris.

J'avançais vers mon lit pour saisir sa petite culotte et la porter à mon nez. *Cette putain d'odeur de vanille.* Je passai un doigt sur ma braguette puis attrapai le téléphone à côté de mon oreiller et ouvris le message de Nick.

*Je l'ai regardée se branler ce matin dans ma voiture, sa chatte juste sous mes yeux. Je la veux. Alors écoute, T. t'approche pas d'elle.*

Elle avait montré sa chatte à Nick...

Je glissai ma main dans mon caleçon pour empoigner ma bite. Bordel, je bandais déjà.

*Elle avait montré à Nick sa petite chatte vierge.*

Je fermais les yeux. Elle allait baiser avec lui, je le savais. Elle baiserait avec Caleb aussi.

Avec nous trois... chacun notre tour.

Si on la baisait, elle serait détruite le lendemain matin. Je commençais à peine à me branler que mes boules se crispaient déjà. *Tous les trois, chacun notre tour, sans relâche.* Elle serait notre petit secret, notre petite pute privée. Elle ferait tout ce qu'on voudrait...

*Absolument tout.*

Je serrais les fesses alors que la veine sous ma bite pulsait au moment de l'orgasme... puissant... bref... et anéantissant.

J'ouvris les yeux. Cette pensée résonnait dans le vide. Je ne sentais quasiment plus ma mâchoire douloureuse maintenant. Je ne ressentais que le désir, l'image de nous trois la baisant à mort. Mes doigts tremblaient lorsque je relâchai ma queue pour prendre mon téléphone et répondre à Nick.

*T : Tu la veux ? Moi aussi.* Envoyer.

Une seconde plus tard, il répondait.

*Nick : Qu'est-ce que tu dis bordel ?*

Je relevai les yeux de l'écran. Cette vision d'elle sous moi pendant que mes frères la prenaient par la bouche et le cul me remplit l'esprit.

*T : On la prend tous.*

*Nick : Comment ça "tous" ?*

*T : Réfléchis.*

Silence. J'attendais qu'il rassemble les morceaux du puzzle. Il n'avait jamais été le couteau le plus affuté du tiroir. Ou peut-être qu'il n'avait pas les couilles. Peut-être qu'il préférait l'idée de sauter une pute qui le trompait.

*Bip.*

Je baissai les yeux sur l'écran.

*Nick : T'es vraiment barjo mon pauvre, presque autant que C. Mais ça me plaît... ça me plaît à mort. Je suis partant.*

— Yes, murmurai-je dans un sourire douloureux. On l'est tous, frérot. Maintenant... dis-je en regardant ma porte. Il faut convaincre Caleb qu'il en a autant envie que nous.

Je ne savais pas comment faire.

Mais je savais qu'il en avait envie.

Je voulais la voir se tordre et crier, nous supplier d'arrêter.

Et je voulais la voir enfin céder, céder à ce que son corps réclamait... avec nous...

J'ouvris la conversation et me mis à taper.

# Chapitre Quinze

## RYTH

— Venez les enfants, cria ma mère, ignorant complètement ce qui venait de se passer. On a besoin de votre aide.

Je regardais les deux frères puis me mis à courir vers les escaliers.

*Tu penses que je sais pas ce que t'as fait ?* Les mots de Tobias me revenaient à l'esprit. *Alors tu lui montres à lui et pas à moi ? C'est ce qu'on verra, Ryth, on verra.* J'entendis des pas lourds derrière moi lorsque j'arrivais en bas et que j'allais dans la cuisine.

Il y avait différents gâteaux disposés sur le comptoir de la cuisine. Je regardai tous les mini gâteaux et eut envie de vomir.

— Le fondant au chocolat est celui que je préfère, dit ma mère en lorgnant sur les gâteaux avant de lever les yeux vers moi. Il faut que tu me donnes ton avis, Ry, dit-elle avant de lancer un regard à Nick et Caleb derrière moi. Et votre avis à vous deux aussi.

— Puisque c'est sûrement vous qui allez manger la plus grosse partie du gâteau, marmonna Creed en se servant un Scotch.

Ils n'avaient rien remarqué, ils vivaient dans leur petite bulle, une petite bulle de préparatifs de mariage et d'un amour caché, dévorant. Un amour qui devenait visible lorsque ma mère se tournait vers Creed avec un grand sourire avant de s'appuyer sur lui. Ils se taquinèrent puis se mirent à rire jusqu'à ce que Creed la prenne dans ses bras pour l'embrasser fougueusement.

Et je restais là avec la sensation des doigts de Tobias autour du cou lorsque j'entendis un *bip*. Nick sortit son téléphone et fronça les sourcils en lisant le message.

Sa joue était rouge et enflée et la coupure sur sa lèvre perlait de sang.

— Alors, reprit ma mère en s'éloignant des bras de Creed pour prendre une fourchette et me la tendre. Goûte-moi tout ça et dis-moi lequel tu préfères.

J'avançais vers elle à contre-cœur et pris la fourchette. Mais en la plantant dans le premier gâteau pour prendre un morceau, je croisai le regard de Nick.

— Je pense que les enfants s'en fichent, chérie, murmura Creed en attirant encore une fois ma mère dans ses bras.

Je fus prise d'un dégoût violent en prenant une bouchée. Ils ne remarquaient rien, même pas que Nick montra son téléphone à Caleb pour lui faire lire le message. Mes poils se hérissèrent alors qu'ils se mirent tous deux à me regarder.

Mon pouls accéléra et le gâteau dans ma bouche devint une boule pâteuse que j'avalais. Nick regarda à nouveau son téléphone, les doigts pianotant sur le clavier. Mais à présent c'était Caleb qui me regardait de ses yeux sombres et impénétrables, je tremblais en plantant ma fourchette dans le gâteau suivant.

Je goûtai aux quatre gâteaux, puis je désignai celui tout simple à la vanille et murmurai :

— Celui-là.

Ma mère me fit un grand sourire puis tourna son attention vers les garçons.

— Vous en pensez quoi ?

Nick s'avança vers moi, un sourire se dessinant sur le visage. Au moment où je croisais son regard, j'étais de nouveau dans sa voiture, la main dans ma culotte, ses yeux rivés entre mes cuisses.

— Je vais te chercher une fourchette, dit ma mère alors qu'il me prenait la mienne des mains.

— C'est bon, ça me dérange pas d'échanger mes microbes avec ceux de ma petite sœur, dit-il en lui faisant un clin d'œil avant de se pencher sur les gâteaux ; il leva la fourchette et je vis son autre main se diriger sur l'avant de son jean, à l'abri des regards.

Je savais ce qu'il pensait.

Je savais quel souvenir surgissait dans son esprit alors qu'il empoignait la bosse qui se dessinait sous son jean.

Il prit une bouchée délicate, savourant lentement chaque gâteau et ma mère semblait ravie, ses yeux pétillaient lorsque Nick gémit en goûtant le gâteau suivant.

— Ouais, celui à la vanille. Délicieux. C. ? dit-il en tendant la fourchette à l'aîné. T'en veux ?

Il y avait quelque chose d'étrange dans les mots de Nick et dans l'intensité de sa voix.

Et dans le regard de Caleb aussi, lorsqu'il s'approcha pour prendre la fourchette de la main de son frère sans dire un mot. Mon cœur se mit à battre plus fort et je retins mon souffle lorsque Caleb s'avança brusquement en planta la fourchette dans le gâteau avant de la porter à sa bouche, le mâchant un peu avant de l'avaler.

— Celui-là, dit-il en posant la fourchette sur le comptoir avant de sortir de la cuisine.

Il ne me lança pas un seul regard en partant. Mais ses pas lourds dans les escaliers frappaient plus fort que d'habitude.

— Parfait, dit ma mère en souriant. Est-ce que Tobias voulait les goûter ?

— Non, répondit Nick. Il est d'accord de toute façon, il vient de me le dire par message.

Ma mère sourit encore plus en se tournant vers Creed.

— Je te l'avais dit que ça les intéresserait. Il fallait juste leur proposer.

Creed me lança un regard méfiant. Il n'était pas aussi dupe que ma mère, qui était là à l'embrasser en ricanant comme une gamine.

— T'as raison, dit-il en passant ses bras autour d'elle, le regard toujours figé sur moi alors que Nick sortait de la cuisine.

---

JE ME SUIS réveillée très tôt le lendemain, bien trop tôt. Au moment où j'émergeai, je pensais à eux. *Tobias, Nick... et maintenant Caleb.* Leur attention qui s'attardait sur moi, leur regard noir et plein de désir. Je repoussai la couette et sortis du lit. Il faisait encore sombre lorsque j'ouvris la porte pour écouter s'il y avait du bruit avant de courir vers la salle de bains. Cette maison était devenue un champ de bataille. Il fallait que j'apprenne à me déplacer furtivement... si je voulais survivre.

Le carrelage froid embrassa la plante de mes pieds lorsque j'entrai et fermai doucement la porte derrière moi avant d'utiliser les toilettes, serrant les dents et retenant mon souffle au moment de tirer la chasse. Quand je suis retournée à ma chambre en courant, mon cœur battait la chamade. Je fermai la porte derrière moi avant d'allumer la lumière et de prendre mon ordinateur au bout de mon lit pour me mettre au travail à mon bureau.

Demi-frères ou pas, j'avais un devoir à rendre lundi et je n'avais rien préparé. Je me suis connectée sur le site du lycée, puis j'ai entré mes identifiants avant d'ouvrir une page de traitement de texte pour commencer à faire le plan de ma rédaction.

En levant la tête je vis que la lumière dehors était plus vive, j'étais déjà plongée dans la complexité des années vingt. Je regardais les quelques idées que j'avais notées au crayon, celles que j'avais entamées et barrées, puis je fermais les yeux. À ce rythme-là, j'allais rédiger un torchon.

*J'allais échouer.*

*J'allais échouer en terminale.*

Je passai un doigt sur la cicatrice de ma joue avant de me redresser. Mon dos était douloureux et j'avais l'impression que j'avais été assise sur mes fesses trop longtemps. Je me massai un peu le dos puis pris mon uniforme avant de courir à la douche.

C'était génial d'être réveillée à l'aube. Je pris ma douche, sachant que ces trois enfoirés dormaient encore à poings fermés et pour la première fois depuis une éternité, je pus prendre mon temps. Je me suis rasée, me fis un gommage puis je sortis de la douche, éclatante et un peu rouge, me sentant plus en vie que jamais. Mes pensées douloureuses revinrent vers eux, vers leur regard menaçant qui semblait me traquer.

Je voulais savoir quel message Nick avait reçu la veille. Je voulais savoir ce qu'il y avait de si intéressant pour qu'il le montre à Caleb... et j'avais l'impression que ça avait un lien avec moi. Sinon, pourquoi ils m'auraient regardée comme ça...

*Sinon, pourquoi Nick aurait eu la trique ?*

Il avait bandé. Je me figeai et arrêtai de brosser mes cheveux emmêlés, serrant la brosse entre mes doigts. Devant le miroir embué, je vis cette horrible marque rouge sur ma joue. Il avait bandé... en me regardant. Je secouai la tête.

— Non, c'était pas à cause de moi.

Pourtant, le doute persistait.

*Et si c'était le cas ?*

Il avait bandé dans la voiture quand il m'avait demandé de me caresser. Il avait bandé en me regardant. Je fermai les yeux. Personne ne m'avait jamais regardée comme ça auparavant. Personne ne me remarquait vraiment, alors me regarder avec une telle intensité qui brûle dans les yeux...

D'abord il y avait eu Tobias...

Puis Nick.

Et maintenant Caleb.

Je me forçais à ouvrir les yeux et me dépêchais de coiffer mes cheveux et de les rabattre devant mon visage, puis je sortis de la salle de bains. Je marchais à pas de velours, pieds nus, mais une vague de panique s'empara de moi alors que je courais vers ma chambre. *Ma chambre...* me répétai-je. J'avais le droit d'être ici autant qu'eux, alors pourquoi c'était moi qui avais peur et qui faisais tout pour ne pas les réveiller ?

Pourquoi est-ce que j'avais peur d'ailleurs ?

Je regardais le tas de gribouillis sur mon carnet en sortant une paire de chaussettes avant d'enfiler les vilaines chaussures. Je ne voulais plus me cacher. Je ne voulais plus trembler devant leur haine. Je ne voulais plus trembler du tout. Le bruit doux d'une porte retentit en bas. Je me dépêchai, me penchant pour attraper mon ordi et sortis en vitesse de ma chambre avant de dévaler les escaliers.

— Creed, criai-je aussi fort que possible.

Il s'arrêta, la main sur la poignée, vêtu de son costume bleu marine et d'une chemise blanche, puis il se tourna vers moi.

— Ryth, tout va bien ma belle ?

— Ouais, dis-je en souriant. Je pensais que tu pourrais m'emmener au lycée, si ça te dérange pas ?

— C'est un peu tôt, mais si tu veux, dit-il en souriant avant de faire un signe de tête.

— Viens, ma petite.

*Ma petite.*

Ce surnom semblait presque étranger alors que je le suivais, passant devant la Mustang de Nick. Je laissais échapper un souffle retenu, le regard attiré par cet engin noir brillant alors que je fermais la porte de la Mercedes de Creed et mis ma ceinture.

— Je suis content qu'on est ce moment tous les deux, si tu veux mon avis.

Il démarra le moteur et ouvrit le portail avant de sortir de l'allée.

Sa chemise se tendit lorsqu'il jeta un œil derrière pour reculer, saisissant l'arrière de mon siège. Je savais d'où ses fils tenaient leur belle gueule et leur charme. Creed aurait pu être mon père, mais il était musclé et canon, surtout quand il était habillé comme ça.

J'essayai de ne pas le regarder et je fixai la route lorsque nous partions.

— Ça te plaît de vivre avec nous ?

Je serrais les dents, mon cœur battait dans ma gorge. *Si ça me plaît ?* Je me sentis rougir en me souvenant que Tobias m'avait touchée sous la table, que Nick avait léché mes doigts enduits de mon plaisir. Est-ce que ça me plaisait ? Une vague d'adrénaline se rua entre mes cuisses alors que j'ouvris la bouche pour répondre.

— J'espère que ça te plaît, parce qu'honnêtement, Ry, j'adore ta mère.

Ses mots furent comme un glaçon sur mon désir fougueux.

— Enfin, je l'aime, tu vois.

Je tournais les yeux vers lui et vis un léger froncement de sourcils ; quelque chose se figea en moi.

— Vraiment ?

— Ouais, dit-il en me regardant avant de regarder la route à nouveau. Vraiment. C'est pour ça que j'espère que tu te plais avec nous. J'ai l'impression que les garçons s'occupent bien de toi, ils t'emmènent au lycée et tout.

*Ils s'occupent bien de moi ?* On peut le dire oui, quand il s'agit de me doigter sous la table et de lécher ma cyprine sur mes doigts. Ils s'occupaient de moi, dans leur manière de me regarder, de me toucher. Leurs sales pattes sur mes seins, autour de ma gorge.

*Comme ces mecs sur les sites...*

Je déglutis, essayant de ravaler ma panique alors que Creed me regardait. Il y eut un soupçon d'inquiétude, ou quelque chose ressemblant à de la panique. Mais il aimait ma mère... il aimait ma mère et ça faisait des années que je ne l'avais pas vue aussi heureuse.

*Je pouvais tout ruiner... un seul mot et je ruinais tout.*

— Oui, répondis-je d'une voix blanche. Ils s'occupent bien de moi.

Je vis le soulagement passer dans ses yeux.

— Oh, super... c'est vraiment super. Ils sont un peu durs parfois et ils me donnent du fil à retordre, surtout quand ils sont tous les trois à la maison. Mais Nick et Caleb vont bientôt partir, il restera que toi et Tobias.

Un frisson me parcourut lorsque j'aperçus le lycée au loin.

Je ne savais pas ce qui me faisait le plus peur, l'idée qu'ils me traquent tous les trois... ou que je sois seule avec Tobias.

— Bon, tu es un peu en avance mais je suis sûr que la salle d'étude est ouverte, dit-il en se garant devant le trottoir.

Je pris la poignée de la portière et sortis.

— Et, Ry...

Je m'arrêtais en me retournant et en me penchant.

— Oui ?

— Je suis vraiment content que tu sois ma belle-fille. Je voulais juste que tu le saches, et je cherche pas à t'éloigner de ton père. C'est juste que... j'ai toujours rêvé d'avoir une fille. Alors je suis content que tu sois là.

L'univers ne pourrait pas être plus cruel.

Je lui fis un signe de tête avec un soupçon de sourire avant de marmonner "moi aussi".

Il me fit un sourire puis je fermai la porte et m'éloignai. J'attendis un peu, me sentant comme le plus gros échec de la terre lorsqu'il manœuvra et s'éloigna.

— Moi aussi ? murmurai-je. Ta seule chance de mettre un terme à tout ça et c'est tout ce que tu dis... *Moi... aussi ?*

Je poussai un soupir avant de me diriger vers la salle d'étude qui était étrangement pleine. Le prof me sourit et m'indiqua une rangée libre. Je sortis mon ordi puis me connectai au wi-fi du lycée lorsque mon téléphone fit un *bip*.

Je le sortis pour regarder le message.

*Nick : Putain, t'es où Ryth ?*

La peur s'installa en moi alors que je lisais à nouveau le message. Mais cette peur fut vite remplacée par quelque chose d'autre, quelque chose de plus profond... quelque chose qui ne me faisait pas peur. Alors je souris en tapant ma réponse.

*Ryth : Au lycée.*

Et à peine une seconde plus tard...

*Nick : C'est moi qui t'emmène au lycée.*

Mon sourire s'agrandit.

— Plus maintenant, connard, murmurai-je.

— *Chuut*, s'exclama un élève.

Mais ça ne pouvait pas éteindre la joie que je ressentais. Nick et ses frères pensaient sans doute qu'ils m'avaient cernée. Ils pensaient sans doute que j'allais faire exactement ce qu'ils voulaient...

Ils devaient se dire que j'étais docile et minable. Je rabattis mes cheveux devant mon visage.

*Tu vas aller les voir, ma petite lionne ? Tu as toujours eu mon tempérament plus que celui de ta mère.*

Les mots de mon père me revinrent en tête alors que je remettais mon téléphone dans ma poche. Une souris... Tobias m'avait appelée ainsi ?

Une souris.

*Bip.*

Mon téléphone vibra, mais je l'ignorai.

Et lorsqu'il se mit à biper encore et encore, je le mis sur silencieux.

Une souris, hein ?

J'allais leur montrer quel genre de souris j'étais.

# Chapitre Seize

## RYTH

Je travaillais sur ma rédaction, finissant enfin le plan que j'avais prévu juste avant que la sonnerie retentisse. Tout le monde rangea ses affaires à la hâte alors je fis de même, jetant un œil à mon emploi du temps en sortant de cours. Comme d'habitude, Gio m'attendait dans le couloir.

— Je t'ai cherchée ce matin, marmonna-t-il.

— Ah bon ? Je suis venue en avance, dis-je en passant devant lui pour entrer dans la salle de classe avant de choisir une place sur le côté.

— Ouais, dit-il en s'asseyant derrière moi. Laisse-moi deviner. Nick Banks avait mieux à faire ?

— Non, répondis-je en essayant d'ignorer l'agacement que je ressentais. Tu poses beaucoup de questions sur eux.

Il haussa les épaules.

— Juste de la curiosité.

À propos de moi ou des mecs avec qui je vis ?

*Mes demi-frères, j'oubliais...* J'essayais de ne pas penser à eux, les chassant de mon esprit alors que je me concentrais sur le cours. Mais peu importe à quel point je voulais oublier que ma mère allait épouser Creed, j'y repensais constamment.

Elle nous avait fait goûter aux gâteaux de mariage... Je grimaçais à cette pensée, le cœur peiné pour mon père. J'avais envie de le voir, ou au moins de lui parler. Et surtout, je voulais savoir ce que les avocats allaient mettre en place pour le faire sortir.

Le cours se déroula dans un flou total, comme le suivant. J'essayais de penser à la rédaction que je devais rendre lundi, et même si j'avais quelques idées de problématique, mettre tout en place dans mon esprit allait prendre un certain temps. La sonnerie de l'heure du déjeuner retentit, je me levai de ma chaise et pris mon ordi. Au moment où je me suis tournée vers Gio, il me regarda avec des yeux déçus.

— Quoi ? demandai-je.

— T'es pas comme d'habitude aujourd'hui, dit-il en secouant la tête. J'aime pas bien ça.

— Comment ça pas comme d'habitude ?

— J'sais pas, dit-il en haussant les épaules. T'es distante avec moi, j'ai fait quelque chose de mal ?

— Ça te préoccupe beaucoup, hein ? demandai-je en lui prenant le bras avant d'aller vers la sortie.

— Sale traître, cria quelqu'un lorsque j'arrivai dans le couloir.

Tous les yeux étaient rivés sur moi, ils me fixaient tous. Mes joues rougirent sous la panique mais cette fois je n'allais pas courir pour me cacher. Cette fois, je les regardai dans les yeux.

— Qui a dit ça ?

Personne ne répondit. Au lieu de ça, ils continuèrent leur chemin, comme si rien ne s'était passé.

Mais je ne pouvais pas faire semblant, plus maintenant. Autant rester là et les laisser me faire du mal.

— Je ne suis pas une *traître* putain ! criai-je. *JE NE SUIS PAS MON PERE !*

Des respirations violentes me secouaient alors que je bouillonnais de l'intérieur.

— Hé, ça va ? dit Gio en me touchant le bras, me faisant sursauter et reculer. Mais il voulait seulement me calmer.

— Désolée, marmonnai-je alors que tout le monde passait à côté de nous.

— C'est rien, dit-il en souriant. On pourrait aller chercher quelque chose à manger et aller s'asseoir dehors, c'est moi qui t'invite cette fois-ci.

J'acquiesçai puis le suivis jusqu'aux distributeurs, je pris le sandwich et le coca qu'il me tendait puis nous sommes allés dehors. Le soleil était doux et caressait ma peau alors que je m'assis à une table à côté de Gio avant de fermer les yeux.

— La fête d'Hanna va être géniale.

J'entendis la fin de sa phrase en ouvrant les yeux, me souvenant soudainement des préparatifs du mariage.

— Je suis pas sûre de pouvoir venir.

— Quoi ?

— A la fête, dis-je en regardant vers lui. Ma mère a des essayages de robes ce week-end et je crois qu'il y a une sorte de fête, je vais sûrement devoir y aller.

Je vis la panique traverser ses yeux et pendant un instant, je restais interloquée, pourquoi paniquait-il ? Puis il se pencha par-dessus la table pour m'embrasser.

— Gio ! m'écriai-je en le repoussant, le visage en feu. C'était quoi ça ?

Il eut l'air choqué, confus. Il fronçait les sourcils en regardant autour de nous pour voir si quelqu'un avait vu que je l'avais repoussé.

— Je pensais... enfin, je t'aime bien, Ryth.

— Tu m'aimes bien ? On se connaît à peine, dis-je en luttant contre l'envie d'essuyer l'empreinte de sa bouche sur la mienne.

*Au moins Tobias et Nick n'ont jamais essayé de m'embrasser...*

Cette pensée involontaire refit surface avant que je la repousse. Beurk... Je ne sais pas pourquoi je pensais à ça, pourquoi est-ce que ça surgissait dans mon esprit, mais c'était le cas... et je revis le visage de Nick lorsqu'il maintenait mon poignet en suçant mes doigts mouillés.

Je savais ce qu'il voulait, ce que ça impliquait et ce que ça allait engendrer. Je serrais les cuisses, essayant de chasser ce désir malsain.

— Je suis désolé, murmura Gio en détournant les yeux, gêné, me donnant l'impression d'être une vraie garce.

— Non, c'est moi qui suis désolée. J'ai été surprise, d'accord ? Je m'y attendais pas.

Je vis scintiller dans ses yeux l'étincelle de l'espoir.

— Je comprends. J'ai été un peu vite.

— Ouais, un peu, dis-je en lui souriant.

— Mais c'est pas un refus...

Mon Dieu.

— Non, c'est pas un rejet.

Il fit un grand sourire avant d'ouvrir sa canette puis il la but d'une traite avant de me faire un signe de tête.

— La prochaine fois, je t'avertirai avant.

La prochaine fois...

Je chassais la panique qui m'envahissait en me cramponnant à mon sandwich, regardant du coin de l'œil si quelqu'un approchait, déballant mon sandwich avant de croquer dedans. Il n'allait pas m'embrasser si j'avais la bouche pleine de pain et de jambon... *certainement pas*. Et s'il le faisait quand même ?

Alors il faudrait que je le dise à mes demi-frères, n'est-ce pas ?

Cette pensée s'installait en moi. *"Quelqu'un m'a embrassée aujourd'hui au lycée."* Je voyais quasiment déjà la foudre dans leurs yeux.

Ils étaient possessifs.

Et autoritaires.

*Et vraiment répugnants.*

Une chaleur surgit en moi.

— Tu souris.

Je fus extirpée de cette pensée et sentis un sourire sur mes lèvres, je repris mes esprits brusquement.

— Je pensais juste au mariage.

— Oh, alors ça t'emballe maintenant ?

— Si ça rend ma mère heureuse.

— Est-ce qu'elle est *vraiment* heureuse ? demanda-t-il alors que la sonnerie retentit. Je pris mes emballages en me levant.

— Ouais, tu vois, je pense qu'elle l'est vraiment.

Ce qui rendait la vie avec ces enfoirés encore pire que l'enfer. Pourquoi est-ce qu'ils ne pouvaient pas être normaux au lieu d'être riches et beaux gosses avec des bagnoles d'enfer ? Pourquoi est-ce que je ne pouvais pas, pour une fois, me fondre dans la masse ?

Je suivis Gio vers le prochain cours. J'entrai dans la salle lorsque je sentis mon téléphone vibrer dans ma poche. Je le sortis et remarquai que j'avais cinq appels manqués et dix textos de Nick. Il était énervé... pire que ça.

*Nick : Je te préviens, Ryth. Tu vas pas jouer à ça avec moi...*

— Ah bon ? murmurai-je avant d'éteindre mon téléphone et de le glisser dans ma poche. C'est ce qu'on verra.

— Ah bon, quoi ? demanda Gio qui s'asseyait sur la chaise à côté de moi.

— Rien, dis-je en secouant la tête, concentrée sur le cours.

Je pensais à lui durant tout le cours, jusqu'à ce que je pense à ma mère. Les gâteaux c'était que le début. Elle était différente, plus libre avec Creed... *elle était amoureuse.* Est-ce que c'était à ça que ressemblait l'amour ? Comme si on était aveugle devant tout le reste et tout le monde ?

La dernière sonnerie de la journée retentit et me fit sursauter. Gio se leva et me saisit le bras avant que je lève les yeux vers lui.

Il me regardait comme si je venais de le gifler.

— C'est bon, Ryth. Je ne vais pas t'embrasser en cours.

— Non, répondis-je en souriant. C'est pas ça.

Je marchais à côté de lui dans les couloirs avant de sortir sous le soleil tiède... lorsque je fus attrapée par quelqu'un derrière moi. La panique s'empara de moi alors que je me débattais. Le regard noir de Nick semblait venimeux alors qu'il me maintenait fermement, en me tirant pour m'amener à l'endroit où il avait garé sa voiture.

— *Lâche-moi putain !* criai-je en dégageant mon bras de son emprise.

Mais il revint aussitôt à la charge, me poussant jusqu'à ce que je ne voie plus que lui.

— C'est pas ce que tu crois, Ry, monte dans la bagnole.

Je secouais la tête, essayant de me libérer de sa poigne. Je les sentis à présent, tous les regards choqués de mes camarades témoins de la rage possessive de Nick, puis en un instant, il bondit sur moi et me saisit à la taille avant de me soulever. J'arrivais à peine à tenir mon ordi, cramponnant mes doigts autour alors que j'atterrissais violemment sur son épaule. Je donnais des coups de pied dans le vide, les fesses en l'air alors qu'il marchait vers la Mustang avant de me reposer enfin au sol.

Il ouvrit la portière passager et me poussa à l'intérieur en mettant une main sur ma tête.

— Bouge pas, dit-il d'une voix basse et hostile. Si tu te barres, crois-moi, Ryth, je vais te clouer au sol devant tout le monde et je ferai en sorte que ta jupe remonte bien pour que tout le monde voie ce qui m'appartient.

Mon cœur battait la chamade et mon visage me brûlait lorsque je jetai un œil vers mes camarades qui nous regardaient. Et Gio était là, il se tenait au milieu, les yeux rivés sur moi.

— C'est ça que tu veux ? cria Nick.

Je secouais la tête, aveuglée par mes larmes.

— Bien, alors maintenant mets ta ceinture.

La portière claqua brutalement et je sursautai, mais je ne pouvais pas bouger, je ne pouvais pas détourner les yeux du regard inquiet de Gio alors qu'il regardait Nick d'un œil noir, les lèvres retroussées. La portière côté conducteur s'ouvrit puis il la ferma violemment.

Nick poussa un grognement en tendant le bras vers moi, sa main effleurant mes seins lorsqu'il tira la ceinture avant de la boucler autour de moi. Le moteur démarra en trombe et en un instant, les pneus crissèrent alors que nous partions.

Voilà qu'il se la pète...

Et la route devant moi scintillait sous mes larmes.

Tout le monde avait vu.

Nick me lança un regard noir en conduisant, jetant quelques coups d'œil à la route, les mains fermement serrées autour du volant, le pied lourd sur l'accélérateur. Je le détestais... je le détestais... JE LE DETESTAIS !

— Tu veux qu'on aille à notre parc ?

Je retins mon souffle mais je n'osais pas le regarder.

— Tu veux me crier dessus et me frapper ?

Je serrai les dents.

— Non.

— Non ?

Je levai les yeux vers lui.

— J'AI DIT NON !

— Eh bien dommage, Ryth, dit-il en donnant un coup de volant, s'éloignant de la route principale.

Je me suis heurtée contre la portière en retenant un cri lorsqu'il fit ralentir la voiture avant de bifurquer dans des petites rues jusqu'à ce que l'endroit que je connaissais apparaisse devant nous. Au moment où il manœuvra pour se garer, je me risquai à jeter un œil vers le parking. C'était désert. Il avait bien dit qu'il n'y avait jamais personne. J'ai défait ma ceinture et serré la poignée de la portière avant de l'ouvrir, ne lui laissant pas le temps de couper le moteur.

— *Putain !* cria-t-il alors que je courais à toute vitesse sur le parking, me dirigeant vers les balançoires désertes.

Le bruit de ses pas surgit derrière moi l'instant d'après, le moteur tournait encore. Il était rapide, bien plus que moi.

Il me saisit par la taille et me souleva. Sauf que cette fois, je me tournais vers lui pour me débattre, mais je manquai ma cible et perdis l'équilibre. Il me tira vers lui pour me rattraper alors que nous tombions au sol.

L'impact évinça l'air de mes poumons brutalement. J'essayais de respirer et de me libérer du poids de son corps mais il me saisit les poignets en les bloquant au sol au-dessus de ma tête.

— Arrête, dit-il alors que je toussais et que je m'étouffais, me débattant comme je pouvais. *Ryth, arrête.*

— Non.

Je soulevais mon bassin pour le repousser autant que possible, je voyais son regard menaçant figé sur moi. Je vis l'instant où la colère se transforma en quelque chose d'autre dans son regard, quelque chose d'affamé et de dangereux... *dont j'étais l'objet.*

— Tu veux me repousser, Ryth ? dit-il en pressant sa queue contre moi.

Je sentais qu'il bandait.

— Tu réponds pas à mes appels... ni à mes textos ? Tu veux pas que je t'emmène au lycée et que je vois tes nouveaux amis ?

— Non, criai-je en le regardant d'un œil noir. Non, je veux pas.

— Mais tu crois que t'as ton mot à dire ?

Il baissa les yeux sur ma chemise qui remontait puis rassembla mes mains pour les tenir d'une seule main.

— T'as le minou le plus parfait que j'ai jamais vu, dit-il en glissant une main entre mes jambes. J'ai envie de te regarder dans les yeux quand tu jouis, je veux que t'aies le souffle coupé. Je veux voir cette lente descente vers les ténèbres quand tu jouirais pour nous.

NOUS ??

Je secouais la tête en fermant les yeux.

— Non... t'es mon demi-frère.

— Qui d'autre va s'occuper de toi, petite sœur ?

Je basculais la tête vers le côté en sentant son doigt glisser sur ma fente, jusqu'à mon clito.

— Qui d'autre pourra satisfaire les désirs de ton corps ?

— Pas *toi*... dis-je en le regardant, lui permettant de voir la haine dans mes yeux. Va te faire foutre, Nick... *toi et tes frères aussi.*

# Chapitre Dix-Sept

RYTH

Je l'ai repoussé avant de me relever.

— Ok, dit Nick en se hissant pour se relever, levant les mains. Très bien.

Ma respiration était saccadée et brusque, s'échappait douloureusement de mes poumons pendant que j'enlevais les brindilles et les feuilles coincées dans mes cheveux.

— Tu veux me ramener à la maison, Nick ? Alors ramène-moi *tout de suite*. Mais je te jure que si tu recommences, je le dirai à ma mère... *je lui dirai tout.*

Je vis l'étincelle du défi s'allumer dans ses yeux.

— Tu le feras pas, sinon tu l'aurais déjà fait. Ça te plaît, Ryth. Tu peux le nier tant que tu veux, mais n'essaye pas de me mentir.

Je secouai la tête.

— Tu vas me dire que t'es pas mouillée là ? Je parie que si je t'écarte les cuisses, on aura la preuve que tu mens.

Je restais figée, incapable de dire quoi que ce soit.

Mais je n'avais pas besoin de dire quelque chose. Nick hocha la tête.

— C'est moi qui t'emmène, Ryth, compris ? Si tu veux aller quelque part, *où que ce soit*, c'est moi qui t'emmène.

*Lui qui m'emmène...* il me fit un sourire. J'étais sûre qu'il adorerait ça, qu'il adorerait que j'ai besoin de lui. Mais en réalité, j'avais bien besoin de lui, sauf si...

— Je pourrais toujours...

— N'y pense même pas, m'interrompit-il avec un regard noir avant de se tourner. Et ne t'avise pas de me voler mes clés, il y a un mécanisme de sécurité sur la voiture. Je pourrais couper le moteur à distance et tu te retrouverais toute seule sur le bord de la route.

Il le ferait... je le savais. Il me poussa en avant.

— Allez, Ryth, je te ramène.

La tension entre nous sembla s'apaiser lorsque je montai dans la voiture qui tournait encore. Je mis ma ceinture et il me lança un regard de travers avant d'essuyer mes genoux pour enlever la saleté.

— On peut pas laisser croire qu'on s'est roulé par terre, hein ?

— Mais c'est ce qu'on a fait, répondis-je.

Il sourit et me fit un clin d'œil.

— La prochaine fois, t'as intérêt à répondre à mes textos, Ryth.

Donc je devais lui obéir maintenant ? S'ils me disaient de sauter et que je refusais, eh bien quoi... *ils me forceraient ?*

Je m'obligeais à regarder droit devant lorsque Nick démarra le moteur de la Mustang avant de sortir du parking. Je ne réalisais pas tout de suite qu'ils me forceraient. Mais il y avait quelque chose en moi qui se crispait à cette idée ; quelque chose qui se délectait à cette idée. Je jetai un œil à Nick.

— Je te l'ai dit, Ryth, marmonna-t-il sans me regarder. Tu as juste à demander. Tout ce que tu veux.

*Oh... mon... Dieu...*

Je savais qu'il le ferait, qu'il se garerait sur le bord de la route tout de suite si je lui demandais. Je savais qu'il m'allongerait et s'occuperait de la douleur constante qui palpitait entre mes cuisses, celle qui était apparue le soir où il m'avait tenu le bras pour que son frère puisse me caresser. Mais je ne demandais rien, je me contentais de mordre l'intérieur de ma joue en gardant la bouche fermée lorsqu'on entra dans l'allée de la maison.

— Ryth, cria Nick lorsque j'ouvris la portière.

Je me suis figée, la main agrippant la poignée, sans me retourner.

— Tout ce que tu veux, princesse.

Je déglutis en fermant la portière derrière moi avant d'aller vers la porte d'entrée d'un pas pressé. Je serrais mon ordi contre moi en montant les escaliers deux à deux, essayant de me rassurer par la seule chose positive... *le fait que Nick et Caleb allaient bientôt partir.*

J'ai fermé la porte de ma chambre puis me suis appuyée contre la porte fermée. J'entendis des pas dans l'escalier, s'interrompant devant ma porte avant de reprendre leur chemin. Je l'écoutais s'éloigner jusqu'à ce qu'il arrive dans sa chambre.

*Bip.*

Mon téléphone vibra ; je le sortis de ma poche et vis un message de Gio.

*Gio : Ça va ?*

Je grimaçai, détestant le fait que tout le lycée avait vu ce qui s'était passé.

*Ouais, ces grands frères me saoulent. Je suis rentrée maintenant, ça va.*

J'attendis sa réponse, qui arriva très vite.

*Gio : C'était pas le comportement d'un grand frère, Ryth. On aurait plutôt dit un petit copain jaloux.*

Je fixais son message et ne savais pas quoi répondre. Puis je me mis à taper :

*Tout va bien, à demain Gio.*

Mais en réalité, je n'avais pas envie de lui parler, ni à qui que ce soit d'autre. Ils ne savaient pas ce que c'était de vivre dans cette maison. *Ils ne me comprenaient pas.* Désormais, je n'avais plus peur d'eux. Peu importe celle que j'étais en arrivant ici, j'étais maintenant quelqu'un d'autre. Quelqu'un de tout autant brisé... *et ingérable.* Je regardai vers ma porte ; eux aussi.

Mais je comprenais quelque chose maintenant, quelque chose que je n'avais pas compris avant.

Il y avait un truc en moi qui déclenchait quelque chose chez eux. Je ne comprenais pas et je n'aimais pas vraiment ça, mais je le ressentais. Je l'avais vu dans les yeux de Nick aujourd'hui et dans les yeux de Tobias l'autre soir quand il m'avait prise à la gorge. Ils se noyaient dans la douleur... ils étaient terrassés par le chagrin, et pour une raison étrange, ils me traquaient, m'isolaient, comme par désespoir de ressentir quelque chose.

Je leur donnais des émotions.

Désespoir.

Colère.

*Désir.*

Tout.

Je regardais le message de Gio en allant à mon bureau, songeant à cette histoire de *petit copain jaloux.*

Un petit copain. C'est ce qu'ils pensaient être ? Je repensais à Tobias et à la haine et la rage que j'avais vu dans ses yeux sombres. Un petit copain... Nick peut-être, mais pas lui. Je me disais que Tobias ne pouvait que se voir comme un bourreau. Il avait peut-être simplement besoin que quelqu'un lui prouve qu'il avait tort ?

Je démarrais mon ordi puis ouvris la porte de ma chambre pour regarder s'il y avait quelqu'un dans le couloir avant de descendre à la cuisine. Je me suis préparée à manger et pris un verre de jus d'orange avant de retourner à l'étage. Des grognements et gémissements sexuels provenaient de la chambre de Tobias.

Je m'arrêtais pour écouter. Pendant un instant, je croyais qu'il y avait une fille avec lui, jusqu'à ce que je réalise qu'il était tout seul... il n'y avait que Tobias... *il était en train de regarder un film porno.* Mes joues se mirent à brûler alors que j'allai vers ma chambre avant de fermer la porte derrière moi.

J'essayais de me concentrer sur ma rédaction mais mes yeux n'arrêtaient pas de dévier vers ma porte. J'avais envie de savoir ce qu'il regardait, ce qui l'excitait. J'avais envie d'entrer dans sa chambre et de toucher ses affaires.

De le toucher lui.

Je déglutis avant de croquer dans mon sandwich puis je pris une gorgée de jus d'orange avant de me forcer à me mettre au travail. J'ai travaillé jusqu'à ce que la nuit tombe et que j'entende le bruit d'un moteur avant de me lever et de m'étirer. J'avançais peu à peu, rassemblant les informations nécessaires pour ma rédaction.

Il me faudrait encore une bonne journée de travail pour tout boucler.

Je jetai un œil vers la porte. Si je restais un jour ou deux ici, je pourrais terminer ma rédaction... et peut-être que je pourrais voir mon père. Je sortis de ma chambre et passai sans faire de bruit devant la chambre de Tobias avant de toquer doucement à celle de Nick.

— Ouais ?

J'ouvris la porte et entrai, refermant la porte délicatement derrière moi. Il était penché sur son clavier, en train de regarder une sorte de marché boursier que je n'avais jamais vu avant.

— Tu veux quelque chose, princesse ? demanda-t-il sans même me regarder.

— Tu as dit que tu m'emmènerais, et j'ai envie d'aller quelque part.

— Maintenant ? demanda-t-il en levant les yeux.

— Non, dis-je en secouant la tête. Demain.

Il se tourna vers moi et s'appuya sur le dossier de son siège.

— Dis-moi.

— Prison de Mitchelton.

Il leva un sourcil.

— Ton père ?

J'acquiesçai lentement.

— Quelle heure ?

— Dix heures ?

— C'est noté, dit-il en se retournant vers l'écran, ses doigts dansant sur le clavier, tapant des chiffres. Tu veux autre chose, Ryth ?

Sa manière de le dire fit accélérer mon cœur.

— Non, répondis-je brièvement avant de sortir et de fermer la porte derrière moi avant d'aller vers les escaliers.

Creed était en train de se servir un Scotch lorsque j'entrai dans la cuisine. Je regardai les alentours.

— Maman n'est pas avec toi ?

— Non, dit-il en souriant. Apparemment elle a un apéro ce soir, donc on va se débrouiller tout seuls.

— Elle y est allée toute seule ?

Il me regarda en fronçant les sourcils.

— Non, pourquoi tu penses ça ?

Parce que ma mère n'avait pas d'amis, pas à ma connaissance en tout cas... jusqu'à Creed.

— Elle y est allée avec les femmes de quelques-uns de mes amis, dit-il en faisant le tour du comptoir avant de me prendre dans ses bras. T'inquiète pas, ma belle, ta mère est heureuse maintenant.

Je grimaçais en entendant ses mots. *Elle était heureuse avant aussi... enfin c'est ce que je pensais du moins.* C'était comme si elle avait hâte de laisser notre ancienne vie derrière elle, mais au moins elle ne m'avait pas laissée. Creed se retira pour me regarder.

— Tu sais quoi, tant pis, les garçons auront qu'à se débrouiller tout seuls et on passe la soirée tous les deux ?

J'avais envie de dire que j'avais assez vu ses fils pour aujourd'hui.

— Oui, super, dis-je en souriant.

Je gloussais lorsqu'il me serra un peu plus fort avant de se retirer et pour la première fois, je sentis un attachement profond. Je regardais Creed faire le tour du comptoir, il ouvrit un tiroir avant de sortir plusieurs menus.

— Décide juste ce que tu veux manger ce soir.

Il était sympa avec moi et il avait l'air d'être très amoureux de ma mère. Cette sensation... peu importe ce que c'était, était *agréable.*

Je me demandais comment était l'épouse de Creed. Je me demandais quelle femme elle avait été et si elle avait été une bonne mère. La tristesse s'empara de mon cœur à cette pensée. Tobias était ravagé d'une sorte de tristesse qui ne sort pas de nulle part. Elle les avait aimés, énormément.

Je fis le tour du comptoir, sentant la peine de la perte d'une femme que je n'avais même pas connue et cette fois, c'est moi qui enlaçai Creed, enroulant mes bras autour de sa taille. Il se raidit pendant un instant puis me serra contre lui.

Mon Dieu, ça m'avait manqué.

Mon père me manquait, même s'il n'avait jamais été comme ça, si affectueux, et qu'il n'était quasiment jamais à la maison. Les larmes me montèrent aux yeux avant de glisser sur mes joues. Sans rien dire, Creed sembla comprendre et me consola alors que je sanglotais.

Je ne savais pas pourquoi je pleurais. Mais je savais que certaines larmes ne m'appartenaient pas. Elles étaient aux enfoirés à l'étage du dessus. Ces enfoirés que je commençais à apprécier. Je commençais à les aimer... eux et cette famille dysfonctionnelle, brisée.

— Ça va ? demanda Creed en me tirant de mes pensées.

Je rompis l'étreinte pour essuyer mes joues et fis oui de la tête.

— Ouais, juste un peu fatiguée je pense.

— Tout s'est bien passé aujourd'hui ?

Je croisai son regard et ses yeux bleu-gris devinrent plus sombres. Il plissa les yeux en regardant ailleurs.

— Ils savent... pour mon père. Les gens au lycée.

Il prit mon bras doucement pour que je le regarde.

— Ils t'ont dit quelque chose ?

Sa voix devint glaciale.

— Est-ce qu'ils t'ont... fait du mal ?

Le coup dans le dos me revint à l'esprit mais je secouai la tête.

— C'est rien.

— C'est pas rien s'ils te font du mal, Ry.

Cette douleur en moi qui pesait déjà trop à cause de cet homme et de cette famille grandit davantage.

— On va dire que je sais me débrouiller.

— D'accord, dit-il en soupirant. Je comprends, mais *si jamais* ça devient ingérable, il faudra que tu viennes me voir.

Je lui fis un sourire forcé en acquiesçant.

— Promis ?

Mon sourire s'agrandit. Il n'allait pas me laisser tranquille, alors ? C'était évident de deviner d'où venait la ténacité de ses fils.

— Et si tu n'oses pas m'en parler, alors parles-en aux garçons. Ils connaissent le lycée et ils t'aideront. En plus, dit-il en gloussant, j'ai l'impression qu'ils t'ont adorée immédiatement. Ça faisait un bail que Nick n'avait pas décollé les yeux de ses jeux-vidéo.

Mon corps se raidit au souvenir du moment où il m'avait basculée sur son épaule devant tout le monde pour me ramener à la voiture, comme si j'étais une gamine.

— Bon alors, pour le dîner, dit Creed en faisant glisser les menus vers moi. C'est ta soirée donc c'est toi qui choisis.

Je choisis mon plat préféré, une soupe chinoise avec des raviolis, et lorsque notre plat arriva, on s'assit dans le salon en faisant de notre mieux pour s'impressionner l'un l'autre de notre manque de talent pour utiliser des baguettes.

Je me mis à rire lorsqu'il s'énerva et planta sa fourchette dans son plat comme s'il n'avait pas mangé depuis dix jours.

Lorsque ma mère revint, j'étais contente et bien rassasiée. Creed avait les manches retroussées et cette sorte de sourire béat sur le visage lorsqu'elle entra, légèrement pompette. Elle nous jeta un regard alors qu'on ricanait comme des idiots sur le canapé et elle rigola à son tour.

— On dirait que vous avez passé une meilleure soirée que moi.

Un bon plat.

Une compagnie agréable.

À la maison.

Que demander de plus ?

Ma mère rit à nouveau en enlevant ses chaussures à talons et se dirigea vers la cuisine.

— Il me faut un verre d'eau.

Je la regardais s'éloigner lorsque mon regard se porta sur l'ombre dans les escaliers qui se dessinait derrière Creed ; une ombre qui se déplaçait alors que je continuais de la regarder, une ombre qui s'avança et qui me regarda soudainement avec l'œil noir de la trahison.

Cette ombre, c'était mon demi-frère.

*Tobias...*

# Chapitre Dix-Huit

## RYTH



— T'es prête, princesse ?

Je levai les yeux du clavier, les sourcils froncés.

— Ouais.

— Quelque chose te tracasse ? dit-il en s'approchant, regardant les idées gribouillées sur divers post-it colorés collés au mur derrière mon bureau. Ça a l'air compliqué.

— Ça l'est, dis-je en me levant, puis je le contournai pour prendre mon sac. Je vais avoir du mal à finir avant mille ans je pense.

— Au moins il te reste un peu de temps, dit-il, vu que tu restes à la maison en ce moment.

Mes joues se mirent à brûler alors que je me souvenais de la nuit dernière, lorsque Creed avait dit à ma mère que j'avais quelques ennuis au lycée et que ça avait l'air de me peser. Je n'avais pas eu l'intention de pleurer devant lui. Ni devant personne d'ailleurs, mais c'était venu soudainement.

Ma mère s'était contentée d'acquiescer et d'essuyer mes larmes en passant une main sur ma joue et ma cicatrice avant de me prendre dans ses bras. Je crois que cet élan d'affection était davantage dû aux effets de l'alcool plus qu'à autre chose. Malgré tout, c'était réconfortant. C'était la mère dont je me souvenais, celle qui était ancrée dans la réalité, pas celle qui se montrait froide et distante.

Elle se fichait que je reste à la maison, elle ne faisait pas de cinéma quand je disais que je voulais aller voir mon père, elle se contentait d'acquiescer. Mais je vis qu'elle était soulagée lorsque je lui dis que c'était Nick qui allait m'emmener. Elle semblait même folle de joie, s'étonnant que les garçons s'occupent aussi bien de moi.

Si seulement elle savait.

Je réprimai un frisson.

— Je vais juste prendre mon sac et quelque chose à manger, dis-je en attrapant mon sac à bandoulière et ma veste.

— Quelque chose à manger, marmonna Nick en secouant la tête. Qu'est-ce que tu crois, Ryth, que c'est une sortie scolaire ?

Je lui lançai un regard noir.

— Je veux pas que tu dépenses tout ton argent en me payant à manger, déjà que tu payes l'essence.

Il me regarda d'un air interloqué puis éclata de rire.

— Tout mon argent ? dit-il en se rapprochant, me regardant droit dans les yeux. Je ne voyais que la couleur dorée de ses yeux. Il faudrait que tu manges ton poids en nourriture pendant cent ans pour utiliser tout mon argent, sœurette. Alors c'est gentil de t'inquiéter mais je pense que c'est pas la peine.

*Cent ans ?* Je le regardais, choquée.

— Tu penses que je passe ma journée à jouer ? demanda-t-il en levant la main pour repousser une mèche de cheveux devant son visage, ses yeux plongeant dans les miens.

— Sœurette, j'ai tellement d'argent en Bitcoin que je pourrais me la couler douce le restant de mes jours... et ce sera pareil pour ma femme et mes enfants, d'ailleurs.

Je retins ma respiration.

*Femme...*

*Enfants...*

Mon cœur se figea en entendant ces mots et j'eus l'impression que la pièce se mit à tourner. Je me sentis tomber. Tomber sur lui, tomber amoureuse de lui... de ce désir malsain et si prenant qui prenait le contrôle de mon corps dès que je me trouvais près d'eux, un désir qui n'avait pas lieu d'être, et pourtant il était bien là.

— Ça va, princesse ? Tu fais une tête bizarre.

Nick passa une main sur ma nuque, sachant exactement l'effet que cela produisait.

— Oui, marmonnai-je avant de ravaler ma salive.

Il sourit de son petit air arrogant avant de retirer sa main et de s'éloigner.

— Donc, on y va ? dit-il en me regardant par-dessus son épaule alors qu'il sortait de ma chambre. Pas besoin de manger dans ma voiture.

Je soupirais. C'était tout ce qui l'importait, non ? Sa fichue Mustang.

Je le suivis, rouspétant jusqu'à ce qu'on monte dans son énorme bagnole bleu nuit.

On fut lancés sur la route en un rien de temps, passant devant la masse verte de la forêt qui bordait la ville avant de se retrouver sur l'autoroute.

La dernière fois qu'on avait pris cette route, j'étais avec Creed et ma mère, le jour avant qu'ils...

Avant qu'ils...

*Se mettent ensemble.*

Je grimaçais en regardant par la fenêtre.

— Ca durait depuis combien de temps tu penses ?

Nick regarda dans ma direction en changeant de vitesse, doublant les autres voitures à vive allure. Elles défilaient à côté de nous en un éclair, ou peut-être que c'était nous. J'avais peur de regarder dehors.

— Tu veux dire ta mère et mon père ?

J'acquiesçai en le regardant.

Il serra les dents. Il ne s'était peut-être jamais posé la question, ou peut-être qu'il se l'était posée et qu'il n'aimait pas la réponse. Dans tous les cas, ça n'avait pas d'importance.

— Assez longtemps, je pense, finit-il par dire, mettant fin à cette discussion.

Mais je n'en avais pas fini avec les questions qui dérangent et maintenant que Nick allait être seul avec moi pendant quelques heures au moins, je voulais en découvrir le maximum.

— Elle était comment ta mère ?

— Putain, Ryth, marmonna-t-il en prenant soudainement la bretelle Ouest. Il y eut un silence pendant un moment avant qu'il réponde.

— Tu vois comme l'orage peut cacher le soleil, au point que ça devient si sombre qu'on croirait que c'est la nuit, et tu restes là, en attendant le craquement du tonnerre et la pluie... puis tout à coup l'orage se transforme, le ciel s'ouvre en deux et entre les nuages sombres, on voit les rayons du soleil qui était caché derrière, tu vois ? dit-il en se figeant, regardant vers moi, la bouche tremblante. Elle était ce soleil, le soleil de tout le monde. Voilà comment elle était.

*Naomi Banks.*

Je voyais encore son nom écrit sur l'étiquette de la machine en acier.

— Elle était adorable, bienveillante. Elle était dingue de Tobias et lui c'était pareil.

Est-ce que je venais d'entendre une pointe de chagrin ? Il ne semblait pas jaloux de cet amour mais semblait l'avoir désiré.

— Et toi, elle t'aimait comment ?

Il sourit instantanément.

— Beaucoup. Elle m'a appris à être indépendant. À faire de la plongée, de la motocross, elle m'a même appris à me défendre en m'enseignant les arts martiaux.

— C'est dingue.

Il sourit encore plus.

— C'était génial. Et surtout, elle m'a appris la cryptomonnaie et à devenir trader.

— Ah, alors c'était ça... le marché boursier sur lequel tu travaillais hier.

Il acquiesça.

— Ouais, j'ai vendu beaucoup et j'ai acheté deux fois plus. Elle m'a appris à repérer les deals importants, une petite entreprise avec de bonnes bases qui offre la possibilité de proliférer à partir de cette base. C'est ce que je fais, j'achète puis je négocie.

C'est pour ça qu'il n'avait pas à travailler.

— C'est ma mère qui m'a appris tout ça, toutes ces journées de réunions à l'écouter démanteler des entreprises pour en rebâtir de meilleures avec plus de profit.

Je sursautai en le regardant.

— Des réunions ? Mais je pensais...

Il me regarda en fronçant les sourcils.

— Tu pensais quoi ? Que c'était mon père qui ramenait le blé ? Que c'était sur lui qu'on comptait ?

Mais avec toutes ces cartes de condoléances, adressées à Creed... j'avais cru que c'était lui le pilier de la famille. Visiblement, j'avais eu tort.

— Ma mère m'a dit qu'ils s'étaient rencontrés à Harvard et que pour elle ça avait été le coup de foudre. Mon père il lui a fallu un peu plus de temps. Mais personne ne lui a jamais dit non, alors ils ont fini par sortir ensemble et ils se sont fiancés. Quand elle a fini ses études, elle a eu mention très bien. Alors elle a très vite été repérée par une grosse entreprise avec laquelle elle est restée pendant un certain temps, puis elle est tombée enceinte de Caleb et a voulu se mettre à son compte.

— Ça devait être une sacrée femme.

— Oui... toujours.

Je regardais la route.

— Je comprends pourquoi Tobias nous déteste.

— T sera toujours T. Il a très mal vécu son décès, plus que nous. Faut pas le prendre personnellement.

Je lui lançai un regard meurtrier. C'était facile pour lui de dire ça. Ce n'était pas *son* corps que son frère avait violé sous la table alors que nos parents nous annonçaient qu'ils allaient se fiancer. Des fiançailles qui touchaient bientôt à leur fin...

Et ensuite...

Comment pourrais-je éviter Tobias, ou même Nick, après le mariage ?

Je jetai un œil vers lui, son jean noir, ses grosses bottes et les bagues en argent à ses doigts, puis aux muscles sous son t-shirt. Ces muscles qu'il entretenait chaque jour à la salle de sport au rez-de-chaussée de la maison. Je l'avais vu monter les escaliers à toute allure pour aller à la salle de bains, le t-shirt trempé collant à la peau.

Tobias, je ne l'avais pas vu. Il préférait partir et on entendait ses pneus crisser à l'aube et il revenait plusieurs heures plus tard, et quand il était vraiment énervé, il enfilait ses baskets et allait courir. Caleb faisait ça aussi, mais dans la nuit. À chaque fois que je voulais l'apercevoir depuis la porte de ma chambre, je n'étais pas assez rapide. Oui, Caleb adorait la nuit, et il ne revenait qu'à l'aube.

J'entendais ses pas légers dans les escaliers, je l'entendais s'arrêter dans le couloir devant ma porte avant de reprendre son chemin. J'entendais tout ça, allongée dans mon lit, retenant mon souffle alors que mon pouls pulsait entre mes cuisses.

Je serrais les cuisses et regardais le paysage changer lorsque nous sortîmes de la ville pour nous diriger vers Mitchelton. Ce n'était pas très loin, mais assez pour que je regarde Nick conduire son bolide avec aisance. Plus je le regardais, plus je voyais.

Je voyais l'adrénaline pure du danger, sa manière de conduire vite et imprudemment, sans se soucier de ce qu'on pouvait penser de lui. Je me souvenais de la manière dont il m'avait sauté dessus pour me soulever sur son épaule dès que j'étais sortie du lycée.

Comme s'il avait lu dans mes pensées, il marmonna :

— Tu m'en veux toujours pour hier ?

— Oui, répondis-je. Vraiment.

Il sourit.

— Bien. J'aime quand tu mords un peu.

Je lui donnai un coup sur l'épaule.

— Arrête ou je vais vraiment te mordre.

— Avec plaisir, répondit-il, son regard parcourant mon corps avant de se tourner à nouveau vers la route. Tu mords, tu suces, tu avales. Dans cet ordre-là.

Je me sentis rougir et je détournai les yeux.

— J'adore quand tu rougis comme ça, Ryth. Ça me fait quelque chose... quelque chose de dangereux. Ça me donne envie de faire un détour et de trouver un autre parc isolé.

Je rougis encore plus.

— C'est pas drôle, marmonnai-je en essayant de respirer calmement.

— Y'a rien de drôle si tu regardes la bosse dans mon jean.

J'essayais de ne pas regarder... vraiment. Mais il tourna la tête pour regarder derrière et j'ai pu jeter un œil, les yeux rivés sur cette bosse ronde, à me demander comment elle pouvait être si *grosse*... puis il me surprit en train de le regarder.

Son gloussement emplit la voiture puis il y eut un silence lorsqu'il mit le clignotant avant de prendre la direction de la prison de Mitchelton. Le soleil brillait, scintillait sur le toit des voitures garées.

La Mustang se fraya un chemin sur le parking avant de trouver une place près de l'entrée, puis Nick coupa le moteur.

— Tu veux que je vienne avec toi ?

Je regardais les grands barbelés et le vilain bâtiment de briques avant de secouer la tête.

— Merci mais ça va aller.

Je n'attendis même pas et ouvris la portière.

— Je t'attends là, dit Nick alors que je fermai la portière.

Je me souvenais de ces mots en marchant vers l'entrée. C'est comme s'il avait su que j'avais besoin de me raccrocher à quelque chose avant de passer les portes automatiques et de me trouver face aux gardes. Je donnai mon nom et mes coordonnées, puis on me fouilla rapidement en vérifiant le registre des visiteurs autorisés et je pus entrer dans la salle pour voir mon père.

J'attendais, la jambe bougeant nerveusement jusqu'au moment où la porte s'ouvrit. Mais ce n'était pas mon père. J'attendais... et plus j'attendais, plus je m'énervais. Pourquoi ça prenait autant de temps ? *Il ne voulait pas me voir ?*

Cette pensée me fit l'effet d'un coup de poignard puis les portes finirent par s'ouvrir et un vieil homme en sortit. Il me fallut un instant pour réaliser que c'était mon père. Il avait le dos vouté, marchait lentement en boitant et ce fut seulement lorsqu'il arriva près de la vitre qu'il leva la tête pour me regarder.

Il était mal en point... vraiment. Il avait un œil noir et gonflé, un côté du visage griffé et en sang, ses lèvres étaient gonflées et il lui manquait une dent.

— Papa ?

Il ne sourit pas cette fois, il ne me dit pas *"Je m'en sors, Ry. Ça va."*

Il y eut juste cette grimace avant de s'asseoir lentement et douloureusement sur la chaise. Mes yeux se remplirent de larmes.

— Ryth, ma chérie... ne pleure pas.

— Qu-qui t'as fait ça ?

Il secoua lentement la tête, ouvrant légèrement sa bouche enflée.

Les larmes chaudes coulèrent sur mes joues mais je ne fis aucun geste pour les essuyer.

— Et ne me dis pas que tout va bien.

— C'est juste un malentendu, c'est tout.

— Les *Rossi* ?

Il sursauta et se mit à regarder autour de lui, paniqué.

— Ryth, non.

Je serrais le poing en me rapprochant de la vitre.

— Alors, dis-moi, qui ?

— Je sais pas, murmura-t-il en soutenant mon regard. Et c'est la vérité. On m'a piégé. Je ne sais pas qui ni pourquoi. Mais j'ai des hommes qui cherchent à comprendre.

— Creed Banks ?

Il acquiesça.

— C'est un homme bien, Ry. Il prendra soin de ta mère, bien mieux que moi.

— Dis pas ça, murmurai-je. Mais je vis la vérité dans ses yeux. Il le pensait vraiment et c'était dangereux.

Un homme sans espoir est un homme qui se noie, et c'est ce que je voyais en le regardant.

Il ne voulait même pas qu'on l'aide.

— Papa, il faut continuer à te battre. Il *faut* que tu rentres à la maison.

— Quelle maison, ma chérie ?

Je me suis levée pour me rapprocher de la vitre.

— Moi... *je suis ta maison, non ?*

— Asseyez-vous ! cria le garde.

Je me suis laissée tomber sur la chaise. Je vis un éclair de rage dans les yeux de mon père lorsqu'il regarda le garde. J'observais ce regard. Non, il n'avait pas encore abandonné totalement, pas encore. Il y avait encore de l'espoir.

— Je crois que le mariage aura bientôt lieu, dit-il doucement. Il faut que tu fasses tout ce dont ta mère a besoin, Ry. Fais-le pour moi, parce que moi je peux pas. Je peux pas la rendre heureuse, mais toi tu peux.

— Je le ferai... si tu me promets que tu vas te battre.

— *C'est l'heure, Castlemaine !* cria le garde.

Je secouai la tête.

— Mais ça fait pas une heure.

Mon père secoua la tête et se leva lentement sans même broncher.

— Papa, ça fait pas une heure.

Il me fit un sourire et s'éloigna.

— C'est pas grave, ma chérie, dit-il doucement. On aura tout le temps qu'on voudra quand je serai sorti.

Je le vis scintiller entre de nouvelles larmes dans mes yeux. Je le regardais s'éloigner sans rien pouvoir faire. Il fit un signe de tête au garde puis passa la porte avant de disparaître. Je compris alors.

Je compris pourquoi il avait mis autant de temps.

Pourquoi la visite avait été écourtée.

*Il ne voulait pas me voir.*

Un gémissement monta en moi avant d'être libéré. Je m'enroulais de mes bras avant de me balancer. Mais ce n'était pas suffisant... rien ne pouvait calmer la peine en moi. Je me suis levée puis je sortis de la salle de visites, aveuglée par ma douleur.

J'entendis à peine les gardes s'adresser à moi, je vis à peine ma main sur la page lorsque je signai. Quand je sortis à la lumière du jour, je ne voyais rien à travers mes larmes.

J'allais m'effondrer...

J'allais me briser.

J'allais tomber...

— Je suis là, dit-il en passant ses bras autour de moi. Je suis là, Ryth, *tiens-toi à moi.*

J'ai posé ma tête sur lui avant de me mettre à trembler.

Je ne pouvais m'accrocher qu'à lui.

Mon ancre dans un océan déchaîné.

Les tremblements devinrent violents. Nick me posa à côté de la Mustang.

— Entre, princesse. On se tire d'ici.

Je ne luttais pas cette fois-ci, je le laissais ouvrir la portière et m'installer dedans avant de boucler la ceinture. Je sursautai brièvement lorsqu'il ferma la portière puis je le vis passer devant la voiture, une ombre noire, puis il s'installa derrière le volant.

La voiture démarra dans un rugissement et les pneus crissèrent alors que nous sortions du parking.

— Hé, dit-il en me prenant la main.

Je regardais ses doigts en baissant la tête. Les larmes coulèrent jusqu'à s'écraser sur son bras, mais il ne bougea pas, il maniait le volant d'une main, nous emmenant loin d'ici aussi vite que possible.

Je fermais les yeux, les doigts serrés autour des siens. Lorsque la voiture ralentit, je relevai la tête, on n'était bien loin de la prison. On prit une sortie avant de se diriger vers un restaurant au milieu de nulle part.

Nick se gara sur le parking, choisissant une place à l'ombre d'un grand chêne, loin de tout le monde. Cet endroit me faisait penser au parc où il m'avait clouée au sol.

Il coupa le moteur mais ne semblait pas pressé de sortir. Il se tourna vers moi et regarda mes yeux larmoyants.

— C'était si horrible que ça ?

J'acquiesçai, les mots restant bloqués dans le fond ma gorge.

Les feuilles de l'arbre ondulaient sous le vent juste au-dessus de nous.

— Je n'arrivais pas à parler non plus, la première fois où j'ai vu ma mère câblée aux machines. J'étais resté figé, comme un gamin, puis je suis parti. Je suis allé dans le bar le plus proche pour me saouler la gueule puis je me suis battu. Sa peine me faisait mal, tout comme elle était encore vive pour lui. Je suis toujours incapable d'en parler à qui que ce soit. Je préférerais me casser une jambe que d'en parler. T'es la seule à qui j'en parle, la seule qui sait ce que j'ai fait. Mais c'était vraiment douloureux, pire que tout ce que j'ai jamais ressenti. Je te le dis parce que je sais ce que ça fait. Je connais le sentiment de solitude, même en vivant sous le même toit que ma famille.

Cette fois, ce fut moi qui lui pris la main.

Sa grande et belle main. J'observais les bagues à ses doigts alors qu'une barrière en moi se craquela avant de s'effondrer.

— Il ne voulait pas me voir.

— Merde, il t'a dit ça ?

Je secouai la tête.

— Pas besoin. J'ai attendu des plombes, et il est arrivé à la dernière minute. Je l'avais pas reconnu au début. Il avait déjà été battu mais cette fois c'était pire. On l'avait pas battu pour lui faire du mal mais pour le tuer.

— Punaise, Ryth.

Il avait un œil au beurre noir, une partie du visage éraflé et en sang. Il lui manquait une dent et il boitait en serrant un bras contre lui.

Nick ne disait rien.

— Il ne veut plus me voir.

— Ça, tu n'en sais rien.

Je souris avec tout mon chagrin.

— Si, je le sais. Il m'a dit de rendre ma mère heureuse, que Creed serait un meilleur mari que lui ne l'a jamais été, dis-je en reniflant, lâchant sa main pour m'essuyer le nez.

— Ca va aller. Mon père va se battre et ta mère aussi. Il doit bien y avoir quelqu'un qui sait quelque chose.

— On l'a piégé.

Je devais être moche mais je m'en fichais, il fallait qu'il sache.

— Parce que c'est impossible qu'il ait trahi quelqu'un. C'est l'homme le plus fidèle que je connaisse.

— Pour un dealer.

Je retins mon souffle. Au fond de moi, je le savais... *peut-être depuis toujours.*

— Oui, pour un dealer.

Nick acquiesça. Il m'incitait à lui dire la vérité, la vérité pure et simple. Pas de faux-semblants, pas de mensonges. La vérité, affreuse et violente.

Tout comme ce désir malsain entre nous.

— Ils vont se marier, dit Nick calmement, on peut pas y échapper, Ryth, dit-il en caressant le dos de ma main avec son pouce. Il faut s'y préparer.

J'étais prête... du moins, je le pensais.

Mais étais-je prête pour eux ?

Je ne le savais pas...

Mais j'avais le pressentiment que j'allais le découvrir.

*Et très vite.*

# Chapitre Dix-Neuf

## RYTH

*ILS VONT SE MARIER… VA FALLOIR TE FAIRE À L'IDÉE.*

Les mots de Nick me hantaient alors que j'entrais dans ce petit restaurant, puis j'ai mangé des cheeseburgers en buvant un coca, et ensuite on est rentrés à la maison. J'ai passé le reste de la journée à essayer de me concentrer sur mon devoir à rendre, sonnée et vidée après la visite rendue à mon père, lorsque j'entendis le bruit de la porte d'entrée, puis la voix de ma mère.

*— RY ! RY, CHERIE !*

Je me levai de ma chaise et dévalai les escaliers, puis je vis sur le comptoir de la cuisine quantité de sacs.

Ma mère se retourna, ses yeux brillants de joie lorsqu'elle me tendit la main.

— Les robes.

Je m'avançais, confuse.

— Pour toi, une robe de demoiselle d'honneur, dit-elle en se précipitant vers les sacs. Alors je les ai toutes prises au même endroit que ma robe, donc quand tu en trouveras une qui te plaît, on pourra faire les essayages ensemble samedi.

— Samedi ? demandai-je en la regardant, calculant mentalement combien de temps il me fallait pour terminer ce devoir et avoir la moyenne.

— Oui, samedi. Le mariage est déjà dans une semaine.

Je déglutis. Évidemment. C'était arrivé si vite...

— Donc, samedi, dit ma mère en s'avançant vers moi pour me saisir par les épaules. Ça te convient, hein ? Tu n'as pas changé d'avis ?

— Changé d'avis pour quoi ?

Je sursautai au son de sa voix, puis je tournai la tête et vit Tobias surgir dans la cuisine, vêtu seulement d'un jean noir moulant. Les yeux de ma mère s'agrandirent lorsqu'elle vit ses abdos dessinés et son torse musclé puis elle détourna le regard, les joues légèrement rosies.

— Pour le mariage, évidemment.

Tobias prit un verre dans le placard et se dirigea lentement vers l'évier pour tirer de l'eau. Il avait pas besoin de descendre. Je savais qu'il avait un petit frigo dans sa chambre et qu'il était toujours rempli... alors, pourquoi venir se montrer ?

Il coupa l'eau et se retourna, me fixant du regard.

— Mais pourquoi quelqu'un voudrait se mettre en travers du grand amour, hein, Ryth ?

— C'est vrai, dis-je lentement, voyant l'étincelle dans ses yeux briller plus fort.

— *Oh, merde, j'ai oublié les chaussures !* cria ma mère avant de courir dehors.

Tobias posa nonchalamment son verre sur le comptoir derrière lui et avança vers moi.

— J'ai entendu dire que ton petit voyage avec mon frère était... *intéressant*, dit-il en jetant un œil vers la porte d'entrée et mon cœur accéléra lorsqu'il s'approcha pour murmurer à mon oreille :

— C'est le dernier avertissement, toi et ta pute de mère croqueuse de diamants, dégagez de chez moi.

Ses mots étaient en feu dans le bain acide au creux de mon estomac. Ma mère était peut-être beaucoup de choses... mais ce n'était pas une pute. En tournant la tête, je croisai son regard.

— Sinon quoi ?

Sa lèvre se retroussa, dévoilant un sourire glaçant.

— Sinon tu verras. Je te laisse jusqu'au mariage, Ryth... ensuite, tu seras *à moi.*

Il s'attendait à ce que je panique, que je file à toute vitesse comme la petite souris qu'il pensait que j'étais. Il pensait que j'avais peur de lui. Je me redressai bien droit et plantai mes yeux dans les siens :

— Je crois que t'es juste un petit garçon triste et ta maman te manque. Je comprends. Mais passer ta colère et ta peine sur moi ou ma mère ne va pas régler le problème.

Il y eut un tressautement dans le coin de son œil ; un si faible indice.

— Tu penses que j'ai de la peine ? Oh, c'est mignon. Je vais te montrer ce que c'est que la vraie peine, petite souris.

Le bruit des pas pressés de ma mère attira mon regard.

Il se déplaça en un éclair, pinçant mon téton *violemment* ce qui me fit sursauter et crier. Puis il partit, m'obligeant à cacher ma douleur alors que ma mère entrait, les joues roses, à bout de souffle.

— Oh, T. est remonté ?

Ses pas lourds montaient les escaliers. Je réprimais l'envie de lui crier dessus, de le frapper, de lui donner des coups de pied... et de pleurer. Quel *enfoiré* ! Un enfoiré méchant et manipulateur qui pensait pouvoir me pousser à briser le cœur de ma mère.

*Je te laisse jusqu'au mariage...*

Je serrais les poings, essayant de faire passer l'envie de courir à l'étage, frapper à sa porte et lui crier en pleine figure : *"Va te faire foutre ! Toi et tes ultimatums de merde !"*

Mon téton me lançait douloureusement, il était tout gonflé. Je détestais que cette même sensation se retrouvait entre mes cuisses.

Je détestais qu'il me déteste, qu'il pense que me toucher était normal. Je me tortillais de désir et luttais pour ne pas me masser les seins.

Il voulait la bagarre ?

Il voulait la guerre ?

*Eh bien, on était deux.*

— Les robes, dit ma mère, attirant mon regard.

Je me forçai à sourire.

— Oui, fais-moi voir.

Elle frappa ses mains l'une contre l'autre comme une gamine enthousiaste, les yeux pétillants alors qu'elle rigolait.

*— Je savais que tu serais impatiente.*

Elle en sortit une rose en mousseline de soie et une en satin doré, me les donnant l'une après l'autre. Je les pris avant de monter dans ma chambre pour les essayer et lui montrer, et à chaque fois que je descendais les escaliers, je jetai un œil à la porte de Tobias.

On finit par choisir une robe bustier rose qui accentuait ma taille, assortie avec des talons écrus.

— Superbe, s'exclama ma mère alors que j'avançai vers elle.

La porte d'entrée s'ouvrit dès que je pénétrai dans le hall.

— Waouh, murmura Nick, attirant le regard de ma mère.

— T'as vu ? N'est-elle pas magnifique ? dit ma mère en s'approchant davantage, avant de saisir une mèche de cheveux pour l'éloigner de ma joue.

— Maman, dis-je en me dégageant de son geste, gênée.

— Je te trouve très belle, Ryth, dit Nick d'un air sérieux.

— Je suis d'accord avec toi, Nick, dit ma mère en plantant ses mains sur ses hanches avant de me regarder. Merci pour ce compliment, ma fille est toujours affreusement timide.

Elle ne vit pas son regard parcourir mon corps, s'attarder sur mes seins avant de descendre vers mon ventre comme s'il était en train de se souvenir de ce que j'avais fait dans sa voiture.

— Je ferais mieux de vous laisser entrer filles, dit-il d'une voix rauque en allant vers les escaliers.

Je le suivis des yeux alors qu'il montait les marches deux par deux, nous laissant seules, comme si c'était douloureux pour lui de me voir comme ça. Je fronçais les sourcils puis regardais à nouveau ma mère qui était en train de ranger les autres robes dans leur sac.

— Samedi, alors, dit-elle en souriant.

— Maman, dis-je en m'approchant, l'écho de l'avertissement de Tobias résonnant encore dans ma tête. Tu es sûre que tu veux te marier si vite ? Enfin, je comprends que tu veux être à l'abri, mais tu n'es pas obligée de te marier pour ça.

Ma mère se redressa et se tourna vers moi avec un air confus et peiné.

— De me marier pour ça ? dit-elle en s'approchant. Ma chérie, c'est pas un mariage de convenance et je vais pas épouser Creed faute de mieux. Je vais l'épouser parce que je l'aime et qu'il m'aime aussi.

*Mais pourquoi si vite ?* voulais-je lui demander, mais au moment où j'ouvris la bouche pour lui dire, la porte d'entrée s'ouvrit et Creed entra. Il me regarda dans ma robe puis sourit en allant vers ma mère.

— On dirait que vous passez un bon moment toutes les deux.

Elle l'embrassa fougueusement et je tournai la tête de gêne.

— Et si vous alliez vous préparer et que je vous emmenais dîner quelque part ? suggéra Creed d'un air enjoué.

— Oui, c'est une super idée, répondit ma mère avant de me regarder. Je vais me préparer.

— Chérie, tu es déjà parfaite comme ça.

Il n'avait d'yeux que pour elle.

— Ça te dit, ma belle ? me demanda ma mère.

— Je peux pas, j'ai un devoir à terminer mais allez-y, amusez-vous bien, dis-je en souriant, grimaçant sous la douleur de mon téton avant de m'éloigner.

— Bon alors je vais juste prendre mon sac à main, dit ma mère en tirant son sac sous le tas de robes, puis elle me regarda alors que je croisais les bras sur ma poitrine.

— Ne nous attend pas !

— Oh, non t'en fais pas.

J'attendis qu'ils partent, d'entendre le claquement de la porte et le bruit de la Mercedes avant de monter à l'étage. J'avais envie de frapper à sa porte, de lui crier au visage, de le gifler encore et encore jusqu'à ce qu'il ressente la même douleur que moi. Je ne savais pas pourquoi il me détestait autant. Je n'arrivais pas à comprendre qu'on puisse avoir autant de haine en soi.

J'étais le seul objet de sa rage, comme s'il ne voyait que moi et ne voulait rien voir d'autre. Je marchai d'un pas lourd en montant les escaliers. Il fallait que je canalise ma colère en énergie pour terminer mon devoir. Je ne pouvais pas redoubler, il fallait que je pense à mon avenir... maintenant que ma vie avait basculé. Il me fallait un plan. Parce que rester dans cette maison n'était pas une solution viable.

Ces pensées se mêlaient au tambourinement de mon cœur alors que j'avançais vers ma chambre. Au moment où j'entrai et fermai la porte derrière moi, je sentis que quelque chose clochait. Je me tournai pour regarder mon bureau. Mon ordinateur n'était plus là. Une panique surgit en moi. Je fis le tour du lit, essayant de me souvenir où j'avais pu le mettre. Mais je n'arrêtais pas de revenir à mon bureau. Je savais que je l'avais laissé là.

Tobias...

Ça ne pouvait être que lui. Ma colère remonta à la surface ; j'en avais assez de ses conneries, de sa méchanceté stupide. J'en avais assez de lui ! J'ouvris violemment ma porte, la colère brûlant mes entrailles alors que j'avançais dans le couloir jusqu'à sa porte.

— Tobias ! criai-je en donnant des coups de poing dans sa porte. Je sais que c'est toi ! Rends-moi mon ordi, *tout de suite !*

Il n'y eut pas de réponse, pas de bruit de pas, pas de porte qui s'ouvre brusquement, ni de sourire content sur son visage. Je collais mon oreille à la porte, j'entendis le son de la télé et celui familier et répugnant de la chair qui frappe contre la chair, ponctué de gémissements rauques et profonds.

Il regardait *encore* du porno…

Mon cœur accéléra et la rage qui me consumait quelques minutes plus tôt s'apaisait lentement.

Mais il avait mon ordinateur.

*Et je voulais le récupérer.*

J'agis sans réfléchir, sachant que ma mère et Creed n'étaient pas là. J'appuyai sur la poignée de la porte avant d'entrer. Mes yeux se rivèrent sur la télé et l'image d'un homme en train de fourrer une femme allongée sur le dos, les jambes en l'air.

Je sentis mes joues rougir en détournant le regard. *Quel enfoiré…*

Je scrutais sa chambre, sa PlayStation avec les manettes, son téléphone. Si son téléphone était là, il ne devait pas être bien loin. Je regardais partout dans la pièce, cherchant frénétiquement mon ordinateur. Je m'approchais de son bureau, mais il n'y avait rien. *Il était où bordel ?*

Je me tournais et regardais son lit au milieu de la pièce puis vers la porte ouverte de son dressing. Mais je ne vis aucun mouvement. Son lit était fait, même la couette était froissée, signe qu'il avait été allongé là. Je jetai un œil par-dessus mon épaule alors que le film porno se déroulait sous mes yeux.

Je m'avançais vers son lit, peut-être qu'il avait caché mon ordinateur... puis j'aperçus quelque chose de blanc caché sous son oreiller. J'eus le souffle coupé et tendis la main. Est-ce que c'était... *ma petite culotte ?*

Je la sortis de dessous l'oreiller et la gardai dans ma main. C'était bien ma petite culotte, celle que je portais le jour de notre arrivée. Je le savais car c'était tout ce qu'il me restait. Mais la question c'était surtout, pourquoi était-elle dans *sa* chambre ?

— Qu'est-ce que tu fous là ?

Je me tournai brusquement et fis face à mon nouveau demi-frère que je haïssais.

— Mon ordi. Rends-le-moi.

Sa lèvre se retroussa alors qu'il avançait vers moi, avec ce regard sombre et menaçant qui se posa sur la petite culotte que je tenais dans la main.

— Pourquoi tu penses que j'ai ton ordi, Ryth ?

Je fis un pas en avant.

— Parce que je le sais. Rends-le-moi maintenant.

— Sinon quoi ? dit-il, me lançant les mêmes mots que dans la cuisine un peu plus tôt.

Mais je n'allais pas entrer dans son jeu. J'en avais marre de jouer.

— Sinon je vais tout raconter à Creed, ce que tu m'as fait, que tu m'as touchée sous la table, puis les menaces et l'intimidation à chaque fois que tu me parles. Je vais détruire tout ce que tu as et j'y prendrai plaisir.

La haine emplissait ses yeux, scintillant d'une intensité que je n'avais jamais vue avant, et je me mis à trembler. Mais il était trop tard maintenant, bien trop tard. Il réveilla quelque chose en moi, quelque chose de dangereux.

Il pouffa de rire et sourit avant de me bondir dessus pour me saisir à la gorge, me poussant à reculer jusqu'à ce que mon dos cogne contre le mur.

— Tu penses vraiment que tu peux venir ici et me faire ta crise d'ado en me menaçant et penser que je vais marcher ?

J'essayais de parler, à court d'air alors que je tentais de me libérer.

— Rends-le-moi.

Sa poigne devint plus ferme lorsqu'il baissa les yeux pour regarder la robe de demoiselle d'honneur que je portais.

— T'as l'air d'une pute.

Je détestais que les larmes me montent aux yeux, que ses mots me blessent. Ma main tremblait lorsque je levai la culotte pour lui montrer.

— Pourquoi tu fais une fixette sur moi ?

Il resta sans rien dire un instant, la colère scintillant dans ses yeux, puis il avança brusquement son visage contre le mien.

— J'ai pas envie de ça, tu comprends pas ? cria-t-il d'une voix désespérée. Tu viens ici et tu prends *ma* vie, *ma* maison et le souvenir de *ma* mère, j'ai de quoi te détester. *Et je te déteste.* Mais il y a autre chose. J'ai trouvé un moyen de canaliser ma colère et ma peine, et ce moyen c'est toi, Ryth. Quoi de mieux pour faire le deuil de ma mère que de remplir le vide qu'elle laisse avec une obsession, te détester par exemple.

Il s'approcha davantage, le corps pressé contre le mien et je sentis qu'il bandait. Je fermais les yeux alors qu'il serrait ma gorge plus fort avant de la relâcher. De la colère... de la haine.

Rien que pour moi. Et je ne sais pas pourquoi, quelque chose en moi accueillait cette colère, un désir malsain criait en moi ses propres hurlements de douleur.

Mais il ne pouvait pas les entendre. Il se remit à serrer ma gorge plus fort, assez fort pour m'empêcher de respirer correctement, puis il murmura à mon oreille :

— Maintenant allonge-toi sur mon lit.

# Chapitre Vingt

## TOBIAS

Je la tirai du mur pour la pousser de l'autre côté. Elle toussait et crachotait, se tenant la gorge alors que l'empreinte rouge de mes doigts devenait plus rouge.

— T'es vraiment un sale *enfoiré*.

Je souris, j'étais bien plus que ça. Je baissais les yeux vers la culotte qu'elle tenait dans la main.

— Allonge-toi sur le lit, Ryth.

— Va te faire foutre, Tobias, grogna-t-elle. Et rends-moi mon ordi.

Au moins cette fois-ci la petite souris n'attendait pas que quelqu'un vienne la sauver. Non, elle devenait agressive, sa colère nourrissait une sorte de désir sauvage. Je la parcourais du regard, dans sa jolie robe de demoiselle d'honneur, et je n'avais qu'une envie c'était de lui arracher pour dévoiler son corps maigre. Mes doigts se contractèrent lorsque je baissai les yeux sur ses seins.

— Sois tu t'allonges sur mon lit, soit je t'y allonge de force.

— Qu'est-ce qu'il se passe ? s'écria Nick dans mon dos.

Je ne pris pas la peine de me retourner, je ne pouvais pas supporter de voir le regard inquiet de mon frère, puis il s'approcha, avec son fichu ordi dans les mains.

— C'était toi ? dit Ryth en le regardant. C'était *toi* qui avais mon ordi ?

— Ouais, t'avais l'air stressée et je voulais voir si je pouvais t'aider, dit-il en avançant encore et son regard se posa sur la culotte qu'elle tenait.

Mais ça n'allait pas se passer comme ça, je n'allais pas le laisser plaindre cette petite salope ; je voulais qu'il la voie seulement comme une intruse.

— Allonge-toi sur le lit ou c'est moi qui m'en occupe.

Nick me regarda, j'attendis qu'il dise quelque chose, qu'il secoue la tête et qu'il joue les chevaliers blancs pour la sauver, mais il se contentait de la fixer.

— Tu l'as déjà fait pour moi, tu peux le refaire.

Je vis ses yeux s'écarquiller lorsqu'elle comprit. Elle savait que Nick aussi voulait qu'elle le fasse et elle retenait sa respiration.

Je repensais aux textos qu'on s'était envoyés, qu'il m'avait dit qu'elle était parfaite. Je voulais voir ça... et je voulais voir ça tout de suite.

— Nick, non, murmura-t-elle en secouant la tête. S'il te plaît.

— On est juste entre nous, dit-il en posant son ordi sur mon bureau. Ta mère et notre père sont partis.

Elle me regardait et je vis sa fichue tache de naissance rougir sur sa joue. Nick fit un pas en avant et la saisit par les épaules pour la faire asseoir sur le lit. Elle tourna ses grands yeux apeurés vers moi. Bordel, ça m'excitait. Ma queue tressauta dans mon caleçon, je commençais à bander. Je passai ma main sur le devant de mon jean pour caresser la chaleur qui se rassemblait, son regard suivit ma main.

— Ça t'avait plu, dit Nick, ça t'avait vraiment plu. Si tu veux améliorer nos relations... alors donne à Tobias ce qu'il veut et il te laissera tranquille. Et on sera une parfaite petite famille.

Mon frère me regarda par-dessus son épaule. Cet enfoiré était encore plus excité par cette situation que moi. J'étais prêt à parier qu'il bandait dur comme pierre. Il la poussa gentiment pour qu'elle s'allonge sur les oreillers, puis il se pencha, saisit ses pieds et les posa sur mon lit... *mon lit putain.*

Mes yeux glissèrent sur ses jambes pâles alors que Nick continuait de parler pour la rassurer.

— C'est comme la dernière fois, tu te souviens comme tu étais trempée, comme ça t'avait plu ? Montre-lui, montre-lui comme tu es belle.

Il glissa une main entre ses genoux pour lui écarter les jambes.

Une jolie culotte rose apparut entre ses cuisses. Ses yeux étaient rivés sur moi, sur le mouvement de ma main qui caressait ma queue, puis elle rencontra mon regard.

— Tu me détestes.

— Tellement, répondis-je.

Ses doigts tremblaient, allaient vers Nick alors qu'il remontait sa robe sur ses cuisses.

— Caresse-toi, donne-toi du plaisir.

Elle le regardait comme s'il était... tout pour elle.

Sa main se déplaça, le bout de ses doigts glissa sur sa fente. Elle était si tendue, si effrayée, mais il y avait quelque chose dans ses yeux qui m'indiquait qu'elle en avait envie... presque autant que nous.

— Voilà, comme ça, dit Nick en se redressant, regardant le mouvement de sa main.

Mais ce n'était pas lui qu'elle regardait en se caressant, c'était moi. Ses lèvres s'entrouvrirent et ses doigts caressaient son sexe par-dessus sa culotte dans un rythme régulier. Je déboutonnai mon jean et baissai ma fermeture éclair pour sortir ma queue. Ses yeux s'agrandirent et le mouvement de sa main s'arrêta pendant un instant puis je vis une tache humide se former sur sa culotte. *Putain...*

Mon cœur palpita soudainement.

Je n'avais rien vu d'aussi excitant, c'était encore mieux que le porno hardcore.

Ma petite demi-sœur vierge prenait plaisir à me regarder.

Nick poussa un gémissement, sa main se portant sur sa queue raide.

— Continue, dit-il en baissant sa fermeture éclair. Écarte ta culotte, laisse Tobias te voir.

La veine qui longe ma queue se mit à palpiter, envoyant des étincelles dans tout mon corps. Je serrais les dents en me branlant virilement, détestant aimer ce moment plus que tout le reste de ma vie. Je baissais les yeux vers elle alors qu'elle saisit l'élastique de sa culotte et je n'avais qu'une envie, plonger mes doigts dans sa chatte.

Elle rabattit sa culotte trempée sur le côté, me dévoilant ce que mes gestes avaient provoqué, je faillis presque en jouir dans ma main.

— Enlève-la, lui dis-je, et je vis ses yeux s'écarquiller. Avant que je te l'arrache et que je jouisse dedans.

— T'as déjà été léchée ? demanda Nick d'une voix rauque.

Elle le regarda et secoua la tête, glissant ses doigts en elle.

— Tu veux que je te lèche, princesse ?

Nick se pencha et mit ses doigts contre les siens, touchant presque sa chatte.

Elle ne répondit pas, sûrement trop peureuse de céder aux envies de son corps. Bordel, je n'avais jamais autant eu envie de baiser de toute ma vie. Je voulais voir cette petite salope se tordre sous moi, entendre mon nom sur ses lèvres, j'avais *envie* de voir ses larmes monter alors que je m'enfoncerai en elle, la baisant pour la première fois.

Nick croisa mon regard. Il savait... il avait compris.

*Sa première fois serait pour moi.*

Il continuait de la caresser, son doigts glissant vers le bas alors que les siens s'arrêtaient, puis il fit des cercles sur son clito avant de s'enfoncer en elle. J'étais absorbé par ce mouvement, son gros doigt glissant en elle et qui en ressortait luisant. Elle poussa un gémissement, une sorte de cri étouffé et réprimé. Ça me rendait dingue. Je dévorais sa chatte des yeux.

— Refais ça.

Mon frère la doigta à nouveau mais inséra deux doigts cette fois-ci. Il les recourba, frottant l'intérieur de sa chatte, attisant son désir. Elle ferma les yeux, ses hanches se soulevaient du lit pour se rapprocher de sa main.

— Putain, tu vas être une vraie baiseuse princesse, pas vrai ? murmura-t-il. Je suis sûr que tu vas nous chevaucher tous les trois toute la nuit et que tu en redemanderas.

Je me branlais, ma queue était en feu. J'allais jouir... en regardant mon frère doigter notre nouvelle demi-sœur.

— Qu'est-ce qui se passe ici ? grogna Caleb en entrant derrière moi.

Ryth poussa un gémissement, écarta davantage les jambes, permettant à Nick de manœuvrer comme il le souhaitait.

— A ton avis, rétorqua mon frère. On accueille Ryth dans la famille.

Il se pencha en maintenant sa jambe sur le côté puis il se mit à lui lécher la chatte.

Elle se cambra et cria, ses mains à plat sur le lit.

— Putain de merde, s'écria Caleb, sa mère va épouser notre père.

— Je sais, dis-je en me léchant les lèvres alors que Nick la lapait, suçotait ce petit clito jusqu'à ce qu'elle appuie sur sa nuque pour l'attirer davantage contre elle.

— Putain, dit Caleb en la regardant lever la jambe, dévoilant son petit trou de balle gonflé.

Mais Caleb ne se branla pas, même s'il se mit à bander en la regardant.

— Putain, t'es si bonne, murmura Nick, glissant ses doigts dans sa chatte dégoulinante.

Elle était gonflée de désir, basculant sa tête d'un côté puis de l'autre. J'avais envie qu'elle jouisse sur mon lit... sur mes draps, sur mes doigts. Mais je ne pouvais pas bouger, je me contentais de regarder ses hanches se soulever du lit lorsque qu'un cri rauque s'échappa de sa petite bouche de salope.

— S'il te plaît, oh mon Dieu, *s'il te plaît...*

— T'en veux encore, princesse ? demanda Nick en relevant la tête. Tu veux que Tobias te baise ? Qu'il plonge sa queue en toi et te donne du plaisir ?

Elle leva la tête de l'oreiller, la haine et le désir se mêlaient dans son regard.

— *Oui !*

Ma queue palpita, secouée de spasmes dans ma main alors que je jouis violemment sur mes doigts.

— Trop tard, princesse, dit Nick en replongeant la tête sur sa fente. Une prochaine fois peut-être.

Elle maintenait mon regard alors que mon frère la léchait et l'aspirait, l'emmenant près de l'orgasme. Je fixais la marque rouge de mes doigts dans son cou.

— Je te déteste, lui dis-je.

— *Oh !* cria-t-elle comme si mes mots la rapprochaient de l'orgasme.

Je remis ma queue dans mon jean et avançai vers mon frère qui continuait de la lécher. Je glissai mes doigts pleins de sperme dans sa bouche.

— Je te déteste, petite salope.

Elle se cambra et je sentis ses dents sur mes doigts, puis sa langue, qui se délectait du jus sur mes doigts au moment où elle jouit contre la bouche de mon frère.

# Chapitre Vingt-Et-Un

RYTH

Non... *Mon Dieu, non*. Pas lui... *pas eux*. Je savais que c'était malsain mais je n'ai rien pu faire. Je serrais les cheveux de Nick dans ma main en prenant avec l'autre les doigts de Tobias, les enfonçant profondément dans ma bouche.

Chaud. Salé.

Bordel, c'était si bon. Je léchais ses doigts en gémissant lorsque qu'une vague de désir s'abattit sur moi, me faisant crier et trembler. La langue de Nick s'enfonça plus loin en moi, faisant remonter à la surface les frissons qui me parcouraient. Je fermai les yeux et lâcha sa main en poussant un gémissement profond et guttural. J'avais jamais ressenti ces sensations-là, même pas quand je me doigtais en regardant des films porno.

Ça, c'était bien plus agréable que tout ce que j'avais pu imaginer. Un désir murmurait en moi. Lorsque je redescendis du sommet de l'extase, je devins brusquement consciente de ce qui venait de se passer.

J'avais franchi la limite.

Non, *on* avait franchi la limite, fonçant tête baissée dans une situation malsaine. Je pris de grandes inspirations avant d'ouvrir les yeux ; Nick leva la tête, les lèvres luisantes, ses yeux marron doré étaient si sombres qu'ils avaient presque la couleur de l'ambre lorsqu'il me sourit.

— Ça t'a plu, princesse ?

*Si ça m'a plu ?*

— Si les parents l'apprennent, on est dans la merde, t'es au courant ? dit Caleb en s'approchant.

Mais ce n'était pas à ses frères qu'il s'adressait, c'était à moi. Il baissa les yeux sur mon entrejambe et je vis quelque chose de sauvage scintiller dans son regard.

— Tu vas leur dire ?

Pourquoi il me demandait ça ? Pensait-il vraiment que j'allais courir voir ma mère pour lui raconter ce que mes demi-frères m'avaient fait ?

*Non... pas ce qu'ils avaient fait... ce que je leur avais laissé faire.*

C'était moi qui avais laissé Nick me pousser sur le lit. C'était moi qui l'avais laissé enlever ma culotte. Je jetai un œil à côté de moi, où se trouvait ma petite culotte trempée... *c'était moi qui avais écarté les jambes pour eux.*

— Ou est-ce que tu vas garder notre petit secret ?

Mon cœur battait la chamade, j'étais prise au piège, confuse, effrayée, mais en grande partie, j'avais voulu ça. J'aimais l'attention qu'ils me portaient, j'aimais qu'ils me traquent... j'aimais être une proie. Je regardais Tobias, me souvenant de la sensation de sa poigne autour de mon cou, me regardant à la fois comme s'il avait envie que je ne puisse plus respirer et comme s'il avait envie de me baiser.

— Je... je vais peut-être tout leur dire. Vous allez me faire du mal ?

— Oui, répondit Tobias. Tu dis un seul mot, je te cloue au sol devant tout le monde et je te baise sans pitié.

Mon cœur s'accéléra lorsque Caleb me saisit par les cheveux jusqu'à ce que ça me brûle.

— C'est ce que tu veux, Ryth ? Tu veux être punie ? Tu veux que Tobias t'arrache tes vêtements et te baise ?

*Oh mon Dieu...*

*Oh mon Dieu...*

J'acquiesçai lentement.

Tobias me fit un sourire qui voulait tout dire. Il me détestait... *et il savait que j'adorais ça.*

— Tu vas me supplier ? murmura Caleb.

Une chaleur surgit dans le bas de mon ventre.

Je fermai les yeux alors que les palpitations apparurent à nouveau entre mes cuisses.

— Bordel, dit Nick d'une voix rauque. Elle va me faire jouir.

J'ouvris les yeux, incapable de cacher ma gêne plus longtemps.

Puis Caleb lâcha mes cheveux et écarta davantage mes cuisses.

— C'est bien, comme ça, dit-il en glissant un doigt sur ma fente avant de le glisser en moi. Tu vas être une gentille fille.

D'abord Tobias.

Puis Nick.

Et maintenant Caleb qui me touchait.

— Tu as jusqu'au mariage, me dit Tobias d'un air grave, tu as jusqu'au mariage...

Puis il se tourna et sortit de la chambre, laissant Caleb me doigter librement. Je levai les yeux vers lui. Il était l'aîné... c'était lui qui était censé contrôler ses frères mais là, c'était *moi* qu'il contrôlait.

— Fais gaffe, dit Caleb en se levant, serrant le poing, le doigt trempé, puis il s'éloigna et se pencha à la dernière minute pour saisir ma petite culotte sur le lit. Je pense que tu réalises pas dans quoi tu as mis les pieds.

Il sortit et Nick continuait de me regarder.

— Je... je suis juste venue chercher mon ordi, dis-je d'un ton faiblard en croisant son regard.

Il se contenta de faire un signe vers le bureau, où il avait posé mon ordi.

— Si ça peut te consoler, je trouve que ta rédaction est bien.

*Qu'elle est bien ?* Nick se leva et sortit lui aussi de la chambre de Tobias. J'entendis des pas lourds dans les escaliers. Une seconde plus tard, la porte d'entrée claqua et j'entendis le moteur de la Jeep vrombir, Tobias partait. Je serrais les cuisses et posais les pieds au sol avant de me lever, je pris mon ordi et sortis de la chambre de Tobias avec les jambes qui tremblaient, la chatte à l'air.

*Ma rédaction est bien ?* Les mots de Nick tournaient dans ma tête. *Ma rédaction est bien ?*

J'entrai dans ma chambre et fermai la porte doucement derrière moi, repensant à ce qui venait de se passer. *Qu'est-ce qui venait de se passer au juste ?*

Tobias voulait que je parte...

Mais le voulait-il vraiment ?

*Tu viens ici, tu me prends ma vie, ma maison, le souvenir de ma mère, j'ai de quoi te détester.* Ses mots résonnaient en moi. *Et je te déteste. Mais il y a autre chose. J'ai trouvé un moyen de faire passer ma colère, et c'est toi, Ryth. Quoi de mieux que de remplacer le vide que ma mère laisse par une obsession, te détester par exemple.*

Il me détestait...

Et j'adorais ça.

Je m'assis sur mon lit, me demandant ce qui avait bien pu se passer pour que je sois comme ça. Je n'avais pas été battue quand j'étais enfant, mes parents ne me détestaient pas. Les moqueries de mes camarades de l'école me revenaient à l'esprit. Je passai la main sur la marque sur ma joue, me rappelant à quel point leurs mots cruels m'avaient blessée.

Mais là... c'était différent.

C'était calculé et contrôlé. L'objet de la haine n'était pas seulement la marque sur ma joue, mais c'était moi toute entière. Mon corps et la manière dont ils voulaient se l'approprier.

Je restai comme ça jusqu'à ce que mes genoux arrêtent de trembler. Puis je me levai du lit et enlevai la robe de demoiselle d'honneur que je portais, avant de l'accrocher délicatement sur un cintre derrière ma porte. Je m'habillai, enfilai une culotte propre en me souvenant de la culotte blanche que Tobias avait prise dans ma chambre.

Je pensais que je l'avais égarée... mais au final c'était lui qui était venu dans ma chambre, il avait fouillé dans mes affaires, prenant ce qu'il voulait. Je fermai les yeux et baissai la tête en songeant à cette idée. Lui... prenant ce qu'il voulait...

*Quoi de mieux pour remplacer le vide que ma mère laisse qu'une obsession, te détester par exemple.*

Je me décomposais face à son obsession... je me perdais dans sa haine, et je ne savais pas comment l'arrêter. Lorsque la chaleur du désir me quitta, je me dirigeai vers mon bureau et ouvris à nouveau mon ordinateur. *Ce n'était pas Tobias. C'était Nick.* Cela me fit penser à mon père. Je m'assis à mon bureau, avec la robe de demoiselle d'honneur accrochée derrière moi, puis je me mis au travail.

Je travaillais pendant des heures, jusqu'à ce que le bruit de la Mercedes de Creed attire mon attention. Je me levai alors et me dirigeai vers la fenêtre, le regardant sortir de la voiture avec ma mère. Il contourna l'avant de la voiture, et devant la lumières des phares il se pencha vers ma mère pour lui prendre la main et l'attirer fermement contre lui. Je ressentis une montagne de culpabilité en les regardant.

J'étais en train de tout gâcher...

Le bonheur de ma mère... celui de Creed, aussi. Si jamais ils découvraient ce qui s'était passé... ce serait fini. Les phares de la voiture se sont éteints et je les regardais se diriger vers la maison jusqu'à ce que je les perde de vue. Mon ventre grogna et je me rendis compte que je n'avais pas mangé depuis des heures, que j'avais manqué le dîner. Mais je n'étais pas prête à descendre maintenant. Je m'avançais vers la porte, écoutant les rires puérils de ma mère alors qu'ils se dirigeaient vers leur chambre.

*Leur chambre... ma mère et moi on avait vite pris le pli de cette nouvelle vie...*

J'attendis d'entendre que leur porte se ferme puis je sortis sans un bruit pour aller dans la cuisine voir ce qu'il y avait au frigo. Sous la lumière blafarde, je sortis une assiette de restes de dinde, un peu de fromage, de beurre et de mayonnaise, puis je posai tout ça sur le comptoir.

— T'as faim ?

La voix de Caleb surgit dans mon dos et déclencha un petit cri de ma part. Il posa immédiatement sa main sur ma bouche et m'attira en arrière, dans le grand cellier.

Il ferma tout de suite la porte, nous enferma tous les deux dans ce minuscule espace.

Il avait une voix rauque et râpeuse à mon oreille.

— Je veux juste m'assurer qu'on est sur la même longueur d'ondes, Ryth.

Il saisit une poignée de mes cheveux et la tira en arrière assez fort pour que je gémisse contre sa bouche. Mon pouls devint erratique, puis la panique s'empara de moi.

Je luttais contre son emprise, mais c'était inutile. Il était trop fort pour moi. Sa poigne tirait sur mes cheveux, sa main appuyée contre ma bouche.

— Tu vas crier ?

Les larmes me montèrent aux yeux, j'étais tétanisée de peur. Pourtant, je secouai la tête.

— Bien... *très bien*, dit-il en enlevant sa main de ma bouche.

Puis il empoigna mes seins et les malaxa au moment où la lumière fut allumée dans la cuisine et j'entendis les murmures enjoués de ma mère qui passaient à travers les lattes de la porte du cellier.

— Chut, murmura Caleb en glissant sa main sous mon t-shirt pour descendre mon soutien-gorge.

— Vraiment ? soupira ma mère, sa voix venait du frigo, là où j'avais été quelques secondes plus tôt. Vous les mecs, vous sortez toujours à manger et vous rangez rien, marmonna-t-elle.

— *Chut...* murmura Caleb à mon oreille lorsque ses doigts trouvèrent mon téton.

Mais son geste n'était pas violent, pas comme Tobias. Il me malaxait lentement, faisant danser la pulpe de ses doigts sur mon téton jusqu'à ce que mon corps réagisse ; mon téton se raidit et se dressa. Il tira sur mes cheveux, me faisant à me cambrer jusqu'à ce que je plonge les yeux dans ses yeux sombres et pleins de désir.

Le contact de sa main...

Les murmures de ma mère à quelques mètres de nous.

Un seul faux pas... un seul son trop fort et elle nous trouverait. Il le savait... *il le savait et ça l'excitait.*

Sa main quitta mon sein et je vis se dessiner sur ses lèvres un sourire froid et machiavélique, puis il glissa ses doigts sous l'élastique de ma culotte. Mon cœur battait la chamade lorsque le murmure de ma mère devint plus fort et qu'elle rangea au frigo la nourriture que je venais juste de sortir.

Les yeux de Caleb me sondaient alors que son doigt glissait sur ma fente. Mon corps était encore secoué de ce que nous avions fait tout à l'heure, mais il semblait en vouloir encore plus.

*Tu ne sais pas dans quoi tu as mis les pieds...*

Son avertissement me hantait alors que ses doigts dessinaient des cercles sur mon clitoris. Je réprimais un gémissement dans le fond de ma gorge. Le sourire de Caleb devint plus audacieux et il secoua lentement la tête. Je serrais les dents, je me mordais l'intérieur des joues, j'entendais que ma mère se servait un verre d'eau...

*Dépêche-toi, punaise ! Oh mon Dieu, maman dépêche-toi, par pitié...*

Les doigts de Caleb s'enfoncèrent en moi, me sondant avec un doigté expert, sortant pour jouer avec mon clito, attisant le feu en moi. Mes hanches se balançaient toutes seules, happées par sa main. Caleb pencha la tête, je sentis son souffle contre mon oreille.

— J'ai envie de te baiser. J'ai envie d'enfoncer ma queue profondément en toi. J'ai envie de te baiser jusqu'à ce que tu te donnes à moi, dit-il en agrippant mes cheveux plus fort. Je veux que tu sois une gentille fille. Est-ce que tu le seras pour moi, Ryth ?

Ses doigts glissèrent plus profondément en moi.

Ma mère continuait de marmonner, elle prenait son temps, remettait la bouteille d'eau dans le frigo.

-Tu viens, Elle ? dit Creed depuis l'autre bout de la cuisine.

Les doigts de Caleb continuaient de me pilonner.

— Ouais, je rangeais juste la nourriture que les enfants avaient laissé dehors, dit-elle. C'était encore froid alors peut-être que...

L'orgasme arrivait avec une violence inouïe. Je plantais mes ongles dans le bras de Caleb alors que mon corps tremblait, secoué de spasmes.

— *S'il te plaît...*

Il était cruel... vraiment cruel.

— C'est bien, ma belle, murmura-t-il contre mon oreille. Continue comme ça... *voilà comme ça...*

Mon corps tremblait sous ses mots. Je perdais le contrôle, j'étais en train de m'effondrer intérieurement alors que ma mère fermait la porte du frigo en marmonnant :

— C'est pas grave.

Je me concentrais sur le bruit doux de ses pas, suivant son mouvement alors que les doigts de Caleb plongeaient dans mon obscurité trempée, mes hanches se cambraient contre sa main.

— Quand je te baiserais, Ryth... je vais te baiser toute la nuit. Tu vas être mon jouet préféré... mon jouet trempé, parfait... hein ?

Au moment où les pas de ma mère s'éloignèrent dans les escaliers, je me mis à gémir, jouissant profondément contre sa main.

— Tu vas apprendre. Crois-moi, tu vas apprendre, murmura Caleb en sortant ses doigts de ma chatte. Je vais imaginer que tu me suces ce soir... puis je vais jouir avec mes doigts couverts de ta mouille dans ma bouche.

Il relâcha mes cheveux et les caressa, puis il se pencha pour m'embrasser sur le front. Il se redressa, ouvrit la porte du cellier et s'en alla, me laissant faible et tremblante... je me demandais ce qui venait de se passer. Mon ventre ne grognait plus. Je me sentais épuisée, mon corps tremblotait et palpitait, se souvenant encore des doigts et de la bouche de Nick.

Je n'avais connu que mes propres doigts... et la vague violente de l'orgasme dans l'obscurité de ma chambre. Mais ça. C'était dévorant. Je m'accrochai à une étagère pour me redresser, puis je sortis sur la pointe des pieds dans la cuisine lorsque la porte d'entrée s'ouvrit et que Tobias entra.

Il me lança un regard puis tourna la tête, entendant les derniers pas de son frère à l'étage, puis on entendit la porte de la chambre de Caleb s'ouvrir puis se fermer. Mais il ne dit rien, il me regarda avec une haine ardente comme s'il voulait à la fois me faire du mal et me dévorer, je retournai ensuite lentement dans ma chambre.

J'allumai la lumière et me mis sous la couette.

Il fallait que je sois prudente maintenant...

Il ne fallait pas simplement que je me méfie de Tobias...

*Mais des trois...*

# Chapitre Vingt-Deux

## RYTH

— Ça me semble parfait, non ? demanda ma mère en faisant un pas en arrière, regardant la robe qui venait d'être ajustée et reprise à sa taille. Est-ce qu'elle pourra être prête à temps ?

— Bien sûr, Madame Banks, dit la couturière en souriant.

— Madame Banks, déjà ? dis-je en me tournant vers elle alors que la nuit commençait à tomber dehors.

Il se faisait tard et la boutique de robes de mariée était resté ouverte juste pour nous. J'imagine que ça faisait partie des avantages de s'appeler Madame Banks. Elle adorait ça, elle adorait ses nouveaux amis, son nouveau mode de vie. Un mode de vie qui était à des années-lumière de ce qu'elle avait connu avec moi. Son téléphone émit un *bip* pour la huitième fois au moins depuis les cinq dernières minutes.

— J'essaye juste de m'y habituer, dit ma mère en haussant les épaules, ricanant en lisant un message d'une de ses nouvelles amies, qui étaient en fait les femmes des amis de Creed. Dans une semaine, ce sera mon nom officiel.

Je serrais les dents. Elle avait changé physiquement aussi. Ses cheveux autrefois bruns comme les miens étaient maintenant d'un blond miel cendré avec des reflets clairs. Elle ne s'habillait plus de la même manière non plus. J'observais sa robe bustier couleur neige, lui arrivant mi-cuisse, et ses talons qui attiraient le regard sur ses longues jambes et sa taille fine. Elle était habillée pour une soirée. J'imagine que maintenant c'était ça sa vie. Des soirées et un nouveau mari. La seule chose qui restait inchangée, c'était moi. J'ouvris la bouche pour lui demander des nouvelles de mon père et des avocats, mais elle avait l'air si heureuse à cet instant... je ne voulais pas gâcher son bonheur.

— Tu l'aimes bien, hein ? me dit ma mère en voyant ma mâchoire crispée. Enfin, il est adorable, non ?

— Ouais, dis-je en détournant le regard. Creed est super sympa.

— Et tu aimes vivre dans cette maison ?

J'avais l'estomac noué ; je baissai la fermeture éclair dans le dos de ma robe puis la couturière accourut vers moi pour m'aider à l'enlever.

— Oui la maison ça va, maman.

— Et les garçons ont l'air de t'adorer. Creed m'a dit qu'il était fier qu'ils t'aient prise sous leur aile.

*Et dans leurs lits.* Ces mots résonnaient dans mon esprit.

— C'est pour ça que je ne m'inquiète pas trop de te laisser avec eux pour une semaine.

Je me figeai net et me tournai vers elle.

— Me laisser ? Pourquoi ?

Elle sourit et se mit à ricaner en levant son troisième verre de champagne.

— Ryth… pour la lune de miel, à ton avis. Tu pensais pas que j'allais me marier et que je n'allais pas fêter ça, si ?

*La lune de miel…*

*Une putain de lune de miel.*

Le sang me monta au visage et mon cœur se mit à tambouriner. Je n'avais pas pensé à ça, j'avais la tête ailleurs.

*Tu as jusqu'au mariage, Ryth.* L'avertissement de Tobias me revenait sans cesse en tête.

— Ça te dérange pas, hein ? demanda ma mère alors que mon téléphone fit un *bip*.

Je ne répondis pas, je n'arrivais pas à parler. Mon cœur battait dans ma gorge lorsque je pris mon téléphone et vis un message de Gio.

*Salut, je voulais juste savoir si tu es toujours ok pour le rencard ?*

— Un rencard ? demanda ma mère en regardant par-dessus mon épaule. Gio, hein ? C'est un mec du lycée ?

Je sursautai et voulus ranger mon téléphone mais je réfléchis un instant. Gio… il pourrait être ma porte de sortie. Je pourrais me servir de lui, faire comme s'il était mon petit copain. Ça me laisserait du temps pour réfléchir. C'est tout ce qu'il me fallait, du temps… pour décider de ce que j'allais faire.

— Ouais, dis-je à ma mère alors que je répondais au texto.

*Je peux pas ce soir. Une prochaine fois ?*

J'attendis sa réponse.

*Gio : À cause de ta mère ?*

Je souris en écrivant ma réponse : *Ouais. Enterrement de vie de jeune fille.* Il répondit avec un pouce en l'air, ce qui me fit grimacer, j'avais horreur de cet emoji. Je vis trois petits points apparaître sur l'écran, il écrivait autre chose. J'attendis son message alors que ma mère but cul sec son verre derrière moi.

— Il est vraiment bon, Clarissa.

— Vous en voulez un autre, Madame Banks ? demanda-t-il alors que j'attendais toujours la réponse de Gio.

— Volontiers, répondit ma mère. Pourquoi pas, après tout ? Je vais être Madame Banks dans une semaine !

Je fixais l'écran, les petits points dansaient toujours. *Dépêche-toi, Gio.*

Puis ils disparurent, je regardais l'écran où rien ne s'affichait, puis la porte de la boutique s'ouvrit et j'entendis la voix perçante d'une femme.

— Ah ben t'es là !

Se voix me fit grimacer et je partis me réfugier dans la cabine d'essayage en prenant un verre de champagne sur le plateau en passant devant.

— Oh mon Dieu, cette boutique est *géniaaaaale* s'écria la nouvelle amie de ma mère.

Je bus le champagne d'une traite en entrant dans la cabine, puis je m'arrêtai et levai les yeux. Comme toujours, je vis cette vilaine cicatrice sur ma joue... peu importe à quel point ma vie changeait, ce serait la seule constante.

Et cette cicatrice me rappelait exactement qui j'étais... *une moche...*

Je soupirais longuement en entendant les ricanement aigus qui provenaient de la boutique. *Une lune de miel... pourquoi n'y avais-je pas pensé ?* Je sursautai puis sortis de la cabine d'essayage. Ma mère ne me voyait même pas. Elle ne me voyait plus. Je posai mon verre vide sur le plateau et pris deux autres verres. J'avais quasiment jamais bu de ma vie. J'avais bu une gorgée du Scotch de mon père quand j'avais dix ans, puis j'avais passé l'heure suivante avec la bouche en feu. J'avais juré de ne jamais plus boire d'alcool... mais à présent... il fallait que je ne ressente plus rien.

Je bus un verre puis le reposai, prenant le deuxième dans la cabine d'essayage avant d'enlever ma robe et d'enfiler mon jean et mon t-shirt.

— Chérie, m'appela ma mère depuis la boutique, fais-moi plaisir et essaye ça, juste pour vérifier la taille. Il te faut bien une robe de soirée.

Elle posa une petite robe noire sur la porte de la cabine.

— Maman... *non*, dis-je en voyant la robe.

— Essaye pour voir si c'est la bonne taille. Tu portes toujours ces vilains jeans. Tu es une jeune femme maintenant, Ruth, et Gio... enfin, tu vas peut-être vouloir sortir un de ces quatre. Je dis ça comme ça.

Qui était cette femme ?

Ce n'était certainement plus ma mère. Je levai le verre de champagne et bus le liquide légèrement acide. Ma tête tournait, la panique était relayée au second plan. Je posai le verre vide. *Pour voir si c'est la bonne taille.*

— Voilà, ma chérie, répondit ma mère.

Je n'avais même pas réalisé que j'avais parlé à voix haute. Je saisis la robe que ma mère avait posée sur le haut de la porte et essayai de comprendre comment l'enfiler. J'avais l'impression que la cabine tournait, je donnai un coup dans le miroir pour me rattraper, j'avais failli tomber. Les rires et les ricanements avaient couvert le bruit sourd et ça m'arrangeait bien.

J'essayais de me concentrer alors que ma tête tournait, je parvins à ouvrir la fermeture éclair. Puis je l'enfilai, la passai sur mon ensemble de sous-vêtements blancs que ma mère m'avait dit de porter. Je baissais les yeux sur le téton rose que je voyais sous le tissu quasi transparent et je me souvins des mains de Nick sur moi.

Une chaleur monta en moi lorsque la cloche de la boutique retentit lorsque quelqu'un ouvrit la porte. J'ajustais la robe correctement, du noir sur du blanc. La robe était moulante. Ultra moulante. Je vis qu'il y avait une large fente au niveau de la cuisse en me tournant pour voir la fermeture éclair béante.

— Montre-moi, dit ma mère alors que ses amies riaient à gorge déployée, masquant tous les autres bruits.

J'ouvris la porte de la cabine et sortis, la pièce tournait légèrement lorsque je me tournai face à elle.

— Je pense pas que je peux porter ça.

— Bien sûr que si tu peux, dit ma mère. Ryth, tu es...

Je levai les yeux vers le grand miroir au bout des cabines d'essayage... et je vis le regard de Creed et de ses fils rivé sur moi.

— Magnifique, termina Creed en croisant mon regard dans le miroir.

Mon cœur fit un bond lorsque je me retournai, posant le regard sur Tobias et Nick qui se tenaient à côté de lui.

— On est venus voir comment se passaient les essayages, dit Creed en souriant. Les garçons ont proposé de te ramener à la maison, puisque ta mère va un peu... *s'amuser*.

— *Tu m'étonnes !* s'écria l'une de ses nouvelles amies.

Le son aigu de sa voix me fit grimacer, je regardais les trois femmes se jeter sur ma mère et Creed. L'une d'elles se dirigea vers Nick, ouvrant ses bras, visiblement déjà bien ivre.

— Nicky *chéri* !

Elle le prit dans ses bras, il ne la repoussa pas. Il la prit volontiers dans ses bras en souriant, riant presque.

— Jess, t'es si facilement bourrée.

— Je sais, grogna-t-elle en trébuchant un peu.

Mais quand Nick détourna les yeux d'elle, ce fut pour me regarder.

— La robe te va bien, Ryth, dit-il lentement, cachant ses émotions réelles en haussant les épaules. Tu devrais la prendre.

Je secouai la tête.

— Je n'allais pas...

— Elle, on va être *en retaaaard*, s'écria Jess, me lançant un regard plein de jalousie.

— Bon, rigola Creed en leur faisant signe de venir. Allez les filles, *c'est parti*.

Ma mère se tourna vers Creed, passant ses bras autour de son cou.

— Est-ce que tu viens ?

— Je ne viens pas avec vous, dit-il en riant. Je n'ai pas l'intention de traverser le port à la nage pour rejoindre ta soirée strip-tease sur ce fichu bateau, Elle.

*Soirée strip-tease ?*

Pas étonnant qu'elle ne voulait pas que je vienne.

— *Alloooons-yyyy* ! cria Jess et les deux autres se mirent à crier aussi jusqu'à ce que la boutique soit remplie de cris aigus de femmes ivres ayant hâte de faire la fête.

— Allez, *on y va*, dit ma mère en riant alors que ses nouvelles amies vinrent vers elle pour la tirer vers porte.

— Passe une bonne soirée ! dit Creed en riant. Je veux pas te voir à la maison avant demain !

Elle lui envoya un baiser et me fit un grand sourire avant de passer la porte, emmenant les cris aigus de ses amies avec elle. Creed rigola en secouant la tête, puis il posa les yeux sur moi, sur la robe.

— Prends-la, ma chérie. Elle te va bien. *Tu* es superbe dedans, dit Creed.

— Je... dis-je en secouant la tête.

Tobias n'avait rien dit depuis qu'il était entré, il n'avait même pas souri, il fronçait les sourcils, comme d'habitude, en me regardant, puis il se tourna et s'éloigna.

La honte se mêlait aux vapeurs du champagne, faisant rougir mes joues, je vis Tobias passer sa carte sur le lecteur à la caisse.

Nick lança un regard à son frère puis se mit à glousser.

— On dirait que cette robe est à toi, sœurette.

Tobias jeta un œil par-dessus son épaule, croisant mon regard. Ce n'est pas du dégoût que je vis dans ses yeux lorsqu'il baissa les yeux sur mon corps. *C'était du désir.*

Le téléphone de Creed sonna et il fronça les sourcils en lisant le message.

— Merde, moi aussi je suis en retard. Ça vous dérange pas de ramener Ryth à la maison les gars ? demanda-t-il en regardant Nick.

— Aucun problème, répondit-il en répondant. Vas-y papa, passe une bonne soirée.

Je commençais à comprendre leurs attitudes maintenant, leurs personnalités. Nick était le mec sympa, l'assassin souriant, celui qui vous attire avec son charme de serpent avant de vous sauter dessus, et Tobias... Tobias c'était la bête sauvage blessée, celui pris dans son propre piège, contemplant son cœur comme si c'était un organe qu'il pouvait se mettre sous la dent pour avoir la vie sauve.

Et Caleb ?

*Tu es une gentille fille, Ryth...* ses mots résonnaient en moi, mon cœur tambourinait et mon corps tremblait.

— Vas-y, murmura Tobias en venant vers moi. On va s'occuper d'elle.

Creed s'avança vers moi et me serra dans ses bras, déposant un baiser paternel sur mon front.

— La robe est vraiment belle, ma chérie. Les garçons vont s'occuper de toi. On se voit demain, d'accord ?

— Demain ? dis-je en levant les yeux vers lui.

Il sourit et recula.

— Qui sait combien de temps ça peut durer, une fois qu'ils se mettent à boire. Tu sais comment sont les avocats.

Puis il s'éloigna, donna une tape sur l'épaule de Nick, faisant un signe de tête à Tobias avant d'ouvrir la porte de la boutique et de sortir, nous laissant seuls...

Les lumières à l'arrière de la boutique vacillaient dans la pénombre.

— Je crois qu'il est temps d'y aller, murmura Nick en regardant vers les cabines d'essayage. Prends tes affaires, Ryth, on y va.

— Je peux pas partir comme ça, dis-je en secouant la tête.

— Tu peux et tu vas le faire, grogna Tobias en venant vers moi pour accéder aux cabines d'essayage. Il récupéra mon jean, mon t-shirt et mes bottes avant de sortir.

J'avais l'air ridicule en sortant avec cette robe de soirée noire et moulante et les talons que ma mère m'avait achetés pour le mariage. La couturière surgit de l'arrière-boutique et nous fit un sourire désespéré alors que je suivais Nick vers la sortie.

— *A la semaine prochaine !* cria-t-elle

L'air frais me saisit lorsque j'arrivai sur le trottoir, je faillis tomber.

— Wow, dit Nick en me saisissant le bras pour me stabiliser. T'as bu ou quoi, Ryth ?

— Un peu, répondis-je en croisant son regard. *Punaise, il était beau... pourquoi n'avais-je pas remarqué à quel point il était beau ?* Je lançai un œil à Tobias, il avait le regard sombre. *Bordel, ils étaient beaux tous les deux.* Je déglutis en détournant les yeux.

— Ta mère le sait ? demanda Nick.

Je secouai la tête.

— J'ai pris des verres quand elle me regardait pas. Elle s'en fiche de toute façon, elle a de nouvelles amies pour se divertir.

J'avais l'air hargneuse, c'était pas vraiment mon intention.

*Bip.*

Mon téléphone vibra dans la main de Tobias, il baissa les yeux et lut le message. Mon cœur s'accéléra lorsque je le vis froncer les sourcils.

— C'est qui Gio et pourquoi il pense que tu vas aller à un rencard avec lui ?

Nick s'arrêta net sur le trottoir et ils me regardèrent tous les deux.

— Ryth ? s'écria Nick. C'est qui ce mec ?

La Mustang noire nous attendait, garée sur le trottoir un peu plus loin.

— Ryth ? demanda Tobias en s'approchant de moi, levant le téléphone, le regard noir. C'est qui ce *con* ?

— Personne, répondis-je rapidement sous l'effet de l'alcool. C'est juste un ami.

Tobias leva mon téléphone.

— On dirait plus qu'un ami. Déverrouille ton téléphone. Je veux lire ce qu'il t'a envoyé.

— Quoi ? *Non.* Sûrement pas.

Il s'avança vers moi à toute vitesse, le regard noir. Je trébuchai en arrière jusqu'à me cogner contre la vitrine d'une boutique fermée.

— Tout de suite, grogna-t-il en me lançant mon téléphone. Déverrouille-le ou je l'éclate au sol.

J'eus un sursaut.

— Tu ferais pas ça.

Il retroussa les lèvres et j'eus froid dans le dos. Le bleu nuit de ses yeux scintillait.

— Tu veux voir ?

— Ryth, dit Nick en regardant par-dessus son épaule pour voir si des passants nous regardaient. Comme s'il savait que ça n'était pas sain.

Deux hommes qui me poussent contre une vitre. Personne ne se dirait que c'est une simple querelle entre frères et sœur... *parce que c'était bien plus que ça.*

Ils étaient jaloux et autoritaires. Supposément mes deux grands frères, mais ils n'avaient aucune ressemblance avec moi, puisque nous n'étions pas liés par le sang.

Les battements de panique dans ma cage thoracique s'intensifièrent lorsque je vis le puits de jalousie dans les yeux de Tobias ; Nick se tourna vers moi, le regard tout aussi terrifiant.

— Déverrouille le téléphone, Ryth. On veut savoir ce que cet enfoiré t'a écrit.

— Vous pensez qu'il... qu'il m'a envoyé une photo de sa bite ?

Tobias retroussa ses lèvres.

— Il a fait ça ?

*Oh mon Dieu...* je sentis une chaleur naître entre mes cuisses lorsque Tobias posa sa main contre la vitre, m'empêchant de partir.

— T'as vu sa bite, Ryth ?

Et encore ce regard.

Celui qui disait qu'il avait à la fois envie de me tuer et de me baiser.

J'avais l'esprit brouillé, luttant contre les effets de l'alcool.

— Et si je te disais oui ?

Mon Dieu je me sentais si puissante à ce moment-là, à les voir affectés. J'avais besoin de ça... de voir ce qu'ils ressentaient pour moi. Parce que la vérité était enfouie sous les mensonges que je me répétais sans cesse. Des mensonges qui prenaient de plus en plus de place plus je passais de temps avec eux. Et je les désirais tout autant.

— Si c'est vrai, je vais le buter, dit Tobias.

Je sursautai.

— Dis-nous la vérité, dit Nick en passant sa main dans ses cheveux avant de serrer le poing. Dis-nous la vérité et on verra ce qu'on fait.

Il avait l'air désespéré, à bout, passant sa langue sur ses lèvres avant de regarder l'écran du téléphone. *Est-ce qu'il ressentait quelque chose pour moi ?* Je retins mon souffle alors que le désir montait en moi.

*Est-ce qu'ils ressentaient tous les deux la même chose que moi ?*

Je pris le téléphone et entrai le code pour le déverrouiller. Tobias recula et lut le message de Gio.

— Il pense que vous allez sortir ensemble ? grogna-t-il en faisant défiler les échanges de messages.

— C'est quoi cette histoire de fête ? Tu comptes y aller, Ryth ? dit-il en me regardant. C'est ça ? Tu penses que tu peux filer en douce pour aller voir ce minable ?

— T'as envie de coucher avec ce mec ? demanda Nick.

— Quoi ? *Non.*

Mais ma réponse ne suffisait pas. Il secoua la tête et se rapprocha de Tobias. Mais il n'était pas aussi sanguin et violent que son frère. Non, Nick était froid et prudent, sa vengeance était calculée.

— T'as l'intention de perdre ta virginité ce soir, sœurette ?

*Bordel*, le son de sa voix. *Sœurette...* ce mot résonnait en moi alors qu'il pressa son corps contre le mien, me poussant plus fort contre la vitrine.

— Parce que si ça te pèse autant...

— T'es à moi... grogna Tobias, les yeux pleins de rage lorsqu'il s'approcha, glissant mon téléphone dans sa poche. T'as compris ? T'es *à moi...*

Le désir monta en flèche mais une infime partie de moi me fit secouer la tête.

— Non.

— Oh si, dit-il en saisissant mon bras. Maintenant monte dans la bagnole, Ryth. On rentre à la maison.

Il me tira vers la voiture de Nick, monta dedans et m'attira sur ses genoux avant de claquer la porte alors que Nick monta derrière le volant et démarra la voiture.

— Attends, criai-je en me débattant. *Tobias, arrête !*

— Calme-toi ou ça va mal se passer, Ryth. Tu ne sais pas de quoi je suis capable.

Il relâcha son emprise pour me maintenir la taille puisqu'on ne pouvait pas mettre la ceinture.

— Essaye de t'enfuir, dit-il en me lançant un regard noir dans la pénombre. *Et tu verras.*

Ses mots étaient un avertissement, et je n'avais pas envie de connaître la suite.

— Rentrons à la maison, Nick, dit Tobias, ses yeux dévorants rivés sur moi. Tout de suite.

# Chapitre Vingt-Trois

## NICK

Je démarrai le moteur et fis crisser les pneus en passant devant la boutique de robes de mariée, direction la maison. Elle voulait avoir un rencard avec ce fichu mec ? Est-ce qu'elle était...

Mon Dieu, mon cœur battait la chamade et cognait dans ma tête. Se concentrer... *se concentrer*.

Mais je posais les yeux sur son beau visage pâle et ses yeux sombres et innocents. Ne savait-elle pas ce que des enfoirés comme *Gio* attendaient d'elle... ? Punaise, si on n'avait pas vu le message... si elle y était allée...

J'imaginais très bien la scène. Elle aurait été bourrée dans cette jolie petite robe noire qui était bien trop sexy, assise sur le bord du lit d'un enfoiré, un gobelet à la main rempli de punch, et la langue du mec en train de fouiller sa gorge.

Sa langue dans sa gorge avant de plonger ailleurs...

— *Nick !* cria Tobias derrière moi.

Je tournai violemment le volant, nous faisant changer de trajectoire, je voyais les phares éblouissants devant moi et pourtant je ne voyais qu'elle.

Je ne voyais qu'elle.

Bordel, je n'avais jamais été comme ça... même pas avec... *punaise, c'était quoi son nom déjà ?*

Natalie. Ouais... j'avais été avec elle pendant plus d'un an et je me souvenais même plus de son nom. Sous le regard éblouissant de Ryth, j'avais tout oublié. Je déglutis en sentant que je me mettais à bander.

— Dis-moi... dis-je d'une voix rauque et suave. Dis-moi ce qu'il représente pour toi, Ryth.

— *Rien !* cria-t-elle. Il ne représente rien !

Je voyais qu'elle était au bord des larmes, les yeux grand ouverts, la marque sur sa joue si rouge, presque luisante.

— Tu l'aimes plus que comme un ami ?

Il fallait que je sache. *Absolument.*

— Non, dit-elle en tournant la tête.

*Pourquoi tourner la tête ?*

— Regarde-moi, lui dis-je, divisant mon attention entre la route que je dévalais à toute vitesse et elle. Ryth... *je t'ai demandé de me regarder.*

Elle me regarda à nouveau, je vis une colère froide dans le fond de ses yeux. Je me souvenais d'elle sortant de la prison, la veille. Elle qui s'était accrochée à moi, qui m'avait fait avoué des choses que je n'avais jamais dites à personne—je jetai un œil vers l'arrière et je la vis sur les genoux de Tobias—même pas à ma propre famille. Mais elle était différente. Elle était... *à moi.*

Ces mots résonnaient en moi alors que je regardais la rue avant de tourner à nouveau les yeux vers elle, puis je répétais la question, cette fois avec un ton froid et menaçant.

— Est-ce que ce mec est plus qu'un ami pour toi ?

— Non.

*Elle a dit non. Bordel, elle a dit non. Mais comment la croire ?* Je fixai la route lorsque mon téléphone se mit à sonner dans les hauts parleurs avec la sonnerie correspondant à celle de Caleb. J'appuyais violemment sur l'écran.

— Quoi ?

— Vous avez intérêt à être en chemin, dit-il d'une voix menaçante.

Je paniquais pendant un instant...

— T'es où putain ? Et pourquoi t'es bourré ? Tu bois jamais.

— On s'en fout de ça, grogna-t-il lorsque quelque chose se brisa en arrière-plan. Ramène ton cul... Razers.

*Razers ?*

— Tu sais très bien que tu as pas le droit d'être là, dis-je d'un ton prudent.

Il éclata de rire.

— Pas le droit non plus de vouloir baiser ma demi-sœur, mais apparemment, j'enfreins toutes les règles ce soir.

Ryth tourna les yeux vers moi. J'entendais derrière lui un homme parler, un videur probablement.

— Sors de là Caleb putain. Tu sais ce que Lazarus a dit la dernière fois. Ne m'oblige pas à te faire du mal.

— Il a pas fait exprès, dit une voix de femme derrière.

L'une des danseuses, j'imaginais.

— *Caleb !* cria-t-elle et mon frère se mit à grommeler.

Je serrais fermement le volant, jetai un œil dans le rétroviseur puis tournai le volant.

— Dis à ce fils de pute que s'il lève la main sur moi, je vais lui faire manger ses dents. *J'arrive.*

Les pneus crissèrent lorsque j'appuyai sur l'accélérateur et Tobias prononça le nom à ne pas prononcer :

— Lazarus.

Je me cramponnai au volant, zig-zaguant à travers les voitures.

— T'en sais rien.

— Ah ouais ? me dit-il avec un regard noir.

Je tournai le volant, prenant la route menant au seul bar en ville appartenant aux Rossi. Ce bar que Caleb avait promis d'éviter... je jetai un œil à Ryth. Visiblement c'était vraiment le chaos ce soir.

Les messages de son téléphone tournaient dans mon esprit. J'appuyai violemment sur la pédale de frein, puis m'enfilai dans l'allée. Ma voiture se mêlait à la pénombre, les phares illuminaient le bâtiment noir caché au fond. Je scrutai le parking en roulant lentement, cherchant des voitures que je connaissais.

Mais il n'y avait pas d'Audi noire, ce qui voulait dire que Freddy n'était pas là. Mais si Caleb était là, j'étais prêt à parier qu'il était dans les parages... à attendre un ordre de Lazarus. *Merde.*

La dernière chose dont j'avais besoin c'était que mon frère au tempérament sanguin en vienne aux mains avec Lazarus... *encore une fois.*

La dernière fois, cela n'avait créé que des menaces qu'ils n'étaient pas capables de tenir l'un comme l'autre. J'avançai sur le parking avant de me garer sur une place et d'ouvrir la portière.

— Reste là, Tobias.

— Frérot.

Cette petite raclure était déjà en train de sortir alors que je claquai ma portière et il me regarda en marmonnant :

— Toi et moi on sait très bien que ça va pas se passer comme ça.

Puis Ryth sortit aussi, la robe remontée d'avoir été assise sur les genoux de Tobias.

— Moi aussi je viens.

— *Hors de question !* dis-je en chœur avec Tobias, ce qui la fit sursauter.

Mais cet air de défi scintillait dans ses yeux.

— Vous voulez que je reste là toute seule ? demanda-t-elle en ouvrant les bras, attirant mon regard sur cette petite robe moulante qui me faisait beaucoup d'effet.

Tobias la dévisageait... tout comme moi.

— Reste avec nous, lui dis-je. T'éloigne pas.

Elle ne dit rien et je me dirigeais vers la porte arrière de ce fichu club. L'insigne rouge et lumineuse du bar clignotait sur le bâtiment noir. Je regardais la couleur de la lumière en espérant que ce ne soit pas de mauvaise augure. Je ne voulais absolument pas qu'on se fasse tirer dessus ce soir. Je m'arrêtai devant la porte et frappai mes phalanges contre la porte en métal, puis j'attendis qu'on vienne ouvrir.

La porte s'ouvrit et un mastodonte nous fit face. Il nous regarda d'un air sérieux, Tobias et moi, puis il posa les yeux sur Ryth. Je serrais les dents, sachant très bien ce qu'il pensait.

— On n'est pas là pour s'amuser, dis-je entre mes dents serrées. C'est notre petite sœur.

Le gros balourd leva un sourcil et il nous laissa passer.

— Il est au fond.

— Évidemment, dis-je en passant devant lui.

Il était encore assez tôt, mais avec les murs peints en noir et les lumières vives de ce club de strip-tease chic, la soirée n'avait pas d'heure. Mais on n'était plus les bienvenus ici.

— Allons le chercher et dégageons d'ici, dis-je en me dirigeant vers le fond du club.

Mais Tobias observait déjà les tables occupées et le bar, puis il se dirigea de l'autre côté du club.

— *T !* criai-je.

Mais il ne répondit pas, il se contenta de foncer tout droit avec son allure de dératé qui allait nous causer des problèmes. Je jetai un œil à Ryth.

— Reste avec moi.

Elle avait les yeux écarquillés, observant la pièce bleu nuit somptueuse ainsi que les danseuses sous les projecteurs alors que j'avançais à vive allure. Je savais ce qu'elle voyait, les seins et les chattes à l'air. Punaise, je voulais pas qu'elle soit là.

Je jetai un œil par-dessus mon épaule, je vis ses grands yeux, sa bouche entrouverte, puis je continuais de regarder droit devant. Je serrais les poings en me dirigeant vers l'arrière. *Tu fais chier, Caleb.*

Je voulais juste que les choses se passent normalement pour une fois, c'était trop demander ? Ou est-ce que tout ce qu'on touchait était voué à être détruit ? Un fracas retentit dans le club. Les clients qui regardaient les danseuses se tournèrent. Je n'avais pas besoin de suivre leur regard pour savoir de quoi il s'agissait.

— *Il est où putain ?* cria Tobias, sa haine surgissant par-dessus le bruit de la musique.

— *Putain !* criai-je en fonçant vers la porte du fond au moment où je fus stoppé par un videur. Il leva la main en faisant non de la tête.

— Laisse-moi passer, je viens chercher Caleb Banks, dis-je.

Mais cet enfoiré ne bougeait pas, il ne baissait même pas la main.

— Peu importe.

— Tu sais qui je suis ? demandai-je en m'approchant.

— Comme je te l'ai dit mec, *peu importe*, dit-il en soutenant mon regard.

Un rugissement retentit de l'autre côté de la porte... *celui de mon frère.* Je regardais le videur et vis un tressautement au coin de ses lèvres. Il savait... *Ce bâtard savait qui on était...*

Je secouai la tête et reculai pour partir mais j'entendis ce bâtard glousser... *je me tournai brusquement et me jetai sur lui.*

Je rentrai les épaules en fonçant droit sur lui, lui assénant un violent coup d'épaule dans le sternum. Le videur tituba en arrière et s'écrasa contre la porte, son gloussement s'étouffa aussitôt alors qu'il glissa au sol.

— Comme je te l'ai dit, dis-je en m'approchant, inspirant profondément alors qu'il avait du mal à respirer, son visage devenant grisâtre. Je voudrais passer.

Il essaya de lever la main alors que je m'apprêtais à ouvrir la porte. *Crac !* Un bruit de meuble cassé surgit dans la pièce. Je me ruais à l'intérieur et vis Caleb, le visage rouge de colère, les yeux pleins de rage, entre les mains d'un enfoiré, avec trois autres mecs autour. L'un d'eux se pencha et donna un coup de poing américain dans les côtes de mon frère.

Il se tordit de douleur, laissant échapper un cri suppliant.

Je voyais rouge.

Je me suis élancé sur les types et en saisis un à la gorge alors qu'il relança son poing dans le ventre de Caleb... il lui donna plusieurs coups à la suite sur tout le corps, puis je pivotais en levant le genou et lui donnais un coup qui mit le mec à terre.

Mon sang bouillonnait.

J'avais le combat dans le sang, toutes mes années d'entraînement refaisaient surface. Je les chopais les uns après les autres lorsque j'entendis un coup de feu retentir dans le club. Caleb arrêta de se défendre et écarquilla les yeux.

— *Tobias ?* cria Caleb lorsque je me rendis compte qu'il n'était plus avec moi.

Je parcourus la pièce du regard mais il n'était pas là.

*Ryth... Ryth non plus n'était pas là... elle était où bordel ?*

# Chapitre Vingt-Quatre

RYTH

— Doucement ma jolie.

Le videur sortit de nulle part et me sépara de Nick qui se jeta tête baissée entre les tables sur un groupe de videurs qui tabassaient Caleb.

— T'as rien à faire là, c'est privé, dit-il en me dévisageant, ses yeux s'attardant un peu plus sur la marque de ma joue, puis il s'avança.

Je secouai la tête, reculant.

— Laissez-moi.

— Pas si vite, dit-il en approchant avant de me saisir par le bras, puis il me tourna pour me forcer à rebrousser chemin.

Je regardais dans la direction de Nick, un cri prisonnier dans ma gorge alors que je le voyais frapper les mecs et les clouer au sol les uns après les autres.

— Une si jolie nana comme toi, dit le videur en me tirant, me faisant passer par la porte pour retourner dans la salle principale du club avant de la refermer derrière nous.

— Lâche-moi ! criai-je en dégageant mon bras. Je me tournais pour regarder les tables d'hommes et les danseuses quasi nues sous leurs yeux.

— T'es perdue ? me demandant un autre videur à ma gauche lorsque j'entendis un énorme fracas provenant de l'arrière du club.

— *Caleb ! Ni...*

Une main couvrit ma bouche, étouffant mon cri.

— C'est la pouffiasse des Banks ? demanda le videur dans mon dos. Je me débattais, ouvrant la bouche aussi grand que possible avant de croquer violemment.

— *Ahhh ! Cette salope m'a mordu !*

Je me débattais avec mes bras et réussis à me dégager de son emprise avant de marcher à reculons.

— Ne... ne vous approchez pas de moi.

Il y avait des hommes assis à des tables à quelques mètres de là, mais ils ne bougèrent pas d'un pouce lorsque les deux colosses me prirent par la taille et me soulevèrent.

— Tu vas payer pour ça, salope de Banks, grommela l'un des deux.

— *Hé !* cria une voix derrière nous.

Le videur se tourna et je vis le feu de haine dans les yeux de Tobias avant qu'il se déchaîne, assénant un violent coup de poing dans le nez du mec. Le colosse tituba en arrière et porta sa main à son nez qui pissait le sang et coulait sur sa bouche.

— Laisse-la tranquille, grogna Tobias.

Mon cœur battait la chamade lorsqu'il avança vers moi et me regarda de ses yeux sauvages, scrutant mon regard.

— Ça va ?

J'acquiesçai, le cœur serré dans la gorge.

Mais ensuite l'autre videur sortit un couteau de sa poche.

— T'aurais pas dû venir Tobias. Maintenant je vais être obligé de ruiner ton joli minois, dit-il en brandissant la lame d'un air menaçant, tout près du visage de Tobias.

— *Non !* criai-je en me jetant sur lui, essayant d'attraper son visage mais l'autre videur me saisit et me souleva.

— *CA SUFFIT !*

Le combat s'arrêta instantanément au son du cri. Les videurs se tournèrent et virent un mec blond avec deux gardes du corps au regard noir, avançant vers nous. Il regarda dans ma direction, fronça les sourcils, puis il regarda Tobias.

— Tu sais bien que tu aurais mieux fait de pas venir là.

— Ouais, c'est pas comme si c'était prévu, dit Tobias en libérant son bras, lançant un regard noir au videur. Je suis venu chercher mon frère et je serai déjà parti depuis longtemps si tes putains de chiens de garde m'avaient laissé tranquille.

Le videur au nez ensanglanté grogna et s'avança.

— Ryth ?

Je me tournai en entendant cette voix, essayant de me dégager de la poigne ferme du videur lorsque je vis Gio derrière les trois mecs.

— Gio ?

Je vis Tobias s'étonner puis il se mit à glousser d'un petit rire menaçant.

— Évidemment. Toi aussi t'es là par hasard, hein, Lazarus ?

*Lazarus ? Comme dans... Lazarus Rossi ?* J'eus un moment de panique.

— Laisse-la partir, James, marmonna Lazarus, et l'enfoiré derrière moi lâcha sa prise.

— Bordel, dit Gio en s'approchant de moi. Qu'est-ce que tu fous là ?

J'ajustais ma robe, la haine montait en moi alors que je fixais Gio.

— Je pourrais te poser la même question.

Il jeta un œil à Tobias en me regardant.

— Je me suis dit que la soirée ne valait pas le coup, alors je suis venu là.

Je jetai un œil à la danseuse la plus proche qui tournait autour d'une barre de pole, écartant ses jambes pour offrir ce spectacle à tout le monde.

— Dans un club de strip-tease ?

— Dans *mon* club, marmonna Lazarus avant de me regarder de ses yeux perçants. Ryth.

Je me concentrais sur ce *connard* avec ses foutus chiens de garde. Quand je le regardais, je ne voyais que le visage contusionné et amoché de mon père. Je le détestais pour avoir fait ça... pour les hommes qu'il avait entre les murs de la prison, ceux qui obéissaient à leurs ordres. Ceux des Rossi. Je fis un pas en avant et l'un des hommes de Lazarus eut envie de venir vers moi mais Lazarus lui fit signe de s'arrêter.

— Je sais ce que t'as fait, murmurai-je, plongeant mon regard haineux dans ses yeux. Ce que t'as fait à ma maison et à mon père.

Il y eut une étincelle explosive dans ses yeux, il me regarda attentivement.

— Ah oui ? Et qu'est-ce qui s'est passé ?

Je sursautai puis regardai le club autour de moi. Il me testait, il voulait voir si j'allais tout déballer devant tout le monde. Il me testait pour voir si j'étais… *stupide*. Je me figeai, mon esprit fusait à vive allure. Je bafouillais, prise à mon propre piège. Est-ce que j'allais faire empirer les choses pour mon père, par ma simple présence ici ?

*Ça va aller, Ry… Je vais sortir d'ici…*

Les mots de mon père résonnaient dans ma tête alors que je fixai les yeux bleu clair de Lazarus Rossi, réfléchissant à ce que j'allais faire. Est-ce que j'étais vraiment sur le point d'aggraver les choses… ?

D'abord l'arrestation de mon père…

Puis l'incendie chez nous…

Est-ce qu'il y avait une fin à tout ça ? *Pas si j'agissais stupidement, c'est certain.* Je déglutis et la haine en moi s'adoucit très légèrement.

— Bravo, murmura Lazarus. On dirait que t'es pas aussi stupide que les gens que tu fréquentes. Y'a peut-être un espoir pour toi, Ryth.

Il regarda Tobias en prononçant ces mots, il n'en fallut pas plus pour que Tobias se jette sur lui.

— Hmm-hmm, dit le colosse tout en muscles à côté de Laz en secouant la tête. On sait tous les deux qu'il vaut mieux pas en arriver là.

Un autre bruit de fracas retentit dans l'arrière du club.

— Tu crois ? Alors pourquoi tu dirais pas à tes hommes de lâcher mon frère, Logan ? demanda Tobias.

Lazarus jeta un œil vers la porte et lui fit signe d'avancer. En un clin d'œil, le grand garde du corps disparut en passant la porte.

Gio s'avança et me toucha le bras.

— Viens, Ryth, on va laisser ces deux-là régler leurs problèmes.

Il essayait de m'éloigner... pour qu'ils puissent faire *quoi* ? Lui faire du mal ? Je secouai la tête et avançai vers Tobias, la voix tremblante.

— Laisse-moi tranquille, Gio.

— C'est pas ce que tu crois, grommela-t-il, ses yeux doux scintillants de désespoir.

— Ah bon ? dit Tobias en s'approchant, si près que je pus sentir sa chaleur contre mon dos. T'as mis le grappin sur Ryth, t'as essayé de la monter contre nous.

Gio se raidit. Mais ce fut Lazarus qui répondit.

— Pas de la monter contre vous... nia-t-il en me regardant. De vous surveiller.

La haine surgit en moi lorsque je sentis Tobias glisser sa main autour de ma taille, montant sur mes seins avant de me serrer contre lui. Ce geste était primitif.

Il disait "elle est *à moi*" et quelque chose en moi hurlait de plaisir.

Gio sursauta, son regard se déplaçant sur la main chaude de Tobias qui me massait les seins. Il lécha ses lèvres puis croisa mon regard.

— Je savais que tu étais un enfoiré sans cœur et sans pitié, mais ça c'est vraiment minable, même pour un type comme toi, grogna Lazarus. C'est une gamine, Tobias.

— Elle fait partie de la *famille*, s'écria Nick en passant la porte.

Il avait la bouche en sang et un œil gonflé et larmoyant.

— Nick ! m'écriai-je en me dégageant de l'emprise possessive de Tobias en me ruant sur lui, posant une main sur son front avant de me tourner vers le gérant de ce fichu club.

— Espèce *d'enfoiré* !

Nick sourit par-dessus mon épaule.

— On dirait qu'elle te porte dans son cœur, Lazarus.

— Va te faire foutre, Nick, grogna Lazarus. Et tes connards de frères aussi.

Je passai la main sur l'arcade sourcilière de Nick et il eut un mouvement de recul. Punaise, j'espère que l'os n'est pas cassé...

— Ryth, dit Lazarus en maintenant le regard noir de Nick. Viens au bar, on va trouver des glaçons pour... *pour Nick*. On pourra parler un peu comme ça.

Cette même lueur de possessivité brillait dans les yeux de Nick.

— Tu veux lui parler, dit Caleb en dégageant son bras du videur avant de se diriger vers la porte. Alors parle-lui devant nous.

On n'allait pas aller chercher de glaçons, ni pour le visage de Nick, ni pour la haine brûlante qui persistait entre les deux clans. Il n'allait pas y avoir de réconciliations. Lazarus le comprit en me regardant. Je vis dans ses yeux une pointe de déception mêlée à... *de la peur*.

Il fit un signe de tête vers Gio.

— Si tu veux me parler, Gio s'en occupera, mais d'ici là... dit-il en regardant Tobias et les autres. Fais gaffe à tes arrières.

— Faire gaffe à ses arrières ? s'écria Tobias alors que Lazarus commençait à s'éloigner. *Faire gaffe à ses arrières, Laz ? Reviens là ! Reviens espèce de bâtard !*

Mon cœur se mit à battre la chamade en l'entendant crier.

La peur m'envahit lorsque je remarquais le reste du club. Tout le monde nous regardait, tous ces enfoirés qui n'avaient pas levé le petit doigt pour moi... toutes les danseuses sur la scène aussi. Elles ne dansaient plus autour de la barre, jusqu'à ce qu'un des hommes de Lazarus crie :

— *Continuez de danser !*

Tobias serra les poings.

Nick fulminait.

Mais Caleb... Caleb me regardait d'un désir tourmenté, il passa sa langue sur ses lèvres en sang et marmonna :

— Allons-nous-en.

Je les suivis tous les trois entre les tables. Caleb saisit une bouteille sur une des tables en passant.

— Hé ! cria le type en se levant brusquement.

— *N'y pense même pas*, cria Lazarus. Laisse-les partir.

Visiblement, tout le monde lui obéissait au doigt et à l'œil. Le type ne broncha pas, on franchit la porte noire qui nous mena dans la pénombre de la nuit, on était tous les quatre blessés et secoués.

Caleb porta la bouteille à ses lèvres et but une gorgée.

— T'es vraiment un enfoiré, tu le sais ça ? dit Tobias alors qu'on avançait vers la voiture.

Caleb regarda dans ma direction et me tendit la bouteille, les yeux fixés sur moi lorsque je bus une gorgée. Je sentis la chaleur descendre en moi, en faisant toussoter.

— Ouais, répondit Caleb, je sais.

Nick boitait en marchant jusqu'à la voiture, mais Caleb glissa son bras sur mes épaules et m'attira contre lui.

— Tu trouves que je suis un enfoiré toi ? demanda-t-il en prenant la bouteille pour boire à nouveau.

— Je ne sais pas quoi penser, dis-je en retenant ma respiration qui devenait glaçante dans le fond de ma gorge, puis Tobias ouvrit la portière côté passager de la Mustang avant de s'installer au volant, laissant la portière ouverte derrière lui pour nous indiquer de monter.

Il démarra le moteur.

— Peut-être que je peux te faire changer d'avis, alors ? demanda Caleb en me tendant la bouteille, puis il s'avança et je le suivis.

Je pris une autre gorgée, essayant d'arrêter les tremblements de mes mains, puis je suivis Tobias dans la voiture.

— La prochaine fois que tu veux rejoindre ton petit ami, Ryth, dis-le putain.

Il avala un peu de Scotch alors que nous sortions du parking puis Nick accéléra subitement.

— J'ai besoin d'un verre, dit Nick en grimaçant.

Je le vis passer sa langue sur ses lèvres dans le rétroviseur. Mais c'était les mots de Tobias qui me troublaient. Je voulus lui prendre la bouteille des main mais il but à nouveau une gorgée.

— Pour la dernière fois, c'est pas mon petit ami bordel.

— Ah ouais ? dit-il en s'approchant de mon visage, me parlant tout près. Il faudrait peut-être lui dire alors.

Mon cœur battait la chamade ; je lui passais la bouteille. J'avais les nerfs à vif et le Scotch se mélangeait au mauvais champagne. Mais tout cela m'était égal maintenant... j'en avais assez de jouer à ces jeux stupides.

Je me penchai vers lui et inclinai la tête pour l'embrasser.

Il se raidit contre moi. Le goût de la haine sur ses lèvres était délicieux... puis il réprima un grognement. Il passa sa main dans mes cheveux, les empoignant jusqu'à ce que mon cuir chevelu me brûle, puis il se pressa son corps contre le mien.

*C'est pas mon petit ami.*

Mes propres mots résonnaient dans ma tête alors que le baiser devenait plus profond.

*Pas mon petit ami.*

Parce qu'en vérité... c'était Tobias que je voulais...

*Je les voulais tous les trois.*

J'ouvris la bouche comme si j'étais affamée. Une pointe subite de désir alluma le feu en moi puis il rompit le baiser et se retira.

Il me détestait.

Je le voyais dans ses yeux.

Il détestait que j'aie élu domicile chez eux et que je détruise sa famille. Mais il me désirait encore plus. Cette contradiction le déchirait... *et moi aussi, je le désirais.*

Il baissa les yeux sur ma robe, puis glissa une main entre mes cuisses, faisant remonter ma robe.

Il était doux mais troublé ; je croisai son regard.

— Qu'est-ce que tu fais ?

La réponse était simple... je lui rendais la monnaie de sa pièce.

*J'allais le rendre dingue...*

# Chapitre Vingt-Cinq

## TOBIAS

*NON... FAIS PAS ÇA,* DISAIT UNE PETITE VOIX DANS LE FOND de mon esprit lorsqu'elle approcha son visage du mien et m'embrassa sur la banquette arrière. J'empoignai ses cheveux en dévorant sa bouche. Je voulais qu'elle gémisse, qu'elle couine. Je voulais la voir pleine de bleus et à bout de souffle sous mon corps...

*Mais était-ce bien pour elle ?*

Je rompis le baiser en la repoussant vers la fenêtre.

Elle me regardait, le désir plein les yeux. Les lampadaires éclairaient son visage par à-coups alors que nous roulions vers la maison. Je baissai les yeux, mes mains se déplacèrent sans que je puisse réfléchir et je remontai sa robe jusqu'à ce que je voie sa petite culotte blanche... mais cette fois, elle était en dentelle. De la dentelle blanche, presque transparente... suffisamment pour que je voie sa chatte.

— Je peux pas m'arrêter, dis-je en levant sa robe plus haut. Et j'en ai pas envie, dis-je en la regardant dans les yeux. Qu'est-ce que tu fais, sœurette ?

Caleb se retourna pour nous regarder derrière le bord du siège, Nick ajusta le rétroviseur vers le bas en appuyant sur l'accélérateur. Elle leva un genou et glissa sur le côté.

— Je fais exactement ce que vous me faites... *tous les trois.*

Je secouai la tête en m'éloignant un peu.

— C'est malsain, dis-je d'une voix rauque, mais mes yeux étaient rivés sur son corps, sur la marque sur sa joue, sur ses seins parfaits, sa chatte.

— Accélère, Nick, dit Caleb.

La voiture prit un virage brutalement.

— A ton avis je fais quoi là ?

Le désir dangereux qui vivait en moi se dissipait, se transformait en quelque chose d'autre, qui criait à l'urgence et au désespoir. Quelque chose qui me faisait un peu trop réfléchir. Je secouai la tête, essayant de chasser mes démons, mais je ne voyais que *lui,* ce connard de Gio. Ma queue palpitait, je me souvenais comme il l'avait regardée. Comme s'il... *voulait la sauver.*

Elle méritait quelqu'un comme lui.

Quelqu'un de bien.

D'honnête.

Quelqu'un qui n'allait pas la détruire pour le reste de sa vie. Parce que quand je voyais sa gueule d'ange et que je sentais ce doux parfum *Pure,* c'était exactement ce que j'avais envie de faire.

J'avais envie de la détruire.

Qu'elle soit ma possession.

— Je l'aurais laissé faire, murmura-t-elle.

Je tournai les yeux vers elle, alors que Nick laissa échapper un *"putain"*.

— Tu quoi ? demandai-je d'un ton sans émotion.

Elle me regardait comme si elle savait à quoi je pensais, comme si elle avait vu le changement d'humeur en moi. *Comme si elle pouvait sentir ma peur.*

— J'aurais laissé Gio m'embrasser.

La voiture tourna brusquement et Nick freina d'un coup avant de se ranger sur le bord de la route, devant des lampadaires éclairant faiblement la pénombre.

— *Putain de connard,* dit Nick en se cramponnant au volant, j'y retourne, je vais lui arracher la teub à cet enfoiré.

Mais je ne voyais que la lueur au fond des yeux de Ryth alors que je répétai :

— Tu l'aurais laissé t'embrasser ?

Elle acquiesça lentement. Mais je voyais qu'elle mentait. Tout ça n'était qu'un putain de mensonge, elle voulait me pousser à bout... *et ça fonctionnait.*

— On rente, Nick, lui dis-je. Si notre petite sœur tient tant à se faire embrasser, je suis sûr qu'on peut y remédier.

Il sembla comprendre et se mit à accélérer pour reprendre la route baignant dans la lumière faiblarde des lampadaires. Puis il manœuvra la voiture dans l'allée et appuya sur le bouton pour que le portail se ferme derrière nous.

Mon père ne serait pas là ce soir, ni sa mère.

On serait tout seuls... toute la nuit.

La voiture s'arrêta brusquement. Je sortis en même temps que Caleb mais je restais figé, la regardant sans l'aider, elle sortit en se tordant comme un vers sur le siège, j'aperçus sa chatte et réprimai le désir envahissant de la prendre tout de suite et maintenant.

La portière conducteur claqua violemment. Nick vint rapidement près de moi et regarda Ryth sortir de la voiture, puis il s'arrêta, incapable de me faire avancer.

— T ? me dit-il.

La maison venait d'être éclairée. Je n'avais même pas vu Caleb partir.

— Entre, Ryth, dis-je en me décalant. Tout de suite.

Elle se précipita vers la maison, les talons claquant dans l'allée, me donnant l'envie de la prendre tout de suite sur le sol. *Merde, je me sentais comme une bête face à elle.* Peut-être que c'était ce que j'étais maintenant ? D'abord ma mère, puis Lazarus, et maintenant Ryth et ce fichu mariage.

*Une bête... enragée d'émotions.*

Je passai une main dans mes cheveux en regardant la rue par-dessus mon épaule. Je ne savais pas ce que je pensais y trouver, Lazarus ou Freddy dans leur Audi, car ça aurait pu être un moyen de détourner ma colère. Mais il n'y avait personne. La rue était calme comme d'habitude. Il n'y avait qu'elle sur mon chemin.

Je marchais derrière elle puis j'entrai dans la maison en verrouillant la porte derrière moi.

J'entendis des pas doux dans l'escalier, puis ils disparurent dans le couloir de l'étage. Nick murmura quelque chose, puis il y eut un silence et j'entendis un gémissement féminin. Je montai les escaliers. Ryth n'était pas comme les autres filles. Elle était innocente, de la famille ; *elle était à moi.*

*À nous...*

J'avais vu comme mes frères la regardaient, et comme elle les regardaient. J'accélérai le pas, montant les marches deux à deux et je m'arrêtai à notre étage. Les mains de Nick étaient dans ses cheveux, sa bouche sur la sienne. *Mon frère.* Je me mordis la lèvre lorsque Caleb sortit de sa chambre, torse-nu, une bouteille de whisky à la main.

Je le regardai et vis ses yeux noirs rivés sur elle.

— Ça va ?

Il était bourré... et affamé. Je ne l'avais jamais vu dans un tel état. Je jetai un œil à ma future demi-sœur, elle faisait glisser ses mains le long des bras de Nick en l'embrassant et je compris alors que quand il s'agissait d'elle, nous étions tous les trois incontrôlables.

*Et je l'acceptais.*

— Amène-la dans la chambre Nick, lui dis-je.

La haine, la peine et le désir me lacéraient comme une tempête, déchirant tout sur leur passage lorsque Nick la saisit par la taille pour la porter dans ma chambre.

Caleb entra et je le suivis. Ryth poussa un gémissement. Peu importe ce que la bouche de Nick lui faisait, ça l'excitait. Ça m'excitait aussi terriblement, un désir qui me lançait jusque dans le gland. Je n'avais pas besoin de prendre ma queue en main pour savoir que je bandais à mort alors qu'on entrait tous dans ma chambre.

Nick gémissait dans sa bouche, sa main glissait entre ses jambes, ses doigts caressaient sa chatte alors qu'il la déposait sur le lit. Cette robe... cette fichue robe était rabattue sur sa taille.

Caleb vint à côté de moi, les yeux rivés sur Nick qui rompit le baiser pour descendre plus bas, tirant sur la culotte en dentelle avec ses dents pour révéler sa chatte et commencer à la dévorer.

— T'aurais laissé ce connard de Gio t'embrasser ? demandai-je en m'avançant, faisant le tour du lit alors qu'elle gémissait.

Mais elle n'allait pas éviter ma question aussi facilement. Mes pensées fusaient, je me cramponnais à la brûlure de la haine en me penchant au-dessus d'elle pour empoigner ses cheveux. Puis je lui tirai la tête en arrière en plongeant dans ses yeux.

— *Réponds-moi.*

La panique remplit ses yeux, avalée par la lente et agréable torture de la bouche de mon frère qui lui lapait le sexe.

— O-oui, murmura-t-elle.

*Mensonge...*

Ce mot fut comme une claque. Elle mentait. Ma queue palpitait et se gonflait de sang ; je voulais me venger. Je tirai sur ses cheveux assez fort pour que ses yeux s'agrandissent.

— Tu l'aurais laissé poser sa bouche sur toi.

Je lançai un regard à Nick, je voyais sa langue plonger dans sa chatte à côté de l'élastique de sa culotte. Elle soulevait ses hanches, cambrait son dos et écartait les jambes pour lui. Pour sa bouche et ses doigts. Ma tête cognait violemment lorsque je vis son regard brillant.

— Tu aurais laissé ce bâtard plonger sa langue en toi ?

Nick plongea plus profondément puis se mit à sucer son clito. Ses paupières battaient, sa peau devenait pâle. Pourtant elle continuait à lutter pour respirer, ma petite souris.

— Oui... oui, je l'aurais laissé plonger sa langue en moi.

Nick releva la tête, les lèvres luisantes. Il adorait ça, même moi je le voyais. Je jetai un œil à Caleb qui avait toujours les yeux rivés sur elle. Elle était prise au piège. Je me demandais si elle savait à quel point il n'y avait plus de retour en arrière possible.

— T... dit Nick en attrapant le bord de sa culotte alors qu'elle soulevait ses hanches du lit.

Je regardais Caleb puis la bouteille dans ses mains. Il s'avança et me tendit la bouteille.

— C'est ce que tu veux, hein, Ryth ? demanda-t-il en la regardant à nouveau.

Je pris la bouteille et avalai une longue gorgée en regardant sa culotte glisser le long de ses jambes avant d'être jetée sur le sol de ma chambre. *Je vais en faire la collection.* Cette idée sortit de nulle part. Une collection de ses petites culottes. La bête en moi rugissait de plaisir.

Nick se leva et roula à côté d'elle pour défaire sa fermeture éclair. Puis elle fut enlevée sous les grosses mains de mon frère, il ne lui restait plus que son soutif blanc et ses talons.

Elle tendit la main pour avoir la bouteille et se mouvement réveilla quelque chose en moi. Je compris lorsque le goulot atteignit sa bouche.

— Tu bois pour te donner du courage, ma petite souris ?

La déception grondait dans ses yeux lorsque je lui pris la bouteille des mains avant d'en boire à mon tour. Nick passa une main sur son corps jusque dans son dos pour dégrafer son soutien-gorge et le lui enlever. Cette petite salope ouvrit la bouche lorsque je m'approchai, comme si elle savait exactement ce que j'allais faire...

*Je lui crachai dans la bouche.*

Le Scotch remplit sa bouche, un peu de liquide coula sur ses joues. Nick approcha pour lécher ce qui coulait sur sa peau.

— Encore ? demandai-je lorsqu'elle avala, puis elle acquiesça.

Je levai la bouteille et pris une plus petite gorgée, me penchant à nouveau au-dessus d'elle avant de l'embrasser fougueusement. La brûlure nous consommait tous les deux, engourdissant nos lèvres, anéantissant nos bouches. Je vis un mouvement dans le coin de mon œil, Caleb glissa une main entre ses jambes pour écarter ses cuisses.

— Baise-la, T, me dit Nick.

— Fais-le, dit Caleb en faisant glisser un doigt sur sa fente avant de le plonger en elle, pile à l'endroit où je voulais être.

— J'ai envie de voir son regard quand elle va goûter à la bite pour la première fois.

— Ce sera pas la dernière, dit Nick en baissant la fermeture éclair de son jean.

— Tu as dit que j'avais jusqu'au mariage, murmura-t-elle, le visage rougit par les effets de l'alcool.

Je me penchai au-dessus d'elle en la regardant droit dans les yeux pour être sûr qu'elle comprenne ce qui allait se passer.

— Tu veux que j'arrête, petite souris ?

Silence... silence alors qu'elle scrutait mon regard et moi le sien. *Dis-moi... dis-moi de m'arrêter et je le ferai... je te jure, je le ferai.*

Mon cœur battait la chamade, mon monde était sur le point de basculer.

Ce moment était suspendu dans le temps.

Un autre espace-temps.

Un autre univers.

Où nous étions que tous les quatre.

Le doigt de Caleb dans sa chatte.

Nick sortant son téléphone pour enregistrer.

— Baise-la, T., ou c'est moi qui m'en charge, frérot.

— Dis-moi, Ryth, lui dis-je, incapable d'attendre une seconde de plus. Dis-moi ce que tu veux que je fasse...

# Chapitre Vingt-Six

## RYTH

— Dis-moi, Ryth, dit Tobias. Dis-moi ce que tu veux que je fasse.

*Ce sont mes frères.* C'est tout ce à quoi je pouvais penser avec le Scotch qui brouillait mes pensées. J'ouvris la bouche pour dire *non...* mais Tobias ouvrit le bouton de son jean et baissa la fermeture éclair.

Il me détestait, putain, *il me détestait.*

Mais il me voulait tout autant... *probablement même plus que moi.*

— Fais-le, dis-je en chuchotant. Je veux te sentir en moi.

— Putain... murmura Nick, que je vis se déplacer dans le coin de mon œil.

Je sentais encore sa langue en moi, je sentais encore mon corps gonflé et sensible de l'effet de sa bouche. Il tendait la main, il tenait quelque chose. Mais je m'en fichais à ce moment-là. L'alcool brûlait tout sur son passage, chaque peur, chaque pensée. Il ne s'agissait que d'eux à ce moment-là et de ce désir que je ne pouvais plus cacher... plus maintenant.

Tobias saisit la bouteille et enleva ses bottes avant d'enlever brutalement sa chemise. C'était agréable d'être nue devant eux, à nu devant leurs regards. Ma chatte avait hâte de recevoir leurs doigts effrontés.

Je posai les yeux sur le *salaud* qui avait fait de ma vie un enfer dès mon arrivée.

— J'aurais aussi laissé Gio me baiser, dis-je dans un murmure.

Tobias se figea, ses yeux sont devenus plus froids et plus dangereux puis il sourit. Je pris la bouteille des mains de Tobias et je bus une autre gorgée, puis je la tendis à Caleb alors qu'il tournicotait vers le bas du lit, toujours en train de regarder ma chatte.

J'ouvris les cuisses plus grand et commençai à me caresser, puis je glissai un doigt en moi.

— Je parie qu'il aurait été doué, qu'il aurait été attentif à mon plaisir.

Dans un grognement, Tobias se jeta sur moi, me saisit la cheville et me tira jusqu'au bord du lit.

— C'est vrai ? dit-il d'une voix gutturale et dangereuse.

J'essayais de me redresser puis je lui donnai un coup de pied en essayant de me retourner. Mais il bondit sur moi, me saisit par la taille et dans un rugissement sauvage, me retourna sur le dos. Il était entre mes cuisses et pressait déjà son énorme sexe contre moi. La panique me traversa pendant un instant et j'ai dit :

— Préservatif.

— Pas de capote, grogna Tobias. Pas pour toi, petite souris. Je te baise sans rien, dit-il avant de s'arrêter une seconde, cette lueur de haine s'estompant alors qu'il rencontrait mon regard. Ça va faire mal, d'accord ?

— Fais-le, dis-je en fermant les yeux. Qu'on en finisse avec ça.

J'attendis, le corps tremblant, mais il ne se passa rien.

— Ouvre les yeux, Ryth, demanda Tobias. Ouvre les yeux et regarde-moi.

Mes respirations haletantes étaient tout ce que j'entendais alors que je faisais ce qu'il me disait, que j'ouvris les yeux pour le regarder.

Il baissa les yeux avant de donner un coup de rein, dur et brutal. Le feu me parcourut sous sa puissance, il me consumait, s'enfonçait, des respirations de panique ricochaient dans ma poitrine.

À travers le flou de l'alcool, je vis Caleb là, nu et debout au-dessus de moi, ses doigts dans mes cheveux, sa voix dans mes oreilles.

— C'est ça, princesse, dit-il près de moi. Une gentille fille. *Respire...*

Tobias se retira, puis replongea, mais cette fois plus profondément.

— Putain, elle est serrée, dit-il en grognant, donnant un nouveau coup de rein.

— Tellement serrée, putain.

Caleb tourna ma tête vers lui. Il se tenait là, sa bite nue énorme et dure en face de moi. J'ouvris la bouche alors que l'invasion de Tobias venait une fois de plus, me faisant fermer les yeux très fort et crier.

— Calme-toi, dit Tobias, ses coups devinrent plus lents maintenant, s'enfonçant toujours plus profondément en moi.

— C'est son sang ? dit Nick à côté de moi.

— Ouais.

Je me mis à regarder soudainement vers le bas en entendant ça mais la douleur diminuait déjà, à sa place surgissait ce désir qui avait attendu sous la surface, celui qui se fichait que ce soit mon nouveau frère qui me baise.

— Ça va, princesse ? demanda Caleb, son visage devint flou quand je hochai la tête. Gentille fille, maintenant ouvre ta jolie bouche.

Je fis ce qu'il demandait, je passai ma langue sur mes lèvres sèches juste avant qu'il y glisse son gland. Ces yeux sombres étaient rivés sur moi, brillants, alors que les coups impitoyables de Tobias secouaient mon corps contre le lit.

— Retire-toi, Tobias, grogna Caleb au-dessus de moi.

Nick s'approcha, le téléphone dans la main, incliné vers le bas entre mes jambes.

— Retire-toi, putain, T.

— *Non.*

— *T, arrête, maintenant !* cria Caleb en enfonçant sa bite plus profondément dans ma bouche. Je ne pouvais pas respirer, mes lèvres étaient si écartées, tout comme ma chatte, alors que Tobias s'enfonçait plus profondément.

*Il me baisait.*

C'était ce que ça faisait d'être possédée... d'être un objet... *de n'être que plaisir.* Plaisir. Le mot résonnait dans ma tête alors que la chaleur se rassemblait entre mes cuisses. Une chaleur délicieuse, palpitante, qui augmentait à chaque coup. Jusqu'à ce que Tobias pousse un grognement en s'enfonçant bien au fond, marquant une pause ; et je sentis sa chaleur se répandre en moi.

— Putain, dit Caleb en se retirant de ma bouche.

Je pris une grande inspiration, puis je baissai les yeux vers Tobias qui me regardait en retirant lentement sa bite de mon corps.

Mais il n'y avait plus de peur dans ses yeux maintenant.

Ils formaient des puits sombres d'obsession, sans fond, alors qu'il contemplait ce qu'il avait fait.

Je mis la main entre mes jambes, mes doigts trouvèrent une chaleur gluante. Il a joui en moi. *Oh merde... il a joui en moi.*

Tobias s'éloigna, la marque brillante de mon sang sur sa bite. Il saisit sa queue et estompa la tache avec sa main.

— Si Gio s'approche de toi maintenant, je le tue. Tu comprends ça ? Tu nous appartiens maintenant. Tu... es... *à moi.*

— Putain, tu as joui en elle, cria Nick, s'avançant pour frapper Tobias à l'épaule. *T'es fou bordel, T. !*

Mais Tobias souriait, comme si c'était son plan depuis le début.

— Elle n'a pas joui, dit Tobias en croisant le regard de Nick. Tu vas la laisser frustrée, frérot ?

— Espèce de salaud, dit Nick en secouant la tête, puis il se tourna vers moi, le téléphone toujours dans sa main alors que son regard se dirigeait à nouveau vers ma chatte.

— C'est bien ce que je pensais, dit Tobias dans son dos alors que Nick s'avançait et levait les yeux vers moi.

— Tu veux que je... demanda Nick en regardant mes doigts.

Je glissai mes doigts profondément en moi et je fermai les yeux. J'avais envie... *j'avais envie.*

— Nick, chuchotai-je.

— Oui, princesse ? Il s'approcha encore plus, sa voix était rauque. Je suis là.

Ses doigts remplacèrent les miens. J'ouvris les yeux, flottant alors qu'il pressait son corps entre mes cuisses. Je fus perdue quand sa bite glissa en moi. Je me tordais et gémissais, puis je baissais les yeux pour le regarder. Il regardait vers le bas, inclinant son téléphone alors qu'il remplissait mon sexe. Mes jambes s'ouvrirent encore plus. Je ne pouvais pas le prendre... Je ne pouvais pas... le prendre tout entier.

Je levai la tête, je le vis... s'enfoncer plus profondément, glissant dans le sperme que Tobias avait laissé en moi, sa bite rouge allant jusqu'au fond.

— Putain, t'es bonne, gémit Nick. Putain, Ryth, t'es si bonne.

Je le regardais se retirer, sa tige luisant, avant de la réintroduire. Je criais en me cambrant alors que cette délicieuse vague d'euphorie me frappait.

— C'est bien, princesse, m'encouragea Caleb alors que mon corps bougeait de son propre gré, perdant le contrôle, attisant les flammes. Baise-le.

La vue de Nick glissant à l'intérieur de moi, le sperme scintillant de Tobias, et la voix rauque de Caleb dans ma tête me poussèrent plus haut que jamais auparavant. Des bruits de mouille remplirent mes oreilles.

— Ouvre les yeux, regarde-le quand tu jouis, princesse, me dit Caleb.

Il s'emparait de moi, me contrôlait, me *dominait...* souverain de chacun de mes mouvements. J'étais incapable de l'arrêter, j'ouvris les yeux pour regarder Nick, ne réalisant même pas que je les avais fermés. Ses mains agrippaient mes hanches et ce regard de désir primitif, plus désespéré que jamais, me fit basculer. Mon corps trembla avant de se crisper, de *se crisper encore...* avant d'exploser.

Le pouce de Caleb caressa ma joue, m'incitant à tourner la tête. Je fis ce qu'il voulait et j'ouvris la bouche. Il était trop tard pour les combattre, même si je l'avais voulu. Ma bouche s'agrandit, je ressentis cette brûlure familière alors qu'il glissait sa bite dans ma bouche, l'enfonçant lentement, baissant les yeux pour rencontrer mon regard.

— Une si bonne petite souris, dit-il en caressant ma joue en plongeant entre mes lèvres. La panique s'empara de moi quand mes lèvres se mirent à le sucer, il souriait doucement. On va tellement s'amuser avec toi.

# Chapitre Vingt-Sept

## TOBIAS

Son petit corps se crispa lorsque Caleb s'enfonça dans sa bouche, et Nick se retira de sa chatte, dirigeant son téléphone vers le bas pour suivre le mouvement. Il aimait regarder, je pariais qu'il allait visionner cette soirée encore et encore. Bordel, l'image d'elle allongée là, sa chatte dégoulinante, sa bouche grande ouverte, prenant autant de mon frère qu'elle le pouvait. *C'était mon fantasme le plus profond qui prenait vie.*

*Je n'avais juste jamais imaginé que ce serait avec notre petite sœur. C'est peut-être pour ça que c'était si bon.*

— T'es à *nous*, dis-je d'une voix rauque. Tu comprends ça, Ryth ?

Elle gémit quand Caleb saisit doucement sa tête, s'enfonçant plus profondément. Son cul se contractait et sa grosse bite étirait sa bouche jusqu'à ce qu'elle s'étouffe et toussote.

— À nous, murmura Caleb, ses couilles se crispant alors qu'il la pilonnait plus fort, puis il s'arrêta, basculant la tête en arrière alors qu'il descendait dans sa gorge. *Entièrement à nous.*

Elle se tordait, puis prit de grandes inspirations lorsqu'il se retira et caressa ses cheveux.

— Tu es si douée, princesse. *Vraiment...* douée.

Sa poitrine se soulevait de respirations saccadées et ses seins tremblaient après ce qu'on venait de lui faire. Deux d'entre nous... pour sa première nuit.

— Je vais m'occuper d'elle.

Caleb jeta un coup d'œil dans ma direction, surpris.

— Tu es sûr ?

Je ne répondis pas, je contournai le lit et m'agenouillai à côté d'elle.

— Ouais, dis-je en me glissant à côté d'elle, la tirant vers moi. Elle résista d'abord un peu, me repoussant de sa main. Peut-être que c'était parce que j'étais un putain de connard. Je ne voulais pas l'être. Mais elle avait réveillé quelque chose en moi, me poussant à être cette putain de bête.

— Doucement, murmurai-je, mes mouvements étaient lents, mes doigts glissant sur ses hanches, l'attirant contre moi.

Des souvenirs surgirent dans mon esprit lorsque Ryth cessa de lutter et leva les yeux vers moi. Je n'ai pas toujours été comme ça, je n'étais pas si dur... ni méchant.

— Je ne vais pas te faire de mal, dis-je prudemment en la rapprochant.

Ses seins étaient pressés contre moi. Cette chaleur était divine. Presque aussi agréable que la haine. Je fermai les yeux et penchai la tête, blottissant mon visage dans son cou, je respirais ce parfum de vanille.

— Je suis là, petite souris, chuchotai-je à son oreille.

Et dans les échos de mon esprit, je me souvins avoir dit à ma mère que je m'occuperai d'elle aussi.

Tous ces mois où j'avais lavé son visage et brossé ses cheveux.

Toutes ces nuits où je m'étais assis près d'elle à lui tenir la main alors qu'elle réalisait que c'était bien réel, que ça arrivait vraiment, qu'elle était en train de mourir et qu'il n'y avait rien à faire pour éviter ça.

Ryth se détendit, glissant son bras autour de ma taille.

— Tobias...

— Chut... dis-je en tournant la tête avant de l'embrasser. Tout va bien se passer maintenant, tu dois juste te laisser aller...

Elle ferma les yeux, me laissant embrasser le long de son cou et prendre sa bouche, et après un moment, elle s'endormit. Je regardais Nick, qui venait de baisser son foutu téléphone, et je le regardais fixement, laissant l'avertissement s'imprégner dans mon regard. *Montre ça à quelqu'un d'autre et je te tue, famille ou pas.* Elle était notre secret et il n'y avait rien que je ne ferais pas pour le protéger.

Il hocha la tête, remettant son téléphone dans sa poche alors que des ronflements lents et doux provenaient de la femme dans mes bras. Nick fut intrigué par ses bruits. Je plaquais ma main contre son dos, l'attirant plus près de moi. C'était un geste possessif, même pour mes frères. Mais je m'en fichais. Je baissais les yeux, découvrant la tache de naissance sur sa joue, et je sentis quelque chose en moi changer.

Je me penchais, effleurant de mes lèvres cette marque qu'elle détestait tant. Mais je ne la détestais pas... en fait, je ressentais des émotions mêlées. Je français les sourcils en faisant glisser mon doigt dessus, puis je regardais ma main et sa cicatrice. J'inclinai ma paume et glissai à nouveau mes doigts contre le contour de la cicatrice.

*Bon sang...*

— T, murmura Nick.

Mais je ne pouvais pas détourner le regard. J'étais fasciné par la marque qui n'était pas qu'une tache rougeâtre, mais *le contour exact de mes doigts*. La même largeur, le même creux sur mon majeur, là où je l'avais cassé sur la joue d'un connard.

Je me focalisais sur ses yeux fermés. Elle avait été faite pour moi. Même si elle ne le savait pas... elle finirait par comprendre. Je n'avais jamais ressenti ça pour quelqu'un, je n'avais jamais *voulu* le ressentir. Pas après la mort de ma mère... et pas après de la bagarre avec Lazarus Rossi.

L'autre bâtard qui semblait s'intéresser à elle.

Je devais la garder loin de lui... de lui et de ce connard de Gio.

— Nick, tu peux trouver où vit ce putain de Gio ? demandai-je, en la regardant fixement dans mes bras.

— Je peux me renseigner.

Je hochai la tête en la berçant doucement.

— Bien. Je sens qu'on va le revoir sous peu.

Caleb se pencha, attrapa la couverture qui avait été poussée au fond du lit, et la fit glisser sur nous. Ryth laissa échapper un doux murmure et se rapprocha de moi. Mes frères la regardèrent pendant une seconde, puis moi, avec un dangereux savoir brûlant dans leurs yeux.

Nous ne pouvions pas la laisser partir.

Même si on le voulait.

*Plus jamais.*

— Des fringues, dis-je en jetant un œil vers la commode.

La dernière chose que je voulais, c'était qu'elle se réveille nue dans son propre lit. Ça la ferait paniquer. Nick ouvrit le tiroir d'un coup sec, puis il se figea et jeta un coup d'œil par-dessus son épaule à la jeune fille encore endormie dans mes bras, puis il continua, plus silencieux cette fois.

Notre petite souris avait besoin de dormir et de réfléchir. J'espérais qu'elle ne panique pas. Je la regardai, et aussi doucement que possible, je glissai ma main sous son cou et ramenai sa tête sur l'oreiller.

— Est-ce que tu veux que je... dit Nick en tendant un de mes t-shirts et un de mes boxers.

— C'est bon, répondit Caleb à ma place.

Je croisai son regard et tout à coup, je fus projeté loin de ce moment et nous étions de retour là-bas, dans cette pièce en bas près du sous-sol. La pièce où nous n'allions jamais maintenant. La pièce qui servait autrefois de chambre d'hôpital.

Nick regarda Caleb puis moi et se figea.

— Vas-y, frérot.

Caleb s'approcha et retira doucement la couverture de son corps.

Nick sembla comprendre et me tendit le caleçon. On agit tous les trois en silence. C'était le genre d'attention qu'ils n'avaient pas su donner à notre mère, le genre d'attention auquel ils avaient tourné le dos, mais maintenant... maintenant ils étaient là. Je fis glisser un de ses pieds parfaits à travers le trou de mon boxer, faisant glisser la ceinture élastique le long de ses jambes puis sur ses cuisses.

Sa chatte brillait, un peu de mon sperme, un peu de son propre désir. Je fis glisser le caleçon plus haut, doucement sur ses hanches, et l'ajustai autour de sa taille.

Il était trop grand, beaucoup trop grand, il bâillait autour de ses hanches, mais ce spectacle me donnait l'impression d'être en apesanteur, comme si le fardeau que je portais depuis quelques mois s'était un peu allégé. *Elle* l'allégeait un peu.

Nick me tendit ma chemise préférée, son regard croisa le mien avant qu'il détourne les yeux. Je le saisis, glissai mes mains par le cou avant de l'enfiler sur sa tête. Elle marmonna quand je lui enfilai et ses paupières papillonnèrent, puis ses lèvres s'entrouvrirent et j'entendis un petit ronflement mignon.

J'agis par impulsion, en me penchant pour l'embrasser comme si c'était la chose la plus naturelle du monde avant de me figer. Ce n'était pas moi. Je n'habillais pas mes copines, et je ne les embrassais certainement pas pendant qu'elles dormaient, à moitié inquiet de les réveiller.

Je naviguais en territoire inconnu.

*Vraiment inconnu.* Je glissai doucement son bras dans la manche de ma chemise, ravi que Caleb m'aide pour l'autre bras.

— Tu veux que je la porte dans sa chambre ? demanda-t-il.

Je secouai la tête.

— Non, je m'en occupe.

Mes deux frères me regardaient pendant que je me penchais, glissais un bras sous ses genoux et l'autre autour de ses omoplates avant de la soulever. Nick ouvrit la porte, s'assurant que la maison était toujours vide, et je la portais doucement dans sa chambre.

Je détestais la laisser, une partie de moi voulait qu'elle reste dans la chaleur et la familiarité de mon lit. Mais ça serait sûrement trop, surtout quand elle se réveillera, et je ne voulais absolument pas qu'elle regrette ce qui s'était passé.

*Ma petite souris...*

Mes mots se répétaient dans ma tête alors que je la portais dans sa chambre et la plaçais sur son lit. Nick rabattit la couverture sur elle et étrangement, je jetai un coup d'œil à l'espace vide au pied de son lit, un espace qui avait été autrefois encombré par les machines qui avaient maintenu ma mère en vie jusqu'à la fin. Des machines que j'avais détestées et dont je n'arrivais pourtant pas à me débarrasser. Des machines qui avaient pris possession de cette pièce, un rappel constant de ce que j'avais perdu. *Ce que nous avions tous perdu.*

Mais cette pièce ne ressemblait plus à ça aujourd'hui. Elle était maintenant remplie d'une odeur de vanille et encombrée d'un bureau en désordre et d'une horrible peluche Hello Kitty posée dans un coin.

Elle marmonna pendant que je me redressais. Nick se pencha et déposa un baiser sur ses lèvres.

Ce geste fit trembler mon cœur.

*Une sensation familière.*

Mon Dieu oui, c'était ça.

*La famille...*

# Chapitre Vingt-Huit

## RYTH

Je sortis de ma torpeur, ma respiration était lente... un ronflement resta prisonnier au fond de ma gorge lorsque j'ouvris les yeux.

Je clignai des yeux et me tournai dans le lit puis gémis en sentant la migraine lancinante qui s'abattait sur moi.

Qu'est-ce qui s'est passé... ? J'avais un goût amer et étrange dans la bouche. Les coins de ma bouche un peu à vif lorsque je passai la langue dessus. Je me tournai dans le lit, essayant de me souvenir.

Une douleur tambourinait entre mes cuisses, elle n'était pas douloureuse... elle était juste *là*. Puis tout me revint en mémoire. La robe, l'alcool. *Oh mon Dieu, le club de strip-tease.* Et le visage de Lazarus Rossi très clair dans mon esprit.

*Je sais ce que t'as fait.* Ma propre voix résonnait entre les battements de ma migraine. Bordel, comment avais-je pu dire ça... et à lui, en plus.

Mais je n'avais pas fait que ça, n'est-ce pas ?

Cette douleur vivre entre mes cuisses me ramenait à la vérité. Je fermai les yeux, faisant mon possible pour ne pas admettre ce qui s'était passé la veille.

Les souvenirs revinrent un à un. Tobias... Nick... Caleb et sa main dans mes cheveux. *Gentille fille, vas-y, baise-le.*

— *Noon*, marmonnai-je en secouant la tête alors que j'entendais des bruits provenant du rez-de-chaussée.

Ce n'était pas possible. Ça n'était *pas* arrivé. Mais je n'eus pas besoin de me souvenir davantage pour comprendre que c'était bien réel... j'avais couché avec mes futurs demi-frères, avec *les trois*.

La douleur entre mes cuisses se transforma en quelque chose de malsain, quelque chose d'anormal. Je n'avais pas besoin de glisser ma main entre mes jambes pour savoir que je mouillais rien qu'en me remémorant cette nuit.

*Retire-toi, Tobias.* Ma chatte pulsait alors que la voix de Nick emplissait mon esprit. *Putain, retire-toi, T.*

Je pouvais encore sentir sa queue en moi, son regard sombre et impitoyable alors qu'il plongeait profondément en moi, de plus en plus fort, poussant des grognements... *non.*

Il avait joui en moi... *Oh mon Dieu...* mon propre demi-frère avait joui en moi. Je glissai une main entre mes jambes, mes lèvres étaient charnues et gonflées, la douleur s'enfonça plus loin alors que je glissai un doigt en moi. *Si Gio s'approche de toi maintenant petite sœur, je le tue,* m'avait dit Tobias. *Tu comprends ?* Je me mordis la lèvre, la douleur laissant place à ce désir malsain en moi. *Tu es à nous maintenant. Tu es à moi...*

Je fis des cercles lents sur mon clito, dansant sur cette chair si sensible. C'était douloureux, à vif, mais je me sentis vivante.

L'orgasme me surprit avec violence, s'écrasant sur moi comme un tsunami de désir en fusion. Je tremblais en retirant mes doigts, serrais mes cuisses l'une contre l'autre, surfant sur la vague du plaisir jusqu'à ce qu'elle retombe.

Est-ce qu'ils allaient me détester maintenant ? La haine de Tobias était toujours vive dans mon souvenir. Il avait été plus violent que d'habitude. *Bordel, qu'est-ce que j'ai fait ?* Ma vessie se fit douloureuse, me rappelant qu'il fallait que je me lève. *Mon lit...*

Hier soir j'étais dans le lit de Tobias... comment avais-je atterri ici ? La réponse était une sorte de flou sombre, puis je me levai et baissai les yeux. Je portais le t-shirt de Tobias... et son caleçon. Je grimaçai en enlevant le t-shirt, incapable de savoir ce que je ressentais.

*Il ne voulait pas que tu restes dans sa chambre... c'est tout,* dit une petite voix dans ma tête. *Il n'y a rien de plus.* J'enlevai aussi le caleçon, puis rassemblai les deux avant d'en faire un boule. Je les mettrai dans la panière à linge de la salle de bains, personne ne saurait.

Je me dépêchais d'enfiler une culotte et un soutien-gorge avant de mettre un t-shirt et un pull court avant de sortir de ma chambre avec les vêtements de Tobias dans la main. Je n'arrêtais pas de regarder la porte de sa chambre et mon corps se raidit.

Le faible sifflement de la machine à café automatique venait de la cuisine en bas, me ramenant à la nuit où maman et moi étions arrivées. Cela semblait être il y a une éternité maintenant. Une éternité depuis que j'étais ici, piégée dans cet enfer avec trois hommes qui ne voulaient pas me laisser tranquille. J'entrai dans la salle de bains et je fermai la porte derrière moi, puis j'allais jusqu'au panier à linge pour y déposer les vêtements sales de Tobias.

— Je vois que tu te débarrasses des preuves.

Je tressaillis en me retournant, me retrouvant face à Tobias alors qu'il fermait la porte sans bruit derrière lui et ferma sur le verrou.

— Tu dois être prudente maintenant, Ryth. Tu ne sais pas que verrouiller la porte de la salle de bain est une obligation quand tu vis au même étage que trois hommes insatiables.

Il s'approcha, tenant dans sa main un petit flacon blanc. Je tressaillis quand il saisit une mèche de cheveux près de mon visage pour la repousser sur le côté.

— La nuit dernière, dit-il, et pendant une seconde, je crus voir de la nostalgie dans ses yeux sombres. C'était ce que je voulais, mais ce n'était pas bien pour toi. Donc, il faut que tu prennes ça.

Il ouvrit le flacon et en sortit une petite pilule blanche. Je le regardais dans les yeux.

— Qu'est-ce que c'est ?

— Quelque chose pour contrer ce que j'ai fait la nuit dernière.

Il s'approcha, la posa au centre de ma paume avant de se diriger vers le lavabo. Il ouvrit le robinet et revint vers moi avec un verre d'eau.

— Est-ce que tu regrettes ?

Je croisais son regard et j'y vis de la peur. Est-ce que je regrettais d'avoir fait l'amour ? Une bonne fille serait consternée, voire écœurée, surtout par ce qu'elle allait bientôt devenir. Mais je savais depuis longtemps qu'il y avait de l'obscurité en moi, une faim malsaine transmise par ma lignée.

*Tu as toujours été plus comme moi que comme ta mère*, les mots de mon père résonnaient en moi alors que je fixais le regard de Tobias.

— Non.

Les coins de ses lèvres formèrent un sourire.

— Bien. Prends ce cachet, Ryth, et on va te prendre un rendez-vous avec un médecin qu'on connaît pour la pilule.

La pilule.

Il n'y avait aucune chance que j'y pense, vu que je n'avais jamais été près d'avoir un petit ami stable auparavant. Maintenant...maintenant j'en avais visiblement trois. *Doucement.*

Je pris la pilule et l'avalai avec une gorgée d'eau. Tobias prit le gobelet, le posa sur le comptoir et se retourna, m'attrapant par la taille.

— Je peux te faire confiance pour garder la tête froide ?

Mon esprit était flou, mais lui ne l'était pas, ni le souvenir de ce que nous avions fait la nuit dernière. Il me disait que je pouvais l'avoir à nouveau si je ne disais rien. Est-ce que c'est ce que je voulais ? Mon corps connaissait la réponse, faisant monter en flèche les battements paniqués de mon cœur.

— Oui.

— Bien, dit-il en plaçant sa main sur ma nuque. Très bien.

Puis il m'embrassa, prenant ma bouche jusqu'à ce que cette douleur familière revienne. Mais cette fois, il n'y avait pas d'alcool pour atténuer mes émotions. Non, cette fois, j'étais consciente à couper le souffle de combien je le voulais. Je fondais dans sa bouche qui me dévorait, m'abandonnant à lui avant qu'il ne se retire.

— Habille-toi, Ryth. Nick va t'emmener voir le médecin. Tu dois prendre les pilules qu'elle te donne régulièrement, parce que si tu ne le fais pas... tu vas finir enceinte.

*Oh mon Dieu...*

Mes genoux tremblaient alors qu'il se dirigeait vers la porte, s'arrêtant avec sa main sur la poignée, et me dit d'une voix basse et vibrante.

— On va te laisser récupérer après la nuit dernière, mais ne prends pas trop de temps, petite sœur. Parce que savoir que tu es à deux portes de ma chambre va être une putain de torture. J'ai hâte de te baiser à nouveau.

Il ouvrit la porte et j'aperçus Nick debout dans le couloir avant que Tobias ne disparaisse, refermant la porte avec précaution, ne laissant rien d'autre que le battement frénétique de mon cœur derrière lui.

— Oh merde, dis-je en trébuchant en avant, les mains sur le lavabo. *Est-ce que ça s'était passé ?* Je levai les yeux vers le miroir, trouvant mes lèvres rougies et mes yeux écarquillés. *C'est réel... Oh mon Dieu, c'est bien réel.*

Je ne pouvais pas arrêter la chaleur qui parcourait mon corps, et la façon dont il m'avait fait sentir que rien d'autre n'existait. Je pressai mes lèvres l'une contre l'autre, sentant cette douleur sourde et lancinante, me rappelant Nick et Caleb la nuit dernière. Ils m'avaient tous regardé comme ça, comme si j'étais la chose la plus importante au monde pour eux. Comme si je...je fixais mon reflet, m'attardant sur la marque sur mon visage et ma tête du matin ; *j'étais une drogue* dont ils ne pouvaient se passer.

Parce qu'ils ne le voulaient pas.

Ils me voulaient...

*Tous les trois.*

Des tremblements me parcouraient une fois de plus, jusqu'à ce que les instructions de Tobias refassent surface. *Habille-toi, Ryth... Nick va t'emmener chez le médecin.* Je me tournai pour utiliser les toilettes, puis je me suis déshabillée avant d'entrer sous la douche, voulant obéir aux ordres de mon demi-frère.

Je pris ma douche, et lorsque je sortis en vitesse de la salle de bains, enveloppée dans une serviette, je ronflais presque d'excitation. J'enfilai des sous-vêtements puis un jean et un haut rose avant de mettre mes bottes et de me précipiter en bas.

Ma mère était assise sur l'îlot central, la tête dans les mains, tandis que Creed s'activait, faisant lentement cuire des œufs sur la cuisinière, pieds nus et encore vêtu des vêtements très froissés d'hier soir. Il se tourna et fit glisser une assiette le long du comptoir jusqu'à elle.

— Tu es obligé de respirer si fort ? grommela ma mère.

Creed resta immobile, puis leva lentement les yeux vers moi en me faisant un clin d'œil. Je ne pus m'empêcher d'éclater de rire, ce qui me valut un regard noir de la part de ma mère.

— Tu ne devrais pas être en cours ?

— Chérie, chuchota Creed. On est dimanche.

Ma mère le regarda comme si elle ne comprenait pas le concept de ne pas avoir cours le week-end.

— C'est bon, dit Nick, s'avançant vers moi depuis un endroit plus éloigné de la maison. Je sors Ryth de toute façon.

— Vas-y, dit ma mère en me faisant un signe avant de fermer les yeux, penchée sur son assiette d'œufs. Tout le monde... allez-vous-en.

Creed sourit en faisant signe en direction de la porte.

— Je pense qu'il vaut mieux que vous soyez occupés, au moins jusqu'à ce que je puisse la mettre au lit avec ce satané Advil.

— Bonne chance. Je ne pense pas avoir déjà vu maman avec une telle gueule de bois.

— Apparemment la nuit s'est bien passée, dit-il en jetant un coup d'œil par-dessus son épaule alors qu'elle grognait dans la cuisine et il se mit à glousser.

— Peut-être un peu trop bien.

Nick secoua juste ses clés, ce qui fit gémir ma mère encore plus fort, et il saisit mon bras... d'un geste fraternel.

— Bonne chance, dit-il en souriant. On dirait qu'on est que tous les deux, ma belle.

Je n'eus pas le temps de prendre un café, ni même de dire au revoir. Creed ouvrit la porte d'entrée pour nous faire sortir.

— Tu n'as jamais eu l'impression qu'on te foutait dehors ? demanda Nick en gloussant alors qu'il m'attirait avec lui.

— Seulement pour... disons trois à cinq jours, ça te va ? chuchota Creed, en souriant et en nous faisant signe de partir.

Je partis en suivant Nick, et je ris, comme si j'avais vraiment envie de rire. Ce qui était une sensation étrange et tellement agréable. Il déverrouilla la Mustang et ouvrit la porte passager.

— Princesse.

Ce nom me fit frissonner et je montai dans la voiture, le laissant fermer la portière derrière moi. Tout avait changé maintenant, et pourtant, alors qu'il s'installait derrière le volant et me faisait un clin d'œil, je réalisais que rien n'avait vraiment changé.

Il était toujours le même magnifique bad boy... et j'étais toujours la fille naïve qu'il avait conduite à l'école le premier jour. Sauf qu'il m'avait baisée... hier soir, sa bite me remplissant largement. Bon sang, elle était énorme...

Je serrais les cuisses en levant les yeux vers Creed, debout dans la porte d'entrée.

— Souris, princesse, et dis au revoir, comme si rien n'avait changé.

Je fis ce qu'il me dit, levant la main et esquissant un sourire lorsque Nick démarra la voiture.

— Gentille fille, murmura-t-il.

La chaleur monta en moi, s'accumulant entre mes cuisses. Mon Dieu, j'étais en permanence mouillée quand ils étaient là, rivée sur chaque regard et chaque foutu soupir. Il freina puis enclencha une vitesse et accéléra lentement, en posant sa main sur ma cuisse.

— Tu vas bien ?

J'avalai de travers en hochant la tête.

— Ouais.

— Tu t'es bien débrouillée. T. n'était pas sûr que tu t'en sortirais.

Je tournai les yeux vers lui.

— Et toi ?

Il fit un sourire narquois en serrant ma cuisse.

— Je savais que tu t'en sortirais très bien.

Son éloge fit palpiter quelque chose dans ma poitrine.

— Maintenant, si on allait voir ce médecin, hein ?

Il retira sa main et nous conduisit vers la ville.

Mon corps avait envie de ses doigts, et de ses lèvres. Être assise près de lui, sachant ce que nous avions fait, était à la fois gênant et épuisant.

— Est-ce que tu...tu as aimé faire ça avec moi ?

Il me lança un regard.

— La nuit dernière ?

— Ouais.

Je déglutis, sentant mon visage brûlant.

— Tu sais quoi, je me suis branlé trois fois en y pensant ce matin et je lutte encore contre l'envie de t'emmener dans ce putain de parc.

L'adrénaline m'envahit à cette idée. *Notre parc secret.* Je le voyais différemment maintenant. Je repensais à la façon dont il m'avait plaquée au sol, la façon dont il avait exigé que je me tourne vers lui sur ce même siège et que je lui fasse face pendant que je me caressais.

Je regardais ses lèvres, imaginant sa bouche entre mes cuisses, et je laissais échapper un petit son torturé.

— Ça va, princesse ?

Vu la façon dont il posa la question, il savait que je n'allais pas bien. Je n'allais pas bien du tout.

Je me forçais à regarder la route avant de répondre.

— Combien de temps encore avant que nous soyons seuls ?

Il se contenta de rire avant d'appuyer sur l'accélérateur.

# Chapitre Vingt-Neuf

## RYTH

Je sortis du cabinet du médecin avec une ordonnance et une réserve d'un mois de pilules contraceptives, puis je remontai dans la Mustang, la pression retombait.

— Tout va bien ?

Je hochai la tête en soulevant la boîte qui était déjà ouverte, avec une des pilules en moins.

— Elle a dit qu'il faudra se protéger pendant les premières semaines.

— Bien, dit-il en hochant la tête, puis il me prit l'ordonnance des mains avant de démarrer le moteur. Il faut pas que tu tombes enceinte, hein ?

*Tu devras prendre les pilules qu'elle te donne.* L'avertissement de Tobias me revenait comme un écho. *Parce que si tu ne le fais pas... tu vas finir enceinte.*

Vu la façon dont Tobias avait parlé, je n'en étais pas si sûre. Je jetai un coup d'œil à Nick alors qu'il s'engageait dans la circulation, s'enfonçant dans la ville. L'idée d'être enceinte était terrifiante, surtout à mon âge. Mais l'idée d'un ventre gros et rond, l'idée d'être enceinte de leur bébé, me donnait un peu le vertige.

Mais je n'avais pas besoin de m'inquiéter à ce sujet. Pas maintenant.

Nick me conduit dans un restaurant très fréquenté du côté sud et gara la voiture sur le parking.

— Tu as faim ?

Mon ventre laissa échapper un grondement sauvage et cette douleur sourde à l'arrière de ma tête lui fit écho.

— Carrément.

Il me fit entrer, nous trouva une banquette à l'arrière, et commanda des pancakes et du bacon, ainsi que du jus de fruit et du café. C'était assez pour nourrir toute une famille, mais au moment où la serveuse s'éloigna, nous laissant seuls, il me fixa de ses yeux sombres et tendres.

— Tu veux me demander quelque chose ?

Je jetai un coup d'œil autour de moi.

— Ici ?

Il haussa les épaules.

— Pourquoi pas ?

Il me testait. C'est ce que c'était... *un foutu test*. Serais-je stupide et lâcherais-je quelque chose sans réfléchir, ou serais-je prudente ? Je souris lorsque la serveuse s'approcha, nous apportant le café et le jus de fruit, puis j'ai attendu qu'elle parte, prenant mon café et le portant presque à mes lèvres.

— Est-ce que tu partages tout avec tes frères ?

Nick sourit en prenant son café.

— Ça dépend...

— Vous avez déjà tout partagé ?

J'étais intriguée maintenant. Il n'y avait pas de rivalité ?

— Non. Ses yeux brillaient, capturant les miens alors qu'il parlait. Mais encore une fois, nous n'avions pas eu quelque chose que nous voulions tous les trois autant... *jusqu'à maintenant.*

— Oh, murmurai-je. Mon sang était chaud, *trop chaud* alors que je me rappelais la première nuit où Tobias m'avait coincé dans la salle de bain. Je pensais que Tobias avait dit que vous partagiez tout.

— S'il t'a dit ça, alors il t'a fait peur, dit-il en posant son regard de désir sur moi. On s'est dit que dans ce cas, on pourrait tous être gagnants, *si c'était possible.*

Un courant électrique bourdonnait entre mes jambes. Je serrai les genoux quand la serveuse arriva, portant deux assiettes bien remplies.

— Et voilà, vous deux, un rencard pour le petit déjeuner ?

— C'est ma sœur, grogna Nick, rencontrant son regard curieux.

— Oh dit-elle en grimaçant, avant d'ajouter : comme c'est gentil de prendre soin d'elle comme ça. Je ne vois pas beaucoup d'amour entre frères et sœurs comme ça.

— Je suis sûr que non, répondit Nick, et mon visage a rougi.

Il la regarda fixement jusqu'à ce qu'elle se tourne et parte maladroitement.

— Quelle salope fouineuse, marmonna-t-il, puis il prit ses couverts et commença à manger avant de s'arrêter pour me regarder, sa fourchette à mi-chemin de sa bouche.

— Mange, Ryth.

Je pris ma fourchette machinalement. Comme il était facile de suivre tous ses ordres. *Mange, Ryth... habille-toi, Ryth... vas-y, baise-le, Ryth.* Ma main tremblait. Je me léchai les lèvres et rencontrai son regard. Ce n'était pas de la nourriture que je voulais... maintenant que j'étais sobre et tout à fait consciente de chaque regard et de chaque geste, je voulais le sentir d'une autre manière.

Il sourit et gloussa.

— Tu auras tout le temps pour ça, princesse. Pour l'instant, il faut manger pour avoir de l'énergie.

Dit comme ça...

J'enfournai une fourchette bien remplie dans ma bouche. Je vis une lueur de fierté dans ses yeux alors qu'il me regardait dévorer mon plat jusqu'à ce que je m'adosse à mon siège en soupirant.

— C'est bon. Je suis pleine.

Son sourire s'agrandit et mon Dieu, comme il me faisait me sentir vivante.

Il se pencha en avant, attrapa mon assiette encore pleine de bacon et versa le contenu dans la sienne avant de tout manger. Je le regardais d'un air amusé, me demandant comment on pouvait manger comme un ogre tout en ayant son physique. Des souvenirs me revenaient, le club, la bagarre, comme il avait forcé le passage pour aller dans l'arrière-salle, puis comme il s'était jeté sur les hommes qui tabassaient Caleb... et comme il avait mis ce videur à terre.

Je n'avais jamais vu quelqu'un d'aussi violent. Être en face de lui à le regarder manger en sachant ce qu'il avait fait la veille le rendait encore plus désirable.

— Tu me fixes, marmonna-t-il en découpant le dernier pancake avant de le fourrer dans sa bouche.

— Pardon.

Il leva les yeux et se figea un instant, la fourchette n'ayant pas encore atteint sa bouche. Je vis l'étincelle dans ses yeux lorsqu'il parcourut rapidement la salle, puis il me dit d'une voix grave :

— Je te l'ai déjà dit, princesse. Tu peux me regarder autant que tu veux, et tu as juste à me demander pour le reste.

Je détournai les yeux en rougissant. Mais au fond de moi, mon cœur tambourinait, j'avais le souffle coupé sous son regard intense. Puis il continua à manger, ne laissant rien dans son assiette.

— Tu vas finir ton jus de fruit ? demanda-t-il.

Je secouai la tête en faisant glisser le verre vers lui, il me fit un sourire malicieux en le prenant, buvant la totalité du verre en trois grosses gorgées. Pendant combien d'années m'étais-je demandé ce que ça ferait d'avoir des frères ? De vivre dans une maison bruyante où l'on finit mon assiette, où l'on me protège contre le reste du monde. D'avoir un lien qui ne serait pas juste un lien du sang, mais un lien de l'âme. Mon âme. À présent je comprenais.

Nick se figea, le dos de sa main essuya les dernières gouttes du jus de fruit sur ses lèvres. Des étincelles brillaient dans ses yeux et moi, je m'embrasais. Il me voyait, il me voyait vraiment, et il en voulait davantage. On n'était peut-être pas liés par le sang ou par les liens du mariage de nos parents, mais ce moment-là, à cet instant, semblait différent... *il y avait quelque chose de plus intense.* Quelque chose de plus réel que tout ce que j'avais vécu auparavant.

Plus réel que l'amour de mes parents.

Plus que l'amour que je me portais.

Et alors que cette étincelle dans ses yeux s'intensifiait, je sus qu'il ressentait la même chose. Peu importe ce qui grandissait entre nous, cela avait une vie propre... et nous ne pouvions rien faire pour l'arrêter.

— Tout se passe bien ? demanda la serveuse en s'approchant de la table, brisant ce moment.

Mais Nick n'allait pas la laisser nous voler ce moment.

— Laissez-nous, dit-il en grognant. Vous pourrez débarrasser quand on sera partis.

Elle se raidit et nous lança un regard noir avant de tourner les talons, marmonnant quelque chose dans sa barbe en s'éloignant. J'étais bouche bée. Sa manière de la repousser, d'être passé d'un état d'excitation à une domination franche et implacable me laissait tremblante.

— Tu as terminé, Ryth ? demanda-t-il alors qu'il sortait assez de liquide pour payer l'addition et laisser un généreux pourboire.

Je hochai la tête, incapable de penser clairement. Il se leva et me tendit la main.

— Petite sœur, dit-il alors que je la prenais, retenant mon souffle au moment où sa main se referma autour de la mienne.

Puis nous sommes sortis du restaurant pour nous diriger vers la voiture.

Je pensais qu'il allait m'emmener au parc, pour achever ce que ses yeux semblaient promettre. J'en avais tellement envie. Mais non, il nous ramena à la voiture, s'insérant dans l'allée.

La Jeep était là.

Mon cœur s'accéléra en la voyant. Tobias et Caleb étaient partis avant nous et ils étaient maintenant rentrés. Mon regard se posa sur la Mercedes gris métallisé de Creed, le coffre était ouvert. Nick se gara et coupa le moteur, Creed sortit de la maison, il avait l'air différent.

Il venait visiblement de prendre une douche et portait son pantalon habituel gris anthracite et une chemise blanche avec les manches relevées. Il portait un sac de voyage et un costume dans un sac de pressing.

— Tu vas quelque part ? demanda Nick.

C'était évident de comprendre de qui les garçons avaient hérité leur beauté… ainsi que leur charme destructeur.

Creed fronça les sourcils, il paraissait agacé en mettant ses affaires dans le coffre.

— J'ai une urgence.

— Tu dis tout le temps ça, marmonna Nick.

— Je serai pas long, je devrais rentrer demain, mais au cas où ce n'est pas le cas, dit-il en jetant un œil vers moi, il faudra peut-être aller voir comment ta mère va ce soir. Elle se sentait pas très bien alors elle a pris un cachet pour dormir. Donc elle ne va pas se réveiller de sitôt, d'accord ?

J'acquiesçai, le cœur battant la chamade lorsque Nick se tourna vers moi avec un regard plein de désir. Un feu de désir jaillit en moi brutalement alors que Creed fermait le coffre de sa voiture avant de monter au volant sans rien dire d'autre à son fils.

Nick me prit la main pour m'éloigner lorsque Creed démarra le moteur puis descendit l'allée.

— C'était… dis-je en regardant la Mercedes passer par le portail qui accéléra virilement pour s'éloigner.

— Lui tout craché, termina Nick. Dans ces moments-là, il faut pas le chercher, dit-il en me prenant la main, mais ce geste était différent, il n'était pas affectueux, c'était un geste de désir. Viens.

Il m'emmena vers la porte d'entrée. *Ce serait notre maison dans moins d'une semaine,* notre maison familiale. Cette pensée s'attardait en moi, Nick ferma la porte derrière nous. Il n'y avait que du silence au milieu de l'écho de nos pas. La cuisine était propre, à nouveau comme neuve.

La femme de ménage ne venait pas aujourd'hui... et Creed était parti.

— Je crois qu'on ferait mieux d'aller voir comment va ta mère, me dit Nick en serrant sa main dans la mienne pour m'attirer dans les escaliers.

Je le suivis jusqu'au deuxième étage, on s'arrêta devant la chambre que ma mère partageait maintenant avec Creed, son futur mari. Nick lâcha ma main et tendit l'oreille vers la porte.

— Maman ? dis-je d'une voix douce en m'approchant.

Il n'y eut pas de réponse alors j'ouvris la porte. Des ronflements profonds surgirent de la chambre plongée dans la pénombre. J'ouvris la porte plus grand et entrai. Nick me suivit, m'emboîtant le pas.

À travers la chambre sombre, je vis la silhouette de son corps sous la couette.

— Maman ? dis-je à nouveau.

Je n'eus pour réponse qu'un ronflement qui résonna dans la pièce. Il y avait une fiole sur sa table de chevet, le couvercle non remis... je m'approchai pour voir ça de plus près.

— Elle est vraiment dans les vapes, murmura Nick derrière moi.

Je m'approchai et saisi son épaule pour la secouer.

— Maman ?

Il n'y eut pas de réponse, même pas un mouvement de paupières, aucun signe qu'elle m'entendait.

— Viens, dit Nick en me prenant par la main. Elle n'est pas près de se réveiller.

Je le laissais m'éloigner, regardant par-dessus mon épaule en m'approchant de la porte. Elle ronflait bruyamment, comme si elle était ivre. Cette femme qui ressemblait à ma mère était une étrangère pour moi. Peut-être que moi aussi j'étais une étrangère pour elle...

Je sortis et Nick ferma la porte derrière moi. Il s'arrêta, croisant mon regard et s'approcha pour caresser ma mâchoire d'un doigt, puis il inclina ma tête. Son baiser était chaud et profond, le goût lointain du jus de fruit se sentait encore sur ses lèvres. Je poussai un soupir avant de réaliser où j'étais.

Je fus prise d'une panique qui rebondissait dans ma poitrine. Je m'éloignai de sa bouche et jetai un œil à la porte de la chambre de ma mère.

Nick se contenta de glousser.

— Elle ne va pas se réveiller, Ryth. Les cachets qu'elle a pris... c'est ceux que je donnais à ma mère. Elle va dormir pendant au moins douze heures.

Douze heures ? me dis-je en détournant le regard.

Il sourit, ses yeux diaboliques scintillaient lorsqu'il me saisit par le menton pour que je le regarde.

— Je me demande ce qu'on peut faire en attendant ?

*Oh mon Dieu...*

# Chapitre Trente

RYTH

Il se pencha pour m'embrasser avec un désir qui me consumait. Mais c'était différent cette fois. Je sentis un changement dans la caresse de son doigt sur ma joue, dans son regard plongé dans le mien et qui semblait me dominer.

Il me colla contre la porte de ma mère et empoigna mes seins.

— J'ai eu envie de faire ça toute la matinée, murmura-t-il trop fort.

La panique s'empara de moi et je fixais la porte.

— Nick, murmurai-je, elle va nous entendre.

Son sourire malicieux me fit accélérer le cœur, il leva mon t-shirt.

— Alors j'imagine que tu vas devoir être discrète, princesse.

Mon sang pulsait dans mes veines lorsque son doigt trouva mon téton. Je basculais la tête en arrière en fermant les yeux. La sensation de ses grosses mains fit se répandre en moi une chaleur délicieuse. Je le sentais me caresser, il leva mon t-shirt pour tirer sur l'armature de mon soutien-gorge, mon soutien-gorge malheureusement en coton blanc, fade.

— Bordel, j'adore quand tu portes ça, murmura-t-il en se penchant pour prendre mon téton dans sa bouche.

Une chaleur se répandit en moi, elle se rassembla autour de mon point sensible jusqu'à ce que mes genoux se mettent à trembler, ce qui ne faisait que l'inciter à continuer.

Il me saisit par la taille et me souleva du sol avant de se mettre à genoux, me reposant lentement, tout contre la porte de la chambre où dormait ma mère.

*Tout doux maintenant, princesse,* son sourire était un avertissement, il déboutonna mon jean.

Je secouai la tête, les yeux grand ouverts et rivés sur la porte. Mais peu importe à quel point j'essayais de repousser ses mains, il n'allait pas s'arrêter. Le glissement lent de ma fermeture éclair me fit trembler de peur.

Je n'arrivais pas à penser clairement avec les battements tumultueux de mon cœur. Mon regard était rivé sur la poignée de la porte de la chambre alors que Nick baissait mon jean, poussant un grognement lorsqu'il vit la même culotte Hello Kitty que je portais dans la voiture la première fois qu'il m'avait emmenée au parc.

*À notre parc...*

Voilà de quoi il s'agissait maintenant. Ce qui était à nous... à lui... à moi. Il retira mes chaussures et mon jean dans un même mouvement brusque. Je vis quelque chose bouger dans le coin de mon œil. Je penchai la tête et vis Tobias et Caleb avancer dans le couloir, ils nous regardaient.

— Je vois que t'as compris que ta mère était dans les vapes, dit Tobias avec un soupçon de moquerie. Tu perds pas ton temps, frérot.

Nick répondit en glissant un doigt sur ma fente.

— A ton avis ?

En baissant les yeux, je vis l'énorme bosse dans son jean. Il bandait... il bandait déjà. Oh mon Dieu, le souvenir de lui hier soir me fit trembler.

— Voilà, dit-il en écartant mes jambes avant de se pencher.

Ses gros doigts saisirent l'élastique de ma culotte. La chaleur qui avait entouré mes seins se retrouvait maintenant entre mes cuisses. Je levai la tête et passai une main dans ses cheveux pour le guider.

J'étais déjà trempée, déjà gonflée de désir, avec la hâte de jouir contre sa bouche. Il suçait mon clito, j'en avais des frissons dans le dos.

— Elle est gourmande cette princesse, marmonna Caleb, attirant mon regard.

Je les vis tous les deux en train de regarder Nick me lécher le sexe contre la porte de la chambre de nos parents.

— Étouffe ton cri, Ryth, m'avertit Tobias alors que Nick empoignait mes fesses pour me lécher encore plus fort.

Je me mordis la lèvre assez fort pour que je ressente une douleur qui se mêle au plaisir.

J'allais jouir.

J'allais jouir....

J'allais...

Nick se retira, me laissant tremblante... et paniquée. Je le regardais, mes lèvres gonflées, je lui souris.

— Quoi ?

Il se contentait de sourire, la bouche luisante, puis il passa le dos de sa main sur ses lèvres.

— Rien, dit-il en levant les yeux, mais je vis qu'on s'approchait de nous.

— À nous maintenant, dit Tobias en se penchant, me saisissant de ses deux bras avant de me soulever du sol.

Je m'accrochais à lui alors que je me retrouvais cul nu à gémir dans ses bras.

— Doucement, Ryth, dit-il, ses yeux sombres étincelants de promesses. Sauf si tu veux que je te pose sur la rambarde... *et que je te baise là.*

Mon corps se crispa.

Cette image prit vie dans mon esprit, la rambarde dure contre mes hanches, mes jambes bien écartées, mon sexe nu sous leurs yeux. Je fermai les yeux et me mordis l'intérieur de la joue en gémissant à nouveau dans ses bras, mais cette fois c'était pour une tout autre raison.

Je me cramponnais davantage en levant les yeux vers Tobias, murmurant :

—Je... *je vais jouir.*

— Pas tout de suite, petite souris, dit-il les dents serrées en courant dans les escaliers pour aller vers la chambre de Nick. J'entendis des pas derrière nous et la porte se referma.

Je me retrouvai seule avec eux...

La différence c'était que cette fois j'étais sobre.

— On se protège cette fois, dit Caleb en regardant Tobias d'un œil noir.

— Ça te va, princesse ? demanda Nick en s'approchant, enlevant son t-shirt.

Mon cœur battait de manière erratique. Je voulais ramper dans un coin pour me cacher. Mais j'en avais fini de me cacher, je ne pouvais plus refuser ce que mon corps désirait.

— Dis-le, s'impatienta Caleb. Dis-nous ce que tu veux et on le fera.

— Tu veux dire qu'on ne va pas baiser ? demandai-je en levant les yeux vers lui.

— Si c'est ce que tu veux, dit-il en haussant les épaules. Ou si tu veux juste que Nick te lèche, ou si tu veux seulement qu'un de nous s'occupe de toi. C'est toi qui décides.

Ils attendaient tous les trois. Je baissai les yeux, ils bandaient déjà tous et ils étaient si... affamés.

— Je... je veux bien, dis-je en regardant Tobias, apercevant cette lueur cruelle scintillante au fond de ses yeux. Un à la fois. Je veux vous sentir, je veux vous connaître, dis-je alors que mes joues rougissaient. Je veux vous voir.

Tobias se mit à sourire et enleva son t-shirt.

— Ca m'étonne pas, dit Caleb en souriant.

Leur enthousiasme m'excitait, la douleur entre mes cuisses se mit à pulser lorsque Tobias laissa tomber son jean. Il avait une bite énorme et bien dure qui rebondit contre son ventre lorsqu'il s'avança vers moi. Mais au moment où il se pencha et commença à me caresser les cuisses, j'aperçus ses doigts ensanglantés.

La panique m'éloignait du désir. Je saisis son pouce et levai sa main vers moi en croisant son regard.

— Qu'est-ce que t'as fait ?

— Rien, répondit-il, ne voulant rien laisser transparaître. Juste un petit désaccord.

Je grimaçais en regardant sa peau à vif.

— On dirait que c'est un peu plus que ça.

— Tu n'as pas vu le gars en face, ajouta Caleb froidement.

Punaise, ces mecs étaient de la testostérone pure, entre leurs grosses voitures et leurs regards remplis d'un désir sauvage rivés sur moi, leurs doigts à vif parce qu'ils se battaient avec Dieu sait qui. Je baissai la tête et embrassai ses doigts meurtris.

Il avait mal…

Si la douleur était partie à présent, elle avait été là. Je n'aimais pas ça, je n'aimais pas ça du tout. Une vague de haine soudaine s'empara de moi alors que je regardais sa main blessée.

— Tu l'as tabassé… dis-je en croisant son regard. Tu l'as tabassé ?

— Ouais, dit-il et je vis l'étincelle de la haine scintiller dans ses yeux. Je l'ai tabassé.

— D'accord, dis-je en posant ses doigts endoloris sur mes seins, regardant son pouce caresser mon téton, libérant un soupir que je retenais.

Il se pencha pour m'embrasser et me fit basculer sur le lit, dans la même attitude autoritaire que je lui connaissais.

— Tu me détestes encore ?

Il fallait que je sache.

— Tu veux que je te déteste ? demanda-t-il en se penchant au-dessus de moi, m'emprisonnant.

Une partie de moi voulait qu'il me déteste. J'en avais envie, c'était une sorte de rôle qu'on jouait et ce… ce masque cruel et autoritaire était le sien.

— Oui, murmurai-je.

Il sourit et je sentis ses doigts me pincer les tétons, assez fort pour me couper le souffler.

— Alors je te déteste, petite souris, plus que jamais.

Un désir enfoui en moi prit vie à ses mots.

— Et je vais passer ma colère sur ton corps. Je vais te baiser, sœurette. Quand je veux et comme je veux, compris ?

Je me mis à trembler...

— Je vais te punir, je vais faire de toi mon jouet, dit-il en se penchant... si près que son souffle devint le mien. Tu es à moi, petite souris... *et je suis le serpent.*

Sa main se déplaçait sur le lit alors qu'une promesse brillait dans ses yeux. Il avait envie de ça, au moins autant que moi. Il avait envie de *sentir ma chair.* Je levai la tête vers lui dans un élan pour l'embrasser... mais il se retira avec un sourire victorieux.

*Enfoiré.*

J'entendis le son d'un froissement dans sa main. Il leva l'emballage du préservatif à sa bouche et le déchira en me regardant droit dans les yeux. Ça allait se passer... *vraiment* se passer... Mon corps sembla prendre vie, l'adrénaline coulait dans mes veines lorsqu'il fit glisser la capote sur sa queue.

— Attends, petite souris, je vais vite te remplir.

Mon regard descendit sur son torse et ses abdos en béton. Il était musclé et ferme, après toutes ces matinées passées à la salle de sport et les après-midi à aller faire des footings. Je me demandais ce qui lui donnait cette énergie... ce qui le faisait vibrer. Il fit glisser la capote sur son gland, ses yeux sombres rivés sur moi. Peu importe ce qui l'avait animé au début, il s'agissait maintenant d'autre chose... *moi.*

Il écarta ma jambe d'un geste brusque et s'approcha pour presser sa queue contre mon sexe. Je retenais mon souffle, attendant qu'il s'enfonce, mais il ne se passait rien. Je sentis la pression montrer alors que la sensation du préservatif glissait contre moi... puis il poussa un grognement avant de plonger en moi.

Je fermai les yeux, tremblant de cette invasion soudaine. Mes sens étaient à vif, à l'écoute de ses coups violents. Il grogna et se retira lentement, uniquement pour s'enfoncer en moi encore plus fort. Le mouvement me clouait au matelas alors qu'il se cramponnait à mes hanches avant de plonger en moi, encore et encore... me remplissant au point que je ne parvienne plus à respirer.

— Je te déteste, dit-il dans un élan de brutalité. Regarde-moi.

J'étais au bord de la panique. *Je luttais* pour ne pas la laisser s'installer mais j'obéis quand même, ouvrant les yeux pour le regarder. Il avait les lèvres retroussées, le regard profond qui brillait d'une pulsion animale.

— Je te déteste, Ryth, grogna-t-il en se retirant.

Mais ce n'était pas de la haine que je voyais, je ne la *ressentais* pas non plus, ni même quand il me pilonnait sans relâche, ses bras m'encadrant. Non, ce n'était pas de la haine que je voyais dans ses yeux alors qu'il me donnait des coups de reins pour plonger son épaisseur en moi.

Je fis glisser mes mains dans son dos et son corps trembla sous mes paumes. Il y eut une lueur de panique dans ses yeux et je la ressentis dans mon propre corps. La chaleur me remplissait, attisée par son désir ardent.

— Je le sais, murmurai-je alors qu'il me baisait.

Je caressais son dos musclé, je sentais les muscles tendus.

— Déteste-la, frérot, dit Caleb. Déteste-la autant que tu veux.

Tobias pencha la tête et je sentis sa respiration saccadée sur ma joue, attisant mon désir. Je ne ressentais que lui, son invasion brutale, sa respiration chauffant la cicatrice sur ma joue. Son désir qui me consumait et qui semblait infini alors qu'il me baisait encore plus vite, plus fort... et j'en redemandais.

— Je t'aime, marmonnai-je en sentant la haine brûlante qui pulsait dans ma chatte.

Humide.

Dure.

*Détestée.*

Je poussai un cri lorsqu'il s'enfonça violemment avant de se laisser aller complètement. Sa bouche trouva la mienne et ses doigts meurtris empoignèrent mes fesses. Il fit un grognement qui remplit ma bouche puis il se figea. Il était secoué de spasmes en moi, je ressentais les derniers tremblements enfouis dans mon ventre.

Ses lèvres étaient brûlantes et son désir me consumait. Soudainement, je me revis sur le pas de porte de mon ancienne maison, lorsque je regardais ma vie partir en flammes. Mais c'est une vie qui n'était pas vraiment la mienne, un monde dans lequel je n'avais pas ma place... *mais ici... avec eux... je trouvais ma place.*

Sa bouche s'attendrit et se déplaça vers le coin de mes lèvres.

— Ma petite souris, murmura-t-il, toujours en moi.

Et je sus à cet instant qu'il n'y aurait pas de retour en arrière... ni pour lui, ni pour moi.

*Ma petite souris.* Ces mots me marquaient au fer rouge.

Il leva la tête. Je vis le désir et la douleur danser ensemble dans la lueur de son regard lorsqu'il se retira lentement.

— T'as compris, Ryth ?

Je pris de grandes bouffées d'air, incapable de détourner les yeux alors que je le regardais se hisser du lit avant de se redresser lentement. Je savais ce qu'il voulait dire. J'acquiesçai lentement, le regard glissant sur la sueur qui faisait luire la peau de son torse.

Je n'étais pas seulement sa possession... *il était à moi aussi.*

— Ça va ? demanda Nick en s'approchant.

Je lui souris timidement, revenant à mon propre corps.

— Ouais.

Tobias fit glisser sa main le long de sa queue pour enlever le préservatif.

Le désir que j'avais ressenti pour lui se troublait alors que Nick s'agenouillait sur le lit.

— Tu t'es bien débrouillée, princesse, dit-il en glissant une main sous ma nuque.

Pendant un instant, je fus prise de panique. Je regardais Tobias, sondant son regard pour y percevoir une pointe de jalousie ou de colère... mais je n'y vis que de la *fierté*. Il me regarda moi puis son frère.

— Tu te sens bien ? demanda Nick.

Je tournai la tête en sentant qu'il faisait glisser un doigt sur mon ventre. Je fus secouée de soubresauts et je sentis la chaleur remonter à la surface.

— Oui.

— Tu n'as pas mal ? demanda-t-il en croisant mon regard. Mon frère t'a bien baisée, princesse.

*Oh mon Dieu...*

Un feu s'embrasait en moi. Ses doigts suivirent la chaleur et il se mit à dessiner du bout des doigts des cercles sur mon clito, attisant la chair sensible.

— Ouais, dit-il en insérant un doigt en moi. Il t'a bien baisée.

Je fermai les yeux, mon corps tremblait déjà.

— Tu veux quand même que je vienne en toi ?

Mon corps lui répondait. J'ouvris les yeux pour acquiescer alors qu'il plongeait déjà un doigt dans mon antre. Tobias lui lança un préservatif en lui faisant une tape sur l'épaule. Il retira son doigt pour prendre la capote et se redressa pour déboutonner son jean.

J'avais anticipé ce moment depuis que nous étions entrés au restaurant. Il m'avait acheté à manger et m'avait ramenée à la maison. Nick prenait soin de moi différemment des autres... et *j'en raffolais*.

Il se figea, je vis ses yeux noisette se changer en couleur ambre. J'écartais les jambes pour lui dévoiler ce qu'il désirait. Il retint sa respiration en me regardant faire puis déchira l'emballage du préservatif. Il se fit glisser sur sa queue et je me figeai en le voyant faire. Sa queue était énorme... bien plus que celle de Tobias et même plus que dans mon souvenir. Une grosse veine palpitait sur son manche.

— Ça te plait ?

J'acquiesçai.

— Tu me plais, dis-je avant de regarder Caleb et Tobias. Vous me plaisez tous les trois.

Nick sourit et enleva son jean.

— Tant mieux, princesse. Tu nous plais aussi... dit-il avant de grimper sur le lit, son doigt trouvant ma chatte palpitante, il baissa les yeux avant d'ajouter : tu nous plais beaucoup...

Des souvenirs flous de la nuit dernière me revenaient à l'esprit lorsqu'il se pencha et glissa sa queue à mon entrée, me taquinant avec son gland. J'eus une sorte de panique pendant un instant lorsqu'il força l'entrée, écartant mes lèvres, avant de ressortir aussitôt.

— Respire, Ryth, dit-il en essayant à nouveau de plonger en moi.

Il n'avait fait que me lécher jusqu'ici. Maintenant je comprenais pourquoi.

— Elle est pas habituée, grogna Tobias en jetant un regard noir à son frère. Lui fais pas mal.

— Ça te fait mal, princesse ? demanda Nick, poussant son gland en moi, écartant mes lèvres douloureusement.

J'écartais les jambes davantage, ma chatte en voulait plus. Le désir brûlait en moi. Je secouai la tête.

— Tant mieux, grogna-t-il, glissant un peu plus profondément, enfonçant sa grosse queue en moi.

Peu à peu, il parvint à aller plus loin, mes cuisses se mirent à trembler de cette intrusion. Il inclina ses hanches de manière à titiller cette zone à l'intérieur de mon corps qui me faisait crier. Je me cramponnais à ses épaules et l'attirais plus près encore.

Ses bras m'emprisonnaient et je ne ressentais que son corps ; il prenait possession de moi, me consumait et je devenais moi-même ces coups lents et puissants.

— Putain, t'es bonne, grogna-t-il en me donnant des coups de reins. T'es parfaite, princesse. Je vais... dit-il en baissant les yeux et je vis le mot briller dans son regard. Je vais jouir pour toi.

— Alors vas-y, dis-je en me cramponnant à ses épaules, abaissant mon corps pour engloutir sa virilité. J'en voulais plus ; plus de lui, plus d'eux. Je voulais qu'il soit là tout le temps, je ne voulais plus être séparée d'eux. Je voulais que la chaleur de leurs corps ne me quitte jamais.

— Jouis pour *moi*, dis-je.

Nick fronça les sourcils, continuant à me pilonner. Cette chaleur délicieuse entrait en moi à nouveau et ma chatte se mit à trembler, avalant sa queue. Je cambrais le dos, écrasant ma poitrine contre son torse et criais.

Encore et encore...

Mon corps se liquéfiait et se raidissait à la fois, je sentis un courant électrique me traverser et Nick souffla un souffle chaud dans mon cou. Son grognement remplit mon oreille.

— Putain... grogna-t-il, toujours en moi.

Sa respiration saccadée résonnait dans mes oreilles et parcourait mon esprit. Son souffle était semblable à une flamme dans mon cou ; puis il leva la tête pour me regarder.

— Ça va ?

Je ne pouvais pas parler, je hochai la tête. Il se retira, mais je n'en avais pas envie.

— Non, miaulai-je en l'attirant contre moi. Pas maintenant.

Il resta près de moi, pressant son corps contre le mien. Mon corps tremblait, douloureux et tendu. J'étais submergée, à bout de nerfs, mais je voulais encore sa chaleur.

Le matelas s'affaissa à côté de moi et je sentis une chaleur s'approcher. Le parfum sensuel de Caleb s'écrasa sur moi. Mais il ne me touchait pas, ne disait rien, je sentais simplement sa *présence*.

— Détends-toi, Ryth, murmura Caleb. Il faut que tu te reposes, princesse. On a tout notre temps.

Je soupirai longuement, tournant les yeux vers lui.

— Je... dis-je en cherchant son regard, j'ai envie de te voir.

Nick se déplaça lentement, roulant vers le bout du lit, et Caleb s'approcha.

— Tu veux me voir ?

Je hochai la tête, tremblant de partout.

Il se leva du lit d'un mouvement agile et puissant, s'appuyant à peine sur le matelas. Ses yeux sombres brillaient alors qu'il détachait sa chemise noire, l'ouvrant lentement en se retournant. Ses doigts étaient rouges et abîmés, mais pas autant que ceux de Tobias. Peu importe ce qui s'était passé... ils y étaient ensemble.

*Parce qu'ils faisaient tout ensemble.*

Caleb laissa tomber sa chemise au sol, ses muscles puissants se contractaient lorsqu'il bougeait, il défaisait maintenant sa ceinture.

— C'est ce que tu veux, Ryth ?

Mon corps trembla lorsque son jean tomba au sol, il se trouvait devant moi dans son caleçon noir, je voyais qu'il bandait sous le tissu.

Si ferme.

Si puissant.

Je voyais ce qu'il était réellement.

Il y avait un mensonge qui entourait Caleb, il vivait de faux semblants. Tout le monde le savait. Tout le monde le voyait, mais ne disait rien. Personne n'entrait dans son obscurité pour y apporter la lumière et mettre à nu ses désirs... *personne sauf moi.*

Il vivait dans ce mensonge, entouré d'un voile de mystère. Il se cachait. Je me redressai sur le lit, les bras tremblants, le corps usé.

— Montre-moi, murmurai-je, sentant mon antre douloureuse.

Il baissa son caleçon, libéra sa queue. Je vis le même visage que la veille, ses doigts qui se cramponnaient à mes cheveux alors que je le suçais. Je passai ma langue sur mes lèvres, je salivais. Je le voulais en moi, même si cette idée me faisait frissonner.

Il se mit à se branler, ses doigts rouges et éraflés devenant blanc alors qu'il serrait sa queue. Il poussa un petit gémissement torturé, là, à quelques pas de moi. Je déglutis en levant les yeux vers lui.

— On a tout notre temps, Ryth, me dit-il à nouveau, serrant le poing en remontant jusqu'au gland.

Une perle luisait au bout, elle fut capturée par ses doigts et étalée sur la longueur. Je m'approchai de lui.

— Hm-hm, dit-il en s'éloignant. Tu veux regarder, princesse... *alors regarde.*

Je me concentrai sur sa voix rocailleuse et le mouvement puissant et hypnotique de sa main sur sa queue. Ses abdos se contractèrent.

— Allonge-toi, exigea-t-il.

Je basculai en arrière, appuyée sur mes coudes.

— Écarte les jambes pour moi, princesse.

Mon sexe et mes genoux tremblaient alors que j'écartais les cuisses.

— Tu aimes te faire baiser par mes frères ?

Je répondis par un son de gorge, les joues brûlantes.

— Pas la peine d'être timide.

Caleb fit un pas en avant, continuant de se branler.

— Pas avec nous, sœurette. Après tout, on prend soin des autres, c'est ça une famille... non ?

Il s'approcha encore, je pouvais presque le toucher, sa chaleur me rencontrait.

— J'ai envie de t'attacher, dit-il en me regardant dans les yeux. J'ai envie de t'emmener dans ma chambre et de t'attacher à mon lit. Je veux te faire des choses qui t'empêcheront de marcher demain, dit-il alors que son regard animal parcourait mon corps. Je veux pousser ce joli petit corps à ses limites, remplir ta chatte jusqu'au fond, au point que même quand je serai plus en toi, tu sentiras toujours ma présence.

Je fus frappée par un orgasme, profond et déroutant, qui se répandit dans mon corps. Caleb sourit et se pencha pour écarter mes jambes un peu plus.

— Cette idée te plaît, hein ?

Même après Tobias et Nick, j'étais à nouveau prête.

— Peut-être que je te baiserai le cul, murmura Caleb, ses yeux sombres animés. Ça te dirait, sœurette ?

Je glissai ma main entre mes cuisses, ma chatte palpitait, trempée, douloureuse. Je mis ma main contre la chair brûlante et fermai les cuisses pour me mettre à quatre pattes, lui donnant accès à ce qu'il désirait.

— C'est bien mon ange, dit Caleb en s'approchant.

La chaleur humide de sa queue glissa sur mon dos puis il descendit plus bas.

— Juste un avant-goût, sœurette, murmura-t-il, son doigt trouvant ma chaleur, caressant mon trou de balle serré.

Je sentis la pression monter mais je n'arrivais pas à être mal à l'aise, je ne pensais qu'à son doigt caressant ma rondelle, puis il glissa son doigt à l'intérieur et se retira.

— T'es si vierge, marmonna-t-il en replongeant son doigt dans mon cul. Putain, j'ai hâte.

Je baissai la tête, mon corps se crispait en sentant son doigt en moi, la chaleur remontait à la surface. J'entendis à nouveau le bruit lisse de sa main qui branlait sa queue, il gémissait. Je me cambrai davantage, m'offrant à lui.

Le mouvement de sa main accéléra, son gland chatouillait mes fesses alors qu'il enfonça un autre doigt profondément.

— Je vais tellement te remplir, princesse, grogna Caleb d'une voix sombre et pleine de désir.

Je tremblais, à l'affût des sons derrière moi. Le fait que je ne puisse pas le voir ou le toucher semblait renforcer mon désir. Je poussais en arrière pour qu'il s'enfonce en moi... et puis il y eut un grognement bestial, un liquide s'écoula sur mes fesses, me coulant dans la raie.

Caleb retira son doigt, me laissant à bout de souffle. Il frotta son sperme sur mon cul et glissa à nouveau son doigt en moi.

— Bientôt, sœurette, me promit-il. Bientôt.

# Chapitre Trente-Et-Un

## RYTH

Je tremblais sous la délicieuse chaleur des doigts de Caleb. Ils me marquaient et prenaient possession de moi à chaque caresse, chaque baiser, chaque regard... Bordel, même par leur parfum. L'odeur âcre de sueur et de baise imprégnait l'air et s'infiltrait dans ma mémoire.

J'entendis le grincement du petit frigo de la chambre de Nick avant d'entendre des pas.

— Bois, Ryth, dit Tobias en m'ouvrant une boisson énergisante. Il faut rester hydratée.

Je me redressai lentement, sentant mon corps courbaturé et je bus une gorgée. Tobias s'habilla, il enfila son jean, ses bottes et sa chemise. Nick fit de même ; ce fut Caleb qui ramassa mes vêtements sur le sol.

— Ca va être un peu douloureux pendant quelques jours, mais ton corps va s'habituer, dit-il en me tendant ma culotte pour que j'y glisse mes jambes.

Il faisait son possible pour ne pas me toucher, pour me laisser enfiler ma culotte tranquillement, puis il me tendit mon soutien-gorge.

— Et je sais que tu as un devoir à rendre demain, continua--il, alors on va installer ton bureau ici.

Nick s'affairait déjà à son bureau, libérant de la place... *pour moi.*

J'attachai mon soutien-gorge puis je pris mon jean des mains de Caleb avant de l'enfiler.

— Euh, pourquoi ?

Je ne comprenais pas vraiment cette initiative.

— Juste au cas où tu as besoin de quelque chose, murmura Tobias en me regardant.

— Si *j'ai* besoin de quelque chose, hein ? dis-je en me levant du lit, les jambes tremblantes. Caleb avait raison, mon corps tremblait même en enfilant simplement mon t-shirt.

— Laisse-nous prendre soin de toi, Ryth, ajouta Tobias alors que Nick se dirigeait vers la porte en l'ouvrant avec un craquement de bois avant de sortir. C'est à ça que servent les grands frères, non ?

*Les grands frères...* ces mots se mêlaient à l'idée de ce qu'on venait de faire. Je suivais mentalement les pas de Nick jusqu'à ma chambre, puis il revint quelques instants plus tard, avec mon ordinateur et mon carnet de notes.

— Tu avais un peu de mal avec ta bibliographie je crois, dit Caleb en croisant mon regard. Tu sais que je pourrais t'aider ?

— Je vais chercher à manger en bas, marmonna Tobias en sortant de la chambre.

En un éclair, la chambre s'agita. Un espace était créé pour moi, juste à côté de Nick. Je bus la boisson énergisante et m'avança pour m'asseoir, comme Caleb m'invitait à le faire. C'était étrange d'être dans cette chambre, et pourtant une partie de moi s'y plaisait très bien. Comme si j'avais rêvé de ça depuis longtemps, que je n'étais plus exclue.

Non... maintenant *je leur appartenais.*

J'ouvris mon ordinateur et ma page de traitement de texte. Caleb avait raison, ma bibliographie était un bordel sans nom ; je détestais toujours cette partie. Caleb partit et revint quelques instants plus tard avec son ordinateur. Il s'assit au sol, au pied du lit de Nick, pieds nus, les manches relevées, puis il démarra son ordinateur.

— Envoie-moi les liens et je ferai ta bibliographie.

— C'est pas de la triche ? dis-je en soupirant, le regardant par-dessus mon épaule.

Il afficha immédiatement un sourire malicieux.

— Je ne dirai rien si tu ne dis rien non plus, sœurette.

Je sentis mes joues rougir lorsqu'il me fit un clin d'œil coquin ; mon cœur s'emballa. *Dieu merci.* Je souris et sortis l'email de mes brouillons que je m'étais envoyé comme sauvegarde, puis je copiai l'intégralité.

— C'est quoi ton adresse mail ?

Je lui envoyais au moment où Tobias entra, posant devant moi une assiette contenant du fromage, du jambon et un sandwich à la mayonnaise. Mon estomac grognait, même si j'avais déjeuner il y a peu. Je jetai un œil à l'horloge et me crispai.

— Il est quatorze heures ?

Caleb gloussa.

— Ouais, dit Tobias en me regardant avec ses yeux couleur charbon qui scintillaient de fierté. On voit pas le temps passer quand on s'amuse, hein, petite souris ?

— Et mon assiette ? marmonna Nick.

— Dans la cuisine, grogna Tobias en passant devant lui. Je suis pas ta bonne.

Caleb éclata de rire, Nick donna un coup d'épaule à Tobias, et l'instant d'après le sandwich de Tobias traversa la pièce alors qu'ils se bagarraient dans mon dos.

Ils poussaient des grognements et des bruits bestiaux, comparant leur force. Aucun des deux ne gagna. Mais quand ils eurent fini leur petite bagarre, Nick avait croqué voracement dans le sandwich de T., ce qui lui valut un grognement de mécontentement.

— On est frères, dit Caleb comme un avertissement, les yeux rivés sur l'écran devant lui. Nick se laissa tomber dans son siège de bureau ; je coupai mon sandwich en deux pour lui en proposer la moitié.

— Merci, sœurette, dit Nick en me faisant un clin d'œil.

Punaise, je n'allais pas pouvoir continuer comme ça. Il y a quelques minutes Nick avait sa tête entre mes jambes, sa langue plongée en moi, et deux minutes plus tard il m'appelait *sœurette*.

Je sentis mes joues rougir et me forçai à regarder mon ordinateur. Caleb avait raison, il me restait seulement quelques heures pour terminer ce devoir et m'assurer qu'il était bon.

On perdit la notion du temps. Je rectifiais quelques passages grâce aux conseils de Caleb. Nick bossait sur son ordinateur sur une sorte de site commercial de Bitcoin, et Tobias jouait à un jeu sur son portable, allongé sur le lit de Nick avec ses écouteurs. Tout cela semblait... *parfaitement normal.*

Nous avons travaillé jusqu'à ce que la lumière du jour décline et que la nuit commence à tomber.

— Vous avez pas faim ?

— Punaise, t'es un puits sans fond, T., marmonna Caleb.

— Moi aussi j'ai la dalle, avoua Nick en posant ses écouteurs avant de se lever et d'étirer ses muscles endoloris.

Je relevai la tête mais je vis seulement les passages qu'il me restait à rectifier avant le lendemain matin. Mais mon corps était endolori et j'avais la tête dans le brouillard.

— Je crois que j'ai bien envie de faire une pause aussi.

— On va manger alors, dit Tobias en se levant du lit. Mais cette fois, c'est pas moi qui cuisine.

— Tu n'as pas cuisiner tout à l'heure, dit Nick en le regardant d'un œil mauvais. Un sandwich c'est pas de la cuisine.

— Si tu le dis, dit Tobias en haussant les épaules. Il se leva et se dirigea vers sa chambre.

— Bon, dit Caleb en se levant du sol, grimaçant alors qu'il s'étirait. On dirait que ça va juste être un tête à tête entre toi et moi, ma belle.

Je jetai un œil à Nick qui me sourit de toutes ses dents en me poussant vers Caleb. Je le suivis jusque dans la cuisine puis il disparut dans le cellier.

— Alors, qu'est-ce que tu sais faire à manger ?

— Ce que tu veux, dit-il en ouvrant la porte du frigo pour regarder ce qu'il y avait dedans. Je peux faire une omelette, ça te dit ?

— Parfait, dis-je en salivant déjà. En plus, je sais faire les meilleurs toasts beurrés.

Il me lança un sourire par-dessus son épaule, son visage éclairé par la lumière du frigo.

— On dirait qu'on est faits pour s'entendre.

Les papillons dans mon ventre refirent surface lorsqu'il sortit une boîte d'œufs et du beurre, avant de les poser sur le comptoir. Il cuisinait en silence, pillant le frigo alors que je sortais un saladier et un fouet avant de commencer à casser les œufs. Il lança un regard inquiet vers les escaliers avant de me saisir par les hanches ; il se pressa contre moi et m'embrassa l'épaule.

Je me figeai au contact de ses lèvres, mon cœur battait la chamade et la peur augmentait alors que je regardais fixement les escaliers.

— Tu sens encore mon sperme sur ta peau, princesse ? dit-il dans un murmure rauque dans mon dos.

Des frissons me parcouraient l'échine, mon corps lui répondait.

— Oui, dis-je.

— Tant mieux.

Il s'éloigna pour attraper une grosse poêle puis il la posa sur la cuisinière. *Tant mieux ?* C'est tout ? Je déglutis et essayai de contrôler le tremblement de mes mains. Il alluma le gaz et plaça la poêle dessus, je fus attirée par ses mains, ses doigts épais enroulés autour de la poignée. Je savais ce qu'il y avait sous sa chemise, ce qu'il cachait derrière ses vêtements, et je connaissais aussi le goût qu'il avait.

— T'es encore dans la lune, marmonna-t-il avant de se tourner vers moi.

Il y eut une lueur d'amusement dans ses yeux, brillante comme une étoile, puis un sourire se dessina sur ses lèvres, me faisant comprendre qu'il aimait que je le regarde.

— J'ai eu un moment d'absence, dis-je.

Il s'avança vers moi.

— On fait à manger, à ce que je vois, marmonna ma mère en s'approchant, j'entendis alors le son lointain de ses pas. Enfin, Ryth, je suis sûre que tu oublierais ta tête si elle n'était pas attachée à ton corps.

Je sursautai au son de sa voix, la regardant venir vers nous. Elle avait l'air d'un zombie et ne jeta même pas un œil à Caleb. Non, ses yeux vitreux se fixaient sur moi uniquement.

— T'étais où ?

— Ici, dis-je d'un ton froid.

— Toute la journée ? demanda-t-elle en tirant une chaise avant de s'asseoir lourdement.

— Oui, dit Caleb en se tournant, faisant tourner le beurre fondu dans la poêle avant d'attraper le bol d'œufs. Ryth a travaillé dur toute la journée sur le devoir qu'elle doit rendre.

— Elle a travaillé... dit ma mère en haussant les épaules avant de fermer les yeux. Le portrait de son père, aucun doute là-dessus.

Je me figeai, ses mots me firent l'effet d'un poignard. La colère assombrit le regard de Caleb, il avança vers elle et plaça ses bras sur le comptoir devant elle.

— Tu sais, si tu ouvrais un peu plus les yeux, tu la verrais comme elle est vraiment, et pas seulement comme une extension de toi ou de son père.

Elle ouvrit les yeux et trouva Caleb face à elle, elle afficha un sourire faux. Elle sembla alors le voir vraiment, glissant les yeux vers sa chemise ouverte, ses manches relevées, comme si elle remarquait qu'il avait un sex-appeal démentiel. Sa respiration s'accéléra et le soupçon d'un désir enfoui sembla annuler la haine qu'elle venait d'éprouver à mon égard.

— Je ne voulais pas... commença-t-elle.

— Tu ne voulais pas quoi ? demanda Tobias en arrivant dans la cuisine.

Il fit le tour du comptoir, jeta un œil à la poêle et se dirigea vers moi, passant le bras par-dessus mon épaule pour prendre un bout de fromage, puis il se retourna vers elle, dos à moi.

— Elle était en train de dire que Ryth...

— Que Ryth *quoi* ? s'étonna Nick en entrant dans la cuisine pour se diriger vers le frigo ; il en sortit une canette bière qu'il ouvrit immédiatement avant d'avancer vers moi tout en regardant ma mère.

Leurs gestes étaient calculés ; Caleb et Nick m'entouraient de chaque côté et Tobias... Tobias était derrière moi. Elle les regarda à tour de rôle et fit un petit sourire.

— Rien, dit-elle en m'adressant son sourire. Rien, ma chérie, oublie ce que j'ai dit, je suis fatiguée.

— Alors peut-être que tu devrais aller te recoucher avec ton humeur odieuse ? s'exclama Tobias.

Ma mère sursauta et regarda Caleb. Est-ce qu'elle voyait Creed en lui ? Est-ce qu'elle pensait vraiment qu'il allait contredire son frère pour la défendre ?

— Tu as l'air fatiguée, Elle, murmura Caleb.

— C'est vraiment terrible les somnifères, ajouta Nick.

Je détournai les yeux, toute cette situation était de ma faute, si je n'avais pas... Tobias s'approcha à nouveau de moi pour prendre un morceau de jambon, son bras frôla le mien. Je sentis la chaleur de son torse pressé contre mon dos.

— Je pense que vous avez raison, marmonna ma mère en se levant de sa chaise. J'arrive pas à faire passer cette migraine.

— Dors bien, dit Caleb par-dessus le bruit du beurre dans la poêle, dont l'odeur commençait à emplir l'air.

Nick se tourna vers la cuisinière.

— J'ai la dalle putain, fais pas tout cramer, frérot.

Elle s'en alla sans rien dire. Elle ne me jeta même pas un œil avant de remonter lentement les escaliers. J'essayais de trouver une partie de la mère que je connaissais dans la courbe de son dos et l'affaissement de ses épaules.

Mais en vérité, elle était une inconnue pour moi aujourd'hui, comme à l'époque. Je ne l'avais jamais vraiment connue, je n'avais jamais fait l'expérience de son amour. C'était vraiment terrible d'essayer de faire remonter cette émotion à la surface alors que je ne l'avais jamais vécue. Ma mère ne donnait que ce qu'elle voulait, comme un tuyau percé, et je m'accrochais à la moindre goutte, que j'attendais avec une soif inégalée.

Une douleur monta en moi alors que ses pas s'éloignaient. Les bruits du fouet, de la poêle, les marmonnements et les commentaires de Nick n'atteignaient même pas le brouillard de mes souvenirs.

— Si tu attends quelque chose d'elle, tu vas attendre toute ta vie, dit Tobias dans mon dos. Crois-moi... j'en sais quelque chose.

Il avait raison et je le savais. Pourtant, cela n'apaisait en rien la douleur, rien ne le pouvant. Mais alors que l'odeur de l'omelette et que la voix de mes frères me pénétrait, apaisant mes blessures, m'éloignant de mes pensées, la douleur laissée par ma mère fut remplacée par autre chose.

Quelque chose que je n'avais jamais ressenti de toute ma vie... une sensation d'appartenance.

## Chapitre Trente-Deux

RYTH

JE ME RÉVEILLAI EN OUVRANT GRAND LES YEUX. MAIS cette fois, il n'y eut pas de vagues souvenirs de mes futurs demi-frères, aucune obscurité douteuse où se cachait la vérité. Non, cette fois, la vérité scintillait de mille feux. Mon cœur s'accéléra avant même de songer aux souvenirs.

Ils me revinrent un à un...

*Tobias...*

*Nick...*

*Caleb.*

Je fermai les yeux à nouveau et me retournai dans le lit en tirant la couette sur moi. Le mariage allait avoir lieu dans moins d'une semaine. Alors ils feraient partie de ma famille... *pour de vrai.* Pas de liens du sang, mais ma famille quand même. Je fus envahie d'un sentiment de honte qui m'entraînait loin, dans un puits de noirceur.

Je revis la cuisine dans mon esprit, la manière dont ils s'étaient tenus près de moi alors que ma mère me dévisageait. C'était malsain, ce que je ressentais... les bonnes filles ne ressentaient pas ça.

*Peut-être que tu devrais aller te recoucher avec ton humeur odieuse ?*

Le commentaire cinglant de Tobias me revint à l'esprit et mon cœur se mit à battre encore plus fort. Je commençais à ressentir quelque chose pour eux, je crois que je commençais à tomber amoureuse... et c'était malsain. Je repoussai les couettes et me redressai en prenant ma tête entre mes mains. *Qu'est-ce que j'allais faire maintenant ?*

Je levai les yeux vers mon ordinateur. J'avais passé les heures après le diner seule dans ma chambre, j'avais envoyé mon devoir très tard la nuit dernière. Nick était venu me voir et Caleb m'avait envoyé un message avec une bibliographie parfaite.

En l'espace d'une journée ils m'avaient offert plus que ce que mes parents ne m'avaient jamais donné. Je me levai et aperçus la lumière brillante de l'aube. Il fallait que je me dépêche, que je prenne une douche et que je me prépare. Nick voudrait sûrement m'emmener au lycée, et peut-être qu'on s'arrêterait au parc en chemin ?

Cette idée m'excitait.

Je pris mon uniforme et ma culotte en coton. *Punaise, j'adore quand tu portes ça.* Les mots de Nick me revenaient et chassaient ma gêne. Je regardai ma culotte blanche Hello Kitty. Tout le monde trouverait ça ringard et gamin. Mais pas lui... apparemment mon demi-frère aimait ce côté puéril.

Je fouillai dans ma commode avant de sortir des chaussettes longues. Je ne les avais jamais portés, je me serais trouvée ridicule avec ça. Mais Nick... j'étais sûre que ça lui plairait. Et ça me suffisait. Je les jetai sur le lit, pris mes vêtements et me dirigeai vers la salle de bains.

Je pris une douche, me lavai les cheveux et me savonnai le corps, prenant le temps d'empoigner mes seins. Mon corps avait l'air différent maintenant, il y avait une brûlure sourde et douloureuse qui gisait sous la surface. Je fermai les yeux et basculai la tête en arrière, savourant le jet d'eau en me touchant les tétons.

*Continue comme ça, princesse,* la voix de Caleb emplissait mon esprit. Je massai mes mamelons sensibles et mon corps répondit immédiatement. J'avais envie de rester sous la douche et d'essayer de reproduire les sensations que j'avais eues avec eux. Mais peut-être une autre fois. Je me retournai pour couper l'eau et sortis, attrapant une serviette lorsque j'aperçus les vêtements de Tobias. Ils étaient éparpillés nonchalamment.

*Mes frères...*

Ce mot me fit sourire alors que je me séchai les cheveux avant de m'approcher du lavabo pour enfiler ma culotte. La porte s'ouvrit brusquement. Je sursautai et portai immédiatement mes mains à mes seins.

— Je les ai déjà vus, je les ai déjà léchés... et *je les lécherai encore très vite, petite souris,* dit Tobias d'une voix rauque avant de bâiller et de passer à côté de moi pour utiliser les toilettes.

— Tobias, m'écriai-je en jetant un œil vers la porte ouverte de la salle de bain. Tu peux pas entrer comme dans un moulin quand je suis là.

— Pourquoi pas ? dit-il en baissant son caleçon puis une cascade se répandit dans la cuvette. T'as l'air d'avoir oublié... je te déteste, *tu te souviens ?*

— Ta gueule, Tobias, grognai-je en attrapant mes vêtements avant de sortir en vitesse de la salle de bains.

Mais sous la brûlure de la colère, il y avait une sensation imperceptible qui allait droit à mon entrejambe. J'arrivai dans ma chambre en maugréant et je m'habillai pour aller au lycée, enfilant mes longues chaussettes.

Je pris mon ordinateur et sortis de ma chambre, je remarquai alors que la porte de Tobias était maintenant close. J'avais envie de frapper, de cogner contre sa cage comme il secouait la mienne... *chaque putain de jour*. Mon regard se porta sur la chambre de ma mère alors que je descendais les escaliers. Mais au lieu de me soucier de l'état de ma mère... je fixais avec angoisse le sol devant sa porte.

*Nick, non.... Si elle nous entend ?*

Mes propres mots résonnaient dans ma tête alors que je descendais les marches, m'attendant à trouver Nick en bas qui m'attendait... mais il n'était pas là. C'était Creed qui était là, debout dans l'entrée.

Sa chemise était froissée, salie par endroits, et lorsqu'il se tourna vers moi, je vis une tache de sang séché.

— Creed ? dis-je en m'approchant. Qu'est-ce qu'il y a ?

Peu importe ce qu'il s'était passé... c'était grave.

Il passa une main dans ses cheveux, le regard emplit de panique.

— Ryth, dit-il en s'approchant puis s'arrêta à mi-chemin, posant les yeux sur l'ordinateur que je tenais dans mes bras. Je vais t'emmener au lycée.

Je secouai la tête.

— Non, c'est bon, je...

— *J'ai dit que je t'emmène au lycée*, cria-t-il, puis se calma et prit une respiration tremblante avant de marmonner. Désolé. Écoute... *je suis désolé, d'accord ?*

Je fis un pas vers lui, incapable de détourner mes yeux de la tache de sang.

— Est-ce que tout va bien ?

Non, ça n'allait pas, c'était évident. Il était... agité. Je ne l'avais jamais vu dans cet état-là, défait, *effrayé*. Des souvenirs de mon ancienne maison surgirent dans mon esprit, la maison où j'avais vécu avec mon père avant qu'il parte en prison.

Creed se força à sourire, il me regarda avec attention.

— C'est rien, Ryth. Je veux juste t'emmener au lycée, d'accord ? Est-ce que tu peux au moins me laisser faire ça ?

Je voulais que ce soit Nick et je résistais à l'envie de l'appeler.

— S'il te plaît, Ryth, dit-il d'une voix pleine d'une émotion qui resta bloquée dans sa gorge alors qu'il me regardait d'un regard peiné.

Je fis un pas en avant, acquiesçant sans m'en rendre compte.

— Oui... d'accord, Creed.

Il fit un pas vers moi et serra le poing d'une main tremblante avant de regarder mon ordinateur.

— On... on y va tout de suite.

J'avais déjà vu des gens sous le choc, des gens faire des folies stupides. Certains même agissant comme s'ils ne se souvenaient de rien. Était-ce le cas de Creed ? Je ne le suivis pas lorsqu'il s'avança vers la porte, je jetai un œil par-dessus mon épaule, résistant à l'envie d'appeler Nick pour lui dire que je m'en allais.

— Ryth ? me dit Creed en ouvrant la porte pour m'attendre. On va juste au lycée, ma chérie.

Je détournai les yeux de l'escalier et sortis de la maison. Le soleil était aveuglant, je dus lever une main pour me protéger les yeux, j'ouvris ensuite la portière côté passager de la Mercedes. Je m'installai et posai mes affaires à mes pieds avant de lever les yeux vers les fenêtres de mes frères.

Le moteur vrombit et nous étions en train de descendre l'allée lorsque je vis les volets de Nick bouger. Il conduisait un peu trop vite, s'élançant à toute vitesse sur la route avant de tourner brusquement.

Mon téléphone émit un *bip*.

Je m'accrochais à la ceinture alors que Creed appuya plus fort sur l'accélérateur, la main crispée sur le volant, faisant tanguer la voiture à chaque virage.

— On dirait que la soirée ne s'est pas très bien passée, dis-je pour essayer de faire la conversation en sortant mon téléphone.

Nick : Qu'est-ce que tu fous, princesse ?

Je serrai mon téléphone dans ma main, faisant de mon mieux pour ne pas me mettre à crier alors que Creed zig-zaguait imprudemment entre les voitures.

— Non, dit-il, en tout cas pas aussi bien que je l'espérais, dit-il en tournant la tête vers moi et je vis quelque chose de profond prendre vie dans son regard. Mais chaque problème a plus d'une solution, tu ne crois pas ?

Je ne savais pas quoi dire, je me contentais de hocher la tête lentement puis j'ouvris le message de Nick pour lui répondre.

*Je crois qu'il s'est passé quelque chose. Creed est vraiment bizarre, il me fout les jetons.*

Les voitures passaient à côté de nous à la vitesse de l'éclair. Je me cramponnais à ma ceinture en regardant le tableau de bord.

— Creed, s'il te plaît, tu peux ralentir. Tu me fais peur.

Il semblait ne pas m'entendre. Ses mains se crispèrent autour du volant lorsqu'il me répondit :

— Plus d'une solution... *plus d'une solution... plus d'une...*

Son téléphone se mit à sonner, le numéro s'afficha sur l'écran entre nous. Nick. Mais Creed ne répondit pas. Il faisait comme s'il n'entendait rien. Je me penchai en avant et, de mes doigts tremblants, acceptai l'appel de Nick.

— Papa ? s'écria la voix de Nick dans le haut-parleur.

Je jetai un œil à Creed, voyant ses lèvres bouger alors qu'il marmonnait des mots en boucle, des mots que je ne pouvais pas entendre.

— En fait, je crois qu'on a un problème avec Tobias, dit Nick, dont les mots semblaient tomber dans l'oreille d'un sourd. Hé ho, tu m'entends ?

— N-Nick, dis-je. Je crois que Creed ne se sent pas très bien.

— Je vais très bien, répondit Creed avant de s'engager violemment sur une rue perpendiculaire. Je vais très bien.

— Qu'est-ce qu'il se passe ? demanda Nick, j'entendais presque la peur dans sa voix. C'était moi qui devais l'emmener au lycée, tu te rappelles ? C'est toi qui m'as confié cette tâche, hein ? Pour me responsabiliser après la mort de maman.

Creed eut un sursaut et regarda l'écran. Il fronça les sourcils avant de me regarder en tournant la tête brusquement, comme s'il venait de comprendre ce qui se tramait. Il leva le pied de la pédale d'accélération et la voiture ralentit alors que nous arrivions aux abords de mon lycée.

Je me sentis soulagée lorsque Creed répondit enfin.

— Ouais, ouais, Nick. Tu as raison.

— Ryth, me dit mon frère. Ça va ?

— Ouais, dis-je en déglutissant alors que je regardais les bâtiments familiers qui se dressaient devant moi. On vient d'arriver au lycée.

— D'accord, bien. Et papa... ?

— Quoi ?

— Si tu emmènes encore ma petite sœur au lycée en conduisant comme un enfoiré, tu vas avoir des ennuis. Compris ?

La peur se dessina sur le visage de Creed lorsqu'il se gara sur la voie dépose-minute, ralentissant la voiture jusqu'à son arrêt complet. Il ne répondit rien, pendant un long moment. Je vis ses joues rougir sa peau pâle.

— Ouais, dit-il en hochant la tête.

— Appelle-moi quand tu sors, Ryth, ajouta Nick avant de raccrocher.

Mes mains tremblaient lorsque je pris mon ordinateur.

— Je suis désolé, Ryth, dit Creed alors que j'ouvrais déjà la portière pour sortir, j'avais hâte de me barrer de cette voiture. *Ryth, attends ! Je...*

Je fermais la porte puis je m'éloignais en serrant mon ordinateur contre moi. Mes genoux tremblaient et ma respiration était erratique. Je continuais à m'éloigner de la voiture avant d'appeler Nick.

— Hey, dit-il immédiatement, emplissant mon oreille de sa voix suave. Ça va ?

— Ou-ouais, je crois, dis-je en jetant un œil par-dessus mon épaule, voyant la Mercedes grise qui s'engageait sur la voie avant de faire demi-tour. Il est parti.

— Qu'est-ce qu'il s'est passé ?

Je fixais l'arrière de la voiture jusqu'à ce que je ne la voie plus.

— Je sais pas. Mais ça sent le roussi.

— L'essentiel c'est que tu ailles bien. Quel enfoiré. Il va m'entendre quand il va rentrer.

Mon cœur se mit à battre plus fort, comme s'il avait des ailes élancées qui effleuraient ma cage thoracique.

— Nick.

— Ouais, princesse ?

Je m'arrêtais de marcher. Voilà ce qu'il me faisait... *il me subjuguait.*

— Tu m'as manqué.

— Tu veux que je vienne ? dit-il d'une voix plus profonde, *plus rauque.* Tu peux sécher les cours... je t'emmènerai au parc. Dis-moi ce que tu veux et c'est comme si c'était fait.

J'en avais vraiment envie, plus que tout. Le bruit des pas d'autres élèves m'entourait. Je vis des œillades de nanas qui passaient à côté de moi. Punaise, si elles savaient ce que j'ai la chance d'avoir.

— Je peux pas, dis-je en soupirant, reprenant mon chemin. Mais le moment viendra.

— Je t'attends, alors, répondit-il. Et cette fois, tu ne seras qu'à moi, d'accord princesse ?

Un frisson me parcourut.

— Oui.

— Gentille fille.

Je raccrochai et ses mots résonnaient en moi lorsque je poussais la porte, direction l'enfer. Il y avait un brouhaha lorsque je me dirigeais à mon premier cours. Je cherchais au milieu de la foule le visage familier de Gio, lorsque le souvenir de notre dernière rencontre me revint à l'esprit.

Mes joues se mirent à brûler, je me souvenais que Tobias m'avait massé les seins sous son nez, comme pour montrer que je lui appartenais, comme son corps l'avait fait. Mais il y avait des non-dits entre Gio et moi, surtout à propos de Lazarus Rossi.

Je serrais les dents, détestant la haine qui montait en moi. Comment est-ce que Gio avait pu rester là sans rien faire, en sachant ce qu'ils avaient fait ? Le visage meurtri et ensanglanté de mon père me revint en tête, ainsi que son regard baissé, plein de honte, sachant la situation dans laquelle il nous avait mis.

Des flammes brûlaient sous la surface, réduisant en cendres tout ce qui était mon monde. Je me frayais un passage dans la foule rassemblée devant la salle.

— Laissez-moi passer.

Mais personne ne bougeait, je dus serrer plus fort mon ordinateur contre moi et pousser dans le tas. J'aperçus enfin Gio, qui me tournait le dos.

— *Gio !* criai-je.

Il se redressa en continuant de parler aux camarades déjà assis.

— Gio, dis-je à nouveau alors que je perçus son étonnement avant qu'il lève le menton. Mais il ne se tourna pas vers moi, il ne pouvait même pas me faire l'honneur de me regarder dans les yeux.

— Regarde-moi.

Les autres me regardaient, deux mecs que je ne connaissais pas. Je sentis une colère diabolique monter en moi, une colère dont je sentais déjà le feu.

— Bien, tu veux pas me parler alors, dis-je. T'es vraiment un enfoiré minable.

— *C'est moi l'enfoiré ?* dit-il d'une grosse voix en se tournant vers moi. Il essaya de trouver mon regard entre les larmes épaisses qu'il essuyait avec un mouchoir. T'as vu ce que tes putains de *frères* m'ont fait ?

Je restais figée, il était bien amoché. Je ne savais pas où regarder. Lèvres en sang, yeux gonflés, des vilains bleus violacés partout sur le visage.

*Les doigts ensanglantés.* C'était donc ça.

— Tu veux qu'on parle de ce qui est *minable ?* dit-il en s'approchant. Qu'est-ce que tu dis de deux contre un déjà ? Tu veux qu'on en parle ? Non... je suis sûr que non, t'es qu'une sale hypocrite.

— Bon, calmez-vous, dit le prof en entrant dans la salle. M. Romano, on a compris que votre week-end était... *intéressant.*

Gio me lança un regard noir avant de retourner s'assoir près du mur, loin de moi. Je ne pouvais plus bouger, même lorsque je sentais les autres s'asseoir autour de moi. Tout ce que je voyais c'était les doigts meurtris de Tobias... et la cruauté de mes mots. *Tu lui as fait du mal ?*

*Ouais,* avait répondu Tobias.

*D'accord...*

*D'accord.*

Je me retournai pour m'asseoir sur une chaise libre devant moi, sans me rendre compte de mes mouvements. J'entendais des voix, le prof prononçait des mots qui ne parvenaient pas jusqu'à moi. Gio jeta un œil par-dessus son épaule, ses yeux plissés et plein de douleur croisèrent mon regard puis il regarda ailleurs.

Ils l'avaient tabassé...

Sans aucune pitié.

*À cause de moi.*

Je restais assise, sous le choc, incapable de comprendre ce que le prof disait, et lorsque la sonnerie retentit, je fus la première à me lever.

— Gio, dis-je en allant vers lui.

Mais il s'en allait déjà, filant à toute vitesse pour m'éviter. Je déglutis alors que les regards de nos camarades se posaient longuement sur moi. J'avais les joues en feu, et pour la première fois depuis plusieurs jours, je rabattis une mèche de cheveux devant mon visage pour cacher ma joue, puis je sortis avec la hâte de m'éloigner d'eux.

# Chapitre Trente-Trois

## NICK

Je me tournai en entendant la Mercedes monter dans l'allée. Le moteur s'arrêta de tourner et j'entendis le claquement de la portière depuis l'intérieur de la maison. *Quel enfoiré.* Je serrais les poings, attendant que la porte d'entrée s'ouvre et que mon père entre, la tête baissée.

Il s'arrêta une fois entrer et leva les yeux vers moi avec une expression de douleur figée sur le visage.

— Arrête, ok... *arrête.*

— Arrête ? dis-je en traversant le hall pour me tenir devant celui qui était mon père. C'est tout ce que tu as à dire ?

— Je suis désolé, dit-il en secouant la tête.

— Tu es *désolé ?* dis-je en m'approchant encore pour le saisir par le col, plongeant mes yeux dans les siens.

Dire que j'avais un jour admiré cet homme pour sa puissance. À cet instant-là, il n'avait rien de puissant... il n'était qu'un môme apeuré. Je pris le temps de regarder la peur dans ses yeux, puis je serrai sa chemise sale dans ma poigne.

— Tu dirais ça à Ryth ?

— Dire quoi à Ryth ? demanda Caleb qui descendait les escaliers derrière moi.

Mon grand frère me lança un regard paniqué puis se tourna vers mon père.

— Lui dire qu'il est désolé d'avoir failli la tuer sur la route ce matin, dis-je pour apaiser l'inquiétude de mon frère. À conduire comme un dératé à lui foutre les jetons.

— C'est quoi cette histoire ? demanda Caleb en s'approchant. Et pourquoi y'a du sang sur ta chemise ?

Mon père passa une main dans ses cheveux grisonnants et secoua la tête.

— C'est rien.

— Qu'est-ce que tu nous caches ? demanda Caleb en se penchant pour le regarder.

Deux avocats qui s'affrontaient. Je savais sur qui je miserais.

— Qu'est-ce que t'as fait putain papa ? demanda Caleb en étudiant son visage.

Mais notre père n'allait pas se laisser intimider, pas par ses propres fils. La haine semblait bouillir en lui.

— Dégage, Caleb... et toi, dit-il en me regardant, mêle-toi de tes affaires.

Mais ce qu'il faisait nous regardait... surtout quand il s'agissait de Ryth.

— T'es pas encore parti, Caleb ? s'écria mon père d'une voix enragée.

On aurait dit un serpent. Un serpent qui avait été mordu et blessé, prêt à mordre.

— T'as pas un endroit où aller ?

— Tu veux qu'on parle de la maison ? dit Caleb et je vis ses yeux s'assombrir. Ou est-ce que tu préfères qu'on passe outre le fait que tu nous as ramené une femme bizarre et sa fille alors que maman venait à peine d'être mise en terre ? C'est quel genre de maison ça tu crois ?

Mon père avait le regard plein de rage.

— Ça te regarde absolument pas.

— Un peu si, surtout quand tu fous les jetons à une nana qui s'apprête à être notre demi-sœur, dit Caleb sans faiblir.

Quand je le regardais, je voyais le portrait de notre mère.

Les épaules de mon père s'affaissèrent, le feu dans ses yeux fut soufflé en un instant.

— J'ai déconné, ok ?

— Ca a pas intérêt à se reproduire, dis-je. C'est moi qui l'emmène au lycée et qui vais la récupérer. Moi, ou un de mes frères.

Il eut l'air surpris et fronça les sourcils avant de regarder Caleb, qui se contentait de le regarder fixement avec un silence de mort.

— Compris, marmonna mon père. Comme tu voudras. Faut que j'aille prendre une douche et dormir un peu.

Il se dirigea vers les escaliers. Je suis quasiment sûr de l'avoir vu faire une pause comme s'il avait oublié de dire quelque chose. Mais ensuite il partit, montant les escaliers d'un pas lourd.

— C'était quoi ça ? marmonna Caleb.

Je secouai la tête au moment où mon téléphone émit un *bip*.

*Ryth...*

Je pris mon téléphone et ouvris les messages.

Natalie : Ouvre la porte, Nick. Je veux te voir.

— Merde, dis-je en entendant le bruit de sa Nissan dans l'allée.

Caleb fronça les sourcils en entendant la voiture, puis il secoua la tête.

— Débrouille-toi, frérot.

Il me laissait me débrouiller... cet enfoiré s'en alla alors que la voiture se garait devant la maison. Je fronçai les sourcils, mon cœur battait la chamade alors que je pensais exclusivement à Ryth.

— Putain, dis-je en allant vers la porte, j'entendis qu'elle venait de fermer sa portière.

Je vis sa silhouette par la fenêtre et j'ouvris la porte.

— Bébé, dit-elle en affichant un faux sourire triste en avançant vers moi.

Elle voulut me prendre dans ses bras mais je m'éloignai en faisant non de la tête.

— Arrête.

Elle se mit à rougir en regardant derrière moi.

— Tu vas même pas me laisser entrer ?

*Pourquoi faire ?* voulais-je demander. Mais cette douleur familière de tristesse qui entourait mon cœur revenait quand je la regardais. Je ne l'aimais pas, c'était une évidence. Non... *j'avais de la peine pour elle.*

— Allez, Nicky, dit-elle en faisant un pas de plus. Tu me détestes autant que ça ?

Bordel, j'aurais voulu être un enfoiré sans cœur comme Tobias... au moins une fois, pouvoir me tenir droit devant elle et lui dire de dégager.

— Waouh, dit-elle en croisant les bras. Donc tu me détestes.

— Je... je te déteste pas, marmonnai-je. Qu'est-ce que tu fais là ?

Elle rougit encore plus.

— Mes boucles d'oreilles... je les ai oubliées ici et je voudrais les récupérer.

Merde.

— Dis-moi où elles sont, je vais les chercher.

Elle secoua la tête et s'approcha de moi en posant sa main sur mon torse.

— C'est pas la peine, j'en ai pour une seconde, Nicky. Tu peux venir avec moi.

C'était une mauvaise idée, une *très* mauvaise idée. Chaque pas qu'elle faisait dans la maison puait la trahison. Je n'eus d'autre choix que de la suivre dans les escaliers, jusque dans ma chambre. Elle se tourna en entrant et me regarda de haut en bas.

— Tu m'as manqué, bébé, dit-elle en posant le bras sur moi.

Ses mains étaient chaudes et familières.

— Arrête, dis-je, mais je ne bougeais pas, je ne la repoussais pas alors que j'en avais envie.

— Je t'ai pas manqué moi ? murmura-t-elle en pressant ses seins contre moi.

Dans ma tête, je ne voyais que ma demi-sœur, ses petits seins, lisses et parfaits sous ma main.

— Non, Natalie, dis-je en la regardant dans les yeux.

Son regard d'animal déçu me donna presque l'impression d'être un connard. Elle recula et commença à fouiller dans la chambre.

— Bon, d'accord... c'est un peu blessant, dit-elle en baissant les yeux, comme pour lutter contre ses larmes de crocodile.

Parce que cette fille était une menteuse, et même si je détestais l'admettre, Tobias avait eu raison depuis le début. C'était une salope qui se foutait de ma gueule, qui me trompait et qui me donnait toujours l'impression de ne pas être assez.

Elle s'agenouilla pour regarder sous le lit.

Je serrai la mâchoire et lui dis les dents serrées :

— Je croyais que tu savais où elles étaient ?

— C'est le cas, souffla-t-elle en se penchant pour atteindre l'obscurité sous le lit.

— Natalie, dis-je, la voyant baisser la tête et sangloter en tremblant. Putain, dis-je en allant m'agenouiller à côté d'elle pour regarder sous le lit. Laisse-moi regarder et dis-moi à quoi elles ressemblent.

— Elles ressemblent à des boucles d'oreille, marmonna-t-elle.

Elle était près de moi, bien trop près. Beaucoup plus que ce que je voulais.

L'instant d'après, ses mains étaient sur moi, son corps se pressait contre le mien, elle me fit basculer en arrière jusqu'à ce que je tombe sur les fesses. J'essayais de la repousser mais elle me saisit les poignets et me poussa contre le sol.

Elle leva une jambe et se mit à califourchon sur moi, sa main alla directement sur ma fermeture éclair.

— Tu m'as vraiment manqué, Nick. Je... je n'arrête pas de pleurer, je veux qu'on se remette ensemble.

— Natalie, *non*, dis-je en la repoussant.

Puis elle m'embrassa et je fus envahi par cette odeur douce et familière. Bordel, j'avais passé des dizaines de nuit à respirer cette odeur, elle avait fini par être l'air que je respirais... elle avait été mon monde, mes nuits interminables. Le bouton de mon jean sauta et elle fit descendre ma fermeture éclair. Quelque chose de ma poche tomba bruyamment sur le sol, *mon fichu téléphone.*

— J'ai envie de toi, Nicky, gémit-elle. J'ai envie de toi.

— Arrête ! criai-je en saisissant sa main qui commençait à empoigner ma queue. *Arrête,* putain !

Je la repoussai d'un coup sec, mais pas aussi brutal que je l'aurais voulu. Elle tomba malgré tout sur le côté et me fixait en se redressant. Elle pleurait à nouveau, de grosses larmes. Merde, je lui avais peut-être fait mal.

Je passai une main dans mes cheveux. Ce n'était pas ce que je voulais... je ne voulais pas lui faire du mal.

Mais je n'avais pas envie d'elle pour autant.

Ryth emplissait mes souvenirs, ce lien qu'on avait avec notre demi-sœur. Même si c'était malsain, c'était ça que je voulais. Tous les jours... et toutes les nuits. Je la voulais *elle.*

Natalie se releva du sol quand je remontai ma fermeture éclair et reboutonnai mon jean.

— Putain tu m'as fait mal, Nick, dit-elle en reniflant et en essuyant la morve avec le dos de sa main. Tu m'as vraiment fait mal.

Bon sang. Je pris une boîte de mouchoirs sur la table de nuit.

— C'est qui ?

La question me figea net.

— Je sais que tu baises quelqu'un d'autre, gémit-elle. Je veux savoir qui.

Je me retournais vers elle, en colère.

— Tu te crois où ! Tu baises avec la moitié de mes amis dans mon dos et maintenant tu viens me demander des comptes ? On n'est même plus ensemble.

— Si, dit-elle en restant là, à taper du pied. On *est* ensemble.

Je me mis à rire en secouant la tête. C'était typiquement son comportement de salope psychopathe.

— On n'est *pas* ensemble, dis-je. Je t'ai quittée, tu te rappelles ?

Elle prit un verre sur la table de chevet et le brisa en criant. Le verre se brisa dans un fracas et répandit des éclats brisés partout sur le sol. Il y eut aussi du sang qui coulait dans la paume de sa main.

— C'est qui, Nick ? *Dis-moi...*

— Putain, Natalie ! criai-je en lui saisissant le poignet. Arrête ça, arrête ça *tout de suite* !

Sa main tremblait, elle laissa tomber le dernier morceau de verre. Elle me regardait avec un air perdu, des larmes brillaient dans ses yeux.

— Qui c'est, Nick ? Dis-moi, j'ai besoin de savoir.

Mes lèvres se retroussèrent, et d'une voix pleine de colère, je lui criai :

— *Je viens de perdre ma mère, putain !*

Elle sursauta. Je n'avais jamais été comme ça avec elle auparavant, je ne l'avais jamais autant poussée au bord du précipice, même après tout ce qu'elle m'avait fait. Mais maintenant... maintenant elle était devant moi à me mentir, avec ses yeux suppliants et elle tendit la main pour me toucher. Je vis la peine dans ses yeux. Elle tressauta lorsque je tournai sa main et que je regardai la plaie au milieu de sa paume.

Son sang gouttait sur mon parquet.

— Putain de merde.

Je lâchai sa main dans un geste de dégoût.

Ma haine s'apaisait bien trop vite à mon goût. Quand je la regardai à nouveau, je me demandai comment est-ce que j'avais pu croire que j'étais amoureux d'elle. Ça n'avait jamais été de l'amour, *c'était de la pitié*.

— Je viens de perdre ma mère. Je sors quasiment pas d'ici. T'as qu'à demander à mes frères si tu t'entêtes à penser que je vois quelqu'un... mais demande-toi simplement, *comment est-ce que j'aurais eu le temps de rencontrer quelqu'un ?*

Le mensonge descendait en moi.

Je déglutis, mais au lieu d'une brûlure acide, j'avais en bouche le goût de la chatte de ma demi-sœur, salé et doucereux. Enivrant. Punaise, j'en voulais encore.

— Nick... *je suis désolée*, s'excusa-t-elle.

Je m'éloignai alors que le dégoût m'envahissait en voyant le sang sur le sol.

— Je suis vraiment désolée, pleurnichait-elle, son corps était à nouveau secoué de sanglots.

Elle était dans un sale état quand elle leva les yeux vers moi.

— Je suis désolée d'avoir tout gâché.

— Non, Natalie, *non*... dis-je en secouant la tête.

Elle hochait la tête et pleurait de plus belle.

— Si c'est vrai, j'ai tout fait foiré.

Je grimaçais de dégoût.

— Je vais aller te chercher une serviette, marmonna-je en regardant sa main en sang. Mais... bouge pas et mets pas du sang partout.

Je sortis dans le couloir. Mon estomac se noua au moment où j'ouvris la porte de la salle de bains et que je vis Tobias sous la douche.

— Qu'est-ce qu'il y a ? dit-il en penchant la tête.

— *Rien*, répondis-je en prenant une serviette, puis je me figeai.

Je me cramponnai au lavabo et observai mon reflet dans le miroir embué. Ce n'était pas simplement Natalie, ni mon père. Ce n'était pas juste les mensonges que je leur disais ainsi qu'à moi-même. À l'intérieur, j'étais déchaîné, et je détestais que la panique remonte aussi vite à la surface dès qu'il s'agissait de Ryth.

J'avais peur pour elle.

*Si peur*.

Je ne voulais pas la perdre.

— Nick ? me dit Tobias depuis la douche.

Je secouai la tête, continuant à me regarder dans le miroir. Je pouvais bien continuer à me mentir...

Je fermai les yeux et je vis sur mes paupières la marque de sa joue ainsi que son regard apeuré. Punaise, elle était comme une fleur qui fleurirait pour la première fois. Tobias coupa l'eau et sortit derrière moi. Le contact de sa main sur mon épaule me fit ouvrir les yeux.

Je le regardai dans la glace.

Il savait.

*Il savait putain.*

Ses yeux noirs et froids scintillaient dans le miroir. On était en train de tomber amoureux d'elle. De cette *gamine* qui avait bouleversé nos vies avec ses yeux timides et sa petite vie silencieuse et bien rangée. Elle n'était pas la conséquence de notre douleur... *elle en était la cause.*

Celle qui avait tout fait basculé.

Je baissai les yeux sur la serviette que je tenais, me souvenant soudainement que Natalie était en train de perdre son sang sur mon parquet.

— Merde, grognai-je en sortant en courant, laissant Tobias derrière moi, cul nu.

— Tiens, dis-je en entrant dans ma chambre.

Mais Natalie n'était plus où elle se tenait tout à l'heure. Elle était accroupie, la tête baissée et le dos vouté. Je jetai un œil à mon téléphone, qui n'était qu'à quelques centimètres d'elle. Je le saisis et le glissai dans ma poche avant de presser la serviette sur sa paume.

— Ton père va se marier, dit-elle doucement.

Il y avait quelque chose d'étrange dans son regard. Je ressentis un vent de panique plus profond que la plaie de sa main.

— C'est bien ce que tu m'avais dit, non ? Que ton père allait se marier. Redis-moi... *avec qui déjà ?*

Je sursautai en regardant sa main.

— Elle Castlemaine.

— Elle... répéta-t-elle d'une voix blanche. Donc tu vas avoir une nouvelle famille, et une nouvelle sœur aussi...

Je n'aimais pas ça du tout.

— Appuie sur la plaie, Nat.

Elle ne fit rien.

— Je voudrais venir, dit-elle.

— Quoi ?

Je pressai la serviette contre sa main puis tournai la tête pour admirer le désastre sur le parquet.

— Je... je veux venir. Je pense que tu peux bien faire ça pour moi, non ? Après tout, j'ai fait partie de ta famille pendant ces cinq dernières années.

Quatre... mais je n'allais pas envenimer les choses.

— Invite-moi, Nick, insista-t-elle.

— Très bien, finis-je par dire, angoissé.

Si elle venait au mariage avec moi on pourrait au moins donner l'impression que tout était redevenu normal. Je l'enverrai balader ensuite. Je croisai son regard. Oui, ensuite, elle pourrait aller se faire voir.

— Si tu veux venir au mariage, alors viens.

Elle hocha la tête en appuyant la serviette contre sa main et se leva du sol.

— Merci.

Puis elle sortit comme si de rien n'était, laissant les morceaux de verre par terre. Je fixai le sol alors que j'entendais ses pas dans l'escalier.

La porte d'entrée s'ouvrit avant de se fermer violemment. Je marchai jusqu'à la fenêtre pour la regarder monter dans sa voiture. Mais elle ne démarra pas tout de suite, elle attendit un bon moment... puis j'entendis enfin le vrombissement de la Nissan lorsqu'elle se décida à partir.

— Il s'est passé quoi ? demanda Tobias depuis le couloir.

— Si je le savais, répondis-je en regardant l'endroit où elle s'était assise.

Je sortis mon téléphone et le déverrouillai. Une vidéo s'afficha.

*La vidéo de ma future demi-sœur...*

# Chapitre Trente-Quatre

## CALEB

Il y avait du sang sur sa chemise.

Du sang, et puis ce regard paniqué que j'avais déjà vu.

À l'époque où les choses avaient mal tourné...

Et qu'il était dans la merde.

Il voulait sûrement faire comme si je ne me rappelais pas de cette époque, du temps qu'il avait passé à contempler ses bouteilles vides, juste avant la maladie de maman. Mon œil tressauta. Est-ce que c'était un réflexe ou un signe annonciateur ? Pourvu que non.

Je me tournai, laissant Nick gérer son ex copine psychopathe et j'entendis les pas de mon père dans le couloir avant le son discret de sa porte qui se fermait. *T'es pas encore parti, Caleb ?*

Ses mots résonnaient dans ma tête. Il voulait que je parte d'ici... et évidemment il voulait surtout pas que je commence à poser des questions. Nick ouvrit la porte d'entrée.

— Qu'est-ce que tu fous là, Natalie ?

Je le laissais tranquille et me dirigeai vers le bureau de mon père à l'arrière de la maison. Il faisait sombre lorsque la porte grinça en s'ouvrant. Les volets étaient fermés, j'allais devoir tâtonner dans la pénombre. Mais je connaissais cette pièce comme ma poche. Je passais devant les grandes étagères remplies de revues juridiques.

Elles étaient à ma mère.

Je fis glisser ma main sur le bureau jusqu'à ce que je trouve le bouton de la lampe. Le bureau était bien rangé et épuré. Il était toujours bien rangé. J'avais compris il y avait de cela plusieurs années que ce n'était qu'une façade.

Je fis le tour du bureau et m'assis sur la chaise. La lumière orangée n'arrivait quasiment pas jusqu'au tiroir. Je fouillai dedans et sortis une pile de papier que je plaçai sur le bureau devant moi.

Des papiers d'obsèques, une facture, un exemplaire du testament de ma mère. Rien d'inattendu.

Mais il devait bien y avoir quelque chose, quelque chose que je n'avais pas vu.

Il était parti hier soir sur un coup de tête.

Juste après sa fête d'enterrement de vie de garçon, où il s'était bien bourré la gueule.

Je tapai sur le clavier de son ordinateur, attendant que l'écran s'allume. Je jetai un coup d'œil à la porte avant d'entrer le mot de passe qu'il utilisait depuis une dizaine d'années.

*Incorrect.*

Le message me fit l'effet d'une gifle. J'essayai à nouveau. *Naomiforever85.*

*Incorrect.*

— Putain, dis-je en m'adossant à la chaise.

Il avait changé de mot de passe ? Mon esprit fusait, essayait de rassembler les éléments puis je jetai un œil au tiroir encore ouvert. Sans les papiers pour cacher sa présence, je vis une petite boîte à bijoux en velours noir. Je la sortis pour l'ouvrir.

C'était une alliance.

Elle brillait de mille diamants.

Elle avait dû coûter un bras.

Mais il pouvait se le permettre. Après tout, ma mère lui avait laissé un beau pactole, c'était l'avantage d'avoir épousé une femme pleine aux as. Mais Elle... Elle n'avait pas un sou.

Je relevai les yeux vers le message d'erreur sur l'écran et entra les lettres suivantes : *Elleforever20* et appuyai sur entrée.

L'écran s'illumina. Je tressaillis en entendant un cri à l'étage, suivi d'un bris de verre.

— Bien joué, Nick, marmonnai-je en me penchant vers l'écran avant de cliquer sur l'agenda de mon père pour étudier sa journée d'hier.

*Mitchelton.*

— Mitchelton ? marmonnai-je alors qu'une sensation froide me parcourait l'échine.

Je n'avais pas besoin de regarder une carte pour savoir où il était allé.

Je parcourus son agenda et trouvai d'autres rendez-vous à des moments où je savais pertinemment qu'il ne pouvait pas y être... puis je tombai sur une date du mois dernier, il y avait un nom écrit dans la case. *Ryth.*

Mon cœur se mit à battre frénétiquement. Je cliquai dessus, mais il n'y avait rien d'autre que le nom de ma petite sœur.

— Qu'est-ce que tu manigances, papa ?

Peu importe de quoi il s'agissait, ce n'était pas bon signe.

Je me déconnectai de son ordinateur et rangeai les papiers dans le tiroir avant d'éteindre la lampe. Cet enfoiré devait être en train de dormir. Mais je ne lui faisais absolument pas confiance quand il s'agissait de Ryth. Il fallait que quelqu'un la protège, que quelqu'un surveille ses arrières.

Quelqu'un qui tienne à elle.

*Maintenant, on était là.*

# Chapitre Trente-Cinq

## RYTH

— Gio ! criai-je lorsque la sonnerie de la pause retentit, mais il continua de marcher, se déplaçant en boîtant un peu plus que le matin.

Je saisis son bras lorsqu'il passait la double porte en se dirigeant vers une table de pique-nique à l'ombre des arbres.

— Lâche-moi, Ryth, dit-il en dégageant son bras d'un geste brusque.

— Attends, criai-je, *Gio, attends* !

Il trébucha mais continua de marcher à cloche-pied vers un groupe d'élèves qui nous regardait d'un air froid et moqueur.

— Je ne savais pas.

Il s'arrêta net devant moi, baissa les épaules et se tourna en me regardant sous ses paupières enflées.

— Tu ne savais pas...

Je ravalai ma salive, luttant pour ne pas grimacer en voyant son visage. C'était encore pire vu de si près.

— Non, je ne savais pas.

Il me fixait, sondant mon regard lorsqu'une grosse larme s'échappa du coin de son œil. Je serrai les dents. Je voulais que Tobias paye pour ça. Demi-frère ou pas, il allait subir mes foudres.

— Tu sais, c'est vraiment pas net ce que tu fais avec eux.

Je sursautai comme s'il venait de me gifler.

— Quoi ?

— Ce que tu fais, c'est malsain. Ta mère va épouser leur père.

Je secouai la tête en regardant le groupe derrière lui.

— C'est pas ce que tu crois.

— Ah bon ? C'était plutôt évident pourtant quand on était au club.

Je me sentis rougir alors que le souvenir me revenait.

— Ils me protégeaient des videurs. S'ils n'avaient pas mis leurs sales pattes sur moi...

— Tu étais mineure dans un bar réputé pour ses clients sordides, tu pensais quoi ?

— Je... je *pensais* que je pourrais entrer, mineure ou non, sans me faire agresser, surtout par les employés !

Un feu brûlait en moi mais pour une tout autre raison cette fois-ci.

— Je t'ai pas vue te faire agresser. Mais bon, j'imagine que ça n'a pas d'importe, vu les gars que tu fréquentes. Enfin, si tu préfères être amie avec des mecs qui menacent les gens et les brutalisent, même ceux qui sont en prison, tu fais ce que tu veux.

Sa bouche forma un rictus.

— Tu n'en savais rien, c'est ça ?

— Non, dis-je en croisant les bras, croisant son regard sombre. Mais j'imagine que tu vas m'en dire plus.

Il secoua la tête en commençant à s'éloigner puis hésita et se retourna vers moi.

— D'abord la mort de leur mère, puis ton père qui est envoyé en prison. Et maintenant tu fais partie de leur famille tordue. Ça semble plutôt étrange, non ? Dis-moi, Ryth, t'es aussi bête que t'en as l'air pour jouer la petite famille parfaite ou c'est que t'en as rien à foutre ? dit-il en me regardant d'un œil noir. Alors c'est ça, hein ? T'en as rien à foutre. C'est parce qu'ils t'ont baisée, c'est ça ?

Je sursautai et retins mon souffle.

— Ça te regarde pas et comment ça *"c'est plutôt étrange"* ?

— T'es une fille intelligente, non ? Pourquoi tu chercherais pas par toi-même ?

— Dis-moi, dis-je en lui sautant dessus, saisissant son bras pour le tirer vers moi alors que la haine en moi refaisait surface. Dis-moi ce que tu sous-entends, Gio, ou sinon...

Il me vit à ce moment-là, le vrai moi, ce côté dangereux de ma personnalité. Cette partie de moi qui ressemblait un peu trop à mon père... et qui ne me lâchait pas.

Il regarda ma main autour de son bras mais ne fit aucun geste pour se dégager.

— J'avais de la peine pour toi quand tu étais arrivée ici, c'est pour ça que je m'étais porté volontaire pour te faire découvrir les lieux, dit-il en croisant mon regard. J'avais de la peine pour toi, de savoir que tu étais dans cette baraque avec ces enfoirés. Je pensais que tu étais différente, mais c'est pas le cas, si ? Tu vaux pas mieux qu'eux.

Il retira son bras de mon emprise et me lança un dernier regard en me disant :

— T'approches plus de moi, Ryth. Plus jamais.

— Gio ! criai-je alors qu'il se dirigeait vers ses amis. *Gio ! Dis-moi ce que tu voulais dire !*

J'avais mal au cœur, comme s'il était comprimé à chaque pas qui l'éloignait de moi. Je me mis à courir et je les vis se lever et partir, sans même me regarder.

Je regardai sa démarche titubante alors qu'il s'éloignait. J'avais la tête qui tournait, j'essayais de comprendre ce qu'il avait voulu dire. Mais ces mots étaient un puzzle, des morceaux éparpillés et qui n'avaient aucun sens.

*Ça semble un peu étrange.*

*... un peu étrange.*

*... un peu...*

Qu'avait-il voulu dire ?

Je fermais les yeux, me fichant complètement de me trouver au milieu de la pelouse devant tout le monde. La conduite de Creed ce matin m'avait secouée. Son attitude... son allure. Et maintenant Gio. Une vague de nausée monta en moi lorsque je me tournai, serrant mon ordinateur contre moi en partant dans la direction opposée.

Lorsque la sonnerie sonna l'heure de retourner en cours, je partis du lycée. Je continuais de marcher, laissant le lycée derrière moi. J'avais besoin de réfléchir et je ne pouvais pas le faire là-bas, surtout pas en ce moment.

Les voitures passaient à côté de moi, je traversais la rue, marchant vers je ne savais où. Mais à ce moment-là, ça n'avait aucune importance.

*Un peu étrange.*

Ces mots ne quittaient pas mon esprit et je ne pensais à rien d'autre, peu importe à quel point j'essayais.

*Un peu étrange... un peu étrange... un peu...*

— Arrête ça, me dis-je à voix haute. Arrête putain.

Je marchais machinalement, mes jambes avançaient toutes seules. Je sortis mon téléphone et mon doigt glissa sur l'écran puis le déverrouilla. Mais au moment où j'affichai le numéro de Nick, je me figeai. Je ne pouvais pas le faire. Je ne pouvais pas l'appeler...

Je ne pouvais appeler aucun d'entre eux.

Je m'arrêtai de marcher, le cœur dans la gorge.

*D'abord la mort de leur mère, puis ton père qui est envoyé en prison...*

Mon père envoyé en prison.

Non. Il était en prison à cause des Rossi. Je regardai mon écran, mais au lieu d'appeler mon frère pour qu'il vienne me chercher, je cherchai un autre numéro.

J'étais sur la liste des visiteurs de la prison. Mon père m'avait dit que si j'avais besoin de parler, je pouvais l'appeler n'importe quand. J'entrai le numéro de la prison et attendis qu'un garde réponde.

— *Prison Mitchelton.*

— Bonjour, je suis Ryth Castlemaine et je voudrais parler à mon père, Jack Castlemaine.

— Attendez un instant.

Je fixai les voitures qui passaient à côté de moi et réalisai enfin où j'étais. Notre parc n'était pas très loin. Je n'arrivais pas à croire que j'avais marché autant...

— Il n'est pas disponible, répondit le garde.

— Pas disponible ?

— C'est ça.

— Est-ce que vous savez quand... quand il sera disponible ?

— Non.

*Non ?*

— D'accord, murmurai-je. Alors je rappellerai plus tard.

— Très bien, dit-il avant de raccrocher.

*Pas disponible.* Ces mots étaient une sorte de poids mort sur mon cœur. Je rangeai mon téléphone dans ma poche et continuai à marcher, même si chaque pas me semblait être une torture. Je m'arrêtai à l'entrée du parc, mon regard se posa sur l'endroit où Nick m'avait clouée au sol.

Une douleur me cingla le cœur, suivi de frissons qui accompagnèrent un sanglot.

La haine et la peine se mêlaient jusqu'à ce que je ne ressente rien d'autre. Les larmes me montaient aux yeux, mais je ne savais pas si c'était des larmes de honte ou de dégoût. Je ne savais pas ce que je faisais...

Je ne savais pas ce que je faisais avec eux.

Le souvenir de la chaleur de leurs corps se dissipa lorsque mon téléphone émit un *bip*.

*Nick : Pourquoi t'es pas au lycée, Ryth ?*

Je fixais le message sans parvenir à rassembler mes idées. Comment le savait-il ? Je déglutis en tapant une réponse de mes doigts tremblants : *Je suis au lycée.*

*Bip.* Il répondit instantanément.

*Nick : Mens-moi encore une fois, Ryth, et ça va mal se terminer. T'es où bordel... et t'es avec qui ?*

— Avec qui je suis ? murmurai-je. *Avec qui je suis ?*

La colère qui bouillait en moi jusqu'à remonter à la surface allait déborder.

— *Avec qui je suis ??* tapai-je avec agacement sur l'écran avant d'appuyer sur envoyer.

Mais au moment où je venais d'envoyer le message, je me figeai.

— Oh merde... *oh merde,* dis-je en regardant l'écran alors que je commençais à paniquer en voyant ce que j'avais écrit.

*Je suis avec Gio. On est en train de baiser là et il a amené quelques copains, en quoi ça te regarde ?*

J'étais tellement folle.

Littéralement folle.

Je commençai à écrire : *Nick, c'était une blague.* Puis j'appuyai sur envoyer. Mais je ne reçus pas de réponse. *Nick.* J'appuyai à nouveau sur envoyer.

Toujours pas de réponse.

Je fus saisie de panique en appuyant sur le bouton d'appel, entendant les bips successifs.

— Réponds putain, Nick !

Ma respiration devint erratique lorsque je compris qu'il n'allait pas répondre. Je contenais ma colère en appuyant à nouveau sur le bouton, puis j'entendis que ça sonnait... *encore et encore.*

Il ne fallut que quelques minutes. J'entendis un grondement lointain, familier, *menaçant.* L'instant d'après, le crissement des pneus, aigu. Je levai les yeux au moment où une masse sombre se dirigeait vers moi. Je reculai en trébuchant, la Mustang prit le virage et pétaradait avant de vrombir subitement et de s'élancer vers moi.

Je fus prise de panique, mes pieds semblaient s'emmêler, je vis la voiture foncer dans le parc, faisant voler les graviers en s'arrêtant brutalement. Nick sortit de la voiture, le visage rouge de colère, projetant son regard dans le parc derrière moi.

— *Il est où, Ryth ?*

Je marmonnai en continuant de reculer :

— Nick... je...

Il était déchaîné, une vraie bête, lorsqu'il fit le tour de la voiture pour s'avancer vers moi. La peur m'envahit au moment où mes pieds rencontraient l'herbe épaisse.

— *Je vais le tuer, putain !* cria-t-il. *Je vais tabasser ce putain de connard !*

Je n'avais jamais vu autant de colère chez quelqu'un, une rage si incontrôlable. Puis il se mit à foncer vers moi. J'échappai mon ordinateur qui tomba dans l'herbe, mais je n'avais pas le temps de le ramasser... *je ne pouvais pas.* J'essayai de partir à la course, comme la petite souris que j'étais... mais je me retrouvai à tomber en arrière lorsque Nick me rentra dedans.

Il me cogna brutalement, je me retrouvai au sol et je ne voyais rien d'autre que son regard dément.

— Il... il est pas là, bafouillai-je. *Nick,* il est pas là !

— S'il ose te toucher, je le tue, dit mon demi-frère en me regardant droit dans les yeux. Dis-moi la vérité, Ryth... *t'étais avec qui ?*

Tout n'était que violence, que mort.

Sa possessivité était comme une poigne qui me serrait la gorge. Je ne ressentais rien d'autre que ses doigts puissants plantés dans mes épaules et son souffle chaud sur mon visage. En un instant, j'étais de nouveau une proie.

— Lâche-moi !

Ses yeux brûlaient de rage.

— Je crois pas, princesse.

Il respirait fort, son regard était glaçant et empreint de folie. Ce n'était pas le Nick que je connaissais. Ce Nick-là était... *dangereux.* Il sonda mon regard pour y trouver le mensonge.

— Dis-moi avec qui, Ryth !

— Personne... *t'as compris ?* Je ne suis avec personne... dis-je alors que les larmes commençaient à monter. Personne d'autre que toi... que vous trois.

— T'en es bien sûre ?

À travers mes larmes, je voyais son désespoir, son envie ardente, et lorsqu'il baissa la tête, il me dit d'une voix autoritaire :

— C'est trop tard pour toi, Ryth... *bien trop tard.*

Sa main lourde se posa sur ma cuisse et remonta ma jupe, là, dans le parc, en plein jour...

— Trop tard pour que je te laisse partir... trop tard pour que je t'oublie.

Sa main glissa entre mes jambes et ses doigts effleurèrent mon sexe.

— Nick... *arrête*, murmurai-je.

Il secoua la tête tout contre ma joue.

— Tu ne comprends pas, hein ? C'est *impossible* d'arrêter. Surtout pas avec toi.

Ses doigts agiles glissèrent sous ma culotte, trouvant immédiatement mon clito, s'emparant de ma peur. Je fermais les yeux, détestant que mon corps me trahisse.

— J'étais en colère, dis-je, et j'avais peur.

— Tu as peur maintenant, Ryth ? grogna-t-il alors que ses doigts soulevaient l'élastique de ma culotte avant de plonger en moi.

Cette intrusion me fit tressaillir... et gémir.

— Tu as peur, princesse ?

— Oui, grognai-je. J'ai peur.

— Bien, dit-il en retirant sa main, puis il me saisit par la taille et me souleva du sol.

— Nick... arrête... *mon ordi.*

— Tant pis, dit-il en me basculant sur ses épaules. Je t'en achèterai un autre.

Je regardais mon ordi s'éloigner alors que je rebondissais sur ses épaules, le métal se mit à briller sous la lumière avant que nous arrivions dans une zone sombre. Je sentis un vent frais me caresser l'entrejambe lorsqu'il me fit descendre pour m'adosser à un arbre.

— Tu me rends vraiment dingue, tu le sais ça ? grogna-t-il en se collant contre moi, sa grosse main empoignant mes seins. Je l'aurais vraiment tué s'il t'avait baisée. Je les aurais tous tués.

Il était une bête sauvage à cet instant-là, une brute sans pitié.

Je penchai la tête alors qu'il m'embrassait le cou, sa main glissa sous ma jupe puis saisit ma culotte, qu'il baissa d'un geste brusque.

— Ca me gênerait pas. J'aurais juste à me barrer et à ne plus jamais revenir.

Cette idée me terrifiait. Je secouai la tête alors qu'il se mettait à genoux pour m'enlever ma culotte et remonter ma jupe.

— Ne... ne dis pas ça.

— Si quelqu'un te touche, Ryth, dit-il en faisant remonter sa main vers le haut de ma cuisse. Il y aura du sang versé.

Il m'attira contre lui et je sentis sa bouche sur ma fente. Une chaleur humide m'envahit, elle se mit à m'aspirer, trouvant cette partie de moi à laquelle elle donnait vie. Je passai ma main dans ses cheveux en me cambrant contre lui pour lui donner ce qu'il voulait. Il me donnait envie de baiser, de disparaître, de n'être rien d'autre que... *sa possession*.

— Baise-moi, dis-je dans un son rauque, j'ai envie de te sentir en moi.

Il se leva, le goût de mon désir luisant sur les lèvres, puis il déboutonna son jean avant de baisser la fermeture éclair. La portière de la Mustang était toujours ouverte, les clés probablement toujours sur le contact. Mon ordinateur tout neuf était dans l'herbe aux yeux de tous, mais à cet instant-là, il n'y avait rien qui comptait en dehors de lui.

Il me saisit les hanches et me souleva avant de me cogner contre l'arbre. Ses cuisses s'installèrent entre les miennes. Ses coups de reins étaient violents, ils plongeaient profondément en moi, et j'en redemandais.

— Oui, dis-je en basculant la tête en arrière. Oh mon Dieu, *oui*...

— T'es à moi... t'as compris, Ryth ? grogna-t-il en me pilonnant.

Le frottement violent me donnait l'impression d'être à vif.

C'est ce que je voulais... je voulais tout ça. La chaleur monta en moi et les bruits humides entre nous devinrent erratiques.

— Tu... es... à... *moi.*

Je m'accrochai à son cou, me cramponnant à lui alors qu'il me baisait à mort. Tout le reste sembla se dissoudre jusqu'à ce que je ne voie plus que lui... plus que nous... *plus que ce moment.*

Le grondement de ses gémissements qui emplit mes oreilles.

L'odeur de sa transpiration.

La violence autoritaire de ses coups de reins.

Tout me faisait défaillir.

Mon corps se mit à trembler, un gémissement coincé dans ma gorge s'échappa de mes lèvres alors que je vis des étoiles exploser sous mes paupières.

— Je veux être à toi, dis-je en me cramponnant à lui, l'attirant davantage contre moi.

Je n'en avais jamais assez, j'aimais bien trop le sentir en moi.

Nick s'appuya d'une main contre l'arbre alors qu'il me pilonnait de plus en plus fort, de plus en plus vite, jusqu'à ce que mon corps entier soit secoué par ses coups. Il leva les yeux, je vis son regard sombre et plein de violence, rivé sur moi uniquement.

Ses lèvres pâles se retroussèrent alors qu'il me baisait jusqu'au fond en émettant des gémissements gutturaux. Des perles de sueur se formait sur sa lèvre supérieure. Il plongeait dans mon âme, il se l'appropriait, l'explorait, y laissait une trace de sa présence.

— La prochaine fois que je t'appelle... dit-il entre deux souffles. Tu me réponds... *t'as compris, princesse ?*

Je calquais ma respiration saccadée sur la sienne et je sentis ma chatte se crisper, pulsant sous l'orgasme alors que je hochai la tête.

Il se retira, me laissant vide et endolorie en me reposant au sol. Sa carrure imposante me faisait peur, il me saisit le menton pour que je lève les yeux vers lui.

— T'as compris, Ryth ? Si tu me rends fou de colère encore une fois, tu n'aimeras pas les conséquences. Je t'attacherais sur mon lit s'il le faut et je te baiserais jusqu'à ce que tu oublies l'existence du monde. Parce que tu es à *moi*, princesse. Personne d'autre n'a le droit de s'approcher de cette chatte, tu entends ? À part Tobias, Caleb... et moi. Si t'as envie de baiser, viens nous trouver...

Il y avait du désir dans la colère de ses mots. Il n'allait pas me laisser partir... pas sans que je lui cède.

— Il faut que tu comprennes que je cogne aussi fort que je baise.

Il fronça légèrement les sourcils.

Je dégageai mon menton de sa main en le regardant d'un œil noir.

— Tu savais que Tobias avait tabassé Gio ?

Il recula, comme s'il comprenait...

Mais je n'allais pas le laisser s'en tirer comme ça, même si je brûlais encore de son désir.

— Réponds-moi, Nick... *tu savais ?*

# Chapitre Trente-Six

TOBIAS

— Ryth...*attends*, cria Nick.

Le bruit de pas lourds attira mon attention. Elle était en colère... *très en colère.* Mais c'était prévisible. Je posai la manette sur mon bureau et me levai de la chaise alors qu'elle arrivait à l'étage.

— *Ryth, putain !*

— Lâche-moi, *Nick* ! cria-t-elle.

Un ouragan arriva en trombe dans ma chambre, la respiration haletante, les yeux écarquillés, les mains levées en l'air alors qu'elle me criait dessus. J'entendis le nom de cet enculé de Gio, puis elle mentionna qu'il y avait quelque chose d'étrange, Dieu sait de quoi elle parlait.

Mais pendant tout ce temps où ma petite sœur plantait son doigt sur mon torse et me criait au visage, je ne pensais qu'à la baiser.

— Tu l'as tabassé à mort, putain, cria-t-elle, il *boîte* maintenant !

— Il a déjà de la chance de pouvoir encore marcher, répondis-je froidement. Il devrait remercier Caleb.

Je voyais encore le sang sur mes mains, j'entendais encore ses cris plaintifs. Il pensait qu'il était en sécurité en étant sous la coupe de Lazarus, il se croyait intouchable. Mais quand il s'agissait de Ryth, personne n'était à l'abri... *même pas le bouffon de Lazarus.*

— Tu aurais pu le tuer ! s'énerva-t-elle.

Elle avait envie de me frapper. Putain, elle voulait me frapper. Qu'elle le fasse.

*Elle aurait le droit.*

Je levai les yeux vers Nick qui me regardait avec une expression de douleur sur le visage et il haussa les épaules. Il avait les cheveux en bataille... elle aussi. Je fronçais les sourcils en l'observant attentivement. Sa chemise était froissée, sa respiration saccadée. Je m'approchai, ce qui la fit reculer.

— T'as l'air énervée, sœurette, murmurai-je. *Et bien baisée, aussi.*

Elle tressaillit et retint son souffle pendant un court instant. Puis je vis ses belles lèvres se retrousser.

— Espèce d'enfoiré.

Sa haine fit papillonner quelque chose dans mon cœur.

— Maintenant tu comprends, dis-je en m'avançant alors que Nick fermait la porte de ma chambre.

Sa mère était encore là, toujours *"dans le gaz"*. Si elle n'avait pas été là, j'aurais cloué sa fille au sol immédiatement, j'aurais écarté ses cuisses et rempli sa chatte. Je ravalai un feu de jalousie. Moi aussi, j'avais envie de baiser.

Je passai ma langue sur mes lèvres alors qu'elle reculait en titubant jusqu'à se cogner contre mon frère. Dans ses yeux pleins de rage, je vis un sentiment de panique, je le vis très clairement. Elle sursauta quand je levai la main... *je n'aimais pas ça du tout.*

— Je suis un enfoiré, dis-je alors qu'elle jetait un œil derrière elle, se déplaçant sur le côté jusqu'à se trouver contre le mur. Je suis un voyou et un tyran. Je suis un tas de merde impitoyable et une véritable bête, dis-je en m'arrêtant juste devant elle avant de l'attirer contre moi.

Je ne lui laissais pas d'espace vital, pas d'air pour respirer... *je ne lui laissais rien.*

À bout de souffle.

Six pieds sous terre.

Hurlant de désir.

Voilà l'homme qu'elle faisait de moi.

*Voilà* la bête qu'elle réveillait en moi. Celle qui était entrée dans sa chambre pour lui voler sa culotte, celle qui avait enfoncé ses doigts dans ce joli petit minou sous la table alors que nos parents étaient juste à côté, celle qui voulait la voir détruite par mes soins... et ceux de mes frères.

Entièrement détruite.

— Alors tu vas devoir t'y faire, sœurette. Parce qu'il n'y a rien de plus important que la famille, et il n'y a rien ni personne qui se mettra en travers de mon chemin.

Elle se raidit puis leva la tête jusqu'à ce que ses yeux bleus rencontrent les miens. Le besoin primitif de la protéger me corrompait. J'avais perdu l'équilibre et j'étais incapable d'empêcher la chute. Parce que j'étais bel et bien en train de tomber.

— T'approche pas de lui, me dit-elle. Plus de sang versé, d'accord ?

— Tant qu'il ne s'approche pas de toi.

Elle sursauta et déglutit avant de me repousser.

— Laisse-moi passer.

Je me décalai pour la libérer.

— *Laissez-moi partir, putain !* cria-t-elle en poussant Nick avant d'ouvrir violemment la porte et de partir en tapant du pied.

Je fixais la porte ouverte et l'écoutais partir.

Elle allait se calmer...

*Ou peut-être pas.*

Dans tous les cas, elle était en sécurité avec nous. C'était tout ce qui m'importait. Nick croisa mon regard et me lança un sourire blessé avant de s'en aller. J'entendis la porte de la chambre de Ryth claquer assez fort pour faire comprendre à toute la maisonnée qu'elle était énervée.

Je serrai les dents et me tournai.

Elle pensait que j'avais fait du mal à son petit chéri.

Mais elle ne comprenait pas.

C'était simplement un message.

Il l'avait reçu cinq sur cinq.

*Touche-la... et tu en paieras les conséquences.*

Je jetai un œil à mon écran et vis que le jeu avait sauté et que je mourrais en boucle. Je m'approchai pour éteindre la console. Je n'avais plus envie de jouer, plus du tout. J'avais attendu qu'elle rentre à la maison, qu'elle explose.

Maintenant que c'était fait, il fallait que j'aille courir.

Je pris mes baskets et les enfilai avant de dévaler les escaliers et de sortir.

Lorsque j'arrivai au bout de l'allée, une haine sans pitié s'infiltrait à nouveau en moi.

Elle était en sécurité.

Protégée.

C'était tout ce qui comptait.

Je tournai dans la rue et me mis à courir... faisant de mon mieux pour ne pas prêter attention à cette Audi grise qui me suivait depuis une certaine distance... derrière le volant, l'homme de main des Rossi.

# Chapitre Trente-Sept

## RYTH

— Tu es sublime, maman, lui dis-je en souriant lorsqu'elle se tourna vers moi.

Ses yeux brillaient d'inquiétude, elle passa une main dans ses cheveux.

— Tu trouves ?

— Je suis *sûre*, dis-je en m'avançant pour lui prendre la main. Arrête de t'inquiéter, ça va tout gâcher...

— Tu as raison, dit-elle en laissant tomber sa main. Tu as raison.

Elle était parfaite dans sa robe blanc cassé et son voile en dentelle autour du visage. Elle ne ressemblait plus à ma mère, on aurait dit quelqu'un d'autre, quelqu'un de jeune, de parfait... quelqu'un d'heureux. Je voulais être heureuse pour elle... *je le voulais vraiment*. Mais peu importe à quel point je me forçais à sourire, je ne pouvais pas chasser mon père de mes pensées.

— Maman.

— Hum ? dit-elle en se tournant alors qu'elle se regardait dans le miroir pour voir comment la robe épousait ses fesses.

— J'ai pas réussi à joindre papa. J'ai appelé la prison au moins cinq fois et maintenant ils n'essayent même plus d'aller le chercher. Ils me disent qu'il ne reçoit pas d'appels ni de visites, je ne comprends pas pourquoi ?

Elle se figea et je croisai son regard dans la glace.

Je vis de la peur.

C'était exactement ça, de la peur.

— Qu'est-ce qu'il se passe ? Pourquoi on ne veut pas que je lui parle ?

Elle se tourna lentement et s'approcha de moi.

— Tu sais que j'adore ton père, je l'ai *aimé* très longtemps et je vais faire tout ce que je peux pour le sortir de là. Mais, chérie, ton père a fait des choses horribles, diaboliques, et la loi ne peut pas passer outre. Même si Creed et les autres avocats font tout ce qu'ils peuvent pour l'aider, ils n'ont toujours pas trouvé de moyen de le faire sortir.

— Ils... *ils peuvent pas le faire sortir ?* dis-je en reculant.

Pendant tout ce temps, j'avais attendu un appel, j'avais prié et espéré que je pourrais au moins le revoir, même si nous ne formions plus une famille. Je n'étais plus une gamine... je n'étais plus naïve. Je savais qu'on aurait plus jamais ce que nous avions eu auparavant, et peut-être que c'était mieux comme ça. Ce n'était pas comme si ça avait été une période heureuse. Mais je ne voulais pas que ça se passe ainsi.

Je ne voulais pas qu'il passe sa vie derrière les barreaux.

— Alors il a eu du mal à digérer la nouvelle, dit-elle en me prenant la main, j'imagine qu'il lui faut du temps pour accepter, tu comprends ?

Les larmes me brouillaient la vue. J'essayais de ravaler la grosse boule qui se forma dans ma gorge mais je n'y arrivais pas. J'acquiesçai lentement, mon esprit fusait alors que j'essayais de comprendre ce que cela signifiait.

— Quand il sera prêt à nous voir, alors on ira... en famille, parce que nous sommes toujours une famille, Ry. Une famille. On le soutiendra toujours, et on l'aimera toujours. On fera tout ce qu'on peut pour le faire sortir, peu importe le temps que ça prend.

— Tu... tu ne le laisseras pas tomber ?

Elle fit glisser sa main sur ma mâchoire en me regardant dans les yeux.

— Tout comme je ne te laisserais jamais tomber.

— D'accord, dis-je en me forçant à sourire.

— D'accord ?

— Ouais, dis-je en souriant plus fort.

— Bien, dit-elle en laissant tomber sa main et se tourna. T'es sûre que ça te dérange pas qu'on parte juste après le mariage ? Enfin, je déteste de laisser toute seule. Mais on a prévu cette lune de miel dans un domaine viticole...

Mon cœur se mit à accélérer. J'acquiesçai.

— Non, t'inquiète pas. Je serai bien occupée avec le lycée de toute façon.

— Et les garçons seront là si tu as besoin de quelque chose.

Je sentis une brûlure monter en moi lorsqu'elle s'approcha pour me prendre dans ses bras.

— Tu vas me manquer pendant deux semaines.

*Deux semaines... deux semaines à les côtoyer, à les éviter, à les détester.*

— Mais ça passera vite, c'est ta lune de miel. Je suis sûre que ça passera vite.

Elle s'éloigna en souriant.

— Promis ?

— Promis.

Elle fit claquer ses mains l'une contre l'autre comme une enfant.

— Bon, c'est parti alors. Nous allons devenir une famille.

Je saisis le petit bouquet de roses jaunes et la suivis dehors dans le jardin luxuriant avant de m'arrêter à ses côtés. La semaine dernière était devenue floue. Je m'étais réfugiée au lycée, je traînais en cours et je voyais Gio marcher à cloche-pied, m'évitant du mieux qu'il pouvait. Je sortais du lycée, je voyais Nick me faire signe sur le parking, *chaque matin et chaque fin de journée.*

Puis je rentrais à la maison, je m'enfermais dans ma chambre, énervée contre Tobias et ses deux frères pour m'avoir traitée comme leur objet, comme une chose qu'ils pouvaient contrôler et utiliser à leur guise.

J'avais quelque chose à leur dire.

Ils n'allaient plus *se servir* de moi.

Il n'y avait rien eu depuis le parc.

Je passai ma langue sur mes lèvres et sentis mes joues rougir en entendant la musique douce, qui fit remonter le souvenir. La dureté de l'arbre contre mon dos alors que Nick me baisait comme une bête enragée. Je grimaçai avant de sourire à l'un des invités et j'avançai avec ma mère en direction de Creed.

Il n'y avait pas de places assises. La petite cérémonie était censée être composée uniquement d'amis proches et de membres de la famille. L'intérieur de la salle polyvalente était magnifique de nuit, avec des fenêtres en verre gris brut et un sol noir, parfaitement équilibrés par des décorations de mariage blanches et roses.

Les portes grandes ouvertes laissaient entrevoir les jardins sombres et tentaculaires. J'essayais de me rappeler combien d'hectares ma mère avait dit qu'il y avait, mais je ne m'en souvenais pas.

La musique augmenta en tempo, attirant mon attention sur Creed. Il se tenait au bout de l'allée, devant une sorte de prêtre en costume noir. Mes pas devinrent hésitants lorsque l'homme de Dieu leva les yeux et je vis un sourire figé sur ses lèvres lorsqu'il posa le regard sur moi.

*Purée.* Je déglutis en observant sa mâchoire carrée et son sourire froid. Je n'avais jamais vu un prêtre qui ressemblait à ça... *jamais.* Le col blanc enserrait son cou fermement, faisant battre mon cœur plus fort tandis que je levais la tête vers ses yeux. Il y avait quelque chose de très sombre caché derrière ses yeux bruns. Quelque chose de pas tout à fait... *saint.* Je me concentrais sur le nom cousu sur la veste de son costume noir et impeccable.

*Ordre des Perdus.*

Des perdus ?

Mais qu'est-ce que ça voulait dire ? Creed se retourna quand la musique devint plus forte. Ses yeux devinrent ronds comme des billes quand il vit ma mère. Mais c'est Caleb qui attira mon attention, debout aux côtés de son père.

Caleb, dont le regard semblait me transpercer.

— Tu la trouves pas sublime, Nicky ?

Le murmure féminin à ma droite envahit mon esprit, me détournant du regard de mon frère.

Mon pouls s'accéléra en voyant la fille qui se tenait à côté de Nick. Elle avait son bras sous le sien, pressant son corps contre lui en me regardant d'un œil mauvais. Je jetai un œil à Nick. Il avait l'air énervé... et *coincé*.

— J'espère qu'un jour ce sera nous deux, chuchota-t-elle.

Son regard me fit l'effet d'un poignard.

Je sentis une douleur vive dans ma poitrine en entendant ses mots. Le feu me monta aux joues quand elle se força un rire, se pressant plus fort contre lui. Mais Nick... Nick me regardait simplement.

— Je suis si contente que tu m'aies invitée, ajouta la garce. Je n'ai jamais cru qu'on se remettrait ensemble.

*Se remettre ensemble...*

La panique fraya son chemin en moi. Je m'obligeai à bouger.

Des voix se mêlaient. Mais les mots ne parvenaient pas jusqu'à moi, mon monde m'échappait. *Se remettre ensemble...* SE REMETTRE ENSEMBLE !

— Je suis honoré que Creed et Elle aient fait appel à l'Ordre, commença la voix du prêtre. Nous nous connaissons depuis longtemps... depuis l'université.

J'essayai d'avaler mon cri mais mes sens étaient exacerbés et je focalisais uniquement sur la voix de cette pouffiasse.

— Ta nouvelle sœur est bizarre.

— Demi-sœur, rétorqua Nick.

— Donc, sans plus attendre, passons aux vœux, annonça le prêtre en souriant.

Caleb se mit à côté de Creed, plissant les yeux en me regardant. Il essayait d'attirer mon attention en jetant un coup d'œil à Nick et à la fille avec qui il était... *la fille avec qui il venait de se remettre.* J'étais si stupide, si stupide putain. Qu'est-ce que j'avais cru que c'était...*de l'amour* ? Mes joues se mirent à brûler encore plus fort quand un petit son torturé s'échappa de ma gorge.

Mon monde continuait à tourner, mais ce n'était pas à cause du sol ou des lumières scintillantes de la pièce... c'était à cause d'eux.

Tobias.

Nick.

*Caleb.*

J'étais tellement stupide.

— Ne nous donne pas l'occasion de t'arrêter, grogna Tobias depuis le premier rang.

Leur regard était comme une brûlure à vif sur ma peau. Je sentis la douleur lorsque le prêtre commença les vœux. Sa voix sonnait faux et les secondes semblaient être des heures alors que la nouvelle petite amie de Nick, s'esclaffait et chuchotait, attirant mon attention. Je ne pouvais pas détourner mon regard d'eux, je ne voulais pas regarder la façon dont elle serrait la main de Nick et glissait son bras le long du sien, surtout en repensant à toutes les choses que nous avions faites ensemble.

Je leur avais donné ma virginité.

Mon estomac se noua à cette idée. J'allais vomir. J'allais gâcher le jour du mariage de ma mère et j'allais vomir sur ce putain de sol devant tout le monde.

*Non...*

*Retiens-toi.*

*S'il te plaît.*

— Creedance, voulez-vous prendre Eléanor pour épouse ?

Tobias remonta l'allée pour venir à côté de moi.

Creed nous lança un regard puis se tourna vers le prêtre en acquiesçant.

— Oui.

— Eléanor, voulez-vous prendre Creed...

— Elle essaye de te faire craquer, me murmura Tobias. Te laisse pas faire.

— Oui, répondit ma mère. Oui, je le veux.

— Nick, dit la connasse assez fort pour que tout le monde entende. J'ai envie qu'on se marie.

— Je vous déclare à présent mari et femme. Vous pouvez embrasser la...

Mon estomac se noua. J'allais vomir, j'allais vraiment vomir. Mon déjeuner, mon jus de fruit. *Tout.* Je m'éloignai alors que la foule applaudissait et sifflait. Je les laissais derrière moi en me dépêchant de quitter la salle pour trouver les toilettes.

J'entendis un éclat de rire. Je sus immédiatement de qui il s'agissait. J'avançai à tâtons dans la pénombre puis je poussai la porte des toilettes femmes et entrai à l'intérieur.

Du carrelage noir brillant et du chrome poli. Je me précipitai vers un lavabo en ouvrant l'eau du robinet alors que mon estomac était secoué de spasmes. Mais je n'avais rien à vomir, rien d'autre que le champagne que je venais de boire.

J'entendis des pas.

La porte s'ouvrit et je tournai la tête en criant :

— Dégage !

— Oh, dit la connasse de Nick en entrant. C'est toi.

Mes mains tremblaient, mon corps entier était secoué. Les larmes que j'avais retenues tout ce temps remontaient à la surface.

— Ryth, cria Nick en arrivant derrière elle, la poussant pour me voir. Son regard blessé trouva le mien et il s'avança vers moi. Ryth...

— Oh, une petite querelle de famille, c'est ça ? s'exclama-t-elle d'un air jaloux.

— La ferme, Natalie, cria Nick. J'aurais *jamais* dû t'inviter.

Je serrai les dents en me penchant au-dessus du lavabo. Punaise, j'avais l'impression que mon cœur était en mille morceaux.

— Elle est pas... commença Nick, d'une voix désespérée et rauque en s'approchant davantage.

Sa pouffiasse se mit à rire.

Elle riait sans relâche.

Bordel, je ne pouvais pas me sortir cette image de la tête, son visage plongé dans ses gros seins. Je pariais qu'il les aimait... qu'il les aimait plus que les miens.

Les larmes commencèrent à couler alors que je laissai échapper un gémissement réprimé.

— Nick, s'écria Tobias depuis la porte.

— Ryth, cria Caleb alors que les applaudissements et les cris de la foule noyaient leurs voix.

— Qu'est-ce que ça peut vous faire ? rétorqua Natalie. C'est pas comme si elle était de votre famille. Vous la connaissez seulement depuis quelques mois.

— Nick, dit Tobias. Si cette pouffiasse ferme pas sa gueule, c'est moi qui vais m'en occuper.

— *Dégage, Natalie !* cria Nick en se tournant vers elle. Dégage, putain.

Elle tressaillit, le sourire niais sur son visage se dissipa, comme je l'avais espéré. Elle avança vers moi et me saisit le bras, ses griffes plantées assez fort pour me faire mal.

— Je sais très bien ce que veulent les petites putes comme toi. T'approches pas de lui, espèce de salope de rue, ou tu vas le regretter.

— Ca suffit, dit Tobias en attrapant Natalie par les cheveux. S'il y a une salope ici, c'est toi, espèce de connasse. Maintenant dégage !

— *Lâche-moi !* cria-t-elle en essayant de se dégager de sa poigne.

Mon cœur se serra, ils étaient soudainement *tous les trois* là.

Affamés.

Désespérés.

Masculins.

— Ryth... dit Nick alors que je passais à toute vitesse devant lui.

*Devant eux trois.*

— *Ryth !* cria Caleb.

Mais je me débattais et continuai mon chemin hors de ces foutues toilettes.

La foule était en furie alors que ma mère criait : *CIAO !!!*

J'essayai de la trouver mais ils étaient cachés par un mur d'invités avides de félicitations, ceux qui se rassemblaient toujours autour des jeunes mariés, en les applaudissant lorsqu'ils partaient. J'aperçus un bout de la robe de ma mère lorsqu'elle passa la porte au bras de son nouveau mari. Elle partait...

Les larmes me brouillaient la vue et je parcours la salle du regard pour trouver un endroit où me cacher. J'aperçus la pénombre au dehors. Il fallait que je m'en aille... que je quitte cet endroit et ces gens.

— *Ryth !* crièrent-ils tous les trois à l'unisson.

Il fallait que je m'éloigne d'eux.

Je me mis à courir vers les portes ouvertes, laissant cette salle joliment décorée derrière moi, à la recherche d'un peu de réconfort dans la nuit.

# Chapitre Trente-Huit

## RYTH

LE BRUIT D'UN MOTEUR TRANSPERÇA LA NUIT, IL provenait de la rue devant l'entrée et immédiatement après, il y eut un autre vrombissement bien plus fort. Natalie partit à toute vitesse en faisant vrombir le moteur et crisser les pneus. Ça devait être elle... *la petite amie de Nick.*

Je laissai échapper un soupir et descendis les marches du patio, mes talons s'enfoncèrent instantanément dans la terre molle et herbeuse.

— Ryth... *putain !* cria Nick derrière moi.

Je m'en fichais. Je ne voulais plus les voir... *aucun des trois.*

Cette douleur était insupportable, trop violente... trop... *envahissante.* Je retirai mes chaussures à talons avant de me mettre à courir, sans prendre la peine de me retourner pour leur répondre. Je courais simplement en martelant le sol et en remontant un peu ma robe.

J'entendis des pas lourds derrière moi.

— Putain, Ryth ! cria Nick qui parvint à me rattraper en un instant, il me saisit le bras et me tira contre lui. *On ne s'est pas remis ensemble !*

— Je m'en fous ! criai-je, dégageant mon bras alors que Tobias et Caleb arrivaient en courant. Mes larmes rendaient leurs visages flous. Je m'en fous. Je... j'ai juste plus envie d'être là... d'être avec toi. *Avec vous trois.*

Tobias fit une moue d'agacement.

Les yeux de Caleb étaient remplis d'inquiétude.

Et puis il y avait Nick, Nick et son regard suppliant, me tendant la main. Il secoua la tête comme pour annuler mes mots. Je reculai en titubant, la salle de réception sortit de mon champ de vision et de tous les invités qui faisaient la fête.

— On ne s'est pas remis ensemble, insista Nick, sa voix se brisa. Je me suis servi d'elle, pour éloigner les soupçons sur nous.

— Tu... tu m'as fait du mal, dis-je en secouant la tête alors que les larmes continuaient de couler sur mes joues.

— Je sais.

— Non ! *TU NE SAIS PAS* ! criai-je, tu ne sais rien *du tout* !

Il ne comprenait pas... ni lui, ni ses frères. J'étais en eaux troubles, profondes. Ils s'avancèrent tous les trois, m'encerclant. Je n'arrivais pas à me débarrasser de la sensation de leur peau sur la mienne. Ni celle de vivre avec eux... de coucher avec eux. J'étais à nu et à vif. Je devenais de plus en plus détruite après chaque baiser, chaque caresse. Je tombais amoureuse d'eux... *terriblement.* Je mis mes bras autour de ma taille en sentant la fraîcheur de l'air sur ma peau.

— Tu me fais du mal... *vous m'en faites tous les trois.*

Ma respiration me déchirait le cœur. J'agonisais de l'intérieur... jusqu'à ce que mon sang se glace.

— Je sais qu'on t'a fait du mal, murmura Nick, s'approchant d'un pas.

La chaleur de sa main me fit l'impression d'un fer rouge. Je sursautai, baissant les yeux sur son pouce qui me caressait, comme s'il savait exactement de quoi je mourrais d'envie.

Mais il n'en savait rien... aucun d'eux ne le savait. Ils ne savaient pas que je souffrais, que je souffrais tellement. J'avais envie de lui dire. Je voulais lui crier ma douleur, lui faire autant de mal qu'il m'en faisait.

Je me figeai.

*Non.* J'allais me *servir* de lui. Me servir d'eux trois.

Ma respiration devint plus profonde et je sentis la douleur profonde en moi se transformer en quelque chose de menaçant. Ses yeux ambre étaient presque noirs lorsque Nick murmura :

— S'il te plaît, Ryth.

— Mets-toi à genoux, Nick.

Ces mots étaient glaçants, de pierre... ce ne pouvaient pas être mes mots. Ils appartenaient à quelqu'un d'autoritaire, quelqu'un qui *prenait le contrôle*. Il fronça les sourcils et eut un regard surpris. Ce fut moi qui m'avançai vers lui pour une fois, je levai les yeux et rencontrai les siens.

— Arrête de parler et mets-toi à genoux.

La douleur que je portais en moi se mêla à quelque chose de malsain, quelque chose de tourmenté, de brisé. Quelque chose qui criait en moi pour prendre le pouvoir alors que le mec en face de moi fit ce que je demandais et se mit à genoux.

— Putain, murmura Tobias, les yeux rivés sur son frère.

Mais Caleb... Caleb avait compris.

Je croisai le regard de Nick lorsqu'il leva la tête, ses mains se déplaçant sur mes cuisses. Je le repoussais.

— Non, me touche pas.

Il fronça les sourcils, comme s'il ne comprenait pas.

Parce qu'effectivement, *il ne comprenait pas.*

— Tu me traites comme *elle*, dis-je en faisant glisser mes mains sur mes cuisses, remontant sur le bord de ma robe, ce nouveau pouvoir me faisait l'effet d'une drogue et me montait à la tête. Tu me donnes ce que tu veux... et en contrepartie tu prends tout, chaque centimètre de ma peau, chaque soupir, chaque frisson. Tu prends, tu prends... et tu prends *encore et encore.*

Il passa la langue sur ses lèvres lorsque je remontais un peu ma robe. Mes doigts trouvèrent la fine bretelle de mon string, je me penchai pour le faire glisser sur mes jambes. Je ne sentais plus l'herbe froide sous mes pieds ni les battements fous de mon cœur lorsque mon string tomba au sol. Je me sentais puissante.

Il ne tendit pas la main, ne recula pas non plus. Ce mâle alpha qui m'avait remplie de panique quelques jours auparavant me laissait maintenant glisser mes doigts dans ses cheveux épais, je les empoignai fermement.

Il bascula la tête en arrière et je vis dans ses yeux l'étincelle sauvage prenant vie dans son regard, puis il pencha la tête en avant pour se blottir contre mon sexe.

— C'est fini, grognai-je en croisant le regard de Tobias puis celui de Caleb. C'est fini.

Tobias se contentait de me regarder alors que j'avançais. Nick manqua de tomber et se rattrapa d'une main au sol alors que je pressais son visage contre mon sexe avant de tomber avec lui par terre.

Mes genoux heurtèrent la pelouse froide et je sentis sa main se glisser sous l'un d'eux, créant une barrière de chaleur humaine. J'eus une sensation de déjà vu, je me revis à cette soirée où ma mère et Creed avaient annoncé leurs fiançailles.

C'était Nick qui m'avait serré le bras pour que je ne bouge pas, Nick qui avait relevé ma robe pour que les doigts de Tobias glissent plus facilement en moi. C'était la chaleur de Nick que je sentais à présent en me frottant contre lui. Un frisson me parcourut le corps lorsque je dégageais ma robe, soulevant un genou pour pouvoir frotter mon sexe contre sa bouche.

Tobias porta une main sur la bosse qui se formait sous son jean alors que la langue de Nick glissa sur ma fente avant de plonger en moi. Ma tête bascula en arrière et je gémis en me frottant encore plus fort contre sa bouche.

— Si tu la regardes encore une seule fois, tout est fini, dis-je en baissant les yeux sur lui. T'as compris ?

Il faisait tourner sa langue en moi, glissant plus profondément avant de dégager sa main de mon genou pour me saisir la cuisse et m'attirer contre sa bouche.

Je croisai le regard de Tobias, puis celui de Caleb.

— Si vous écrivez, si vous touchez... ou embrassez une autre femme, tout est fini. Je partirai. Je partirai et vous ne me verrez plus jamais. Vous comprenez... ?

Tobias était subjugué, il me regardait me cambrer sur le visage de Nick jusqu'à ce qu'il ne puisse plus respirer.

— Ouais, répondit-il.

— On a compris, marmonna Caleb en baissant la fermeture éclair de son jean. Mais t'es en train de l'étouffer, princesse.

Caleb s'avança vers nous et se pencha près de son frère, sa queue bandait déjà à mort.

— Peut-être que je peux intervenir ?

Je levai un genou et me dégageai de Nick, qui était à bout de souffle et me regarda chevaucher Caleb, avant de guider cette énorme queue en moi. Je tremblais, l'orgasme était déjà proche lorsque son gland entra en moi.

— Putain, gémit Caleb. Sers-toi de moi... fais ce que tu veux de moi, sœurette.

— Sers-toi de nous trois, ajouta Tobias en s'approchant. Tu peux faire ce que tu veux de nous, quand tu veux, de jour comme de nuit.

— Il n'y aura personne d'autre, dit Nick, les lèvres luisantes. Plus jamais.

Je tendis la main vers Tobias en donnant des coups de reins, sentant la virilité de Caleb s'enfoncer en moi. Je gémis lorsque Tobias posa les doigts sur sa fermeture éclair. Je l'en empêchais et il obéit sans broncher, laissant ses mains tomber sur le côté.

Une chaleur me traversa alors que je continuais à le baiser, l'avalant tout entier. C'était moi qui contrôlais tout, je décidai de libérer la queue de Tobias.

— Serre-moi la gorge, lui dis-je.

Il s'avança et enroula ses doigts forts autour de ma gorge alors que je chevauchais son frère. C'était toujours Tobias. Lui, ses doigts meurtris et son amour caustique. C'était lui qui m'avait traquée, lui qui m'avait attaquée. Je gémis en sentant la petite mort approcher.

J'approchai sa queue de ma bouche.

— Serre plus fort.

Ses lèvres se retroussèrent et je le vis regarder la queue de Caleb qui entrait et sortait de moi. J'entendais encore la fête au loin, des voitures qui s'éloignaient, la musique qui battait. J'entendais tout ça lorsque je le pris dans ma bouche.

Les doigts de Tobias enserraient ma gorge, m'étranglant alors que je le suçais, faisant glisser ma langue le long de son manche. Sa queue tressauta en moi et je le vis fermer les yeux avant de gémir.

— Continue, petite souris, et je te donnerai tout ce que tu veux.

Je le sortis de ma bouche.

— Je t'ai dit ce que tu veux. C'est moi qui donne les ordres.

— Elle nous veut, grogna Caleb sous moi alors que j'accélérais les mouvements. Elle ne veut rien d'autre.

— Regarde-nous, princesse, me dit Nick. On est là, on bande pour toi, on meurt d'envie de te toucher, de te goûter. On est dingues de *toi*.

Tobias relâcha la prise sur ma gorge pour presser l'empreinte de son doigt sur la cicatrice de ma joue.

— Toi tu portes notre empreinte sur ta peau, mais nous on te porte dans nos cœurs. Crois-moi. Tu peux nous demander tout ce que tu veux. Tes désirs seront nos souhaits, sœurette, dit-il en baissant les yeux vers moi. Tout ce que tu veux.

# Chapitre Trente-Neuf

## RYTH

Je plantais mes ongles dans la peau de Caleb, le chevauchant jusqu'à ce qu'il me remplisse entièrement. Mon corps se mit à trembler et cette sensation d'euphorie me frappa avant de se dissiper lentement. Nick partit chercher la Mustang qu'il gara près des jardins à l'arrière de la salle de réception.

On partit en faisant vrombir le moteur, je sentais en moi le goût et la peau de chacun d'eux alors qu'on s'éloignait de la fête ; j'étais sur la banquette arrière, Tobias assis sur moi à califourchon.

— Putain, petite souris, grogna-t-il. Qu'est-ce que tu fais ?

Je glissai une main entre nous, empoignant la bosse qui se dessinait sous son pantalon avant de lever la tête pour l'embrasser. Il enleva son blouson, dévoilant une chemise blanche déboutonnée alors que ses yeux sombres et mystérieux me fixaient.

— Tu t'y attendais pas, hein, répondis-je. Mets-toi à ma place, Tobias. C'est moi qui me mets dessus.

Il gloussa alors que la voiture débouchait sur une route plongée dans la pénombre et le silence qui allait nous conduire sur l'autoroute puis à la maison.

La maison.

Qu'est-ce que ça allait être sans ma mère et Creed ? Mon cœur ne pouvait pas supporter cette idée. Je sentis des mains fortes me saisir par la taille, il me fit passer au-dessus de lui. Ma robe se coinça sous le siège mais Caleb tira dessus pour la dégager et en profita pour la remonter un peu, avant de laisser son frère prendre le relais, et c'est ce qu'il fit, en la remontant bien plus haut.

— Caleb t'a bien remplie, princesse ? murmura Tobias. Ta chatte est encore douloureuse de la queue de mon frère ?

Je gémis à ses mots, le désir revenait à nouveau dans mon corps.

— Oui, répondis-je en faisant glisser la bretelle de ma robe. Ça t'embête ?

— Non, du tout, dit-il en glissant une main entre mes cuisses, caressant le string que j'avais enfilé à la hâte. Pas quand il s'agit de toi, petite souris. On te partage, de jour comme de nuit.

Ils étaient insatiables.

Affamés et plein de désir.

Nick tourna le volant d'un coup sec.

— Regarde la route, Nick, putain, grogna Tobias. Si on a un accident avant que je puisse baiser ma nouvelle sœur, je vais pas être de bonne humeur.

*Ma sœur.*

Ce mot résonnait en moi. Ce qu'on faisait était vraiment malsain... dérangé. On était liés par les liens du mariage à présent. Les gens allaient nous observer, pour s'assurer qu'on était de gentils frères.

Les doigts de Tobias glissèrent sous l'élastique de mon string.

— Est-ce que cette petite chatte en redemande ?

Des frissons chauds surgirent à son contact. Ma chatte se crispa. Je voulais faire ça toute la journée, tous les jours.

Qu'ils me désirent tous les trois et qu'ils me baisent. Je voulais qu'ils me désirent autant que je les désirais.

— Oui, dis-je en gémissant.

— Bordel, j'ai envie de me garer sur le bord de la route, grogna Nick.

— Ramène-nous à la maison, frérot, dit Tobias en retirant sa main de mon sexe pour me saisir la nuque et m'attirer contre lui.

Ses lèvres douces, charnues. La chaleur de son désir.

— Ces deux semaines vont être vraiment géniales, marmonna-t-il.

Je l'embrassai puis me retirai pour le regarder, je vis alors ses yeux sombres et brillants qui me fixaient. Tout avait changé ce soir. Ils pensaient que c'était eux qui décidaient, eux qui contrôlaient tout et que je n'étais qu'une petite souris à leur merci.

Ils avaient tort.

C'était eux qui étaient à ma merci.

Je me perdais dans la bouche de Tobias et dans la sensation de ses mains qui parcouraient mon corps. Il se cramponnait à moi alors que la voiture tanguait et que des lumières vives surgirent depuis le bord de la route, inondant son visage alors que nous arrivions sur l'autoroute. Le moteur V-8 de la Mustang vrombissait en avalant les kilomètres qui nous séparaient de la maison. Lorsqu'on arriva dans l'allée, le désir fou qui avait vécu entre nous s'était apaisé et avait laissé la trace de quelque chose de plus profond et de plus lent.

Je me sentais chez moi, bien plus que les autres endroits où j'avais vécu. Le portail se ferma bruyamment alors qu'on descendait de voiture. J'ajustai ma robe et Tobias lissait ses vêtements de la main. Je voyais bien l'utilité des grandes haies des gens aisés. Je ne pouvais même pas imaginer ce que notre vielle voisine, Mme Cromwell, aurait pensé si elle nous avait vus.

Je réprimai un sourire lorsque Nick sortit et poussa son siège pour me laisser sortir ; l'intensité de son regard perçant le mien alors que je sortais.

— Princesse, murmura-t-il en fermant la portière derrière moi.

C'était exactement comme telle que je me sentais, en baissant les yeux au sol alors que ce sourire timide se confondait avec le feu qui me brûlait les joues. Voilà ce qu'ils me faisaient ressentir... ils ne me regardaient pas simplement... ils me désiraient.

Caleb se tenait devant la porte d'entrée ouverte, puis nous entrâmes tous ensemble. Il me tendit la main, pour prendre la mienne. Il me souleva en un instant et mes pieds nus quittèrent le sol. Nick tenait mes chaussures à la main et Tobias verrouilla la porte d'entrée et activa l'alarme.

Personne ne sortirait d'ici ce soir.

Pas eux.

Je passai mes bras autour de Caleb alors qu'il montait les escaliers. Son corps élancé et tout en muscles se contractait sous moi en montant les marches. Il m'emmena dans la salle de bains, ses deux frères nous suivaient. La fermeture éclair de ma robe glissa vers le bas avec l'aide d'une main experte. La bouche de Caleb se posa sur mon épaule avant de se déplacer vers mon cou.

— Faut y aller doucement, princesse, murmura-t-il. Il faut prendre son temps, on ne veut pas te faire de mal.

Je compris alors ce qu'il disait.

Ils voulaient me baiser sans arrêt.

Mon corps allait devoir s'ajuster à ce nouveau rythme.

Je hochai la tête en le laissant m'enlever ma robe. Mes chaussures à talons tombèrent sur le carrelage lorsque Nick commença à se déshabiller, et Tobias fit de même.

— T'es à moi, dit-il comme pour marquer son territoire avant de faire glisser son pantalon au sol et de s'avancer vers moi, sa queue dressée et secouée par le mouvement de ses pas.

Punaise, je n'avais jamais vu un mec aussi beau.

Il était semblable à un prédateur sauvage, et pourtant, lorsqu'il me saisit par la taille avant de me soulever, il fit preuve d'une véritable tendresse. J'enroulais mes jambes autour de lui alors qu'il ouvrit l'eau sous la douche avant d'ajuster la température. Nous avons laissé l'eau chaude nous envahir, puis je sentis le mur carrelé froid contre mon dos, je sursautai puis il nous fit tourner pour que ce soit lui qui se retrouve contre le mur froid.

— Tout ce que tu veux, Ryth, grogna-t-il en me regardant droit dans les yeux. Tout ce que tu veux.

Je fis glisser une main contre la longueur de sa queue. Un sentiment de puissance m'envahit alors que je plongeais dans ses yeux. Il avait tabassé un mec pour faire passer un message. Il n'hésiterait pas à faire pire s'il le fallait. Ce tyran qui faisait de ma vie un enfer était même bien pire que ça. C'était un enfoiré, mais il était à moi. Je cambrais le dos pour le guider en moi.

— Baise-moi, Tobias, baise-moi.

Il empoigna mes fesses et me saisit par les hanches avant de s'enfoncer en moi jusqu'à la garde. Je poussai un gémissement. Mes mains glissaient sur sa peau mouillée. Je me perdais en le caressant, à peine consciente que Nick et Caleb nous rejoignaient dans la douche.

Je sentis des mains sur mes seins, des lèvres dans mon cou.

J'étais en train de fondre.

Un peu plus tard, nous nous retrouvions dans la chambre de Nick, tous les trois dans son lit. Nous nous sommes endormis ensemble, moi au milieu, entourée par leur chaleur. Je fermai les yeux, attendant que le sommeil m'attrape, incapable de penser à autre chose qu'à ce moment parfait.

Je voulais que ça dure pour toujours.

Nous quatre.

Le sommeil me tombait déjà dessus, mon corps était déjà engourdi, mon esprit suivit sans peine. Je sentis une main sur ma hanche, un muscle fort autour de ma taille, puis l'un d'eux me tira pour me serrer contre lui.

— T'es à moi, murmura Tobias, la voix déjà pleine de sommeil.

Son odeur m'envahit alors que je fermai à nouveau les yeux. Je me blottis contre lui et sentis la jambe de Nick bouger sous la couette, se collant contre moi. Le seul qui ne me touchait pas, c'était Caleb, mais il était là, avec nous, et ça comptait plus que tout.

Je soupirais en me laissant tomber dans le sommeil, plus heureuse que jamais.

– PETITE SOURIS.

Je sortis du sommeil en entendant ce murmure à mon oreille. Je sentis quelque chose de chaud contre mon dos. Une queue dressée qui se frayait un chemin à travers mes cuisses. Je tendis la main en arrière et sentis sa cuisse chaude.

— Tobias, soupirai-je.

Il se colla à moi, empoigna mes seins.

— Est-ce que c'est trop tôt ?

Je gardais les yeux fermés en levant un genou, faisant glisser mon pied mollement sur sa jambe alors qu'il plongeait en moi. Bordel, c'était si agréable. Nick leva la tête et nous regarda à travers des yeux mi-clos alors que son frère me prenait par derrière, puis il laissa sa tête retomber sur l'oreiller.

Mais il ne ferma pas les yeux.

Non, il continuait de nous regarder et tendit la main pour rejoindre la mienne. Mes doigts glissèrent entre les siens alors que Tobias me pilonnait, sa respiration haletante devenant plus rapide et plus profonde.

Je fermai les yeux et cambrai le dos en sentant une chaleur m'envahir. Il poussa un gémissement rauque en restant bien enfoncé en moi alors qu'il jouissait. Voilà ce que c'était d'être avec eux, toujours le contact charnel, toujours le désir. Je n'en avais jamais assez.

— J'ai faim, marmonna Nick lorsque Tobias se figea, sa main toujours sur ma hanche. C'est ton tour, frérot.

Tobias se retira en maugréant et se leva du lit avec un entrain étonnant de si bon matin.

— Bacon et œufs ?

— Avec du pain de mie, ajouta Nick.

— Je parlais pas à toi, ducon.

Je souris et levai la tête, croisant le regard de mon demi-frère de l'autre côté du lit, enfilant un des pulls de Nick.

— Ryth ?

Je souris.

— Du bacon et des œufs, c'est parfait.

Mon estomac se mit à gronder et Tobias fronça les sourcils avant de sortir de la chambre.

Je suivais ses pas qui se dirigeaient vers la salle de bain puis vers les escaliers.

— Tu es sûre que tu es heureuse avec nous ? murmura Caleb qui se trouvait derrière Nick. Je sais pas si tu sais dans quoi tu t'embarques.

— Je n'en suis pas sûre non plus, si tu veux savoir, répondis-je en me levant du lit. Mais j'imagine qu'on le saura assez vite.

## Chapitre Quarante

RYTH

— Tu vois, marmonna Nick en prenant une bouchée de son toast œufs-bacon avant de brandir sa fourchette en l'air. C'est sûrement les meilleurs toasts que tu as faits, frérot, tu m'impressionnes, dit-il en me faisant un clin d'œil.

Tobias regardait d'un œil mauvais l'assiette bien remplie de son frère, puis regarda la mienne, toujours vide.

— Je les ai pas faits pour toi.

— Je sais... c'est pour ça qu'ils sont meilleurs que d'habitude, dit Nick en souriant, s'attirant les foudres de son frère.

Je regardais l'un puis l'autre au moment où Caleb arriva dans la cuisine, enfilant un t-shirt noir, ignorant encore la bagarre qui était sur le point d'éclater.

— Tu ferais mieux de manger, princesse, me dit-il. Avant que Tobias pète les plombs.

Je tirai l'assiette vers moi et pris un œuf et deux morceaux de bacon. Nick me regarda de travers.

— Tu vas manger tout ça ?

Tobias fit le tour du comptoir et Nick se mit à rire en levant les mains en l'air.

— C'était une *blague* !

Mais Tobias ne jouait pas, il bondit sur lui et le saisit par le col pendant que Caleb se servait tranquillement du café avant de porter la tasse à ses lèvres. Il y eut une éruption de violence alors que les deux frères se battaient et s'insultaient. Nick riait de plus belle, ce qui envenimait davantage Tobias... alors que je me contentais de savourer mon petit-déjeuner.

— Dimanche, murmura Caleb en fermant les yeux pour apprécier son café. Quelle belle journée. Quoi de prévu aujourd'hui, princesse ?

Je haussai les épaules et fis une grimace en direction des deux idiots qui se battaient maintenant à même le sol.

— Mes devoirs, je pense. J'ai plein de trucs à...

Caleb ouvrit les yeux brusquement et la bagarre derrière moi prit fin.

Les poils sur mes bras devinrent hérissés. J'avalai une bouchée de mon déjeuner alors que Caleb s'éloigna du comptoir pour s'approcher de moi.

— Je crois pas, Ryth. C'est notre première journée ensemble. On va bouger.

— On va à la plage ? demanda Tobias en se levant. Pour que je puisse finir de botter le cul de Nick dans l'eau.

— Non, à la salle de sport, rétorqua Nick.

Mais Caleb lança un regard noir à ses frères qui étaient maintenant debout. Je sentais leur souffle sur moi.

— Qu'est-ce que veux faire, Ryth ?

Mes deux demi-frères regardèrent dans ma direction en grimaçant, passant tous les deux une main dans leurs cheveux.

— Ouais, marmonna Tobias. Tout ce que tu voudras, petite souris.

J'étais à peine sortie... voire pas du tout. Depuis que j'avais emménagé avec eux, j'avais dû m'inscrire au lycée, puis il y avait eu le mariage... *ouais, le mariage.* J'avais presque oublié tout ça. Je regardais Caleb, sachant qu'à cet instant précis, nous étions de la même famille.

— T'es mon frère, murmurai-je.

— *Demi-frère*, corrigea-t-il.

Ma respiration devint rapide. Je le savais... je l'avais bien compris. *Mais je n'avais jamais vraiment réalisé avant maintenant.*

— Princesse, dit Nick en s'approchant lentement. Calme-toi.

— On va prendre soin de toi, me rassura Tobias d'une voix douce. Mieux que quiconque.

— Prendre soin de moi ? répétai-je en croisant son regard.

Il acquiesça. Je regardais le petit-déjeuner sur la table, la manière dont ils se figeaient instantanément dès que j'avais besoin de quelque chose.

— Personne ne touchera à un seul de tes cheveux, on sera là pour te protéger, ajouta Tobias. Maintenant que tu es une Banks.

J'étais une Banks.

— Bordel, murmurai-je. Vous devez me trouver ultra malsaine.

— Malsaine ? dit Caleb en posant sa tasse sur le comptoir avant de venir vers moi. Pas plus que nous. C'est ce que tu veux, non ?

Une vague froide de peur me parcourut l'échine. Nick sursauta et regarda Caleb puis moi.

— Petite souris ? murmura Tobias.

Et pendant tout ce temps, cette petite voix dans ma tête me criait que je l'avais toujours su.

— Je veux... dis-je en me tournant vers eux trois. Je veux aller au centre commercial.

Tobias grogna en se retournant.

— Putain, j'en étais *sûr*.

Caleb se mit à sourire lentement :

— Alors on va au centre commercial.

Ils n'avaient pas envie d'y aller, je le *savais*, et cela rendait la chose encore plus agréable. Je soupirai en me levant de la chaise et me dirigeai vers les escaliers avant de me retourner pour aller vers Tobias et le serrer dans mes bras.

— Merci pour le petit-déjeuner, c'était mon deuxième bonheur du matin.

Je l'embrassai, goûtant le goût salé du bacon sur sa lèvre charnue. Il m'enroula de ses bras et me serra fort contre lui. Il était déjà excité, il bandait encore, je sentis la bosse se former entre ses jambes alors que j'approfondissais le baiser, puis je reculai.

— Je suis vraiment excité.

Je vivais le rêve de toute femme : j'avais trois mecs musclés rien que pour moi, même s'ils n'allaient pas s'amuser autant que moi. On prit la Lamborghini de Caleb et on se gara près des portes d'entrée avant de descendre de voiture.

Je ne m'étais jamais sentie aussi en vie, aussi enjouée. Je portais pratiquement que mon uniforme du lycée et les quelques vêtements que Creed m'avait achetés quand nous étions arrivées il y a deux mois.

— Bon, on commence par où ? demanda Caleb en verrouillant la voiture.

— Victoria Secret, dit Tobias en s'attirant l'œil mauvais de Nick.

— Tu vas accompagner ta sœur à Victoria Secret, hein ?

— Parce que c'est Ryth, *oui...* dit Tobias.

— Il faut qu'on fasse gaffe, murmura Caleb en faisant le tour de la voiture, regardant fixement Caleb. Il pourrait y avoir des soupçons.

— Je m'en fous, rétorqua mon demi-frère mal luné.

Caleb s'arrêta, je vis la colère scintiller dans ses yeux lorsqu'il me désigna.

— Il s'agit pas de toi, idiot. Mais *d'elle.*

Tobias eut un mouvement de recul puis il me regarda. Il passa la langue sur ses lèvres.

— Ouais, t'as raison.

— Donc, on va où elle veut et on l'attend devant le magasin comme des gentils grands frères qui se chamaillent. Pigé ?

C'était la première fois que je voyais Caleb prendre les rênes.

Et il y parvenait très bien.

— Ouais, pigé, marmonna-t-il. Tout ce que tu voudras, sœurette.

— Bon, maintenant on peut y aller, dit Nick en se dirigeant vers l'entrée du centre commercial. Je marchais à côté d'eux et me cramponnai au bras de Tobias.

— Allez, grand frère, on va voir ce que je peux acheter avec les deux cents dollars sur mon compte.

Il fronça les sourcils puis regarda Nick.

Mais peu importe, j'avais hâte de dépenser mon argent. D'abord, des boules parfumées pour le bain, parce que je n'avais encore pas pris de bain depuis que j'avais emménagé avec ces trois beaux mecs qui ne savaient pas ce que ça voulait dire de me laisser prendre du temps pour moi.

Tobias me laissa l'entraîner à l'intérieur, on passait devant la galerie de restaurants qui le fit saliver puis nous nous dirigeâmes vers une boutique appelée Bath Elegance. Je pris mon temps en reniflant tous les boules de bain jusqu'à ce que ma tête tourne à force de sentir des parfums de lavande et de rose.

Tobias en renifla un puis s'avança vers moi.

— Celui-là.

Je regardais la boule crayeuse dans sa main.

— Tu crois ?

— Ouais, dit-il en hochant la tête.

Je le portai à mon nez et fus envahie d'un parfum de vanille. Ça sentait exactement comme le parfum que ma mère m'avait offert le Noël dernier.

— Oh, tu aimes ce parfum ?

— Ouais, dit-il en regardant la femme derrière la caisse avant de hausser les épaules. Enfin, il sent bon... c'est toi qui vois.

J'en choisis trois et retournai vers Nick qui m'attendait à la caisse. Caleb avait disparu avant même que j'entre dans la boutique. Je ne m'attendais pas à ce qu'ils m'accompagnent dans les magasins. Honnêtement, j'étais juste contente qu'ils m'emmènent et me ramènent à la maison.

— Quatre-vingt-trois dollars, annonça la vendeuse qui ne quittait pas Nick des yeux alors qu'il était appuyé nonchalamment sur le comptoir, visiblement inconscient de son effet sur cette femme.

— Pour des boules parfumées ? dis-je, choquée.

Nick gloussa et me tendit sa carte American Express.

— Ouais, Ryth, c'est pas grave, prends-les, dit-il en mettant la carte dans ma main. C'est la tienne d'ailleurs.

Mon cœur fit un bond lorsque je baissai les yeux et vis sur la carte, mon nom écrit dessus : *Ryth Castlemaine*.

— C'est une blague ?

Il s'éloigna du comptoir et se pencha si près qu'il aurait pu m'embrasser.

— Absolument pas, sœurette.

Puis il se dirigea vers la sortie et je vis la femme derrière le comptoir, bouche bée et sourcils levés.

— Punaise, murmura-t-elle en regardant la carte dans mes mains. Est-ce qu'il a failli vous... *embrasser* ?

— Bien sûr que non, dis-je en lui tendant la carte, c'est mon frère.

Je quittai la boutique, ma tête tournait et je rougissais.

Ils m'emmenèrent dans différentes boutiques et Caleb nous rejoignit une heure après. Ils attendaient tous les trois patiemment, généralement près de moi alors que je fouillais avant de choisir de nouvelles baskets suivant les conseils de Tobias.

— Je me suis dit qu'on pourrait aller courir ensemble.

Il se figea et eut un regard rempli de joie.

— Tu veux aller courir avec moi ?

Je n'aurais sûrement pas le même niveau que lui mais je haussai malgré tout les épaules.

— Pourquoi pas ? Il faudrait que j'améliore mon endurance.

Il me fit un grand sourire et se mordit la lèvre, ce qui envoya un signal direct à mon entrejambe.

— T'as raison, dit-il en me souriant, posant non pas une paire mais deux sur le comptoir, un air diabolique dans les yeux.

Il allait me faire courir jusqu'à ce que je meurs d'épuisement, je le savais.

Nous passâmes des heures à faire du shopping et aucun d'eux ne broncha, pas même quand les sacs commençaient à s'empiler et que j'avais quasiment acheté une garde-robe entière de fringues magnifiques : des robes, des jeans, un pull en cachemire qui se mariait bien avec la cicatrice de ma joue, selon Tobias. Je détournais les yeux quand il me dit ça, devant la boutique avec le pull pressé contre mon visage.

Je souris et rabattis mes cheveux devant mon visage.

— Hé, petite souris, dit Tobias en baissant doucement ma main, observant mon visage avant de croiser mon regard. N'aies pas honte avec nous... *jamais*.

Je sentis une chaleur monter en moi et se déposer autour de mon cœur.

— On va déposer ça à la voiture et on revient, dit Nick en soulevant les sacs.

Caleb suivit, portant ses sacs ainsi que les miens.

Je pris le pull et sentis la chaleur de la carte de Nick alors que je la passais à nouveau dans le lecteur. Je lui devrais de l'argent pour le restant de mes jours... Mais j'étais sûre qu'on pourrait trouver une sorte d'arrangement. Ma chatte se crispa à cette idée : de l'argent contre mon corps. Je me figeai en regardant Nick sortir de la boutique. Alors j'allais être *sa* pute.

— C'est bon ? demanda Tobias.

Je le regardais et vis une expression amusée sur son visage puis il s'avança.

— Ou tu as besoin d'essayer quelque chose dans la cabine d'essayage ? ajouta-t-il.

Je savais *exactement* de quoi il parlait.

— On est dans un magasin de chaussures, il n'y a pas de cabines d'essayage.

— Il y a une arrière-salle, non ?

Je ne pus m'empêcher de sourire.

— Tu peux vraiment pas attendre ?

Son regard intense était une réponse suffisante.

— Tobias, prononça une voix grave et familière derrière nous.

Mon demi-frère se raidit et se tourna légèrement. Lazarus Rossi se tenait derrière nous, avec son garde du corps. Il me regarda puis baissa les yeux vers les sacs que je tenais.

— On fait du shopping ?

Tobias s'avança d'un pas menaçant, s'interposant entre Lazarus et moi.

— En quoi ça te regarde ?

— C'est bizarre c'est tout, dit Lazarus en me regardant, que tu sois pas inquiète pour ton père, enfin vu qu'il a disparu.

J'eus le cœur retourné.

— Disparu ? Comment ça, disparu ?

Ses yeux bleus me lancèrent un regard noir.

— Tu vas vraiment me faire croire que tu ne sais rien ?

Je ne voulais pas rester ici, je commençais à me diriger vers la sortie en contournant Tobias. Il me saisit la main pour m'attirer contre lui.

— Il n'a pas disparu, il est simplement déçu de savoir qu'il ne va pas pouvoir sortir tout de suite.

— Déçu ? dit Lazarus en s'avançant, cognant son torse contre celui de Tobias tout en maintenant mon regard. Si c'est ce que tu crois, je vais pas te contredire.

— Tu sais quoi ? dis-je, le visage en feu. Va te faire foutre, espèce de tas de merde. C'est de ta faute s'il est là-bas !

— De ma faute ? dit-il alors qu'une haine froide et violente naissait dans ses yeux, puis il se pencha plus près pour me dire : il a de la chance d'être encore en vie. Tu ne sais même pas à quel point on a failli lui mettre une balle dans le crâne. Si quelqu'un nous vole, il paie les conséquences. Il le savait *très bien*... et il nous a volé quand même.

— Il vous a volé ?

Je ne comprenais pas.

— *Volé quoi* ? m'écriai-je. Il t'a volé quoi putain, l'air que tu respires ?

— Ryth, dit Tobias comme s'il savait que je dépassais les bornes.

Mais à présent, ça m'était égal.

— On n'a plus *rien* ! À ton avis pourquoi on vit chez les Banks ?

— Parce que ta mère connaît la vérité, répondit Lazarus en jetant un œil à Tobias. Et ton père aussi. Jack n'est pas en prison, Ryth.

— Alors il est *où* ? criai-je.

Lazarus sonda mes yeux pour y déceler la vérité.

— C'est une bonne question. Ta mère ment et je veux savoir pourquoi.

Je rencontrai le regard noir de Tobias avant de détourner les yeux. Mais je ne pouvais pas le laisser partir, pas comme ça...

Je me jetai sur lui et saisis son bras. Son garde du corps réagit aussitôt en m'agrippant le poignet avant de le tordre jusqu'à ce que je crie. Tobias bondit sur lui et lui asséna un coup de poing dans le torse.

— Laisse-la, Freddy !

En une fraction de seconde, ma journée parfaite se transforma en désastre. Une arme fut pointée sur le visage de Tobias.

— Dégage, T., lui dit Freddy.

Je sentais mon pouls battre dans mon poignet alors que la panique s'emparait de moi en voyant le flingue.

— Non... *non* !

— Freddy, s'écria Lazarus pour rappeler son sbire à l'ordre, on s'en va.

Mais Freddy ne bougeait pas, pas jusqu'à ce que Lazarus tourne les talons et commence à partir, nous laissant sous l'œil stupéfait des clients.

— J'ai appelé la police, dit une vendeuse.

— Pas la peine, grogna Tobias en regardant Freddy s'éloigner, derrière son maître. On allait partir.

# Chapitre Quarante-Et-Un

## RYTH

— Ryth, cria Tobias en poussant les clients alors qu'il me traînait hors du magasin.

Mais je ne sentais pas sa main, ni les regards appuyés des clients. Je ne ressentais rien d'autre que ce creux au centre de ma poitrine.

— Qu'est-ce qu'il s'est passé ? demanda Nick en arrivant à la course avant de regarder autour de nous.

— Lazarus, voilà ce qu'il s'est passé, répondit Tobias en me regardant.

La colère jaillit dans le regard de Nick.

— Est-ce qu'il t'a fait du mal ? dit-il en me regardant.

*Il a de la chance d'être encore en vie. Tu ne sais même pas à quel point on a failli lui mettre une balle dans le crâne.*

Les mots de Lazarus résonnaient dans mon esprit, créant une sorte d'écho vide et étrange.

— Il a dit que ma mère mentait, murmurai-je alors que Tobias me tirait vers la sortie du centre commercial. Je me tournai pour le regarder. Il a dit qu'elle mentait.

— Ouais, eh bien... marmonna-t-il.

— Quoi ?!

Il ne dit rien, il accéléra seulement le pas, m'obligeant à accélérer aussi. Caleb avança vers nous alors que nous passions les portes automatiques pour sortir.

— Qu'est-ce qu'il s'est passé ?

— Lazarus, répondit Nick. On dirait que ce mec a plein de choses à dire.

Caleb regarda attentivement l'emprise de Tobias sur mon bras puis vit le regard désespéré qui était le mien.

— Tu lui fais mal.

— Quoi ? grogna Tobias.

Caleb s'avança vers moi.

— Lâche son bras, T., tu lui fais mal.

Il lâcha son emprise avant de regarder la marque rouge sur mon bras.

— Désolé.

Nous allâmes directement à la voiture, s'installant au milieu de la tonne de sacs de shopping. Je jetai un œil à côté de moi sur la banquette à rien. Je ne voulais soudainement plus rien, *rien de tout ça*. Je me penchai en avant et pris mon visage dans mes mains.

— Ryth ? dit Caleb depuis le siège conducteur.

— Ryth, dis quelque chose, dit Nick, assis sur le siège devant moi.

Mais Tobias ne disait rien. Je sentais la brise glaciale qui émanait de lui et je repensais au flingue pointé sur lui alors que la panique en moi devint elle aussi glaciale. Il aurait pu se faire tuer... *tout ça par ma faute.*

J'ouvris les yeux et me tournai vers lui.

Il regardait droit devant, ses yeux sombres devenaient encore plus noirs lorsque Caleb démarra la Lamborghini avant de sortir du parking.

— Il a dit que mon père leur avait volé quelque chose, dis-je en détournant les yeux alors que les mots de Lazarus me revenaient, mais qu'est-ce qu'il a bien pu voler ? C'était certainement pas de l'argent !

Il y eut un silence pesant dans la voiture... *trop pesant.*

— Qu'est-ce qu'il a volé ? répétai-je en me tournant vers Caleb puis vers Nick.

— De la drogue, dit Tobias à côté de moi, son regard noir fixé sur la nuque de Caleb. Ton père vendait de la drogue pour les Rossi.

— De la drogue ? murmurai-je avant de secouer lentement la tête. Ce n'est pas possible.

Je croisai le regard de Caleb dans le rétroviseur.

— C'est la vérité.

— De la drogue ? dis-je sans parvenir à y croire. Mon père a volé de la drogue ?

— *L'argent* de la drogue, répondit Caleb en changeant de vitesse avant d'appuyer sur l'accélérateur.

Cette voiture de sport élégante n'avait pas le poids ni le bruit de la Mustang, elle fonçait à toute vitesse, embrassant les virages grâce aux mains expertes de Caleb. En un instant, nous étions de retour à la maison, montant l'allée jusqu'à ce que Caleb coupe le moteur de sa Lamborghini.

L'argent de la drogue... mon père avait volé l'argent de la drogue. *Punaise... ça craignait... ça craignait vraiment.* Mes frères descendirent de la voiture et Caleb se dirigea vers la porte d'entrée, laissant Nick et Tobias porter mes sacs à l'intérieur. Mais il y avait quelque chose de différent maintenant. Nick restait à l'écart pour jeter un œil à la rue alors que Tobias m'invitait à entrer.

Est-ce qu'ils pensaient que Lazarus allait venir me chercher ?

*Punaise.* Je réalisai cela juste à ce moment là. C'était vraiment ce qu'ils pensaient... ils pensaient que Laz ou les Rossi allaient venir me chercher ! Tout ça parce que ma mère m'avait menti. Je me dépêchai de rentrer et me dirigeai vers la cuisine pour regarder dans le frigo. Mes sacs étaient posés sur le sol de la cuisine.

— Je veux savoir ce que Lazarus t'a dit, mot pour moi, dit Caleb en se tournant vers nous.

— En quoi c'est important ?

Caleb posa une main sur le comptoir et regarda Tobias d'un œil perçant.

— C'est important.

Tobias fronça les sourcils et répéta mot pour mot ce que Lazarus avait dit, avec le même ton qu'il avait employé.

— Putain, dit Caleb avant de traverser la cuisine à grandes enjambées.

— Quoi ? murmurai-je en scrutant son visage.

Il s'arrêta au milieu de la cuisine.

— Crache le morceau, frérot, dit Nick. Qu'est-ce qu'il y a ?

— Je savais que cette raclure mentait, dit Caleb en fixant le sol. Je le savais.

— Tu savais *quoi* ? grogna Nick en se tournant vers lui. Dis-le !

— Le jour où il est rentré avec la chemise tachée de sang et qu'il a voulu emmener Ryth au lycée, je savais qu'il s'était passé quelque chose. Alors je suis allé dans son bureau et j'ai regardé dans son ordi... j'ai découvert où il était allé.

Je retins mon souffle, le cœur battant la chamade.

— Dans son agenda, j'ai vu le nom Mitchelton.

Je me sentis défaillir.

— Mitchelton... tu veux dire *la prison Mitchelton ?*

Personne ne répondit, j'imagine que c'était une réponse suffisante. Mon esprit fusait, essayant de rassembler les pièces du puzzle.

— C'était peut-être rien, dit Caleb en secouant la tête.

— Et ça pourrait *tout* expliquer, dit Tobias en faisant un pas en avant, une lueur brûlait dans ses yeux. Je t'ai dit que c'était un sale type. Je t'avais dit ce qu'il faisait quand on était tous les trois avec maman le jour de ses résultats d'analyses. *Je te l'avais dit,* putain, et tu continuais de me dire que je me trompais. Il lui a brisé le cœur... *il lui a vraiment brisé le cœur putain,* dit Tobias en me lançant un regard et je vis quelque chose bouger derrière l'obscurité de ses yeux. Pendant qu'on tenait la main de maman quand elle était au plus bas, il avait la queue profondément enfouie dans la chatte d'une autre... de trois autres, plus exactement. J'ai tabassé Lazarus quand il m'a avoué ça alors qu'il essayait juste de m'aider. Au final ça a détruit notre amitié, tout ça parce que papa ne pouvait pas supporter l'idée que sa femme était en train de mourir.

Je n'arrivais pas à parler, à détourner le regard. Je ne voyais que la douleur dans ses yeux, ses mots qui saignaient presque.

— Alors tu me crois maintenant, dit-il en regardant Nick, frérot ?

La mâchoire de Nick se crispa.

— Ouais, répondit-il, je te crois.

— Dans le bureau, grogna Caleb, il doit y avoir d'autres infos, quelque chose que j'ai loupé.

Tobias hocha la tête, ses lèvres se retroussèrent en un sourire déçu.

— Allons élucider le mystère.

Nick me lança un regard.

— On va tout fouiller s'il le faut.

— Princesse, dit Caleb en me prenant la main, on va découvrir la vérité.

Mes genoux tremblaient alors que j'avançais et serrais sa main dans la mienne. Nous nous dirigeâmes vers le bureau et Caleb ouvrit la porte avant d'appuyer sur un bouton pour ouvrir les volets électriques. La lumière du jour inonda la pièce, révélant tous les coins sombres et les vilains petits secrets. Je regardai les innombrables étagères de revues juridiques et j'eus envie de vomir.

Qu'est-ce que Creed manigançait ? Et pourquoi ma mère était impliquée ?

Caleb fit le tour du bureau et alluma l'ordinateur. J'avais laissé Creed m'acheter des choses, être sympa avec moi, alors que pendant tout ce temps...

La nausée me monta à nouveau à la gorge.

Pendant tout ce temps, il planifiait quelque chose, mais quoi ?

Nick se pencha au-dessus de l'épaule de Caleb alors qu'il déverrouillait l'ordinateur de son père avant d'ouvrir et de fouiller dans tous les dossiers qu'il trouvait. Caleb savait très bien ce qu'il faisait, il savait très bien ce qu'il cherchait, appuyant sur des touches pour lancer une recherche ciblée dans les dossiers et documents.

— Où est l'argent ?

— Quoi ? dit Tobias en me regardant.

Je croisai son regard.

— Où est l'argent ? Les flics ont tout pris, alors s'ils avaient trouvé une belle somme, on serait au courant, non ?

Caleb leva les yeux de l'écran.

— Pas forcément, pas s'ils constituent un dossier.

— Un dossier contre qui ? Mon père est déjà en prison.

Caleb lança un regard à Nick alors que Tobias se mit à rire.

— Ils vont s'en prendre à nous, c'est ça ?

— Qui d'autre ? demandai-je. D'abord mon père est envoyé en prison, mais le même soir, ma mère nous amène ici... pour qu'on forme une famille.

Caleb se leva de la chaise au même moment où Nick se tourna.

— Alors c'est ça, hein ? C'est pas simplement un mariage, c'est un pacte, un pacte entre votre père et ma mère, dis-je en commençant à comprendre.

— Putain, murmura Nick. Elle a raison.

Il y avait une tension électrique dans l'air, les poils de mes bras se dressaient.

— Maintenant il faut qu'on comprenne pourquoi, dit Caleb en fixant l'écran.

— Et qu'on sache ce qui est arrivé à mon père, dis-je. C'est le plus important, on verra le reste après.

— C'est vrai, répondit Nick. On verra le reste après, la famille passe avant tout.

Un poids s'envola de mon cœur en entendant ces mots. Quelque chose caressa mon cœur, ou c'était peut-être simplement le mouvement de mon cœur. Nick maintenait mon regard et je sus pour la première fois à quoi ressemblait un lien de loyauté.

Ça ne sonnait pas faux, c'était vrai et palpable.

Un lien brut et entier, comme cette relation que nous partagions... *tous les quatre.*

— Alors mettons-nous au boulot, dit Tobias. Tu fouilles dans l'ordi et moi je vais jeter un œil à ses bouquins. Il doit bien y avoir quelque chose, quelque part.

Tobias s'approcha de l'étagère et saisit un livre à sa portée. La couverture bleu marine à la reliure dorée pesait lourd dans sa main. Je vis une expression de dégoût sur son visage alors qu'il le feuilletait avant de le laisser tomber au sol. Nick et Caleb levèrent les yeux, comme s'il s'agissait d'un sacrilège, comme s'il conjurait un sort. Peut-être que c'était le cas... et peut-être que moi aussi il fallait que je conjure un sort.

Je m'avançai vers une autre étagère et tendit la main.

— Pas ceux-là, petite souris, m'avertit Tobias en me saisissant la main. Ceux-là sont à notre mère.

Je retirai ma main, posant les yeux sur quelques revues. Les reliures étaient abîmées et les couvertures usées. Je ne savais pas pourquoi je ne l'avais pas vu plus tôt, cette partie-là n'était pas du tout comme les autres : un coin en désordre, plein de revues et de gros bouquins à couverture souple, alors que ceux que Tobias regardait et jetaient au sol les uns après les autres étaient brillants et comme neufs.

*Boum.*

*Boum.*

*Boum.*

Tobias vidait les étagères en laissant tomber les livres au sol. Nous avons passé la journée à fouiller. Caleb s'énervait de ne rien trouver sur l'ordi et échangea de place avec Nick avant d'ouvrir le tiroir du bureau pour chercher dans les moindres recoins.

*Boum.*

— Il n'y a rien ici, grogna Tobias en retirant un autre bouquin de l'étagère.

— Continue de chercher, marmonna Caleb.

Tobias saisit un autre ouvrage sans même le feuilleter.

*— Il n'y a rien...*

Je me penchai pour ramasser le livre de droit qu'il venait de jeter et parcourus les pages de mes doigts tremblants.

— On continue de chercher jusqu'à ce qu'on trouve quelque chose, dit Caleb en sortant le tiroir pour en vider le contenu.

Tobias avait raison.

Au fond de moi, je le savais. C'était exactement ce que je craignais.

— *Putain !* s'écria Nick en repoussant le clavier.

J'avais mal au dos lorsque je me relevai, observant le désordre qu'on avait mis dans la pièce. On avait fouillé tous les coins, tous les livres... tout sauf le coin de leur mère, qui restait intact.

Il n'y avait rien à trouver ici.

Nick posa les coudes sur le bureau et prit son visage entre ses mains.

Silence.

Un silence atroce.

Mais sous ce silence, l'espoir rôdait toujours.

— Faut qu'on fasse une pause, marmonna Caleb.

Je regardais par la fenêtre le soleil couchant. On avait passé la journée à fouiller, sans faire de pause, sans s'arrêter, devenant de plus en plus frustrés au fur et à mesure que les heures passaient.

— On mange, on se douche, et on trouvera une solution, dit Nick.

— J'ai besoin de baiser ou de me battre, j'ai besoin de... dit-il en me regardant avant de grimacer. Laisse tomber.

Il s'en alla, ouvrit la porte et disparut aussitôt. J'entendis le bruit de ses pas lourds dans le couloir puis je ne les entendis plus.

— Je vais chercher à manger, dit Caleb en s'éloignant de la fenêtre. Je crève la dalle.

— Tu restes là ? demanda Tobias en me regardant.

Je vis le désir dans son regard, mêlé à la haine réprimée qui avait besoin d'être libérée.

— Vas-y, dis-je, je reste là.

Il acquiesça et s'éloigna. Je n'avais pas besoin de demander où il allait. Il faisait toujours la même chose quand il était énervé, il allait courir.

Caleb sortit du bureau et Tobias lui emboîta le pas, me laissant seule au milieu du chaos. Je regardai autour de moi le désordre des bouquins et les étagères sens dessus dessous, et mon regard se posa sur les étagères intact des revues de leur mère.

Le coin qu'ils ne voulaient pas toucher. Je m'avançais, le besoin irrépressible de fouiller m'arrêta un instant. Mais au moment où je mis la main sur la couverture de la première revue, je sus que je ne pouvais pas faire ça. Naomi Banks rôdait comme un fantôme, elle avait laissé dans son sillage bien trop de souvenirs et de blessures qui n'avaient pas eu le temps de guérir. Je m'éloignai de l'étagère et quittai le bureau, j'entendis la porte d'entrée claquer en sortant.

La maison était plongée dans le silence. Trop de silence.

— Nick, dis-je lentement en montant les escaliers.

Mais je n'eus pas de réponse, et lorsque j'atterris sur le palier de notre étage j'entendis des bruits érotiques qui provenaient de sa porte fermée. Je sursautai, prise de panique alors que j'étais attirée par ce bruit.

Ce bruit de baise.

— Nick ? murmurai-je en ouvrant sa porte.

Le bruit sec de la chair qui frappe contre la chair emplissait l'air. Nick était allongé sur le lit, la queue dressée dans sa main, le téléphone dans l'autre. Je sursautai comme si je venais de me prendre une gifle. Mon estomac se noua lorsque je compris.

*Un porno... il regardait un porno...*

Je sentis une douleur dans ma poitrine avant d'entendre le gémissement familier d'une femme.

— Qu'est-ce que tu fous ?

Nick ouvrit les yeux brusquement.

— Ryth, grogna-t-il en laissant tomber son téléphone sur le lit.

Sur l'écran, le porno continuait de tourner, sauf que ce n'était pas le genre de porno que je croyais.

C'était lui et moi... avec Tobias, nu dans le fond.

Nick avait le visage plongé entre mes cuisses et se leva. On vit sa queue en gros plan puis la caméra se déplaça pour qu'on le voit entrer en moi pour la première fois.

Sur l'écran, je me cambrai, gémissant alors que son gros gland glissait en moi. Mon corps tremblait, je gémissais de plus en plus fort.

— Continue, Nick, criai-je dans la vidéo, continue Nick.

Je n'arrivais plus à réfléchir, mon esprit fusait.

— Tu nous as enregistré ?

Je vis la honte et le désir se rassembler sur son visage.

— Ouais.

Je m'approchais de son lit, posant les yeux sur l'écran puis sur la queue dans sa main.

— Et tu nous regardes ?

— Ouais, dit-il en passant sa langue sur ses lèvres.

En moi, l'étonnement, la jalousie et le plaisir se mêlaient. Il bandait toujours, il me désirait encore. J'eus une impression de déjà-vu.

Il m'avait regardée me caresser la première fois au parc, dans une tentative pleine de timidité de me donner du plaisir.

Maintenant c'était à mon tour, je voulais le voir faire.

— Continue, dis-je en croisant son regard. Je veux te regarder.

Il eut l'air surpris mais très vite, sa main empoigna sa queue et il se mit à faire un mouvement de haut en bas. Sauf qu'à présent, il ne regardait plus l'écran... c'était moi qu'il regardait, en chair et en os.

Je me forçai à ne pas bouger. Une chaleur s'immisça en moi en le voyant empoigner sa queue turgescente. Je salivais en regardant la veine sous sa bite se gonfler sous l'effet de l'excitation. Dure, puissante. Les muscles de son bras se tendaient alors qu'il faisait glisser sa main lentement sur sa queue lisse, jusqu'au gland, avant de redescendre jusqu'à la base.

Une perle luisante se forma au bout de sa bite.

Je fis un pas vers lui, incapable de me retenir plus longtemps.

— Tu l'as regardée combien de fois ? murmurai-je.

— *Beaucoup...* grogna-t-il en fronçant les sourcils.

— T'as d'autres vidéos... avec d'autres filles ?

— Non, répondit-il alors que sa main continuait d'astiquer ce beau membre qui se gonflait de sang. Je n'ai que toi.

— Parce que j'étais vierge la nuit où tu m'as baisée ? dis-je en capturant la perle luisante du bout de mon doigt.

Il gémit profondément, un son à moitié animal.

— Oui.

Je le goûtai en mettant mon doigt dans ma bouche.

— Et parce que j'allais devenir ta sœur ?

Son corps fut parcouru d'un frisson et sa queue tressauta. Il n'avait pas besoin de parler, la réponse était claire.

— Ta sœur, murmurai-je, celle que tu as emmenée au parc. Celle à qui tu as demandé d'écarter les jambes dans la voiture, pour la regarder se masturber.

Il ferma les yeux et bascula la tête en arrière.

— Putain, oui.

— Tu veux recommencer, Nick ? murmurai-je. Tu veux me voir dans ta voiture, les cuisses ouvertes, la culotte rabattue sur le côté ?

Il jouit brutalement dans un son rauque, son sperme gicla sur son ventre.

Bordel, mon corps se crispait et palpitait d'assister à ça. Je n'avais rien vu d'aussi bestial.

*Bip.* Un message apparut sur son écran.

*Natalie : Bébé, s'il te plaît.*

La vue de son nom me fit l'effet d'une gifle. Je reculai et Nick ouvrit les yeux.

— Quoi ? grogna-t-il en se redressant, le regard inquiet.

Je ne pouvais pas empêcher la jalousie de me voler ce moment qu'on venait de partager.

— On dirait que ta *petite copine* a pas bien compris, rétorquai-je. Peut-être que t'as pas été aussi clair que tu me l'as laissé entendre.

Puis je me retournai et sortis en vitesse de sa chambre lorsque mon téléphone vibra dans ma poche. Je le sortis, le cœur brisé.

— Ryth ! cria Nick alors que je claquai violemment sa porte. *Putain, Ryth !*

Mais je n'avais pas envie de lui parler, pas maintenant. Je me dirigeais vers ma chambre, le seul sanctuaire que j'avais, et claquai la porte derrière moi.

— Dégage, Nick, criai-je alors que j'entendais le poids de ses pas. Laisse-moi tranquille, bordel.

Je pris mon téléphone et m'assis sur le bord de mon lit. Au fond de moi, je savais que j'exagérais, que si elle le suppliait encore, il allait se montrer encore plus clair.

Pourtant, j'avais le cœur brisé et cette sensation terrible d'être au fond du gouffre.

*Bip.*

Mon téléphone vibra à nouveau. Je fis glisser l'écran pour le déverrouiller.

*Gio : Si tu veux en savoir plus, il faut qu'on se voie.*

Quoi ?

Je remontais pour lire les messages précédents.

*Gio : Lazarus t'a pas dit la vérité sur ton père. Il est bien vivant et il demande à te voir. Mais je ne parlerai à personne d'autre qu'à toi, Ryth, et certainement pas à tes connards de frères. Alors, si tu veux savoir, il faut que ça se fasse ce soir et en cachette.*

Je relis à nouveau le message, le cœur battant lorsque mon téléphone fit à nouveau *bip*.

*Gio : C'est maintenant ou jamais. Viens à l'adresse que je t'ai envoyée, je t'y attends.*

Les pas lourds de Nick s'éloignèrent et j'entendis sa porte claquer.

— Quelle conne, Natalie, cria-t-il, c'est vraiment une putain de *connasse* !

Mon frère fulminait alors que je me redressai, le cœur bloqué dans la gorge. Je ne pouvais pas quitter les yeux de ce message. *Si tu veux savoir, il faut que ça se fasse ce soir et en cachette.*

Papa...

S'il était sorti, il fallait que je m'assure qu'il soit en sécurité. J'allai jusqu'à ma porte et tourna discrètement la poignée. Mais si je disais quoi que ce soit à Nick, Gio ne me dirait rien. Pas après ce qu'ils lui avaient fait. Je pourrais y aller et revenir avant même qu'ils se rendent compte de mon absence.

Et je saurais enfin où se cache mon père...

Cette pensée me motiva alors que je passais sur la pointe des pieds devant la chambre de Nick, pour aller vers la chambre de Tobias. J'entrai et me précipitai vers son bureau pour prendre les clés de sa Jeep. Je serais de retour dans une heure... ils ne sauraient même pas que j'étais partie...

# Chapitre Quarante-Deux

## RYTH

Je saisis le volant de la Jeep de Tobias, grimaçant en manœuvrant le levier de vitesse avant de jeter un œil sur la carte affichée sur mon téléphone. Punaise, si j'abîmais sa voiture, il me le pardonnerait jamais. J'appuyai sur la pédale et commençai à reculer.

Mon téléphone émit un *bip*. Je vis le nom de Tobias s'afficher. Je l'ignorai, ainsi que les deux textos qui suivirent. Quand je vis ensuite le nom de Nick, je ravalai un sentiment de peur en appuyant plus fort sur l'accélérateur. Je les appellerai dès que je serais arrivée à destination. Quand je leur expliquerai, ils allaient se calmer. Ou peut-être qu'ils seraient énervés ? Ouais, surtout en sachant que j'étais avec Gio, mais si je mettais le haut-parleur pour qu'ils entendent tout, alors ils sauraient que je n'y allais pas sans couverture.

Je savais qu'ils n'aimaient pas Gio et qu'ils préféreraient l'envoyer à l'hôpital plutôt que de le laisser s'approcher de moi. Mais s'il se retrouvait dans le coma, il ne pourrait pas me dire ce qu'il fallait que je sache, et pour le moment, le besoin de savoir où était mon père était plus fort que leur possessivité.

Mon téléphone se mit à sonner et le numéro de Nick apparut par-dessus le plan que Gio m'avait envoyé.

— Merde, dis-je en faisant glisser mon doigt sur l'écran.

— Ryth, me dit Nick.

— Attends, dis-je, toujours agacée de ce qui s'était passé plus tôt. Je vais t'expliquer.

— T'as intérêt, grogna Tobias en arrière-plan alors que je passai une vitesse pour tourner dans une rue. *Putain, c'est ma voiture que j'entends ?* cria-t-il.

— Oui, et si tu n'arrêtes pas de parler je ne vais pas découvrir où se cache mon père.

— Tu sais où il est ? intervint Caleb. Où ça ?

— Pas encore... mais je vais le découvrir...

— Ryth, dit Nick sur un ton froid. Je veux que tu nous dises exactement ce qui se passe ?

J'essayai de me concentrer sur ces rues que je ne connaissais pas et sur le fait que c'était seulement la troisième fois que j'essayais de conduire... et "essayer" est un grand mot.

— Vous promettez de pas vous énerver ?

Nick grogna.

— Pas autant que si tu ne nous dis rien.

— Gio m'a envoyé un message...

— Quel enculé, s'exclama Tobias, mais quel *enculé* !

— J'essaye de vous raconter et de pas avoir d'accident en même temps ! criai-je.

— Raconte, dit Nick sur un ton de panique.

— Il m'a dit que Lazarus avait menti, dis-je. Il m'a dit qu'il savait où était mon père.

— Et il ne voulait pas te le dire en notre présence, ajouta Nick.

— Non, pas après ce que Tobias lui a fait.

— Ce tas de merde, grogna Tobias. Tu sais qu'il ment, rassure-moi ? C'est impossible que Laz lui ait dit quoi que ce soit.

— T'en es sûr ? dis-je en regardant le point rouge qui clignotait sur le plan, puis je levai les yeux vers les lampadaires qui m'ouvraient une voie dans l'obscurité. Parce que j'en sais rien moi, mais pour l'instant, c'est tout ce qu'on a. Il faut que j'essaye, il n'y a pas d'autres solutions.

La Jeep cahotait sur la petite route rocailleuse depuis dix minutes.

— Je lui fais pas confiance, grogna à nouveau Tobias.

— Je sais, dis-je en changeant de vitesse pour ralentir la cadence. C'est pour ça que j'allais vous appeler dans tous les cas pour que vous puissiez entendre tout ce qu'il dit.

— C'est vrai ? s'exclama Nick.

— Oui, dis-je. C'était hors de question pour lui de me dire la vérité devant vous, alors je n'ai pas d'autre choix, sauf à aller parler moi-même à Lazarus Rossi.

— Jamais de la vie, cria Tobias. Envoie-nous l'adresse, on arrive.

Je ralentis encore un peu mon allure et agrippai fermement le téléphone pour prendre une capture d'écran et l'envoyer à Tobias. Le temps qu'ils arrivent, j'aurai déjà eu l'information qu'il me fallait.

— Voilà.

J'entendis des pas dans le combiné puis le claquement de la portière juste avant que le moteur de la Mustang se mette à vrombir.

— Va pas trop vite, me dit Nick, qu'on ait le temps de se rapprocher de toi.

Je regardais les lumières des lampadaires, certaine que si Gio avait le moindre doute qu'ils me rejoignent, il annulerait la rencontre. Et alors il ne me dirait jamais ce que je voulais savoir. Je levai les yeux vers l'écran, j'entendais les pneus de la Mustang crisser alors que Nick me rejoignait à toute allure.

Je ne pouvais pas prendre ce risque, pas lorsque ce dont j'avais besoin était à portée de main. Je levai le pied de la pédale de frein pour appuyer sur l'accélérateur.

— On arrive, dit Nick dans le haut-parleur, comme s'il savait instinctivement que j'avais besoin de lui. On sera là d'ici vingt minutes.

— D'accord, murmurai-je en sondant l'obscurité lorsque je vis apparaître la maison de Gio, qui m'attendait devant sa porte, seul.

J'entendais des voix et des rires qui s'échappaient des fenêtres.

Je cachais mon téléphone pour ne pas qu'il sache que mes frères entendaient tout. Gio jeta un œil à la Jeep puis regarda au loin dans la pénombre.

— T'es venue toute seule ?

— Comme tu me l'as demandé.

— Ouais... dit-il en se frottant la nuque.

Il était anxieux, il n'avait toujours pas digéré ce qui s'était passé. Je me garai devant chez lui et sortis de la voiture. Je montai ensuite les escaliers en bois et jetai un œil par la fenêtre.

— Alors maintenant que je suis là, dis-moi ce que tu sais.

— Entre, dit-il en me faisant un signe de tête.

Je refusai.

— C'est pas ce qui était prévu.

Je vis de la haine dans ses yeux lorsqu'il se tourna vers moi.

— C'était pas non plus prévu que je me fasse casser trois côtes et que je finisse avec un torticolis, mais j'imagine qu'on peut pas tout prévoir, n'est-ce pas, Ryth ?

Je me figeai devant sa brutalité soudaine. Les gens à l'intérieur devaient nous entendre... ils allaient finir par sortir, non ? Il prit une grande inspiration et regarda par-dessus son épaule à l'intérieur. Des frissons me parcouraient le corps et j'avais un très mauvais pressentiment qui me disait de ne pas entrer chez lui.

— Dis-moi ce que je veux savoir, dis-je sans bouger. Dis-le-moi et ensuite je partirai.

— Entre, Ryth, dit-il en se tournant vers moi, mais ses yeux autrefois chaleureux étaient aujourd'hui glaçants.

Un regard froid et insensible.

— Entre et je te dirai tout.

Je regardais la porte derrière lui et vis l'un des élèves du lycée sortir la tête et me regarder avant de repartir. Il y avait au moins cinq personnes qui faisaient la fête là-dedans. Gio ne pourrait rien me faire, pas au milieu d'une foule, n'est-ce pas ?

— N'y vas pas, Ryth... dit la voix de Tobias dans le téléphone que je tenais dans ma main.

Le temps se figea lorsque Gio me fixa durement. Mon cœur battait la chamade et un frisson me parcourut l'échine avant que la peur s'installe en moi.

Je me mis à courir en dévalant les escaliers ; Gio poussa un cri.

— *Fais rentrer cette salope, Gio !* cria une femme.

Je connaissais cette voix... je connaissais ce cri plein de méchanceté. Je regardais par-dessus mon épaule et vis Natalie devant la porte alors que je courais pour rejoindre la Jeep. *Putain... non.*

Mes semelles frappaient le goudron, la Jeep en ligne de mire.

— Barre-toi de là, Ryth ! cria Nick dans le téléphone alors que je courais... jusqu'à ce que je reçoive un coup dans le dos.

Gio me saisit par les cheveux et me tira en arrière.

— Espèce de salope !

Je donnai des coups de pieds et de poings pour essayer de m'enfuir.

— *Lâche-moi bordel !*

— T'es vraiment une connasse, dit-il en me tirant alors que j'essayais de m'enfuir.

Il me tira si fort que je tombai au sol.

— Tu te penses trop bien pour moi ? dit-il alors que je sentais mon cuir chevelu en feu, ses doigts emprisonnés dans mes cheveux alors que les gens chez lui commençaient à sortir pour voir la scène.

— *Fais-la rentrer, Gio !* cria Natalie en courant vers nous.

— *Non... pitié non !* criai-je en lui donnant un coup de poing dans les côtes.

Il se crispa de douleur.

*Ils allaient me faire du mal... si j'entrais chez lui... ils allaient me faire du mal.*

Je me débattais et réussis à me libérer de son emprise avant de me relever aussitôt. J'entendais les voix de ceux qui sortaient maintenant de chez lui. Mais ils n'allaient pas m'aider, je le savais pertinemment. La Jeep brillait sous la lumière de la lune... comme un signal de sortie.

*Atteindre la voiture... j'avais juste à atteindre la voiture.* Je me mis à courir à toute vitesse.

— *Même pas en rêve !* cria Natalie.

Je vis un mouvement flou puis je reçus un coup violent en plein visage, me faisant vriller la tête, entraînant mon corps dans sa chute. Je tombai violemment sur le sol. Je n'eus pas le temps de recouvrer mes esprits, elle était déjà sur moi.

Ses griffes se plantèrent sur mon visage, dangereusement près de mes yeux.

— Espèce de salope, cria-t-elle. *Tu crois que tu peux me voler MON petit copain ?*

Je me débattais autant que possible, la forçant à me lâcher. Les larmes me montèrent instantanément aux yeux, ma vue d'elle se brouilla alors qu'elle continuait à me faire mal. Mon téléphone... mon téléphone. Je sondais le sol du regard et aperçus la lueur brillante du téléphone.

J'essayais de me relever lorsqu'elle me gifla à nouveau. Ma tête bascula sous la violence du coup et j'entendis un bourdonnement dans mes oreilles alors que je lui criai :

— C'est *pas* ton petit copain !

— Sale *conne* ! dit-elle en en plongeant sur moi, les yeux grand ouverts et pleins de haine.

Gio se tenait le flanc en boîtant vers nous, lançant un regard noir à Natalie.

— T'avais dit que tu lui ferais pas de mal !

Je portais ma main à ma joue endolorie. Je vis mes doigts luire dans la pénombre. Du sang... c'était du sang sur mes doigts. Je levai les yeux vers elle.

— Elle pense qu'elle peut me voler Nick ? rétorqua-t-elle. Je vais m'assurer qu'il ne pose plus jamais les yeux sur elle.

Je me déplaçais pour pouvoir atteindre mon téléphone. J'entendis des cris dans le téléphone qui devinrent des voix alors que je me hissai sur mes jambes tremblantes pour l'attraper.

— *RYTH !* cria Nick. *PUTAIN, RYTH !*

Je portai le téléphone à mon visage endolori, la voix tremblante.

— Je-je suis là. Je suis là. Nick, j'ai peur...

— Tiens bon, princesse. J'arrive... mais tiens bon putain.

Elle s'avança vers moi, un sourire diabolique sur le visage alors qu'elle regardait le téléphone dans ma main.

— Il est à moi... *t'as compris, espèce de connasse ?*

Elle glissa une main dans sa poche et sortit quelque chose de long et argenté.

— Il a toujours été *à moi*.

Il y eut un *clac* lorsque le couteau s'ouvrit, la longue lame brillait alors qu'elle s'approchait de moi.

— Je vais m'assurer que personne ne te regarde plus jamais.

Mon estomac se noua et la peur me clouait au sol.

— Non... *pitié non.*

— *NATALIE !* cria Nick dans le téléphone. *NATALIE, T'AS PAS INTERET DE LA TOUCHER !*

Elle regarda le téléphone dans ma main.

— C'est lui ?

Sa respiration se figea alors qu'une expression de douleur se dessinait sur son visage.

— *C'est mon Nicky ?*

Elle n'avait pas besoin de me planter avec ce couteau, ses mots me faisaient le même effet. Je ravalai ma peine et me forçai à entrer dans son jeu. J'acquiesçai et lui tendis mon téléphone.

— Oui oui, c'est lui. Il veut te parler.

Elle passa sa langue sur ses lèvres, le couteau luisait toujours dans sa main.

— Met le haut-parleur.

J'essayais de trouver le bouton en espérant appuyer sur le bon de mon doigt tremblant. Puis la voix de Nick se fit entendre haut et fort.

— *Natalie,* cria-t-il. Si tu lui fais du mal, tu *n'existeras plus* pour moi.

Elle fit une grimace et retint son souffle.

— Tu m'entends ? cria-t-il, sa voix emplissant le téléphone, couvrant le moteur vrombissant de la Mustang.

— De toute façon, je n'existe déjà plus pour toi, murmura-t-elle en levant les yeux vers moi, le visage éclairé par la lune. Je n'ai jamais autant compté pour toi.

— Tu m'as trompé putain, dit-il d'une voix grave et pleine de douleur. Tu baisais avec des mecs dans mon dos et t'en avais rien à faire quand je l'ai découvert.

Elle secoua la tête, le couteau tremblait dans sa main alors que son visage devenait de plus en plus éclairé.

Pendant un instant, je ne comprenais pas. Mais Nick continuait de lui tenir la jambe.

— C'est toi qui as gâché notre relation, Natalie, et personne d'autre.

— Je t'ai trompé parce que tu me désirais plus, dit-elle en continuant d'avancer vers moi, serrant le couteau dans sa main en me regardant avec une haine palpable.

— Maintenant j'ai compris que tu me désireras plus jamais.

J'attendais qu'il lui réponde.

J'attendais alors que les invités de la fête se rassemblaient autour de nous. Mon cœur se mit à battre plus fort lorsque j'entendis un crissement de pneus. Le moteur de la Mustang vrombissait alors que la voiture dérapa sur le sol terreur avant de s'arrêter brusquement. Les portières s'ouvrirent et mes frères arrivèrent en courant.

Les yeux de Gio devinrent ronds comme des billes alors qu'ils se dirigeaient sur lui.

— Les Banks sont là ! cria quelqu'un, *les putains de bâtards !*

Dans un flou aveuglant, la bagarre éclata, mais ils étaient trois contre huit. Je levai les yeux vers Natalie qui poussa un cri sauvage en bondissant sur moi, la lame du couteau levée dans les airs.

— *Ryth !* cria Nick en levant le poing avant de cogner un type.

Des phares éclairèrent le chemin. Il n'y avait que des coups et du sang. Tobias était une vraie bête, il fonçait dans le tas pour atteindre le plus mastoc de tous avant de se déchaîner sur lui avec une brutalité animale.

J'entendais plus de voitures qui arrivaient derrière nous. Ils venaient de plus en plus nombreux, de plus en plus d'adversaires pour mes frères. La peur me glaçait le sang.

Je fis un bond en arrière alors que Natalie levait le couteau en l'air, se lançant à ma poursuite.

— Espèce de *salope* ! hurla-t-elle alors que mes frères se bagarraient autour de nous.

Leurs cris me donnaient de l'espoir. J'esquivais son coup en faisant un pas sur le côté puis je me jetai sur elle, en lui donnant un petit coup de poing dans le ventre. Le coup n'était pas très violent, mais ce n'était pas grave car je lui lançai un autre poing, cette fois au visage.

Le coup fut assez fort et me fit mal aux phalanges.

Elle tituba sur le côté.

Nick me regardait de temps à autre comme s'il avait hâte de me rejoindre, mais il y avait deux mecs qui ne le lâchaient pas et qui lui donnaient des coups de poings au visage et dans le ventre. Il poussa un grognement avant de tourner son regard bestial vers ses adversaires.

— Espèce de petite conne, s'écria Natalie en portant sa main à son nez en sang. Tu vas le payer.

— C'est ça ouais, dis-je en me tenant droit devant elle, mes frères se battant dans mon dos.

Le *pan* ! d'un coup de feu jaillit quelques secondes après que des voitures se garèrent derrière nous. Mais je n'arrêtais pas de regarder Natalie, je ne voulais pas détourner les yeux.

— *Ça suffit !* cria Lazarus en s'avançant vers nous.

Mais les mecs de Gio continuaient à donner des coups de poings. Freddy se précipita sur le groupe et brandit son flingue en les visant.

— *On a dit stop, enculés !*

Lazarus Rossi s'avança au milieu de la mêlée en jetant un œil à Gio, maintenu au sol par Tobias, les bras étendus, la bouche en sang, à nouveau dans un sale état.

— Toi, s'écria Lazarus. Espèce de petit con, je t'avais prévenu, dit Lazarus en regardant Tobias dont le regard était rempli d'une haine sauvage.

Ils échangèrent un regard. Il y avait une sorte de loyauté muette entre eux... ou peut-être que c'était que Lazarus connaissait la suite, et que Gio n'aurait pas à s'inquiéter de son rétablissement parce que Tobias allait l'achever.

— Freddy, dit Lazarus. Sors-le de là.

Freddy s'exécuta aussitôt et s'avança vers lui. Tobias ne broncha pas quand Gio se releva et lui lança un regard noir.

— La prochaine fois que je te vois, y'aura personne pour m'arrêter, tu piges ?

Gio toussotait, des particules de sang furent projetées dans l'air alors qu'il essayait de reprendre son souffle.

— Je vais t'achever, lui dit Tobias comme une promesse.

— T'auras pas besoin de le faire, dit Lazarus en s'avançant, croisant le regard de Gio. Parce que c'est moi qui vais m'en charger.

— Hum-hum, fit quelqu'un derrière moi.

Je levai les yeux vers Logan qui passa devant moi si vite que je ne vis qu'une ombre. Il saisit le poignet de Natalie et le tordit jusqu'à ce que ses genoux tremblent et qu'elle pousse un cri.

— *Lâche-moi !* cria-t-elle.

Je retenais ma respiration, regardant ce mec impitoyable lui tordre le poignet. Le couteau tomba au sol avant qu'il le récupère. Elle tituba en se frottant le poignet alors qu'elle lançait un regard larmoyant à Nick.

Mais il avait l'air dégoûté de la voir. Ses lèvres se retroussèrent et je vis une haine noire dans ses yeux. Il n'eut rien besoin de dire, elle se mit à sangloter.

— Tu me détestes. Tu me détestes vraiment.

— Approche-toi encore une fois de nous et tu verras à quel point, dit-il d'une voix glaçante.

Ses épaules s'affaissèrent alors qu'elle serrait ses bras autour d'elle.

— Emmenez-la, dit Lazarus.

— Allez, cria Logan en faisant un signe vers une voiture qui attendait derrière nous. *Dépêche-toi,* dit-il en faisant un pas vers elle.

Elle tressaillit et je vis dans ses yeux la peur surgir derrière la peine.

Elle se dirigea mollement vers la voiture, sans nous regarder. Pourtant moi, je la regardais s'en aller.

— Elle est partie maintenant, dit Lazarus en me regardant. Elle ne t'embêtera plus.

Vu la manière dont il le disait, je savais qu'elle était sur le point d'entamer le voyage le plus terrifiant de sa vie. Ils n'allaient peut-être pas lui faire de mal, mais elle allait comprendre ce qui lui arriverait si elle nous approchait à nouveau.

— Vous feriez mieux de tous dégager maintenant, sauf si vous voulez vous retrouver sur ma liste d'ennemis.

Tout le monde s'éloigna immédiatement, certains se relevaient du sol et se mettaient à courir vers la maison en trébuchant.

— Tu veux bien m'expliquer ce bordel ? dit Lazarus en lançant un regard noir à Tobias.

Je savais qui il était et je savais qu'il avait la réputation d'être un mec dangereux. Mais Tobias se tourna vers lui et croisa son regard.

— T'expliquer ? Bien sûr, Lazarus. Je vais t'expliquer, *mec*. Ce connard a appelé Ryth pour lui dire que tu lui avais menti, que tu sais parfaitement où est son père et que le seul moyen pour qu'elle découvre la vérité c'était de venir le retrouver ici. Mais ça a jamais été à propos de son père, hein ? Il voulait juste qu'elle vienne seule et elle est tombée dans le panneau.

La colère se rassembla dans les yeux bleus de cet enfoiré de la Mafia.

— C'est vrai ? dit-il en regardant Gio.

Mais cette couille molle ne répondait pas, il lançait un regard à Natalie alors que la portière de la voiture se fermait.

— C'était pas mon idée.

Lazarus s'avança vers lui.

— Mais tu t'y es pas opposé. Tu as attiré une jeune fille au milieu de nulle part en pleine nuit. Une jeune fille dont le père travaille pour moi.

Gio sursauta.

— Il t'a volé de l'argent.

— Ça te regarde pas ça, si ?

Gio devint pâle sous la lumière des phares de la Mustang.

— Je pensais...

— Tu pensais, répéta Lazarus. La prochaine fois que tu *penses*, Gio, tu as intérêt que je sois pas dans ton périmètre.

La voix du Prince de la Mafia devenait menaçante.

— Remets pas les pieds au lycée. Ni en ville, d'ailleurs. Rentre chez toi, fais tes valises et barre-toi. Si je te revois, t'es mort, t'as compris ?

Gio écarquilla les yeux, mais il n'avait rien à ajouter. Il eut l'air défait en comprenant ce qu'il se passait.

— Ouais, Laz.

— T'as entendu M. Rossi, dit Freddy pour s'assurer qu'il ait bien compris. Et je me chargerai de passer devant chez toi demain... juste pour vérifier que tu as bien quitté la ville. Je passerai peut-être voir ta mère aussi, juste pour voir si elle va bien.

Je pensais que Gio était déjà au plus bas... j'avais tort.

Il se leva et partit la tête baissée, s'éclipsant comme un animal blessé.

— Il reviendra pas, me rassura Lazarus en me regardant. Je vais m'en assurer. Mais je ne sais pas où est ton père, Ryth. Si je le savais, je te l'aurais dit. Je suis peut-être un enfoiré, mais la famille ça compte plus que tout.

— Tu voulais le tuer, répondis-je car je ne le croyais pas.

— Il est mort ?

Je me raidis en entendant sa question. La panique s'empara de moi alors que je regardais Tobias, Nick et Caleb avant de répondre prudemment.

— Non.

— Tu t'es déjà demandé pourquoi ?

Je croisai le regard perçant de Lazarus.

— Non.

— Alors peut-être que tu devrais, dit-il en se tournant pour retourner vers ses gardes du corps. Si je retrouve ton père, Ryth, crois-moi que tu seras la première au courant.

J'étais abasourdie, mon esprit tournait dans tous les sens et Nick s'approcha. Ses doigts tremblaient quand il me caressa la joue.

— Punaise, Ryth.

— Tu es blessée ? demanda Tobias en me prenant la main, son regard parcourant mon corps à la recherche de sang ou de blessures.

— Non, murmurai-je en me penchant contre eux, mettant un bras autour de Nick et le deuxième autour de Tobias et Caleb. Heureusement.

Ils me soutenaient et m'attiraient contre leurs corps chauds alors que je tremblais de partout.

— Rentrons à la maison, murmura Nick dans mon oreille. Ensuite on pourra essayer de comprendre toute cette histoire.

# Chapitre Quarante-Trois

## RYTH

Je montais à l'arrière de la Mustang et Tobias se mit au volant de sa Jeep et nous suivit jusqu'à la maison. Quand nous sommes arrivés dans l'allée, mon corps entier tremblait et j'avais une migraine lancinante. Nick ouvrit la porte et j'essayai de sortir, mais mes genoux tremblaient.

Il vint vers moi, me saisit par la taille et me souleva.

— Doucement, murmura-t-il en me serrant contre son torse.

La chaleur de son corps me réconfortait, je me cramponnais à lui et le laissais me porter à l'intérieur. On passa la porte d'entrée et on monta directement les escaliers.

— J'ai fait tout ça pour rien, dis-je alors que les larmes coulaient sur mes joues. Tout ça pour rien.

— Non, dit Tobias en secouant la tête, c'était pas pour rien. Je savais que Lazarus n'avait rien à voir dans tout ça, mais maintenant c'était clair.

Je levai les yeux vers Nick qui m'emmenait dans sa chambre et me posa lentement au bord de son lit, se penchant pour remettre mes cheveux en place. Le contact de ses doigts me fit sursauter.

— Tu es blessée, dit-il en reculant.

Tobias s'approcha pour regarder mon cuir chevelu.

— Non, c'est juste une éraflure.

— Il m'a tirée par les cheveux.

Mes trois frères se figèrent en me regardant.

— Il a fait quoi ? demanda Tobias.

Un frisson me parcourut en levant les yeux vers eux. Je déglutis en voyant leurs regards menaçants.

— Il... il m'a tirée par les cheveux.

Tobias lança un regard à Nick puis à Caleb.

— Il a osé...

Mais ça n'avait plus d'importance, plus maintenant. Gio était parti, il allait quitter la ville sous les ordres de Lazarus. Il n'était pas près de revenir.

— Je vais chercher du désinfectant, dit Caleb en sortant pour aller dans la salle de bains.

Je passai mes doigts sur la zone douloureuse et grimaçai.

— Donc, ça doit être Creed, non ? Il doit savoir quelque chose.

— Peu importe ce qu'il sait, il ne nous dira rien, marmonna Tobias.

— J'ai essayé de l'appeler tout à l'heure, dit Nick en faisant les cent pas dans la pièce.

Au moment où il se tourna, je vis du sang sur sa joue.

— Tu es blessé, dis-je en me levant du lit. Nick, tu saignes.

Je traversai la chambre, forçant mes genoux à me porter. Il porta une main à sa joue et regarda ses doigts pleins de sang.

— C'est pas le mien, dit-il en croisant mon regard. C'est rien, Ryth, c'est pas le mien.

Je pris sa main pour regarder le sang. Il s'était jeté sur eux, il les avait frappés sans merci. Il s'était battu pour moi... *eux trois s'étaient battus pour moi*. Mon cœur se gonfla.

— Vous êtes venus me chercher.

Il plongea dans mon âme.

— Et on le fera toujours, princesse.

— N'importe quand, ajouta Tobias.

— Toute la vie, dit Caleb en entrant dans la chambre. Et au-delà. Maintenant, assis-toi. Il faut qu'on éclaircisse tout ça.

Nick m'aida à m'asseoir au bord du lit, mais je n'arrêtais pas de regarder le sang sur sa joue et la haine inassouvie dans son regard. Je chassais Gio de mes pensées en essayant de réfléchir.

— Comment est-ce qu'on peut savoir la vérité s'il ne nous dit rien ?

— On le force, grogna Tobias en serrant les poings.

— C'est notre père, dit Nick en secouant la tête. Peu importe ce qu'il se passe, il faut qu'on se dise qu'il ne veut que notre bien, et celui de Ryth.

Lui et ma mère étaient mariés à présent.

— Donc il faut qu'on découvre la vérité par nous-même... et qu'on attende leur retour, dis-je en grimaçant alors que Caleb appliquait délicatement de la crème antiseptique sur ma blessure avant de tamponner l'éraflure sur ma joue.

— Quelle salope, grogna-t-il, les yeux noirs. Si je la revois...

— J'ai des connaissances... dit Tobias. Je peux les mettre sur le coup.

— T., non, dit Nick en secouant la tête. On va pas recommencer ces coups foireux.

Je regardai Tobias puis Nick.

— Quels coups foireux ?

— Rien, dit Tobias en lançant un regard noir à Nick.

Mais je voulais savoir.

— Hum hum, dis-je sur le même ton que le garde du corps de Lazarus. Pas de secrets entre nous, tu te rappelles ?

Tobias serra les dents et je vis sur son visage cet air menaçant que j'avais appris à aimer.

— C'est des mecs que je connais des Rossi, ok ?

Je me levai du lit, me sentant un peu mieux.

— Tu les connaissais à quel point ?

— À quel point ? dit Nick en gloussant et en secouant la tête. Tobias était son meilleur pote.

— *Était*, oui, c'est du passé, frérot, marmonna Tobias.

Je comprenais maintenant pourquoi Lazarus avait lancé ce regard à Tobias s'il avait débarqué ce soir, c'était plus pour Tobias que pour moi. Lazarus l'adorait... comme un frère.

— Est-ce que j'avais eu tort sur Lazarus ?

— C'est pas pour rien qu'il a dit que mon père était encore en vie. Si c'est pas lui qui veut sa peau, ça doit être quelqu'un d'autre.

— Et tout a un rapport avec cette histoire de drogue volée, dit Nick.

— Et de l'argent qui va avec, ajouta Caleb. Toujours ce putain d'argent.

— Mais qui ça peut être ?

Personne n'avait de réponse. On restait là, en silence, puis je m'avançai vers eux pour les prendre dans mes bras. Ils m'enlacèrent et j'entendis un ventre gargouiller.

— On va manger, marmonna Caleb, dans la cuisine.

On descendit dans la cuisine où nous attendait notre repas dans des sacs à emporter, c'était encore tiède et délicieux. Après manger, je pris une douche sous le regard attentif de Caleb qui m'aida à me sécher les cheveux et me remit de la crème antiseptique sur la blessure de mon cuir chevelu et mes éraflures au visage.

Tout mon corps me faisait mal.

Mes bras, ma tête, mes cuisses.

Mon cœur, surtout. Je me mis dans le lit de Nick, et cette fois nous étions seuls. Caleb était parti dans sa chambre et Tobias dans la sienne.

— Ils vont bien ? dis-je en posant la tête sur l'oreiller à côté de lui.

— Ouais, dit-il en enlevant son caleçon pour se mettre au lit nu. T'en fais pas pour eux.

Il s'était passé tellement de choses ce soir. Bien trop.

— Viens là que je te serre contre moi.

Je fis ce qu'il demandait, me tournant contre lui, mes fesses contre sa queue. Il passa ses bras autour de moi, une main empoigna mes seins. Je le sentis bander mais il n'alla pas plus loin, il se contentait de me serrer contre lui.

Je fermais les yeux. Je pensais que je n'allais pas pouvoir dormir mais ensuite la fatigue me tomba dessus et je plongeais dans le sommeil.

— J'ai cru que j'allais te perdre ce soir.

La voix de Nick flotta jusqu'à moi.

— On les aurait tués... Natalie aussi, s'il avait fallu le faire. S'ils te touchent encore une fois, ils sont morts.

---

– J'Y VAIS, dis-je, je ne vais pas rate mon examen final à cause d'eux.

— C'est trop dangereux, dit Tobias en interposant son bras devant la porte, m'empêchant de sortir de la salle de bains, puis il me regarda de haut en bas. Mais tu peux garder ton uniforme. Ca me fera penser à mes années lycée.

— A l'époque où tu baisais tout ce qui bougeait ? dis-je avant de me rendre compte de ma brutalité.

— Aie, c'est pas sympa, dit-il en portant la main à son cœur.

— Désolée, dis-je alors qu'une douleur s'installait dans le bas de mon ventre. J'ai mes règles.

— Une bouillotte et une tablette de chocolat ? Tu prends quoi d'habitude ?

— Hein ? dis-je, interloquée.

— Ouais, petite souris, dit-il en s'approchant, caressant ma joue du bout des doigts. Qu'est-ce qui pourrait apaiser tes douleurs ? Tu veux baiser ? Ca pourrait t'aider. Je sais que certaines femmes ont encore plus... envie.

Une chaleur s'immisça en moi.

— T'en as envie, sœurette ? Tu peux nous baiser toute la journée si ça peut soulager tes crampes.

— Quelles crampes ? marmonna Nick en passant, enfilant un t-shirt.

— Ryth a ses règles, dit Tobias sans détourner les yeux de moi.

Nick croisa mon regard.

— Oh. Tu veux baiser ou tu veux qu'on te laisse tranquille ?

— C'est quoi votre problème ? dis-je en reculant. Je veux juste aller au lycée et passer mon examen final.

— Pour que tu puisses partir ensuite ? demanda Tobias en plissant les yeux, m'offrant à nouveau ce regard sombre.

— Non, imbécile, dis-je en lui donnant une tape, pour que je puisse trouver un boulot et être utile à la société tu vois...

— On s'en fout de la société, grogna Tobias.

— Là-dessus, je suis d'accord, ajouta Nick, on s'en fout de la société.

Je soupirai longuement en croisant les bras.

— Tant mieux pour vous. Donc, tu m'emmènes au lycée Nick, ou est-ce que je dois prendre ta Jeep, Tobias ?

— Putain, non, s'écria-t-il puis grimaça comme pour s'excuser. Si tu veux vraiment y aller, Nick va t'emmener. Mais si tu vois Gio ou un de ces abrutis, je veux que tu m'appelles illico, compris ?

Je hochai la tête.

— Je suis sérieux, Ryth. Fini les coups foireux.

— J'ai compris, marmonnai-je alors qu'une nouvelle crampe se formait dans mon ventre.

Nick me conduisit en silence, se gara sur le parking et jeta un œil aux voitures près de nous avant de hocher la tête.

— Je serai pas loin dans tous les cas, dit-il. Donc si quelqu'un t'embête, envoie-moi un message.

— Oui, dis-je en prenant mon ordinateur avant d'ouvrir la portière.

— Et Ryth, ajouta-t-il alors que je sortais. Je suis fier de toi, princesse. Tu t'en es bien sortie hier et tu fais preuve de courage aujourd'hui.

Je lui fis un petit sourire en acquiesçant puis je claquai la portière derrière moi avant de me diriger vers le lycée. Je n'allais pas tituber et je n'allais certainement pas tomber. J'entendis le moteur puissant de la Mustang vrombir derrière moi alors que j'avançais vers le portail. Les élèves rassemblés devant le lycée me dévisagèrent quand je passais devant eux, ce qui ne me surprenait pas.

Mais cette fois-ci, je ne baissais pas les yeux.

Après tout, j'étais maintenant une Banks...

# Chapitre Quarante-Quatre

## RYTH

Personne ne m'adressait la parole. Pas pour l'instant en tout cas. Je jetai un œil vers la place vide où Gio s'asseyait habituellement et une boule se forma dans ma gorge. Des souvenirs surgirent dans mon esprit alors que le prof demandait le silence. La bagarre de la veille. Le mariage de ma mère. Je pressai une main contre la blessure à mon crâne alors que j'entendais la voix de ma mère.

*Il faut juste un peu de temps, c'est tout, chérie. Il va bien... tu me crois, hein ?*

Elle m'avait menti.

Mais pourquoi ?

Elle devait savoir que mon père avait volé de l'argent...

*Il est mort ?* Les mots de Lazarus me revenaient à l'esprit.

Non. Non, il n'était pas mort et je n'étais pas assez naïve pour croire que les Rossi n'avaient pas de contacts en prison. J'essayais de repousser l'élan de panique qui s'emparait de moi et de me concentrer sur le cours. Je devais terminer mon année, il n'y avait que ça que je pouvais faire maintenant, même si le reste de ma vie était un désastre.

Quelqu'un s'éclaircit la gorge.

— *Salope.*

Je me figeai en entendant ça.

— *Elle suce ses frères.*

Ma gorge devint serrée et je sentis mes joues rougir.

— *Sale pute.*

— Bon, s'écria le prof en se retournant du tableau. Ça suffit. Qui a dit ça ?

Je me sentis rougir d'un feu qui descendait jusque dans mes entrailles. Mon téléphone émit un *bip*, et pendant un instant, cela me rassura.

Je sortis mon téléphone sous le bureau en déverrouillant l'écran à l'abri des regards.

*Creed...*

Je sursautai et mon cœur fit un bond dans ma poitrine. On avait essayé de le joindre lui et ma mère depuis quelques jours. A chaque fois, on tombait sur le répondeur. Au début, on ne s'était pas inquiétés, mais après l'épisode d'hier... les messages qu'on leur laissait devenaient bien plus urgents.

*Creed : Rejoins-moi devant le lycée. Je vais t'emmener voir ton père.*

Je relus le message plusieurs fois, mon cœur battait la chamade lorsque je levai les yeux vers le prof.

— Alors ? dit-il en lançant un œil mauvais sur le salle. Qui a dit ça ?

Je me levai de ma chaise, attirant tous les regards.

— Excusez-moi, dis-je en prenant mon sac et mon ordinateur avant de foncer vers la porte.

*Papa.* Je ne pensais qu'à lui en courant dans les couloirs avant de passer le portail. La Mercedes gris foncé de Creed était garée le long du trottoir, le moteur tournait. Je serrai mon ordinateur contre moi et courus vers la voiture.

La vitre se baissa et Creed me regarda depuis le volant. Mais au lieu de trouver l'homme calme et apaisé qui était encore en lune de miel, je revis à nouveau le Creed inquiétant et agité.

— Monte, dit-il.

J'ouvris la portière et je vis du sang frais sur sa chemise. *Qu'est-ce que...*

— Qu'est-ce que c'est ? demandai-je, figée sur le trottoir. Qu'est-ce qu'il s'est passé ?

— J'ai pas le temps d'expliquer, Ryth, monte bordel.

Le ton de sa voix.

Son attitude.

Ce regard glaçant.

Ce n'était pas l'homme qui m'avait emmenée faire du shopping, ni l'homme qui m'avait fait rire lorsqu'on avait mangé une pizza. Cet homme-là tremblait, il tremblait de haine ou de peur, je ne le savais pas. Mon estomac se noua lorsque je pris mon téléphone.

— Je vais juste appeler Nick pour lui dire...

— Pas la peine, il t'attend déjà, avec ses frères.

— Ah bon ? dis-je, figée dans mon élan.

— On n'a pas le temps, Ryth. Monte, putain. Faut qu'on parte *tout de suite.*

Il jeta un œil dans le rétroviseur et je tournai la tête vers la rue derrière lui.

— Est-ce que tu es suivi ?

— A ton avis ? dit-il en enclenchant une vitesse avant de se mettre à rouler lentement. Reste-là si tu veux, mais on s'en va tous... et on part *maintenant.*

— Attends ! criai-je en me jetant sur le siège passager.

Tobias. Nick. Caleb. C'était eux ma motivation.

— Les garçons... ils s'en vont aussi ?

— On s'en va tous, on n'est pas en sécurité ici. Plus maintenant, dit-il en appuyant sur l'accélérateur en tournant le volant d'un coup sec, faisant demi-tour en un clin d'œil avant de filer à toute vitesse.

Je me dépêchai de mettre ma ceinture.

— Pourquoi ? Qu'est-ce qu'il s'est passé ?

Il était glacial, le regard fixé vers l'horizon. Je sentis un vent de panique... je pensais à mille choses à la fois, essayant de chasser les scénarios que je ne voulais pas croire. Tout ce qui m'importait, c'était eux...

— Est-ce qu'ils sont blessés ?

— Qui ? demanda Nick en me lançant un regard noir.

— Les garçons... Nick, Tobias et Caleb ?

Il secoua la tête mais ce n'était pas très convaincant. Je regardais à nouveau sa chemise tachée. La tache était bien trop grande pour qu'il s'agisse simplement d'une coupure... mais un coup de couteau ?

— C'est le sang de qui, Creed ?

Il ne répondit pas.

— Creed, dis-je alors que la terreur m'emportait, me serrait le ventre et m'asséchait la bouche. Dis-moi tout de suite.

Je pris mon téléphone et tapotai sur l'écran mais il le prit violemment de ma main et ouvrit sa fenêtre.

Je n'eus rien le temps de faire, je vis mon téléphone voler dans les airs et s'écraser sur la route derrière nous.

— *Mais putain, Creed !* cria-je en me redressant de mon siège.

— T'en auras plus besoin, dit-il en se cramponnant au volant, continuant de nous conduire je ne sais où.

— Comment ça *"plus besoin"* ? dis-je en le regardant.

Il continuait de conduire, appuyait violemment sur l'accélérateur dans chaque virage, faisant crisser les pneus. Je me cramponnais au siège en essayant de m'éloigner de lui autant que possible.

— Tu me fais peur.

— Tu vas vite comprendre, dit-il en tournant brutalement.

Je regardais la rue, je vis un grand entrepôt en métal devant nous, puis le grand portail sécurisé s'ouvrit et je vis que la porte de l'entrepôt était déjà ouverte.

— Dis-moi ce qu'il s'est passé. Ils sont là-dedans ? Tobias est là ?

— Oui, répondit-il. Ils t'attendent.

J'avais envie de les appeler, envie de comprendre alors que la voiture entrait dans la zone et s'approchait de la porte de l'entrepôt. La voiture fut plongée dans la pénombre et je ne vis plus rien lorsque Creed coupa le moteur.

Je n'eus d'autre choix que de le suivre lorsqu'il descendit de voiture.

— Nick ? criai-je en descendant. *Tobias ?*

Mon pouls cognait dans ma tête mais c'était surtout la peur cinglante qui s'emparait de moi alors que j'avançais, laissant la portière ouverte.

— Caleb... *Caleb, t'es où...*

— Ici, Ry, cria ma mère.

— Maman ?

Je me mis à courir, la cherchant dans l'obscurité.

Je vis quelque chose bouger dans la pénombre, une ombre.

— Par ici, chérie, cria ma mère, attirant mon attention vers la gauche.

Je me déplaçai à tâtons, je ne voyais pas grand-chose.

— Maman, qu'est-ce qu'il se passe ?

— Tout va bien, dit-elle lorsqu'elle apparut devant moi.

Mais elle n'ouvrit pas les bras pour m'enlacer. Elle restait plantée là, les bras le long du corps, son téléphone à la main.

J'entendis les pas de Creed et un frisson me parcourut l'échine. Je me tournai vers lui, il me regardait.

— On a dû rentrer plus tôt que prévu, dit ma mère en continuant à me fixer du regard.

— On vous a laissé plein de messages, dis-je lorsqu'elle leva la main.

— On sait, dit Creed. Mais on était... occupés.

L'énorme tache de sang sur sa chemise attira à nouveau mon regard.

— On nous a envoyé une vidéo, Ryth, murmura ma mère en déverrouillant son téléphone. Une vidéo inquiétante... qui dérangerait beaucoup de monde et qui gâcherait nos plans.

— Vos plans ? demandai-je avant qu'un gémissement rauque retentisse dans l'obscurité.

Je baissai les yeux vers le son provenant de son téléphone. Il y avait quelque chose de familier dans ce gémissement. Quelque chose qui me fit l'effet d'un coup de poing dans le cœur.

Ma mère mit le haut-parleur. Les bruits de baise me retournèrent l'estomac. Je sus... je sus immédiatement. C'était la vidéo de Nick. Celle qu'il regardait en boucle sur son téléphone. La vidéo de nous quatre.

— Maman, murmurai-je en croisant son regard alors qu'un gémissement s'échappa à nouveau de son téléphone.

— Ryth, gémit Nick d'une voix rauque.

— *Nick ?* dis-je en sondant la pénombre, voyant à nouveau un mouvement dans le noir.

Trois hommes sortirent de l'obscurité, provenant de l'endroit où Nick gémissait... au milieu, c'était ce prêtre, celui du mariage... Je levai les yeux vers le nom inscrit sur blouson noir. *Ordre des Perdus.*

— On peut pas prendre le risque que ça gâche nos plans, murmura ma mère alors que le prêtre et les deux autres hommes approchaient.

Ils m'entourèrent, j'étais traquée par leurs regards glaçants.

— Tu viens avec nous, Ryth, déclara le prêtre en faisant un signe de tête aux deux hommes.

L'un d'eux me saisit si fort que ce fut comme s'il m'attachait.

— Non... gémit Nick.

Je dégageai violemment mon bras de l'homme pour tenter de m'éloigner avant de tomber au sol.

— C'est mieux comme ça, répondit ma mère d'un ton froid et insensible en regardant l'écran de son téléphone. Tu seras en sécurité là-bas.

— *Nick !* criai-je en détournant le regard, sondant la nuit dans un élan de désespoir.

Mais ils bondirent sur moi en un éclair, me tirant en arrière alors que j'essayais de m'échapper. J'aperçus la silhouette sombre de mon demi-frère, les mains attachées dans le dos... une mare noire s'étalait sur sa chemise blanche.

— Emmenez-la, ordonna ma mère. Emmenez-là à l'Ordre... éloignez-la de la vérité.

Je fus prise de panique. Je me débattais de toutes mes forces jusqu'à ce qu'une main recouvre mon nez et ma bouche et que je sente l'odeur âcre et piquante d'un produit chimique.

Je vis l'entrepôt vaciller. J'essayais de lutter, me tortillant entre leurs mains, les yeux rivés sur mon frère.

— Nick... criai-je d'une voix sourde et déraillée. *Nick... aide-moi...*

Puis je fus emportée par la pénombre et je ne vis plus rien.

# Épilogue

## TOBIAS

— Décroche, enculé, grognai-je en tombant sur la boîte vocale de mon frère pour la dixième fois.

Je fronçais les sourcils, détestant ce mauvais pressentiment qui montait en moi. Je n'arrivais à me raisonner, peu importe la volonté que j'y mettais.

Cette idée m'avait hanté depuis que j'étais allé courir, car à chaque kilomètre parcouru tout devenait plus clair... jusqu'à ce que je fasse demi-tour pour rentrer. Je haletais en buvant une bouteille d'eau, mon t-shirt était trempé et me collait dans le dos.

— Ça va pas ? dit Caleb en entrant dans la cuisine en me regardant.

— C'est Nick, cet enfoiré, dis-je en regardant Caleb faire le tour du comptoir pour se servir un autre café. T'as trouvé quelque chose ?

— Non, soupira-t-il en posant ses mains sur le comptoir. Rien de nouveau.

Ça faisait des heures. Il m'avait dit qu'il m'enverrait un message juste après avoir déposé Ryth.

— Je crois que quelque chose...

Le bruit de la porte d'entrée m'extirpa de mes pensées. Je n'avais pas entendu la Mustang. Et pourtant...

— C'est pas trop tôt, enfoiré, dis-je en sortant de la cuisine. Tu m'avais dit que tu m'enverrais un message après avoir déposé Ryth...

Je vis mon père dans l'entrée, la chemise en sang.

— Mais putain ! C'est le sang de qui ? dis-je en ne pouvant détourner les yeux de la tache alors que je m'approchai.

Elle était derrière lui, elle me lança un regard puis à Caleb.

— Papa ? dit Caleb en venant à côté de moi. Tu vas nous dire ce qu'il y a ?

Ce mauvais pressentiment grandissait en moi, créant un trou béant.

Je me tenais au bord de ce gouffre... le sol semblait se délier sous mes pieds.

— Nick, murmurai-je en faisant le lien avec la tache de sang.

— Il va bien, répondit mon père en s'approchant. Il est à l'hôpital.

Mais ce grondement dans mon cœur me laissait penser autre chose.

— Ryth ? demanda Caleb.

Comme s'il savait...

— Elle est partie, répondit mon père et je vis ce même regard glaçant se poser sur moi.

— Quoi ? dit Caleb en s'approchant. Comment ça *partie* ?

— On l'a envoyée à l'Ordre, dit Elle en entrant, le regard rivé sur moi. On a vu la vidéo, on sait ce que vous avez fait.

Mais vu le ton qu'elle employait, elle ne semblait même pas avoir une once de dégoût.

Non, cette connasse était machiavélique.

Jusque dans les veines.

— Espèce de connasse, criai-je en m'approchant, je vais te tuer... *je vais te tuer putain !*

Je me jetai sur eux en hurlant.

— Ramenez-la ! *RAMENEZ-LA !*

———

*Ryth*

TOUT ÉTAIT SOMBRE... et je n'arrivais pas à me relever. J'essayais de reprendre mes esprits, de me libérer. Je pris une respiration brusque et aspirai le tissu qui me couvrait la bouche. Je me sentais comme dans du coton... puis j'entendis un grognement qui agit comme une piqûre de rappel.

J'ouvris brusquement les yeux, j'étais secouée par les mouvements de la voiture. Mais je ne voyais rien. Je me mis sur le côté pour regarder mes mains. Je vis des liens en acier bien serrés.

— Arrête de gigoter, dit quelqu'un derrière moi. Ça sert à rien.

Je poussai un soupir en me souvenant. Nick... Nick était blessé, allongé sur le sol de l'entrepôt.

— Qu'est-ce que vous lui avez fait ?

— Nicholas n'a rien, répondit mon kidnappeur. Mais toi, Ryth... prépare-toi à être sauvée par l'Ordre.

— Nick ! criai-je même si c'était inutile.

Je me débattais, mon corps devenait moins engourdi à présent et les sensations me revenaient peu à peu, se frayant un chemin à travers le voile sombre qui brouillait mes pensées.

— *NICK !*

***précommandez ici***

Mon frère perd son sang.

Ma demi-sœur est partie.

Les responsables prétendaient être de la famille.

Par les liens du sang, et maintenant par alliance.

Je veux les détruire pour ce qu'ils ont fait.

Réduire en cendres tout ce qu'ils possèdent.

Mais d'abord, je dois la trouver.

*Ryth.*

La pitoyable petite souris qui a débarqué dans nos vies pour ne plus en sortir.

Je suis incapable de l'oublier, de la chasser de ma tête.

Elle a réveillé quelque chose de dangereux en moi.

Quelque chose qui m'a poussé à la détruire.

Et à me détruire moi-même par la même occasion.

Elle était à une époque un jeu pour moi...

Elle l'est toujours... mais cette fois, c'est pour de bon.